三島由紀夫 海の詩学

「花ざかりの森」へ

鈴木ふさ子

鳥影社

三島由紀夫　海の詩学　「花ざかりの森」へ　目次

三島由紀夫　海の詩学

「花ざかりの森」へ

プロローグ　海を見ていた午後

Elle est retrouvée.
Quoi? – L'Éternité.
C'est la mer allée
Avec le soleil.

(Arthur Rimbaud, "L'Éternité")

みつかったぞ。
何が?　――永遠が。
太陽と溶け合った海さ。

(アルチュール・ランボー「永遠」[1])

その日は十月の下旬とは思えないほど暖かい日曜日だった。穏やかな海は陽射しを照り返し、きらきらと細かい光を放って輝いていた。

このプロローグのタイトルを目にして、松任谷由実の名曲「海を見ていた午後」を思い浮かべた方もいるかもしれない。ユーミンの曲の舞台は、横浜は根岸のレストラン「ドルフィン」であるが、私が海を見ていた場所は、伊豆の下田東急ホテルであった。そして、私が想っていたひとは、ユーミンが歌う別れた恋人ではなく、三島由紀夫であった。

この下田東急ホテルは晩年の三島が夏の休暇などに長く逗留していたことで知られている。商店街に行けば、三島が日本一おいしいと語ったというマドレーヌを売るお菓子屋さんがあるし、少し足を延ばせば、三島が大好物だった伊勢海老の生け簀を備えた磯料理の名店もある。彼の通った床屋さんも健在だ。三島の足跡が死後半世紀以上を経たいまでもこの地には息づいている。往年の三島を知る人はこの大作家との思い出を語る。その表情には、時の流行作家がこの漁港の街で見せた気さくでお茶目な一面を目の当たりにしたという誇らしさが浮かんでいる。下田を訪れる人たちの中には三島について尋ねる人が多くいるのだろう。彼らの口調は五十年以上前の思い出をたぐり寄せているというものではなかった。つい最近の出来事を語るようにすらすらと物慣れた調子で数々のエピソードが口から出てくるのだ。彼に魅了され、いまでもその魔法が解けないかのように……。

＊

東京から車で五時間近くかけてようやく下田の海岸線が目に飛び込んできた時には心が躍った。開け放した車窓から磯の香りを思い切り吸い込み、少し湿った潮風を感じると、心は遠い幼い日に海水浴へ出かけた記憶へと誘《いざな》われる。海岸沿いに並ぶ有名なホテルを何軒か通り過ぎながら、そろそろ下田東急ホテルが見えてくるはずだと思っていると、海岸線をはずれた細い道へとナビゲートされた。「下田東急ホテル」という看板の出ている、やや急勾配の坂道を上りつめる。すると、周囲を見下ろすような高台に、低層の、小ぶりながらも瀟洒なホテルが現れた。駐車場からはホテルしか見えないので、建物を通過して庭に出てみる。

すると、庭は岬の突端のようになっており、その先に海が望まれた。庭の一部が斜面になっていて、そこを下った行き止まりが小さな見晴らし台のようになっている。見晴らし台といっても、ベンチがひとつあるだけなのだが、その前に開けた海は、何にも遮られることなく、どこまでも続いている。

なるほどふり向けば庭を隔ててすぐにホテルがあるのだが、窪地のようになっているため、宿泊者たちの視線を浴びることもなく、建物の存在さえ忘れさせてくれる。まるで海と向き合うための場所なのだ。観光地の喧噪から隔絶された静謐な海がそこにはあった。私はこのはじめて見る下田の海を知っていると思った。それは二年前に『潮騒』の取材で訪れた三重県鳥羽市の神島の海であった。あるいは、「岬にての物語」の房総の海であったのかもしれない。

思えば、多くの三島作品の中で海は大切な役割を果たす。学外へと華々しいデビューを飾った「花ざかりの森」の象徴的な海、「真夏の死」の伊豆の海、『金閣寺』の裏日本の海、『午後の曳航』の横浜の海、絶筆となった『豊饒の海』の最終巻『天人五衰』の駿河湾の海……。思い返しただけでも、海と関わりのある作品の名が次々に浮かんでくる。

＊

まるで、ひとつのピアノ曲が終わり、次の曲へと流れていくように、三島が描いた数々の海の光景はひとつの詩へとつながっていく。それは冒頭に掲げたフランスの象徴派詩人アルチュール・ランボー（Arthur Rimbaud, 1854-1891）の「永遠」だ。この詩を知ったきっかけは、フランスのヌーヴェル・ヴァーグ映画の頂点を示したとも言われるジャン＝リュック・ゴダール監督の『気狂いピエロ』（*Pierrot le Fou*, 1965）である。一九六五年公開のこの映画は、ロード・ムービーの形態をとりながら、男女の愛の不均衡、そして、自由を求めてあがく人間の性《さが》とその成れの果てが南仏の眩い陽光と海を背景に描かれている。

ジャン＝ポール・ベルモンド演じる主人公のフェルディナンは、日常に退屈している。そこへ昔の恋人マリアンヌが偶然に現れる。再び関係を持つふたりだが、殺人事件に巻き込まれ、車での逃亡生活が始まる。海辺で人目を忍ぶ生活に当初ははしゃいでいたふたりだが、それをよしとするフェルディナンと刺激のない生活に倦むマリアンヌ。やがてふたりの間に軋轢が生じていく。マリアンヌはフェルディナンに罪を着せ、事件の黒幕の男と逃亡を図る。それを知ったフェルディナンは憤怒に駆られ、マリアンヌを射殺し、海辺の小屋で自らの顔をペンキで青く塗り、ダイナマイトを顔に巻きつけ、マッチを擦り、床に放る。慌ててそのマッチを手探りでみつけようとするうちにダイナマイトが炸裂する。大きな黒煙をあげる小屋が遠景に映り、その直後に海が映る。皮肉な目で見れば、滑稽なピエロそのものであるが、それでもひとりの男が死を遂げたのだ。しかも爆死という凄惨な方法で。それにもかかわらず何事もなかったかのように光を湛える静かな白い海……。

その映像を背景に男女が交互に囁き合う詩がランボーの「永遠」である。

みつかったぞ。
何が？　——永遠が。
太陽と溶け合った海さ。

人間の営為のはかなさと海と太陽に象徴される永遠性を一瞬で表現するラストシーンに、これほどマッチする詩があるだろうか。当時学生だった私は映像と詩がまさに「溶け合った」このシーンに衝撃を受け、すっかり魅了されてしまった。あの頃、何度この場面を観たことだろう。マリアンヌ役を演じたアンナ・カリーナが二〇一九年に亡くなった時に、久しぶりに『気狂いピエロ』を観たが、映画もさることながら、ランボーの詩には色褪せることのない輝きを感じずにはいられなかった。

＊

わが国では小林秀雄や中原中也をはじめ多くの文学者に愛されたことでも知られるアルチュール・ランボーだが、彼はシャルルヴィルというベルギーとの国境付近の海の見えない小さな因習的な街で育った。海を見たことのなかった少年は、まだ見ぬ海をスケッチし、十六歳の時にはすでにかの「酔いどれ船」（"Le Bateau ivre," 1871）を書いていた。この詩の中で主人公たる「船」を翻弄する「砕け散る波と潮の流れ」や「青い不動の海原」は、ランボーの心の中でつくり出された海だった。

太陽が作品にしばしば現れるのもランボーの詩の特徴のひとつだが、三島も書斎の中で太陽に対して飢渇に似た想いを抱いていた。その観念上の太陽とアメリカに向かう船上で真の出会いを果たした喜びの波動は紀行文『アポロの杯』から伝わってくる。太陽はやがて彼にとって自らの肉体を鍛錬する糧となり、その思想は後年の『太陽と鉄』へと結実していく。ランボーが二十歳で筆を折ってから三十七歳で亡くなるまでジャヴァ、キプロス、アデン、ハラル、ショアなど、いずれも南の地へと向かい、放浪をくり返したのは、太陽を求めたゆえだったのだろうか。

三島その人もランボーに少なからぬ関心を寄せていたようだ。ランボーについての評論をいくつか読んでもいる。そのひとつにヘンリー・ミラー（Henry Miller, 1891-1980）の『ランボオ論』（*The Time of Assassins: A Study of Rimbaud*, 1946）があるのだが、その本に関する彼の書評「文明的錯雑そのもの」（昭和三十年）は、三十歳以上年上のアメリカの作家の冗長で大仰な表現に溢れた「出来のわるいエッセイ」に辟易している様子が手に取るように伝わってきて笑いを誘う。同時に短い文章ゆえに当時三十歳の三島がランボーに見ていたことはただひとつ、「絶対の無垢」だったことがダイレクトに伝わってくる。

> 絶対の無垢といふ、わかりやすいものを前にして、これほど仰々しい言葉の行列を並べてみせる、ミラア及び西洋人といふものを、私はどうも鬱陶しく思ふ。この評論こそは、ランボオの呪つた文明的錯雑そのものではないか？

西洋人が弄する込み入った論理を飛び越えて、ランボーの「絶対の無垢」を看破する三島は、実はこの天才詩人の「無垢」を肉体的に感じることができる稀有な芸術家だったのではないだろうか。三島はミラーのことを「とにかく私の好きな作家ではない」と一刀両断の下に切り捨てたが、一方のミラーも彼の自決について「三島は高度の知性に恵まれていた。その三島ともあろう人が、大衆の心を変えようと試みても無駄だということを認識していなかったのだろうか」と嘆息してみせる。
ここにミラーと三島の価値観の相違が浮かび上がってくる。大衆を覚醒させることを諦めて目をつぶってやり過ごすのか、命を懸けて覚醒を促すのか。ミラーと三島の隔たりは大きい。三島によれば、ミラーは大袈裟な言葉で周辺をうろうろしているばかりでランボーの核心には絶対に近づけない。同じようにミラーには三島の行動の源泉を理解することができなかったのかもしれない。
三島のランボーへの見解は十年以上の時を経ても揺らぐことはなかった。むしろ確信となっていたのかもしれない。西条八十の著した『アルチュール・ランボオ研究』（昭和四十二年）の帯文に三島が綴った言葉がそのことを物語っている。

才能や理智や感情なら、早熟といふこともあらうけれど、魂自体には、早熟も晩熟もない。アルチュール・ランボオは、早熟な天才以上のもの、すなはち人の世にあらはれた最も純粋な「魂」そのものだつた。かういふ「魂」がいかにして人間世界を生き抜いたか、それこそ怖ろしいドラマである。

無垢と純粋は三島の中ではほぼ同じ意味で使われている。汚れや打算を寄せつけない裸の魂を世にさらして生きることの苛酷さは、この帯文を書いた四十二歳の三島にとって、より切実な問題になっていたのではないだろうか。終戦以降、急速に正義と純粋さを失っていった日本の社会を「鼻をつまみながら通りすぎた」（「果たし得てゐない約束――私の中の二十五年」昭和四十五年）と自決の数か月前に語った三島にとって、ランボーの生き難さは他人事ではなかったはずだ。

＊

三島が三十三歳の時に初演された戯曲『薔薇と海賊』は、純粋な魂（薔薇）が偽善的な世間（海賊）に勝利する物語である。結婚前の夫に犯されて以来二十年間、純潔を頑なに守り続けてきた童話作家と純真な白痴の青年との恋と、彼らを阻む世間。自決の年、再演されたこのおとぎ話風の戯曲の初日舞台を客席から観ていた三島は人目を憚らず涙を流したという。短い「あとがき」（昭和三十三年）の大半は、「薔薇」が漢字でなくてはならない理由に費やされている。「薔薇」という文字がその姿を表しているからであり、たとえば「薔」の文字は「幾重にも内側へ包み畳んだ複雑なその花びら」を思わせるとしている。

薔薇が純粋無垢な魂の表象ならば、ランボーはその心の内に大輪の花を咲かせていたのかもしれない。鋭利なナイフのような数々の逸話は、美しい薔薇がその身を護るために鋭い棘で近づく者を傷つけるのと同じ論理だった。三島もまた薔薇を内に秘めていた。薔薇の感性を持つふたりであれば、海と太陽の中に常人には見えない何かを幻視しても不思議ではない。その意味で三島のことを「ヴォワイヤン」と呼べるのではないだろうか。

＊

三島がその創作活動を詩から開始したことは、膨大な小説や戯曲を前に忘れられがちだ。学習院の初等科に通っていた頃、「フクロウ、貴女は森の女王です」と書いて、同級生の失笑を買い、教師は彼のことを「特別だから」と言い放ったというエピソードが残っている。並外れた想像力を持つ子供の感性は学友からも教師からもまるで理解されなかったのである。だが、中等科に進学した頃の三島は学内で名の知れた文学の英雄であった。昭和二十九年に発表された私小説風の短編「詩を書く少年」によれば、当時は詩が次から次へと思い浮かんだのだという。ワイルド（Oscar Wilde, 1854-1900）の詩「キイツの墓」（"The Grave of Keats," 1881）がお気に入りで、ロマン主義の詩人たちの夭折に憧れた彼の詩才は、所属する文芸部では先輩たちにも一目置かれていた。

「詩を書く少年」は、短編小説「海と夕焼」、「憂国」と並んで彼にとって「切実な問題」を孕んでおり、「どうしても書いておかなければならなかった」作品であった。三島文学の出発点は本人と言葉（観念）との蜜月にあった。

少年が恍惚となると、いつも目の前に比喩的な世界が現出した。毛虫たちは桜の葉をレエスに変へ、擲《なげう》たれた小石は、明るい樫《かし》をこえて、海を見に行った。（中略）

実際、世界がかういふ具合に変貌するときに、彼は至福を感じた。

実際に彼が十五歳の時に書いた詩に「薔薇のなかに」という詩がある。その冒頭部を見てみよう。

薔薇のなかにゐます。

わたしはばらのなかにゐます。

しつとりしたまくれ勝ちの花びらの
こまかい生毛《うぶげ》のあひだに滲《し》みてくる
ひかりの水をきいてゐます。

薔薇の中に「わたし」が住んでいるという発想にすでに、三島少年のロマンティックな想像力を感受できる。実人生を介さずに、事物は想像の翼に乗って美しいものに変幻自在に姿を変え、言葉によって再構築される。目に映る事物と頭の中の観念とが直線的に結びついた瞬間、少年はこの上ない幸福感を味わっていた。だが、実人生で経験する出来事やそこから生じる悲しみや呪詛という醜い邪魔者に侵されるようになると、至福の瞬間は二度とは訪れることがなくなった。「詩を書く少年」では、天才詩人を自負する少年が先輩の恋愛を通して実人生の醜悪さに直面し、自分は偽の詩人なのではないかと自覚するようになる。

三島はこの頃を境に詩人としてではなく、散文作家の道を選んだとしているが、果たしてそうだろうか。詩人としての彼は本当にいなくなってしまったのだろうか。そもそも少年時代にのめり込んだことは、その人の生涯に痕跡を残すのではないか。ましてそれが生来的なものであれば意志の力で制御はできないのではないか。「薔薇」の文字に美しい花の佇まいを見る後年の三島の中に、自作の劇を観ながら涙する姿に、詩人としてのもうひとりの彼がいるように思えてならない。

＊

下田の海は、ブルー・ナティエという緑みのある青色で形容される。フランスのロココ調時代の肖像画家ジャン＝マルク・ナティエが使用して人気を博したことからその名を冠せられた、フランスの伝統色のひとつである。この美しい海に三島は彼自身の詩情をかき立てられたにちがいない。

下田港から通りを隔てたところにある彼の行きつけの店。壁にはいまでも三島のサイン色紙が飾られている。著名人である三島が一階の客席で一般の客と同席するのでは窮屈であろうとの店側の配慮から、二階の部屋が開放されていたという。その部屋はいまでは家人が使用しているというので、同じ二階にある別の個室で食事をいただいた。窓の向こうには港が見える。「三島先生がお食事をされた部屋とここからの眺望は大体同じですか？」と、磯料理を運んできた女性に聞いてみる。「はい。それに下田はのんびりとしたところで、このあたりは五十年前のままです」という答えが返ってきた。

晩年の三島は、一一六年前にペリーのアメリカ東インド艦隊、いわゆる黒船が来航したこの海をみつめながら、何を考えていたのだろうか。三島が『豊饒の海』の最終章を書き上げたのはこの下田だったという。三島が亡くなったのは市ヶ谷の自衛隊駐屯地であったが、作家としての終焉の地はやはり海なのだ。波音を耳にしながら最後の筆を走らせる理由があったのか、それとも偶然だったのか、もはや作家自身に問うことはできない。

二〇一五年に私が上梓した『三島由紀夫　悪の華へ』では、少年期の『サロメ』との出会いを糸口に悪と美の結合に惹かれる傾向が最期まで貫かれていたことを探る試みをした。ここで展開しようとするエクリチュールは、三島は「海」に何を見ていたのかを、もしもそう呼ぶことが許されるのであれば、詩人としての、「ヴォワイヤン」としての、その三島の目を通して切り取ってみたい。

【註】

（1）訳は執筆者による。

第1章　幼少期〜初等科六年（六〜十二歳）

1．憧れの海　――初等科時代の詩歌と唱歌・童謡

明日から嬉しい夏やすみ、
　大波小波打寄せて、
　わたしを海が待つてゐる。

（「夏休」『新訂尋常小學唱歌』第三学年用より）

戦前の日本人と唱歌

教室でみんなと一緒に歌った歌を聞けば、戦後生まれの私でも、クラスメイトたちの顔や、その時の教室の情景などをありありと思い出す。だが、戦前に小学校を終えた人たちにとって、唱歌はより強い共通体験として心に刻み込まれているようだ。金田一春彦は、自著の中で「文部省唱歌というものは、日本人の精神面に、ことに戦前小学校を終えた日本人の精神面に量り知れない影響力を与えたと考えなければならない」と書いている(1)。三島由紀夫とて例外ではない。

古本屋で求めた昭和七年発行（昭和十年訂正発行）の『新訂尋常小學唱歌』の教科書は、横長で左綴

『新訂尋常小學唱歌』の表紙

じとなっており、表紙の下半分には花鳥の絵が描かれた落ち着いたデザインだ。全学年同じ体裁のこの表紙をめくると、左に楽譜、右に縦書きで歌詞が印刷されている。収録曲は二十七曲に統一されている。残念ながら、その八割は戦後四半世紀を経て生まれた私には覚えのない歌だった。

戦後の子供向けの歌は、子供に興味があるものが中心となった。たしかに子供の目線で見れば、戦前の唱歌は楽しいものばかりではなかったかもしれない。文体も題材も、現代とはだいぶ異なる。それは唱歌が「徳性の涵養」と「情操の陶冶」を目的にしていたことが大きいだろう。「二宮金次郎」や「豊臣秀吉」などの偉人の歌には教訓臭が漂うし、高学年用のものともなれば、「進水式」、「日本海海戦」、「出征兵士」など、軍国主義を奨励するような歌もある。

その一方で、「情操」を育む叙景の歌詞には、まさにひとつの詩と呼ぶにふさわしい美しさがある。文語体から紡ぎ出される格調高い歌詞は、現代の子供用の歌とは比べるもがなで、大人の目から見てもかなり贅沢なものだ。テーマについても、多くは日本の四季や花鳥風月を題材にしており、戦前の日本の自然の光景がうたわれている。唱歌の多くは作者未詳であるが、歌詞は優れた文人の手によるものだったと想像できる。たとえば、名前がわかっている作詞担当者に「紅葉《もみじ》」、「故郷《ふるさと》」、「朧月夜《おぼろづきよ》」の作詞で知られる高野辰之がいる。高野は歌人で国文学者として知られる。手もとの『新訂尋常小學唱歌』には収録されていないが、「花」の作詞を担当した武島羽衣も「浜辺の歌」の林古渓もともに歌人であり、前者は国文学者、後者は漢学者だった。

三島由紀夫と唱歌

早熟な三島の創作は詩から出発した。母・倭文重《しずえ》によれば、「公威（三島由紀夫の本名は平岡公威）は本で育ちましたせいか、［初等科］入学の前から時々詩のようなものを書いては見せてくれました」と語っている。(2) 当時の学習院初等科では和歌や短歌がさかんで、子供たちの腕前もなかなかだったという。そうした校風も追い風となり、初等科に上がった三島はいっそう詩作にいそしんだ。

『決定版三島由紀夫全集』第三十七巻には三島の最初期の作品として「初等科詩篇」と題する三十五の詩作品が収録されている。初等科、特に低学年の三島が書いた、無邪気でかわいらしい詩に触れていると、童謡や唱歌の歌詞を思わせる表現にしばしば出会う。そこで、唱歌の教科書と照らし合わせてみると、『決定版全集』に収録されている初等科時代の詩のひとつが、唱歌であることがわかった。「うちの子ねこ」という詩である。

うちの子ねこは。
かはいい子ねこ。
くびのこすずを。

ちりちりならし。
すそにからまり。
たもとにすがる。
うちの子ねこは。
かはいいこねこ。
くびのこすずを。
ちりちりならし。
まりとざれては。
えんからおちる。
（平岡公威〈三島由紀夫〉「うちの子ねこ」）

「うちの子ねこ」の譜面
（『新訂尋常小學唱歌』第二学年用）

この詩は一九七五年に刊行された旧全集には収録されていない。二〇〇〇年刊行の『決定版全集』に昭和七年五月五日付の原稿の形で残っている詩としてはじめて収められた。

三島の猫好きは有名だ。写真の中で三島はしばしば腕に猫を抱いている。父親の梓は『伜・三島由紀夫』の中で、幼い頃から三島がいかに猫好きだったかについて触れ、捨てても捨てても新しい猫をみつけて根負けした顚末を語っている。倭文重も「子供のときから猫が大好きで猫の画なんか堂に入ったものでした」と回想している。それほどの猫好きで、詩才にも恵まれた子供なら猫を題材にした作品のひとつを書いても、なんら不思議はない。

しかし、「うちの子ねこ」は、昭和七年四月六日に文部省から刊行された『新訂尋常小學唱歌』の第二学年用に収録されており、句読点のつけ方や漢字の表記が、たとえば、唱歌では、「うちの子ねこは／かはいい子ねこ、／くびのこすずを／ちりちりならし、／すそにからまり、／たもとにすがる。」となっていること、ここまでが唱歌では一番で、次の「うちの子ねこは」から最後の「えんからおちる」までが二番となっていること、「まりとざれては」の部分が唱歌では「まりとじやれては」であること以外はまったく同じものである。教科書の刊行年と詩が書かれた年はともに昭和七年で、教科書と三島の学年も第二学年で一致する。

ここで言いたいのは、初等科二年生の三島が教科書に載っている唱歌を丸写ししたという事実ではない。幼い三島が唱歌の中に豊かな言葉の宝石箱をみつけ、その中からキラキラ光る宝石を懸命に探そうとする姿勢に目をとめたいのだ。それは言葉だけが自分の世界だった子供にとって、独自の宇宙を生み出すために必要な作業だったのだろう。そして、それは少年時代の西洋文学への旺盛な好奇心、それらを吸収し、模倣して成長していく創作スタイルへとつながっていく。

ここで三島が一年生の時に書いた詩に目を移すと、「ウンドウクァイ」（運動会）、「オモチャノイタリー」（玩具のイタリー）、「年の市」、「王サマノウタ」（王様の歌）、「ユキ」（雪）、「ユキウサギ」（雪うさぎ）の六篇がある。そのすべてに数行ごとに一番、二番と番号がふられ、擬態語の使用や同じフレーズのくり返し、「年の市」を「トーシの市」とする節回しが見られるなど、明らかに歌を想定してつくられたものだとわかる。中には詩の冒頭に歌の歌い出しを示す「庵点《いおりてん》」という記号「〽」が付されているものもある。

二年生の詩には先に引用した「うちの子ねこ」のほかに、学習院初等科幼年図書館発行の文集『小ざくら』に掲載された「秋（「秋が来た……」）」があり、この作品も含め、三、四年生で書いた詩にも、「春（「春はくる……」）」、「桜花」、「春雨」、「夕ぐれ」、「水ぬるむ」、「しづく」、「真夏の午後」、「みのりの秋」、「うら〻か」といった四季や自然を題材にした叙景詩、「白鳥」、「が」（「蛾」）、「ありのお家」など生き物を描いたもの、「大砲」、「非常時の歌」といった軍事色の強いものがあり、唱歌のラインナップと重なるのだ。模倣は創作の母とよく言われるが、三島の創作の原点には唱歌の響きがあるのかもしれない。

唱歌以前の音楽との出会い

二十八歳の時の「思ひ出の歌」という短いエッセイを、三島は次のように書き出している。

音痴の私には思ひ出の歌などといふものはない。省線電車の駅の階段の途中だとか、ぼんやり髭を剃つてゐる最中だとかに、突然或る旋律の「無意志的記憶」に襲はれることがある。（中略）しかし定かにはうかんで来ずに、記憶の音楽は、とらへがたい鳥の影のやうなものを残して、又翔け去つてしまふ。

思い出の歌の名はなかなか記憶に蘇らないかもしれないが、作詞や歌うことは嫌いではなかったはずだ。なぜなら、この七年後には若尾文子（一九三三―）の相手役として主演した仁侠映画『からっ風野郎』（昭和三十五年）の主題歌の作詞を手がけ、レコードデビューも果たしているのだから。ほかにも丸山明宏（一九三五—）のチャリティ・リサイタルで歌ったシャンソン「造花に殺された船乗りの歌」（昭和四十一年）、三島が結成した民間防衛組織である楯の会の歌「起《た》て！紅《くれない》の若き獅子たち」（昭和四十五年）などがある。いまＣＤで「からっ風野郎」などを聞いてみても、なかなか素敵な声だと、個人的には思う。

こうした三島と音楽とを最初につないだものは何だったのか。それは初等科に入るずっと前の幼い頃に、両親が買ってくれた蓄音機——そこから流れていた童謡だった。倭文重は「二時間ぐらいぶっ続けに童謡などをかけて聞いているので、こんな不自然な育ち方をしていいものかしら、と心配いたしました」と、当時をふり返る。

授乳の時以外は母親に会うことを許されず、祖母・夏子の手で幽閉されるがごとく育てられた特異な幼少期が三島由紀夫という作家の形成に大きな影を投げかけたことはよく知られている。五歳で重い自家中毒にかかり、九死に一生を得たものの、その後もひと月に一度は同じ病に臥した。嘔吐をくり返す自家中毒はストレスが原因とされ、医者は倭文重に「神経質で感受性の強い子はこの病気にかかりやすい」とし、「大らかに育てるように」と注意を与えた。

しかし、暗く閉ざされた八畳間で坐骨神経痛に苦しみ呻く祖母の傍らで、音を立てることも許されず、祖母が選定した三人の年上の女の子たちとおはじき、ママゴト、折紙で遊んで過ごす毎日は、「大らか」とはほど遠かった。父母はそんな息子の「不自然な」生活を少しでも健全なものにしようと、絵本を読み聞かせ、お絵描きを一緒にしながら、童謡を聞かせたのだ。幼い三島は喜んでその世界に没頭した。

童謡と唱歌は子供向けの歌としてしばしば混同されがちだが、童謡は鈴木三重吉（一八八二―一九三六年）による大正期の児童雑誌『赤い鳥』に端を発する。三重吉は童謡を「芸術味の豊かな、即ち子供等の美しい空想や純な情緒を傷つけないでこれを優しく育むやうな歌と曲」と定義した。北原白秋（一八八五―一九四二年）、野口雨情（一八八二―一九四五年）、西条八十（一八九二―一九七〇年）といった一流の詩人たちが中心となって童謡を普及させる運動が推進された。「この道」や「待ちぼうけ」などの童謡で知られる白秋は、子供に理解できない言葉や教訓をオウム返しに真似させる唱歌による音楽教育に批判的で、子供たちの生活感情に合った歌を歌うべきだと主張した。

唱歌と童謡との違いは、唱歌が文語体で書かれたのに対し、童謡が口語体で書かれたこと、俗語や擬声語・囃子言葉が多く使われ、題材も唱歌と比べるとぐっと身近で間口が広いことなどが挙げられる。ただ、三島が原稿用紙に書き写した「うちの子ねこ」のように、低学年用の唱歌には童謡に近い、親しみやすいものもあり、単純に両者の相違を図式化することはできない。

題材についても、唱歌と童謡とで重なることもある。たとえば、「夕方」だ。戦後、サトウ・ハチローと童謡運動を行った児童文学作家の藤田圭雄は、童謡には「夕方」をテーマにしているものが多いと指摘している。子供と聞くと昼間をイメージしがちだが、そう言われてみると、「夕焼け小焼け」、「赤蜻蛉」、「七つの子」などの歌が次々と思い浮かぶ。遊び疲れて赤い夕陽を背に家路につく時、カラスが「かぁー」と鳴き、夕餉《ゆうげ》の匂いが各家庭から立ち昇る――そんな日暮れ時は、いつもはやんちゃな子供たちにも哀惜の情が湧くのだろう。

童謡だけでなく、唱歌においても夕方の光景はよく登場する。『新訂尋常小學唱歌』の第一学年用には「夕立」という歌が収録されているし、第二学年用には「秋の夕日に照る山紅葉」の一節から始まる「紅葉」をはじめ、「夕立」や「夕日」という言葉が出てくる歌が五曲も収められている。

また、童謡には「十五夜お月さん」、「月の砂漠」など、「月」をうたったものが多い。唱歌にも「月」、「夏の月」、「朧月夜」などがある。夕暮れや夜空に浮かぶ月の歌が数多く見られるのは、侘しさや静けさを愛する日本人の詩情ゆえではないだろうか。

三島作品には「海」とともに、「夕焼け」や「月」が頻繁に登場するが、もしかしたら幼少期に耳にし、一生懸命に目でも追った童謡や、自分の言葉の世界に取り込もうとした唱歌が影を落としているのかもしれない。三島にとっての唱歌・童謡との思い出は、私たちがクラスメイトと歌った光景を思い出す時以上の、より根源的なものとつながっているのではないか。それは三島が言葉との最初の結びつきを経験した、まさに言語宇宙の胎動期の記憶なのだから。

果たせぬ夢としての〈海〉

第一学年用と第二学年用の唱歌の教科書には〈海〉を題材にしたものはない。おもしろいことに、三島の初等科一年時、二年時の詩にも〈海〉は描かれていない。ただ、作文には〈海〉が登場する。一年生の時の作文「エンソク」（「遠足」）には、千葉県の海で潮干狩りなどを楽しんだ様子が書かれている。技法的には直喩が用いられるなど年齢の割には高度であるものの、ごく普通の子供の日記風の文章であって、〈海〉への特別な想いは見られない。だが、二年時の作文「江の島ゑん足の時」では〈海〉は憧れの様相を帯びてくる。初等科のはじめの頃には肺門リンパ腺を患い、虚弱体質だった三島は運動会や遠足への参加が許されないことが多かった。遠足の当日は、家で級友たちのことばかり考えている。いまは新宿かな、いまは江の島かな、と羨ましくてしかたない。

もうみんな江の島へついたかと思ふといきたくつてたまりませんでした。ぼくは江の島へいつたことがないのでなほいきたかつたのです。ぼくは朝から夜まで其ことをかんがへて居ました。

クラスメイトから取り残されたという疎外感も手伝って、遠足はよけいに楽しいものとして心に映し出されたはずだ。想像の中の〈海〉もまた、実際以上に美しいものとしてイメージが膨らんでいったことだろう。あまりにも強い願望は子供に夢を見させる。

ぼくは夜ねると、次の様な夢を見ました。ぼくもみんな江の島のゑん足にいつて、そしてたのしくあそびましたが、いはがあつてあるけません。そこでもう目がさめてしまひました。

願いが叶ったとたん、岩によって阻まれて夢から覚める――この終わり方には、手にした瞬間に指の隙間からすり抜けていく、人の生の儚さや虚しさに通じるものがある。ここに後年の三島のテーマが仄見えると言ったら言い過ぎだろうか。

幼い頃の三島は、ハタキや物差しをふり回すのが好きだったと、倭文重は記憶している。祖母は危ないからと、それらを取り上げた。幼い三島は反抗ひとつせず、素直に従ったというが、長い物をふりまわすことへの憧れは、後年の日本刀への執着に変貌していったのかもしれない。〈海〉もまた、三島にとって果たせぬ夢、ひとつの憧れとして認識されていったように思われる。

課題の中での〈海〉

〈海〉を題材とした唱歌がはじめて教科書に登場するのは、冒頭に掲げた「夏休」が収録されている第三学年用のもので、ほかに「波」という唱歌も収められている。奇しくも三島の詩に〈海〉が出てくるのも、第三学年以降となる。三島が〈海〉について触れる最初の詩は、「夏の文げい」だ。次に一部を引用する。

常夏。!!!
お陽さまは只かん〴〵と照る。
でも此の常夏の、波は、風は、？
皆清い!!
なんとなくきよらかなのであります。

遠い彼なたにかすんでみえるしまは。
只ひとつのしまは。
人げんの「きばう」であります。
くもゝうみも。！
水平線には白ほが一つ。あるひは二つ。
きつと動いてをります。
時。！
時。!!
此の常夏はぶんげいのときであります。

（平岡公威「夏の文げい」昭和八年六月十六日）

この続きには、欲のある人間は夜には清らかでも朝には欲に狂うというくだりがあり、純粋な若者が年を重ねるにつれ欲にまみれるという人間観察への萌芽を感じさせなくもない。だが、基調となっているのは引用から伝わってくる常夏の波と風に「清らかさ」、島と雲と海に「希望」を見る明るく爽やかなイメージだ。

四年生の時に書いた「世界中の海が」は、世界中の海がひとつになったら大きな海になるという発想から、人も木も斧もそれぞれがすべてひとつになったら巨大になり、大きな人が大きな木を大きな斧で切って大きな海に落としたら、大きな音がするだろうという内容だ。マザー・グースのごときノンセンスの趣を感じさせるこの詩は、三島が偏愛した昭和二十八年発表の短編「卵」を彷彿とさせる。「卵」は、毎日生卵を呑む五人の端艇部の学生が卵によって死刑判決を受けるも逃げ出すという荒唐無稽な内容だ。同じように、「世界中の海が」にも主題らしい主題はない。〈海〉はオチに向かうための道具として用いられているだけだ。いずれにしろ、初等科在学中の三島の描く〈海〉は、一般的な子供らしさの域を出ていない。

しかし、これらの詩が学校の「課題」であったことを考えると、ここに三島の本質がどれだけ表れているのかと疑わしくなる。これは案外に大事なことなのだ。三島が文科総代として天皇陛下から銀時計を賜ったほどの秀才であったことはよく知られているが、三島の学力が群を抜いたものになったのは中等科に進んでからのことだ。このことは倭文重も級友も口を揃えて断言する。たしかに初等科の成績表には「中」が並んでいる。体が弱く、欠席が多かったこともあったのだろうが、教師の価値観に左右される面もあったようだ。初等科の六年間を通じて担任だった鈴木弘一は、「フクロウ、貴女は森の女王です」という作文で三島をクラスの笑い者にした教師である。実証的な作文をよしとする鈴木にとって、三島の想像力に溢れた文章は評価に値しないものだったのだろう。後年、三島は当時をふり返り、自身を「白樺《しらかば》流の作文教育にいぢめられてきた少年」（「谷崎潤一郎氏を悼む」昭和四十年）とし、学内で「自分の異質性」を感じていたことを明かしている。

三島は学習院の中等科で清水文雄（一九〇二―一九九八年）という師を得ることになるが、それまでは学校の教師に尊敬の念を抱くことはなかった。その心境は雑誌『青年』に掲載された「師弟」（昭和二十三年）という文章の中でシニカルに語られる。

［先生は］決して私を理解してくれないといふ点で神秘な存在だつた。私の考へてゐることが何一つ通じないのだから、先生とはふしぎな生き物であつた。

子供に健全な「子供らしさ」だけを押しつける教師への不満は炸裂する。

「子供らしくない部分」を除いたら「子供らしさ」もまた存在しえないことを、先生方は考へてみたことがあるのかと思ふ。

意地悪だったり、残酷だったり、不健全なものに愛着を見せる「子供らしくない部分」と、素直で純粋な「子供らしさ」を併せ持つのが子供の実態だ。「大人のいふ『童心』は大人の自己陶酔にすぎない」という手厳しい言葉からは、子供の真実の姿を認めようとしない教師の浅薄な人間理解を見抜き、ひそかに軽蔑していた「恐るべき子供」の鋭い眼差しが感じられる。

学習院初等科時代からの級友三谷信（一九二五―二〇〇〇年）は著書の中で「彼は意識が始まった時から、すでに恐ろしい孤独の中に否応なしに閉じこもり、覚めていた。思うに、彼には精神面で、幼児期はなかった」と書いている。[3] 学友から見ても、同年代に共通の「子供らしさ」が欠如していた三島像が浮かび上がってくる。

三島は教師への軽蔑を反抗という形で表に出すようなことはせず、表向きは教師の求める子供像を演じていたのではないだろうか。それは倭文重が祖母との息苦しい「不自然な」生活を送るわが子を憐れんでいたのとは裏腹に、その生活を愛していたことを告白している次の文章から想像できる。

母のさまざまな感情移入には誤算があつた。私は外へ出て遊びたかつたり乱暴を働らきたかつたりするのを我慢しながら、病人の枕許に音も立てずに坐つてゐたのではない。私はさうしてゐるのが好きだつたのだ。（中略）祖母の病的な絶望的な執拗な愛情が満更でもなかつたのだ。

これは三島の幼少期に倭文重が実際に綴っていた手記を軸にした短い自伝的エッセイ「椅子」（昭和二十六年）からの引用である。母親から見たら、「檻の中の動物」のように「病的」な状況に置かれた小さな息子は、実は「若干のお菓子とノートブックと画用紙と色鉛筆と童謡集があれば十分」であっただけでなく、祖母の狂おしい深情けも楽しんでいたのだ。歪んだ愛情と生活とを喜んで受け容れながらも、母親の望む健気でいたいけな子供のふり、『仮面の告白』（昭和二十四年）の中の、あの「心に染まぬ演技」をしてみせる。まさに「不自然な」、「子供らしくない部分」を持っていた。初等科時代の無邪気な詩もまた、三島が幼い頃から身につけた、こうした *scheinen*（らしく見える）の表れなのではないか。唱歌や童謡は、三島にとって言葉の世界を構築する要素であると同時に、教師を欺く「健全」で「自然な」子供らしさの仮面のひとつだったのだろう。しかし、この仮面をかぶった時、小さな大人たる平岡公威の中にひとりの作家が生まれつつあったのだ。

【註】

（1）金田一春彦『童謡・唱歌の世界』講談社、二〇一五年

（2）平岡梓『伜・三島由紀夫』文藝春秋、昭和四十七年
以後、父・梓、母・倭文重の言葉は註で示さない限り、同書から引用する。

（3）三谷信『級友　三島由紀夫』笠間書院、昭和六十年

2．童話と詩　――小川未明の〈海〉を中心に

人魚は、南の方の海にばかり棲《す》んでいるのではありません。北の海にも棲んでいたのであります。北方の海の色は、青うございました。あるとき、岩の上に、女の人魚があがって、あたりの景色をながめながら休んでいました。

雲間からもれた月の光がさびしく、波の上を照らしていました。どちらを見ても限りない、ものすごい波が、うねうねと動いているのであります。なんという、さびしい景色だろうと、人魚は思いました。

（小川未明「赤い蠟燭と人魚」）

「赤い蠟燭と人魚」の人魚像と日本海に沈む夕陽

幼年期における童話遍歴と小川未明

三島が十五歳の時に書いた「童話三昧」という自伝的エッセイがある。決定版全集が刊行されるまでは未発表だったが、自身の童話体験をもとに書かれたエピソードは、幼少期の三島に童話がどのような影響を与えたかを知る貴重な資料となっている。たとえば次の一文である。

童話の雰囲気はそのまゝわたしの生活だつた。

（「童話三昧」昭和十五年三月十四日）

この「童話の雰囲気」が何を指すかについては、あとで焦点を当てたいと思うが、いかに幼児の三島にとって童話が重要な位置を占めていたかを物語る文章だ。同じことは、「童話三昧」の二か月ほど前に書かれた未完の自伝的文章「紫陽花《あじさい》」にも見られる。

何ンにしろわたしの世界はお伽噺《とぎばなし》のそれであつた。未明、三重吉、紘二郎、アンデルセン、時には、ワイルドやストリンドベルヒのませた童話の雰囲気でもあつた。

（「紫陽花」昭和十五年一月三日）

「童話三昧」の中で愛読書として挙げられているのは、鈴木三重吉の世界童話集、小川未明（一八八二―一九六一年）、巌谷小波（一八七〇―一九三三年）訳の童話全集、グリム、アンデルセン、ワイルド、

巌谷小波『世界お伽噺』
第七十四編（博文館、明治 38 年）
三島由紀夫が所持していたもの
と同じでノルウェーのお伽噺が
所収されている。

ストリンドベルヒ、『アラビアン・ナイト』だ。三十一歳の時に書いた「ラディゲに憑かれて——私の読書遍歴」（昭和三十一年）では、「お伽噺は何でも読んだ。小波の世界童話集を何冊も読み、三重吉の世界童話集も何冊読んだか知れない。冨山房版の豪華な印度《インド》童話集や中島孤島訳の『アラビヤンナイト』も愛読の書であった」と幼年時代の読書遍歴をふり返っている。

こうしたラインナップを見ると、外国の物語の翻訳・翻案が多いのに驚く。そもそも幼少期に最初に手にした絵本からして倭文重が丸善から買ってきた英語で書かれたネコの絵本だったというのだから、ここには母親のハイカラ趣味が影を落としているのかもしれない。それにしても、中等科四年で日本浪曼派の影響を強く受ける前の三島がいかに西洋文学の恩恵に浴していたかが伝わってくる。だが、幼少期の読書遍歴に名が挙がる童話作家の中にあって、純粋に日本を舞台にした童話を書き、「紫陽花」と「童話三昧」の両方に名前が挙がっている作家は小川未明のみだ。おそらくこれは偶然ではない。未明の童話は海と詩と深く結びついており、幼少期の三島に影響を与えたと考えられるからだ。

日本のアンデルセン

「童話の父」、「日本のアンデルセン」などの異名を持つ未明は、明治・大正・昭和と五十年以上の長きにわたって活躍した童話作家だ。明治十五年に現在の新潟県上越市で小川家のひとり息子として生まれた。父・小川澄晴は越後高田藩榊原氏の下級武士の出身で、崇拝する上杉謙信を祀るため謙信の城址跡に春日山神社を創建し、神主になった。未明は癇癪持ちの好き嫌いの激しい性格であり、漢詩を好む一方で、苦手な数学のせいで中学は三度落第し、四度目は諦めて東京専門学校文科（現・早稲田大学）に進んだ。英文哲学科から英文科に転科してからは、巌谷小波のドイツ文学の授業、ラフカディオ・ハーンの英国文学史の講義を受け、坪内逍遙に師事した。逍遙の著書『英詩文評釈』を愛読し、逍遙宅で開かれる読書会にも参加した。「未明」のペンネームをつけた逍遙は小川に「ロマンチストの面影」を見ており、その才能を高く評価した。逍遙が看破したように、未明は純然たるロマンティストだった。イギリスのロマン派の詩人バイロンを愛読し、シェリーの詩の一節を自作の童話で使用してもいる。童話作家としても「純粋な芸術である童話は、ロマンチシズムの詩と、敬虔なる自然を核心として、構築されなければならないと語っている。そして、子供の頃の美しく清らかな心は大人になると堕落するという未明の「ロマンチシズム」は三島と共通しているのだ。こうした未明の本質と童話作家としての資質を確信した逍遙は彼が筆で身を立てていく上でも大きな役割を果たした。息子が神社の後継者になるための助力を請う澄晴に対して諦めるように諭したのも逍遙である。こうして師にも恵まれ、才能を伸ばした未明は在学中から創作をはじめ、雑誌に掲載されるまでとなった。

明治四十三年、二十八歳の時に日本最初の創作童話集『赤い船』を刊行した。大正期には「赤い蠟燭と人魚」（大正十年）をはじめ、夭折する男の子を主人公にした「金の輪」（大正八年）、戦争の愚かさをふたりの兵士の交流から訴える「野ばら」（大正九年）、少しの気の緩みのためにかわいがっていた盲目の弟を失う少女の物語「港に着いた黒んぼ」（大正十年）など次々と後世に残る代表作を発表した。その間、童話とともに小説も書き続けていたが、三島が生まれた翌年の大正十五年、四十四歳の時に『東京日日新聞』紙上で「今後は童話作家に」と題して童話作家に専念することを宣言した。

未明の代表作は大正末期から昭和初期に書かれている。その後も実に多くの作品を書き、未明が書いた童話の総数は一一八二篇とされる。現在も新たな作品が発見され続け、その総数も更新されているというのだから驚きだ。

三島の児童文学遍歴

先に書いた通り、童話の世界が生活そのものであり、まさに「童話三昧」の日々を送っていた幼少期の三島だが、数ある未明の童話の中でどの作品が心に残っているのかは明らかにしていない。それどころか何を読んだのかも不明なのだ。『定本三島由紀夫書誌』を調べてみても、蔵書目録に未明の名はない。

幸い、昭和五十一年に講談社から刊行された『小川未明童話全集』に付された月報には三島と同じ大正十四年生まれの森本哲郎や大正十五年生まれの松谷みよ子の名があった(1)。ふたりはそれぞれ「幸福の鋏」（大正十一年）、「飴チョコの天使」（大正十二年）を心に残る作品として挙げているが、これらは未明が大正時代に書いた童話であり、リアルタイムで発表されたものではない。その生い立ちが作者の三島本人と重なる『仮面の告白』の主人公は、「六つのときから読み書きができた」とされている。主人公と作者である三島を同一視することには慎重にならなければならないが、これをそのまま三島に当てはめると、未明の童話に触れ出したのは初等科に上がる以前の昭和五年以降と推測できる。同世代の森本と松谷が大正期に発表された未明の代表作を読んでいたことからも、三島も大正十四年に刊行された『小川未明選集　第1～6巻』（未明選集刊行会）、昭和二年に刊行された『未明童話集　1～5』（丸善）、『日本児童文庫　日本童話集（中）』（アルス）などに収録された代表作を読んでいた可能性が高い。『赤い鳥』も視野に入れなくてはならない。

三島が名前を挙げた童話作家は『赤い鳥』に関係がある。もちろん、鈴木三重吉は大正期に『赤い鳥』を立ち上げたことで知られるし、吉田絃二郎（一八八六―一九五六年）も寄稿者だった。未明も大正八年に『赤い鳥』に続けと次々に創刊された児童文芸雑誌のひとつ『おとぎの世界』の主宰を務めたが、『赤い鳥』にも四十一篇の童話と二篇の詩を寄稿している。巌谷小波はそれより前の時代だが、日本でお伽噺を確立した巌谷の存在がなければ『赤い鳥』は創刊されなかったかもしれない。大正期に少女時代を過ごし、文学少女だった倭文重が芸術性において最高水準の童話を集めた『赤い鳥』に関わった作家の童話を息子のために選んだことは想像に難くない。

しかし、時代はそうではなかった。大正十二年に起きた関東大震災以降の社会不安に加え、昭和初期の不景気などにより、雨後の竹の子のように創刊された児童雑誌は廃刊となり、『赤い鳥』も昭和四年には休刊となる。二年後に復刊された時には理科の読み物を採り入れるなどの変更が加えられたが、それでも部数は伸びないまま昭和十一年に三重吉の死とともに終刊となる。三島が読み書きのできるようになった頃には『赤い鳥』は大正デモクラシーの全盛期の勢いを失っていた。しかし、三島は「ラディゲに憑かれて」の中で「『赤い鳥』は終刊号が出てゐたが、バック・ナンバーも多少読んだ」と書いている。終刊号が出た頃となると、三島は十一歳以降にバック・ナンバーを読んだことになる。そのバック・ナンバーは全盛期の頃の『赤い鳥』かもしれない。詳細は不明だが、『赤い鳥』を通しても未明の童話に触れていた可能性はある。

悲嘆に暮れさせたもの

それでは、幼少期の三島は未明のどの部分に魅かれたのだろうか。三島は「童話三昧」の中で未明について次のように書いている。

未明の童話ぐらゐわたしを悲嘆に沈めたものはない。（中略）

（中略）未明の童話のいちじるしいところは身辺に空想の世界を織り込んできたことである。それ以前のわたしは遠い夢を自分のなかに溶かしこむのに絶えず努めてゐたのだが、未明の童話はいきなり自分の生活にとびこんで来て、それだけ深く喰ひ入るのだつた。

（「童話三昧」）

この現象は、『仮面の告白』では「幼年時代は時間と空間の紛糾した舞台である」という言葉、つまり諸国のニュースと目前で起こっている出来事と「今しがたそこへ没入してゐたお伽噺の世界の空想的な事件」という三つが、「等価値」の「同系列」のものと思えたと説明されている。主人公の「私」は、社会は自分が成長しても童話の中の世界とそれほど変わりがないと思っていたのであり、これらの「空想」はいずれ現実との齟齬に直面する運命とそれに伴う「絶望」を包含していたのだ。
そうした空想の世界へ幼い子供を瞬時に連れ出す力を未明の童話は持っていた。「童話三昧」では未明の童話がいかに生活の中に入り込んでくるか、その様子が具体的に語られる。

それはじめじめした隠花植物の一群だつた。高山の尾根から見放《みさ》くる、虹のやうな夕雲だつた。豆腐屋の喇叭《らつぱ》の音であり、深夜の遠い汽笛であり、祭りの太鼓のひゞきであり、ほゝづきのかすかな海の味はひだつた。
寺の鳩、もえる森……わたしは胸をどらした。さうして内玄関《ないげんくわん》の方へかけて行つて、古い櫺子《れんじ》にかじりつきながら、今のおはなしで読んだ尼さんがその坂を上つて来ないかと、ぼんやり待つたあげくの果、待ちくたびれて忘れて了ふのだつた。……

（「童話三昧」）

引用の「豆腐屋の喇叭の音」については、未明の童話「少年とお母さん」（昭和七年）に「いつも、晩方になるとくる、豆腐屋のらっぱの音が聞こえました」という一節がある。「紅梅色の雲の色がうすれて、なつかしい薄絹のようなかすみがたちこめる」空から子供たちは惜しみつつ凧を下ろす。また、「祭りの太鼓のひゞき」と「ほゝづきのかすかな海の味はひ」については、未明の「海ほおずき」（大正十二年）に、夏祭りの日に小さなお寺の境内から「カン、カン、カンカラカンノカン、……と雨の中に、遠く磬《けい》をたたく音がきこえていました」とあり、その境内に出ているたくさんの店の中におばあさんが売る「海ほおずきがぬれて光っていた」という描写がある。これらの童話の頁を繰る幼い三島の心は、子供たちが喇叭の音を合図に家路に急ぐ野原や銀色の雨に濡れそぼつ境内へと飛び立って行った。

雨が降ると、山茶花の下には池のような水たまりができた。幼い三島は折紙で小舟をいくつも折って、窓から水たまりにめがけて投げる。紙の舟は雨水に溶けて、斜めに傾いていく。「沈没！あ、沈没だ」と思った瞬間に、「舟のなかの小さい王女」、「島の近くの緑の海」、「沈んだ船の上を、船室の籠から脱《のが》れていつまでもとびまはつてゐる鸚鵡《おうむ》」、「南の島の椰子《やし》の色」、「村のはづれに不意にせり上つてくる夏の海」、「夏雲」、「砂浜のざわめき」、「出てゆく船」、「港」、「埠頭《ふとう》のコンクリイトと白い船腹とのまぶしい反射」、「別れ」、「シンドバッドの航海」、「無人島」、「ロビンソン・クルゥソォー」など頭の中には様々なイメージが頭をよぎる。だが、雨の音にふと現実の世界に戻ると、そこには泥水に打ち上げられてぐちゃぐちゃになった折紙の小舟があるのみだ。

空想と現実の世界を絶えず往復する子供――彼は空想の世界に浮遊して現実に立ち戻るたび絶望を味わわなくてはならない。そして、未明はこの感性の研ぎ澄まされた子供にとって、現実の世界から空想の世界へと瞬時に連れ出してくれる乗り物だった。だが、それは諸刃の剣でもあった。架空の世界の楽しみを与えてはくれるが、現実世界へと引き戻される際には失望を与える未明の作品は、三島にとって愛するものであると同時に「悲嘆に沈め」るものでもあったのだ。

詩としての童話――「赤い蠟燭と人魚」の海

数いる童話作家のうち、なぜ未明が幼少期の三島をこのように空想に導き、悲嘆に沈めたのか。その答えはエピグラフに隠されている。エピグラフに掲げた文章は、未明の代表作として知られる「赤い蠟燭と人魚」の冒頭部分だ。

人魚がみつめる寂寥とした北の海は、未明の故郷からほど近い新潟県直江津から望む日本海だ。私も訪ねたことがあるのだが、ここには古くから人魚伝説がある。人魚塚なるものも上越市の雁子《がんこ》浜にある。

親の決めた許嫁のある若者と佐渡の美しい娘とが恋に落ちた。娘は毎晩、神明の常夜灯をたよりに佐渡から暗い海を渡ってやって来て、愛し合うふたりは逢瀬を楽しんだ。そんな日々が続いたある晩、若者は母親に引き留められた。その夜、若者は待ち合わせの場所に姿を見せず、約束の常夜灯に明かりがつくこともなかった。夜が明けると、神明の崖下に佐渡の娘の死体が発見された。悔恨と自責の念に駆られた若者もまた海に身を投げた。憐れに思った村人たちはふたりの忍び逢いの場であった常夜灯の近くに亡骸を埋葬し、塚を建立したという。人魚とは直接関係ない言い伝えだが、いつの日かその塚は人魚塚と呼ばれるようになった。乱れた長い黒髪、蠟のように白い肌、怨みが一面に漂っていたという、佐渡の娘の美しい顔と磯端に横たわって濡れた体とが人魚を想起させたのだろう。

こんな話をわざわざ持ち出したのは、実際にこの地に足を運んだ時に、童話にそこはかと漂う不気味さ、暗さ、恐ろしさが、遠い極寒の世界に向かって広がる目の前の海にぴたりと重なったからだ。

平日のせいだったかもしれないが、ドライブ中にすれちがう車もめったにない。同じ海岸線沿いを走っても、湘南や房総のようにドライブを楽しむ車は少ない。時々、海沿いに車を停めて眺めてみても、浜辺には誰もいない。七月の猛暑日にもかかわらず、砂浜に這うようにして茂る草が風に吹かれている様もどこか不安げに映る。不法投棄を禁じる立て看板や錆びたフィッシングセンター跡などが、ただで

直江津の海岸（新潟県上越市）

さえ索漠とした浜辺にさらに荒《すさ》んだ印象を与える。だが、このただ明るく光り輝くだけではない海の凄みのようなものこそが小川未明の童話世界そのものなのだ。

しかし、わざわざ雁子浜に足を運ばずとも、「赤い蠟燭と人魚」の冒頭の言葉のみで、この寂しい海の感覚は引き起こされるのだ。私はただ確認をしに来たに過ぎない。未明の言葉はひとつの詩的感情として私たちにある抽象的で観念的な海を想起させる。そしてその抽象的な寂しい海は、雁子浜で私が実際に目にした具体的な海へと還元されるのだ。

このことは児童文学作家で評論家の古田足日が「さよなら未明——日本近代童話の本質」（昭和三十四年）で批判的な眼差しで指摘していることでもある。[2]「さよなら未明」は未明の童話の言葉の使い方を批判し、戦後の新しい児童文学へと方向転換する分岐点となったことで知られる論文だ。「さよなら未明」を合言葉に現代の児童文学は生まれたと言っても過言ではない。古田は「赤い蠟燭と人魚」の冒頭を引用し、ここで描かれている「北方の海の色」の「北方」は具体的な位置を説明するための言葉ではなく、「暗くさびしく孤独」な気分を醸す「ことばの意味をふくらませ」、「感情を吹き込んだ」表現であり、古田の言葉で言えば「近代人の心によみがえった呪術・呪文」であるとした。児童文学研究者の宮川健郎は、こうした古田の批判を経て、昭和三十年代半ば頃には、未明に代表される「詩的、象徴的なことばで心象風景を描くようなものだった短編」は、「もっと散文的なことば」で子供と外界との結びつきを描く「長編の現代児童文学」に変わったとしている。(3)

だが、批判にさらされることになった未明の言葉の象徴性、未明自身が呼ぶところの「わが特異な詩形」は、(4)幼い三島にとっては自身を「詩を書く少年」へと成長させる秘薬であった。眼前の現実を想像力によって変容させることが習い性だった子供は、少年になって言葉を自在に操ることを覚えると、その空想を詩的言葉へと翻訳することを覚えた。その原点には未明の言葉が奏でる詩があったのだ。

先取りされた「凶ごと」

宮川は未明の童話を批判したもうひとりの児童文学研究者の鳥越信の論も紹介している。鳥越と古田は「さよなら未明」が発表される以前の昭和二十八年、早稲田大学在学中に「少年文学宣言」の中でそれまで伝統の聖域であると考えられていた未明を批判することで新たな児童文学の在り方を模索していたが、鳥越も『新選日本児童文学1　大正編』の解説の中で未明の作品を一篇しか選ばなかった理由を「そのテーマがすべてネガティヴ」であり、童話の「内包するエネルギーがアクティヴな方向へ転化していない」ため、(5)「児童文学として失格」の烙印を押した。たしかに人や生き物が死に、草花が枯れ、町が滅びる未明の童話は暗さ、恐怖、侘しさ、孤独といった負の感情をもたらす。

だが、そうしたネガティヴな面こそが子供の心を捉えるという考え方もある。先にも紹介した森本哲郎は「童話の何よりの条件」として、「おそろしさ、こわさ、ときとしては残酷さ」を挙げ、未明の童話こそが少年時代の森本にとって真の童話であったことを次のように表現している。

童話とは、悲しく無残な縦糸と、優しい夢の横糸で織り出されるものだとすれば、その幸と不幸の美しい詩の筬《おさ》で、少年の私を激しくゆすぶったのは、ほかならぬ「幸福の鋏」の作者、小川未明であった。

森本にとって未明の童話は怖ろしくて悲しくて、それでも美しい一篇の詩である。その詩に比類ない魅力と真の童話の力を感じているのだ。悲しみがあるから喜びは大きくなる。散文的で説明的な文章では負の要素に美を見出すことは難しい。児童文学に何を求めるべきかをここで論じるつもりはないが、ネガティヴな要素が必ずしも子供を負の方向へと導くわけではないことは明らかだ。未明の負の要素を失格だとする批判に対し、富裕層の苦悩を知らない、未来は薔薇色だと考えている人たちの「未熟な批判」とし、彼らには「死をとおして生を、闇を通して光を描こうとした美学」が理解できないのだと一刀両断にする山室静のような評論家もいるのだ(6)。少なくとも森本にとってはそうだったろう。悲しみが大きければ喜びは増し、無残が裏返されれば、安堵が大きくなる。だからこそ、森本は童話にはネガティヴな要素が不可欠なのだとしている。未明は童話に専心することを宣言した際、次のように語っている。

私の童話は、ただ子供に面白い感じを与えればいいというのではない。また、一篇の童話で足れりとするわけではない。もっと広い世界にありとあらゆるものに美を求めたいという心と、また、それらがいかなる調和に置かれた時にのみ正しい存在であるかということを詩としたい願いからでもあります。

森本も山室も、未明の童話に込められた願いを感得しているように思われる。三島もまた森本と同じように童話から「負」の要素を抽出している。しかし、それは森本たちのようなより善いもの、美しいものを意識させるための「負」ではない。そこに三島独自のものがある。

大体おとぎ話は子供むきの無邪気なものと思はれてゐるが、そこには人間悪、残酷、復讐、恐怖、愛と死の関はり合ひ、などあらゆるものが盛られてゐて、感受性のつよい子供は、さういふものばかり読みとるらしい。

（「堂々めぐりの放浪」昭和二十八年）

こうした「感受性」が幼い三島を「万事空想的な子供」にしたことは先にも触れたが、それはしばしば童話の世界を飛び越えて、より本質的な欲求を彼に示したと言えよう。三島は「死から生」、「闇から光」を見出そうとはせず、「死」にも「闇」にもポジティヴな意味を読もうとはしない。むしろその「死」や「闇」を深化させていくのだ。未明が目指した「大人の見る世界ならざる空想の世界に成長すべき童話」として童話を読み、その想像力の翼に乗って自身の心が欲するところへ飛んでいくのだ。

たとえば、「童話三昧」にはアイルランドの童話「黒い牝牛」についてのエピソードが書かれている。親も財産も失った三人の王女は魔法使いに行くべき方向を占ってもらう。ふたりの姉には幸福の馬車が迎えに来るが、魔法使いは末の王女には裏の戸口を見るように言う。だが、そこには馬車も人もなく、「死んだやうにひつそり」しているのだ。次の日も待っていると、大きな黒い牝牛が角をふり立てて死にもの狂いで駆けて来る。結局、末の娘も幸せになるのだが、物語の結末よりも幼い三島の心を捉え、慄然とさせたのは、「黒い牝牛」だった。その理由は次の一節に集約されている。

黒い牝牛は死の象徴のやうだつた。

牝牛に黒い不吉な翳を読み取った子供は幸福になった王女のことも「死をとほりこして幸福になつたごく稀な人」のように思え、「その不可能性ばかりが目立つて」言いようのない不安に襲われるのだ。

だが、幼い三島は「黒い牝牛」の恐怖から逃れようとするのではなく、むしろひとつの憧れとしてその到来を待ちわびるのだ。それを証拠に、彼は行くことを禁じられている勝手口の裏木戸にわざわざ忍んで行き、「木戸のむかうに展開されてゐるかもしれない童話の世界」を思ってかすかな期待とともに木戸を開ける。そこから望まれる路面は童話と同じように「死んだやうにひつそり」していた。まさに黒い牝牛が姿を現すのではと思ったその瞬間、黒い影が夕陽に染まる塀に映り、少年は息を飲む。しかし、ただちに夢は破られる。それは豆腐売りの影だった。それでも少年は二階の納戸に駆け上がり、積み上げられた長持ちの上に立ち、「窓から首をつきだして」外の世界を見渡すのだった。「死の象徴」である黒い牝牛の訪れるのを待ちながら……。

これはひとつの寓意であり、予言でもある。「黒い牝牛」、すなわち「死」を待ち焦がれる子供の姿は、夜ごと窓辺で椿事が起こることを待ちわびる十五歳の少年の姿に重ね合わされる。「黒い牝牛」のエピソードはやがて書くことになる詩「凶ごと」の先取りなのである。さらに、憧れは果たされないという作家の生涯を貫くテーマをここに見出すこともできるだろう。このように、童話が意図しない不合理〈黒い牝牛〉をも、幼い彼は自己の本質を炙り出す炎としたのだ。

未明の〈海〉

実は、未明の童話にはよく海が登場する。選集が充実し、三島が童話に親しんでいたと思われる初等科入学頃までの未明の童話を『定本小川未明童話全集』で調べたところ、童話三四九篇のうち一三〇篇に海が出てくることがわかった[7]。実に二から三篇のうち一篇に海への言及があることになる。タイトルからして海との関連を感じさせるものが、「海の少年」、「海へ」、「北海の白鳥」、「港に着いた黒んぼ」、「海のかなた」、「海からきた使い」、「カラカラ鳴る海」、「北海の波にさらわれた蛾」、「海の踊り」といった具合に次々と思い浮かぶ。愛読者だった三島も未明の描く海に触れていたと推測できる。「黒い牝牛」に「死の象徴」を見るほどの子供であれば、未明の描く海からも多くのものを読み取っていたのではないだろうか。そんな未明作品の海の特徴を捉えてみたい。

まずはエピグラフでも引用した「赤い蠟燭と人魚」から考えてみよう。物語は寂しい海の生活に倦み、温かな心を持つ人間と暮らす方が生まれたばかりの娘も幸せになれるだろうと考えた人魚が、わが子を捨て置くところから始まる。この人魚の娘を拾ったのは蠟燭屋の老夫婦だった。子供に恵まれなかったふたりは神からの授かりものとして人魚の子を大切に育てる。その子は美しく成長するが、そんなある日、香具師《やし》がやって来る。金銭に目が眩んで冷たい心になった老夫婦は人魚の娘が泣いて家に置いてくれと懇願しても、聞く耳を持たず、彼女を香具師に売り渡してしまう。その夜、檻に閉じ込められた人魚を載せて南に向かった船が沖にさしかかると、大暴風雨が起こり、海は荒れ狂い、多くの船が難破する。それでも自分と娘を裏切った人間に対する人魚の母の怨みと復讐は収まることはなかった。童話は次のように結ばれる。

……夜になると、この海の上は、なんとなくものすごうございました。はてしもなく、どちらを見まわしても、高い波がうねうねとうねっています。そして、岩に砕けては、白いあわが立ち上がっています。月が、雲間からもれて波の面《おもて》を照らしたときは、まことに気味悪うございました。

（中略）

幾年もたたずして、そのふもとの町はほろびて、滅《な》くなってしまいました。

寂しい海の光景から始まった童話は、その海によってもたらされた町の滅亡で終結する。「赤い蠟燭と人魚」の海は、人魚の住む海への憂い、人間世界への憧れと望み、それが打ち砕かれたことによる絶望と怨嗟という人魚の心情を映し出す鏡の役割を果たす。「赤い蠟燭と人魚」は、一篇の詩のごとく幼い三島の小さな胸に不気味な波の轟きを残したのではないだろうか。

怨念を表す荒れた海は、南からやって来た乞食たちに冷酷な仕打ちをした北の港町が復讐を受ける「黒い旗物語」（大正四年）にも見られる。結末も次のように、虐待されたふたりの乞食を乗せた黒い旗を翻した船がいまも北の海に浮かんでいる様子を描写して終わる。

その夜のことであります。この町から火事が出て、おりしも吹き募った海風にあおられて、一軒も残らず焼き払われてしまいました。いまでも北海の地平線にはおりおり黒い旗が見えます。

同じく、嵐のため停泊している見知らぬ船を無理に荒海の中へと追い出した町の人々が仕返しをされる「カラカラ鳴る海」（初出未詳）でも、その後やって来た別の見知らぬ船からみかんだと騙されて買ったものが黒い石だと判明し、町の人々は海に捨てる。その無数の黒い石が、嵐が来るたびに荒れた波に動かされ、昼となく夜となくカラカラと不気味な音を立て続ける。船乗りたちはその音を怖れた。やがて「この港はいつしか石ばかりになって、船のはいれない」までになり、いまでも嵐の日には「その海が冷笑《あざわら》うように鳴る」という不気味な余韻を残して終わる。

また、特に怨恨などはなくとも、海は不意に死をもたらす。たとえば、珍しいものがたくさんあると聞いて、のどかな田舎から町に出た蝶を主人公にした「ちょうと怒濤」（大正十一年）は、次のように終わる。

強い風は、無残にちょうを海の上に吹きつけました。そして、たちまち怒濤は、ちょうをのんでしまったのです。

このように、未明の童話ではしばしば海が町を滅ぼし、死をもたらす。だが、いつも暗い情念が象徴されているわけではない。筋とは関係なく情景描写として、たとえば「赤々と、海の方の、西の山を染めて、いくたびか、夕焼けは、燃え、そして、消えたのです」（「お父さんの見た人形」初出未詳）というように何気なく情景に収まっている場合もある。

また、海は都会のアンチテーゼとしての機能も果たす。先の「ちょうと怒濤」のように未明の童話では、田舎と都会という対立概念がしばしば描かれる。その場合には海は郷愁の象徴ともなる。それは北と南で置き換えられる場合もあるのだが、生まれ育った田舎（北）を捨てて憧れの都会（南）にやって来た少女や鳥や花が後悔し、息苦しい都会の中で懐かしく思い浮かべるのが故郷の青い海である。便利できらびやかな都市に対して、海は田舎の自然の美を表すのだ。そして、それはそのまま故郷を捨てて東京に住んだ未明の心でもあったのかもしれない。次に引用する詩は、昭和二十八年、未明が七十一歳の時に妙高の中郷村小学校校庭の詩碑に刻まれたものだ。

夏が来るたび　雪に風に
少年の日を思い出す
妙高山いまも若きたましいを呼び
高原に咲く花　白赤

清香を放ちて
かがやく海をかに望む
ああうるわしきかな
わがふる里よ

未明の実家のあった春日山神社は山の中腹にあり、百段以上の高い階段を上らないとたどり着けないが、そこからは町が一望でき、北からは海もかすかに見える。近所に友人もいない人里離れた山暮らしの静寂の中で未明は海をみつめ、空想に耽る少年時代を過ごした。未明にとって海は少年期の日常に溶け込んだものだった。

海は憧れの象徴ともなる。未明初の童話集のタイトルにもなった「赤い船」の主人公の貧しい少女はお嬢様の弾くピアノに「岸辺に打ち寄せる波の音」を聞き、海を往来する赤い船に美しい異国への憧れを重ねる。転校生の少女との淡い交流を描く、ソーダ水の泡のような余韻を残す童話「青い釦《ボタン》」（大正十四年）でも、遠い国から来てまた遠い国へと消えていった少女に抱いていた主人公の少年の憧れが海に重ねられる。彼女が残していった青いボタンは時として「海の色」のように美しく見え、物語は少年がそのボタンを枕元に置い

直江津の海に沈む夕陽

て眠ったその夜に見た夢の中の「赤い家のたくさん建っている港の景色」で結ばれている。

さらに、港や漁村の海が描かれる作品もある。「南方物語」（昭和三年）には日本海とは趣のまったく異なる南洋の海も描かれる。そこでは、「葉の大きな植物が、こんもりとして、海の方から吹いてくる風に、うちわをふるように、はたはたと夜空に音をたて」、「どこからともなく、らんの花のいい香りが流れて」くるのだ。

未明は「すべての詩は少年時代の感覚から生まれる」と書いたが、(8)それは三島にも当てはまるだろう。東京に生まれ育ち、病弱だった幼い日の三島は、未明のような実体験としての海を持たなかった。海との逢瀬は童話を通してくり返されたのだ。未明の童話は幼い三島にとって海との原初的な体験のひとつであり、その言葉が与えたさまざまな感覚は後年の作品に生きているように思われる。


【註】
（1）森本哲郎「未明との出会い」『定本小川未明童話全集』第四巻　月報4」講談社、昭和五十二年（これ以降の本稿における森本の引用はすべてこの文章による）
松谷みよ子「私の好きな作品『飴チョコの天使』」『定本小川未明童話全集』第八巻　月報8」講談社、昭和五十二年
（2）古田足日「さよなら未明——日本近代童話の本質」『現代児童文学論』くろしお出版、昭和三十四年
（3）宮川健郎「未明の消息——小川未明と現代児童文学——」『小川未明文学館図録　新編　小川未明の世界』上越市（企画政策部文化振興課）二〇二二年

（4）小川未明「今後を童話作家に」『東京日日新聞』大正十五年五月十三日（これ以降の本稿における作品以外の未明の引用は同文による）
（5）鳥越信「解説」『新選日本児童文学1　大正編』小峰書店、昭和三十四年
（6）山室静「解説」『定本小川未明童話全集』第一巻、講談社、昭和五十一年
（7）おそらく三島が童話時代から次の『少年倶楽部時代』に入ったと考えられる昭和八年までの童話が収められている『定本小川未明童話全集』第一巻から第八巻までの未明の童話の中で「海」、あるいは「港」、「砂浜」、「沖」など海と同義と思われる言葉が出てきたものを数えている。
（8）かつて中郷村立片貝小学校に寄贈された『定本小川未明童話全集』第五巻の扉の裏に直筆で書かれた一節。現在は新潟県上越市の小川未明文学館が所蔵している。

3. 抒情詩人の夢をつないで ——初の手づくり作品集『笹舟』

蝶のやうな私の郷愁！……。蝶はいくつか籬《まがき》を越え、午後の街角《まちかど》に海を見る……。私は壁に海を聴く……。私は本を閉ぢる。私は壁に凭れる。隣りの部屋で二時が打つ。「海、遠い海よ！　と私は紙にしたためる。——海よ、僕らの使ふ文字では、お前の中に母がゐる。そして母よ、佛蘭西人の言葉では、あなたの中に海がある。」

（三好達治「郷愁」）

母・倭文重の存在

「海」はフランス語で *mer* と綴り、「メール」と発音する。そして、綴りは異なるが、「母」を意味する *mère* もまったく同じ発音だ。ともに女性名詞であるこのふたつの単語は、万物の源であるという意味で深くつながっている。日本語でも「海容」という言葉があるように、過失や無礼も海のように広い心で受け容れてくれるそのイメージは、少なくとも戦前までは厳格な父親に対して母親に期待されるものだった。三島由紀夫という作家を考える時に、「海」がひとつの鍵になると考えられるが、母親の存在もまた作家三島の原点に大きな影を落としている。

「作家的才能は母親固着から生まれるというのが私の説である」——三島自身が三十三歳の時に書いたエッセイ「母を語る——私の最上の読者」（昭和三十三年）からの言葉だ。このエッセイでは幼少期の思い出から結婚するまでの母との関係が綴られている。その母を病気で喪《うしな》う覚悟をするも、幸運にも命拾いをし、母の大切さを改めて認識したという経緯がホームドラマさながらに語られており、三島と母・倭文重との関係を知る資料として貴重なものとなっている。

ここから浮かび上がってくるのは母子の特別な関係だ。さらりと書かれているが、三十過ぎの息子が母を伴ってバレエを観て外で食事を共にし、母は母で出かける直前に美容院で髪を整える。しかも、これはふたりの間で稀《まれ》なことではなく、観劇の度に母を伴っているのだ。それだけではない。倭文重は三島の自決後に行われた夫婦の対談で、息子が呉服屋で見かけた着物を褒めるとすぐに買ってくれ、旅行もあちらこちらに連れて行ってくれたことを、嬉々として語っている。それは買い物は牽制し、旅行にも連れて行ってくれなかった夫への当てつけのようにも聞こえる。

公威さんは私に似たんですよ。あなたとは真反対。街を一緒に歩いていてね、あたしが何か食べたいような顔つきをすると、すぐその気配をさっして、吉兆や浜作、どこにでもつれてゆくの。そのとき遠慮すると本気でおこるんです。

まるで恋人のおのろけ話を聞かされているかのようだが、これには理由がある。生まれるとすぐに両親から引き離され、痼の強い厳格な祖母・夏子の病床で育てられた三島は、信濃町の祖父母の二軒先に住んでいた両親が渋谷に転居するに伴い、十二歳になってようやく親と妹弟と生活をするにいたった。と言っても、祖母の三島への妄執は相変わらずで、最愛の孫と引き離されたことで身も世もあらぬほど悲嘆に暮れる彼女のため、週に一度は泊まりに行くという条件つきの両親たちとの同居だった。障壁を乗り越えて成就した恋愛のごときこうした経緯が三島と倭文重との特異な母子関係をつくり上げた。

「母を語る」によれば、三島にとって、時々しか会えない母の存在は、「こつそり逢引きする相手のやうなもの」、「人知れぬ恋人のやうなもの」であり、母に手を引かれて出かけた日の記憶は「楽しく美しく」心に残っているという。一方の倭文重も、姑の横暴さに不満を抱いていても嫁の立場では決して口には出せない。わが子でありながら遠くから見守ることしかできないもどかしさが憐憫の情へと変わる。倭文重は不憫な息子のことを「あの純真な子供」、「神の様な美しい我子」と手帳に綴っている。寝食を共にすることから生じる軋轢を経験せず、お互いに美しい部分しか見せず、相手にもそれしか見出さない関係が築かれたのだ。

だが、それだけではない。倭文重は、先の夫との対談で「公威さんは、私にとっては金の卵ですのよ。大事の中でも、一番大事なものなのよ」と言って憚らない。三島には妹と弟がいる。妹の美津子は若くして亡くなっているが、五歳下の弟の千之《ちゆき》は存命中だった。三島が自決した時点で四十歳になっていたのだから、さすがに母の言葉で一喜一憂することはなかっただろうが、兄に対する母の並外れた思いを弟はどのように受けとめていたのだろうか。千之は東大法科を卒業後、外務省に入省し、駐モロッコ大使、ポルトガル大使を歴任し、退任後は赤坂迎賓館の館長を務めたエリートであり、ランボーの詩を好む文学的な一面も持ち合わせていた。十分に自慢の息子の要素を備えていた千之だが、平岡家と親交のあった湯浅あつ子によれば、華々しい天才肌の長男の陰で目立たない存在だったという[1]。三島は倭文重にとって腹を痛めて産んだわが子であると同時に、それ以上の存在——自分の心の襞に入り込むかのごとく意を汲み取って行動してくれる理想の恋人であり、芸術的天分に恵まれた「金の卵」でもあったのだ。

失われた夢の投影

明治三十八年生まれの倭文重は、漢学者で開成中学の校長を務めた父・橋健三をはじめ、文学を解する兄たちに囲まれ、竹久夢二に象徴される「甘い耽美的な、と同時に、感情過多の、ごく抒情的な時代」に広く芸術を愛する少女期を過ごした。だが、嫁ぎ先の平岡家は芸術的雰囲気に欠けたお役所勤めの堅い家風であり、倭文重のセンチメンタルな甘い夢は崩れ去った。

当然、このやうな夢は子供に向ふもので、私が身体が弱く、祖母に育てられて、感受性の鋭い子になつていけばいくほど、母はそこに、自分の失はれた夢の投影を見るやうになつたのだと思ふ。母は私に天才を期待した。そして、自分の抒情詩人の夢が息子に実現されることを期待した。……私は、抒情詩人でもなく天才でもなく、散文作家として成長するやうになつたが、長いこと、その抒情的な夢から抜けられなかつた。私は無意識のうちに、母の期待するやうな者にならうとしてゐたのであらうと思ふ。なぜなら、物心つくと同時に私は詩を書き始めたからである。

詩人三島由紀夫の原点は母親の「抒情詩人の夢」にあったのだ。倭文重は息子が東大の法科に合格しても、大蔵省に入省しても、さほどの喜びは見せなかったという。子供の立身出世に躍起になる世俗的な母親とは一線を画しているという自負が倭文重にはあった。彼女にとっては息子の詩や物語の第一読者になり、その才能を感じる喜びのほうが高級官僚としてエリートコースを歩ませることよりもずっと価値があったのだ。父親の梓が文学に傾倒するあまり大切な跡取り息子が生活無能力者になることを恐れたのとは対極的だ。

三島はそうは書いていないが、夫の目を盗んで原稿用紙を揃え、夜中に執筆する息子のためにお茶を淹れるといった倭文重のひそかな行いは、芸術に理解を示さぬ平岡家への復讐、横暴な夫への屈折した反抗でもあったのかもしれない。祖母の強烈な個性の前で若くか弱い母の存在は、美しく優しく儚なげに映る。だが、実は水面下では圧政的な祖母よりも強く深く子供の心を支配していたのではないか。人の気持ちに敏感な幼子はそれらを察知していたにちがいない。

さらに、見逃してはならないのは、倭文重が幼いわが子に内在していた文学的資質を見抜く確かな鑑識眼を持っていたことだ。日本を代表する作家という前提で三島を見れば、梓は大作家の才能の芽を摘み取ろうとした頑迷な父親に映る。だが、果たしてそうだろうか。梓に姉妹そろって谷崎潤一郎（一八八六—一九六五年）の『細雪』をもじった『太雪《ふとめゆき》』などと呼ばれ、わが娘のようにかわいがってもらったという湯浅は、変わり者ぞろいの平岡家にあって梓がただひとり普通の感覚の持ち主で常識人であったと回想している。実際に、梓は、長男である三島に大蔵省を辞めて筆一本で生きていくことを許したものの、平岡家はどうなるのだろうと心配でたまらなかった胸の内を『伜・三島由紀夫』の中で明かしている。成功の保証のない芸術の分野に子供を送り出す父親の胸中とは案外そんなものかもしれない。むしろ息子の才能に対する倭文重の揺るぎない信頼感が尋常ではなかったのだ。だが、それこそが母親というものなのかもしれない。海のように深い理解と絶対的な信頼。この〈海〉があったからこそ、少年三島は文学へと言葉を漕ぎ出すことができたのだろう。

十六冊の詩集ノート

母と息子のひめやかな共謀から生まれた作品は、初等科の低学年の頃は、短歌、俳句、詩、童謡であり、それらには学校からの課題も含まれ、唱歌や童謡の影響が見られることはこの章の「1」で触れた。やがて初等科の六年生も後半になると、一冊の本を意識した作品集を編み始めたようだ。「ようだ」と書くのは、執筆年が明記されていない作品があるため、本という体裁を意識し始めた時期が推測の域を出ないからだ。高等科一年の夏までに三島が自ら編んだノートは現存するだけで十六冊あり、すべてにタイトルがついている。

ノートの推定製作年順に並べてみる。昭和十二年に製作されたと思われるものに『笹舟』、『HEKIGA—A VERSE-BOOK』、『こだま——平岡小虎詩集』。昭和十三年には『木葉角鴟《このはづく》のうた』、『聖室《Tabernacle》からの詠唱』、昭和十四年には『公威詩集Ⅰ』がつくられたと考えられる。最も多くの詩集が誕生したのが昭和十五年で、『Bad Poems』、『公威詩集Ⅱ』、『NOTE BOOK』、『明るい樫』、『一週間詩集』、『無題ノート』、『鶴の秋』、『公威詩集Ⅲ』と七冊を数える。昭和十六年には、『公威詩集Ⅳ』、『馬とその序曲』が製作されたと推定される。

これらのノートの表紙にはタイトルと作者名がデザイン化して描かれたり、最初に目次が付されていたり、絵心のあった三島のイラストが付されるなど、意匠を凝らしたものもある。架空の限定番号が入っている場合もあり、なんとも微笑ましい。後年、『仮面の告白』のガラス装幀版や『黒蜥蜴』のスウェードと本物の蜥蜴革での装幀など、豪華なシリアルナンバー入りの限定本を刊行する装幀へのこだわりは十代に遡ることができるのだ。

初の手づくり作品集『笹舟』

中等科に進んでから脆弱だった体がだんだんと丈夫になっていき、それに伴い成績もめきめきと上がっていったことは先にも述べたが、まさに、この上昇気流に乗り始めようという頃に書かれた詩は五百篇に及ぶ。やがてそれらの詩は上級生たちの話題にもなり、文学と言えば、平岡と言われるようにさえなっていく。『笹舟』はまさにそうした詩の黄金期へと突入しようとする少年が自ら編んだ最初の作品集と目されている。（作品が実際に書かれたのは、初等科の高学年の頃だと思われる）
通常サイズの半分以下の小ぶりなノートの表紙には「笹舟」と書かれた大きな紙が貼られ、その下にはSASA-BUNEと日本語の読みがローマ字で書かれている。いまではこうした表記を目にすることはほとんどないので、レトロな印象を受ける。私の本棚にある北原白秋の詩集『思ひ出』の初版本も日本語のタイトルにOMOIDEというローマ字での併記がある。三島は幼少期から親しんでいた白秋のこの詩集を意識したのだろうか。

ノートを開いた扉の右側に「笹舟のみどりに憩ふ小蟻かな」という俳句が付されている。中央に大きく書かれた「笹舟」というタイトルの下には英語で by Kōi Hiraoka と作者名が記され、さらにその下に「雅号 小虎」を英語で表記した Gagô Shōko の文字が見られる。最下部には The bamboo-grass ship と英訳したタイトルが記されている。英語を覚えたての頃には何かにつけ横文字を使ってみたくなるものだが、中等科への進学を目前に控えた三島も英語で表紙を飾って洒落た詩集を目指したかったのかもしれない。

内容は四つに分類され、「創作童話の部」に五篇、「童謡の部（創作）」に八篇、「児童劇の部」に一篇、「お床のなかできくお母様のおはなし」に一篇となっている。どのジャンルも子供を対象にしていることは一目瞭然だが、だからと言って無邪気で美しい作品ばかりが描かれているわけではない。たとえば、創作童話の「熊蜂の家」では天道虫たちが自分たちに意地悪をする熊蜂を駆逐するために蜂の子供たちを夜中に皆殺しにする。「蛙のはりつけ」と児童劇「メイミィ」では、主人公は周囲の忠告に耳を傾けず、窮屈な巣や小屋から広々とした外界での自由を求めた結果、惨殺される。「蛙のはりつけ」では、百舌《もず》が蛙を捕まえて食べやすいように竹の細い棒に突き刺す様子が描写され、親蛙にその怖さを教えられても、疑い深い子蛙は飛び出し、広い沼でひとり浮かんでいるところに百舌が現れる。

百舌はもちろん、蛙を見て飛びくだり、いつものやうに捕へると、たつた一ぴきだつた腹いせに、散々にいぢめ殺して食べて了ひました。

生前未発表の「メイミィ」は、児童向けながら『鹿鳴館』や『サド侯爵夫人』などを生み出した劇作家三島由紀夫による現存する最初の戯曲だ。この短い児童劇は、短編「アルルの女」で知られる十九世紀フランスの作家アルフォンス・ドーデ（Alphonse Daudet, 1840-1897）が友人宛ての手紙に記した「スガンさんの山羊」（"*La Chèvre de monsieur Seguin,*" 1869）という民話をもとに書かれた。ここでも、「蛙のはりつけ」と同じように、山羊が飼い主であるスガンさんの小屋から飛び出し、広い山で楽しんでいるところを狼に襲われてしまう。ドーデは、自由奔放に生きることを戒める教訓話としてこの物語を記した。ところが、ふたをあけてみれば、多くのフランス人は、最期まで狼と自らの角で死闘をくり広げる山羊の果敢な姿に、危険を冒してでも自由を手にするために立ち向かうことの大切さを見出した。さすがは革命によって自由を勝ち取ったお国柄だ。

それでは、われらが三島はこの山羊の物語をどのように戯曲化したかと言えば、実は、狼と朝まで戦った山羊の雄姿についてはまるで触れていない。それどころか、悲鳴を上げて命乞いをする山羊メィミィに向けた狼の不敵な笑い声だけを残して舞台は暗転される。そして、終幕で百姓に無残なメィミィの姿を語らせるのだ。

朝がうつすらと近づいて来た頃、もうメィミィは皮と骨ばかりになつてゐたのです。断崖の下にも血が流れて行つたかも知れません。

「蛙のはりつけ」でも、長老の蛙が「あそこの土にしみてゐるのはたしかに、蛙の血ではないか」と指摘する。両作品の凄惨な殺戮の後の流血の描写は子供の心に生々しい真紅の爪痕を残すにちがいない。
子供向けの作品がハッピーエンドでないと、「納得できない」とか「子供に悪影響を及ぼす」という不満の声が上がりがちだ。だが、本章で小川未明からの影響を論じる際にも触れたように、三島の場合、幼少期であっても童話に幸せな結末など期待していなかった。むしろ、そこに「人間悪」、「残酷」、「復讐」、「恐怖」、「愛と死の関はり合ひ」（「堂々めぐりの放浪」）を読み取っていたのだ。

自分が買い与えたり、読み聞かせている童話から息子が悪の部分を嗅ぎ取り、抽出していることに、倭文重は気がついていただろうか。それがやがてデカダンスや悪魔主義的なものへと変容していくことなど想像できなかったのではないか。あるいは、このふしぎな息子を愛しながら、母はその子の中に「人間ならぬ何か奇妙な悲しい生き物」（『仮面の告白』）を感じ取っていたのかもしれない。
『笹舟』に収められているそのほかの童話はどうだろう。空に住み、織った布で虹や雲をつくる大きなお婆さんが登場する童話「大空のお婆さん」は空想好きな三島らしさにあふれている。「緑色の夜《よ》」も、お爺さんが夜に目撃した妖精たちの舞踏会の様子を物語る幻想的な作品だ。岩をどけると現れた小さなお城はみるみる膨れ上がるが、朝になるとあっという間に縮んでいき、やがて岩の下に消えてしまう。最後のお爺さんの言葉は不思議な余韻を残す。

何、岩をあとでどけて見たかつて？　そりや、ちやんと苦労してどけて見たわ。中に何があつたかつて、は、、、、何もありやせん《ママ》それまで語られていた妖精たちのまばゆい世界が夢だったのか現《うつつ》だったのか……一瞬、狐につままれたような気持ちにさせられる。ここには、三島が少年期に愛読した佐藤春夫（一八九二―一九六四年）の短編「美しい町」（大正十八年）のエコーが聞こえる。美しい町をつくるという計画のもと選ばれた画家と設計士が来る日も来る日もその理想の町の実現を夢見て仕事に励むが、実は依頼人はもともと出資する財力がなく、美しい町は幻に終わる。三島はこの作品を読んだ時の「感銘はいまだにわすれることができない」（「童話三昧」）とし、読後は「幾晩となく夢に見た」というほど感動した。十二歳の妹にも読ませ、三島自身はそれより三年若い時に読んだという記述があるので、おそらく九歳には読んでいたことになる。そうすると、この「緑の夜」が書かれた時には当然「美しい町」を読んでいたはずだ。こうした小説に惹かれる傾向は、自作にも影を落としている。これは感受性豊かな少年が陥りがちな、いま生きているこの瞬間がたしかに存在するのか、そんな世界への懐疑の表現なのかもしれない。いや、それだけでなく、やわらかな言葉の未熟さの中に、すでに足元の地面がぐらつくような虚無の世界を垣間見るような幼い魂がここにある。それはやはり稀有なものだ。

五篇の童話でただひとつ「海」が扱われているのが「〝水〟の身の上話」だ。実は、この作品の中の「海」こそが、三島が物語で最初に描いた「海」なのだ。主人公の「水」は「かねぐ〳〵噂に聞いた〝海〟といふもの」へと、憧れの気持ちを抱いて向かっていく。ところが、すぐには「海」に到着せず、多摩川から浄水池を経由して蛇口から家庭の炊事場で米とぎに使われた後、下水に流され、川に出て、ようやく海にたどり着く。

海へ出たのでした。私は、あんなに多摩川からすぐ海へ行つた友達をうらやましがりましたが、海へ出るのにこんな方法もあつたのでした。

春の日は、水面、もう海面である私達の頭に、金色のこてをあてました。こてにかゝつた髪のうねりは次第に高まつて、初めて知つた波となつて、白砂の浜にうちつけました。

私は、気持よく、ゆりかごにのつたやうに、波打つてゐたのです。

意に染まぬ旅を潜り抜け、ようやく目にした春の海。降り注ぐ金色の陽光を浴びながら、「水」は母なる海の手に優しく揺らされる「ゆりかご」の中で心地よくたゆたう。

こうした童話のほかに、『笹舟』には八篇の童謡が収められている。童謡と聞くと、歌を思い浮かべがちだが、子供によって書かれた詩も含まれる。倭文重が少女期を過ごした大正時代に、童謡は生まれ、盛んになった。日本の四季折々を象徴する自然や動植物をテーマにしたものが多いのは唱歌と同じだが、子供に親しみやすい口語で書かれ、子供の想像力と純粋な情操を育もうという理念に基づいている点が唱歌と大きく異なる。

三島が書いた童謡は春夏秋冬に分けられていて、それぞれの季節ごとに二篇ずつ選ばれている。春は「燕」と「土筆」、夏は「海辺のあそび」と「鷗」、秋は「蜻蛉」と「お月見」、冬は「蜜柑」と「雪」という具合だ。タイトルだけを見れば、唱歌や童謡に同じようなものはいくらでもみつかりそうな、いわゆる紋切り型のものが並ぶ。

しかし、三島自身はこれらの童謡を愛していたようだ。と言うのも、八篇とも、昭和十二年七月からつくり始めた第五冊目の自選詩集で昭和十年から昭和十三年までに書きためた二百篇の詩から三島が「愛してゐる詩のみ」を選んだ「聖室《Tabernacle》からの詠唱」に再録されているからだ。

「海」の両義性

次に引用する「海辺のあそび」と「鷗」の二篇は「海」を扱ったものだが、その中で、三島は「海」をどのように扱っているのだろうか。

「海辺のあそび」

集めろ！　あつめろ！
浜辺の石と
打ち上げられた
俵を一つ
集めろ　あつめろ
湿つた砂と
悉皆《すつかり》乾いた

雪のよな砂を
両手に一杯
ばけつに一杯
元気な子供ら
集めろ　あつめろ

造ろよ！　つくろよ！
波打際に
波にも崩れぬ
丈夫な城を
土台は俵に
黒砂かぶせ
どつしりつくろよ
土台の上に。

造ろよ！　つくろよ！
お城のお庭
白砂まいて

浜菅《はますげ》植ゑよ
お池を掘れば
小魚よ　泳げ。

各連の最初の「集めろ！　あつめろ！」や「造ろよ！　つくろよ！」を見ただけでも、その命令形や呼びかけに、すぐに北原白秋の童謡が重なる。たとえば、白秋の「子どもの大工」の中の「つくろよ、つくろ、／子どもの家を。／すぎの板、小板、／すうすとけずろ」という一節や、「砂山」の「みんな呼べ呼べ、／お星さま出たぞ」や「かえろかえろよ、／ぐみ原わけて」などだ。同じく『笹舟』に収められている「蜻蛉」の「赤い洋服／くるくる眼玉」の表現も、白秋の「とんぼの目玉」を思わせるし、「お月見」の「そこでお寺の狸殿／たつた二匹でポンポコポ／たつた二匹でポンポコポ」というかわいらしい擬態語、そして月夜と狸の組み合わせは、「しょ、しょ、しょうじょうじ〜♪」という冒頭部で多くの人に親しまれている野口雨情の童謡「證城寺の狸囃子」、特に「己等《おいら》の友達ァ／ぽんぽこ　ぽんの　ぽん♪」のフレーズの影響を感じさせる。

「海辺のあそび」に見られる「海」は、童謡という枠組に切り取られた「海」であり、作者自身の実体験や心象を映し出すものではない。その意味では初等科の低学年に書かれた海の詩から大きな変化は見られない。

しかし、「童謡の部（創作）」の「夏」に収められたもうひとつの詩「鷗」では子供たちがはしゃぎまわる躍動感や明るさは失われ、霧に包まれた不吉な「海」が描かれている。

「鷗」

狭霧《さぎり》の海に
鷗がうかぶ。

子よ来て泳げ
小波《こなみ》の海に。

鷗がなくよ
海面《うなも》をすつて。

なぜ〱なくの。

「私の坊やがさらはれた
大波小波にさらはれた」

狭霧の中に

鷗が啼くよ。

啼く声聞けば
「坊やはどこに
海底《うみぞこ》探そ！」

「狭霧」は春の「霞」に対して秋の季語なので、この詩は本来「秋」の部に入れるべきだろうが、霧にけぶった灰色には夏の輝きはない。その空に子供が波にさらわれたことを告げる鷗の悲しげな声だけが耳に響く。「海底」に探すのは鷗の子供の亡骸《なきがら》だろうか。この海には未明の童話を想起させる自然の厳しさと暗さ、後年の「真夏の死」（昭和二十七年）を思わせる死の翳りが見られる。

大正ロマンの薫り

学習院時代の恩師清水文雄や文芸部の先輩である東文彦（一九二〇―一九四三年）宛ての書簡には、年代順に影響を受けた作家と作品が挙げられており、その筆頭に北原白秋の名がある。たしかに、三島の蔵書を記録した『定本　三島由紀夫書誌』に目を通しただけでも、北原白秋の『作曲白秋舞踊詞集』、『白秋小唄集』、『白秋詩抄』などが見られる。いずれも、奥付は初等科時代までの発行となっているが、これらの多くは大正時代に発表されたものだ。三島が親しんだ小川未明の代表作や『赤い鳥』のバックナンバーも大正期のものと考えられる。三島の蔵書目録には鈴木三重吉の『世界童話』や『まざあ・ぐうす』の名もある。こうした幼年期に三島が読んでいた海外の作家による童話や童謡からも「ハイカラ」な大正の空気が感じられる。

こんなエピソードもある。三島は童話から想像力をかき立てられる子供だったが、童話の中に登場するお菓子に想像をたくましくしたこともあった。

そのころ、私はエーリッヒ・ケストネルの「点子ちゃんとアントン」といふ童話に心酔してゐた。その中に出てくる泡雪クリームといふお菓子が、どのやうにおいしいものかと想像してゐた。

両親に連れられて銀座に食事に出かけた帰りに、ついに「泡雪クリームを食べたい」と言ってみたが、ふたりは「泡雪クリーム」を知らなかった。それでも、「きつとどこかで売つてゐるに違ひないものだと思つてごてた」ため、両親は銀座の店をあちらこちらたずね歩いてくれたが、結局みつからなかった。

これは三島が十一歳、初等科五年から六年のエピソードと考えられる。ケストネル（Erich Kästner, 1899-1974）の「点子ちゃんとアントン」（*Pünktchen und Anton*, 1931）の初訳は、昭和十一年二月に予約販売された山本有三編『日本少國民文庫』第十四巻（世界名作選㈠）に収められているからだ。ちなみに、先に触れた三島がはじめて書いた戯曲「メィミィ」の原案である「スガンさんの山羊」は、『日本少國民文庫』第十五巻（世界名作選㈡）に所収されている。この本は美智子上皇后陛下が少女時代に愛読していたことで話題になったが、こうした最新の翻訳本を買い与える母親。三島の記憶では東京で唯一生の演奏を聞かせるレストラン・東京ニューグランドで夕食をとり、わが子のために「泡雪クリーム」なる、いかにもモダンな名前のお菓子を探して銀座の街中を尋ねまわってくれる両親。このエピソードは子供にとっては童話という架空の世界が現実に浸食してくる身近で大きな存在であることを示すと同時に、平岡家の教育水準の高さとハイカラな趣味を物語っている。

三島は、自らの目ではじめて本を選び、自分の所有物にしたのは十一、二歳（満年齢で十二、三歳）の頃、ワイルドの『サロメ』を手にした時だと語っている。すると、それ以前に読んだ本は、文学に造詣が深かった倭文重が選んだものなのだろう。

幼年時少年時の感傷はすべて童話の世界をとほして生れ、拙ないものながら後年の詩を形づくつた。（「童話三昧」）

三島にとって、詩は童話の延長線上にあった。そして、その感傷的な世界は母・倭文重の愛した世界そのものだった。そして母子の絆は童話を通して深められていった。祖母と起居を共にする特異な生活の中で、三島が倭文重と触れ合えるのは絵本を読み聞かせてもらう時、読み書きができるようになった六歳からは一緒に読む時だった。初等科に上がってからは送り迎えをしてもらう道中で買ってもらった本の感想を伝えることが日課となっていた[2]。中等科に上がってからは文学上の先輩や恩師を持つようになる三島だが、それ以前の文学的影響は母の力に資するところが大きかったのではないか。まさに、倭文重への「母親固着」から三島文学は始まったのだ。

三島は、倭文重に似合う髪の結い方は大正時代に大流行した「耳隠し」だと断言する。昭和初期には見られなくなったこの髪型こそが彼女の内面を象徴していたからなのだろう。当時は最先端だったウェーブを和風の束髪に取り入れた「耳隠し」は、日本的な枠から外れずに西洋的でモダンな要素も楽しめるとあって、大正女性の憧れのヘアスタイルだった。

大体、少女時代に受けた教養――教養と言はないまでも生活の一種の色調は、その人の一生を支配するものであるが、母は今でも大正期の女なのである。

三島は倭文重の本質が「古い東京のかなり規矩《きく》正しい、今から見れば非常に道徳的な生活感情の中で、ただ抒情とセンチメンタリズムの放蕩をした［少女］時代」にあることを看破していた。母親は文学の甘美に酔いしれたが、決して「道徳」から足を踏み外すことはなかった。そんな彼女にとって、芸術家とは、薔薇の香りの感じ方ひとつをとっても、箸の上げ下ろしひとつをとっても、そのすみずみまで「清潔な抒情的な彩り」に包まれている特別な存在でなければならなかったのだろう。

交遊のあった人々の回想録などを読むといつも感じるのだが、三島には会う人がみな自分は特別に思われていると感じさせる力があった。相手の心を見抜き、その心をわしづかみにしてしまうのだ。人の心が透けて見えるヴォワイヤンとしてその人に沿おうとする悲しいほどの律儀さと優しさ、そして愛の渇きが彼にいくつもの仮面をつくらせた。その最上の演技が母に向けられたとしても不思議ではない。だからこそ、幼い三島は母の憧れる清潔な抒情詩人を志向した。本人は「母の期待するやうな者」になろうとしたのは「無意識のうち」だったとしているが、それすらも母を慮った言葉だと思うのは穿った見方だろうか。いずれにせよ、三島の文学の揺籃期は十九歳で母親となった倭文重が多感な少女期を過ごした大正ロマンの薫りがする。

だが、母との蜜月にその手に引かれ、ともに見たたおやかな凪の海の光景は同じものだったのだろうか。抒情詩人を目指す息子は母の見る青く輝ける海に、すでに暗い死や虚無という、彼女の見ようとしないもうひとつの「海」を見ていたのかもしれない。ふたりの見る海にはすでに不穏な波が押し寄せていた。三島が十一歳になってひと月あまりのことだ。二・二六事件の銃声が時代の深部で大きなうねりをもつ波のように、遠くで響いていた。彼がこの波動の大きさを知るのはずっとあとのことである。

【註】

（１）湯浅あつ子『ロイと鏡子』中央公論、昭和五十九年。本書における以降の湯浅の言説については同書からの引用とする。

（２）松本徹「文学的志向の形成、その輪廓――『花ざかりの森』まで」、（『三島由紀夫研究⑬三島由紀夫と昭和十年代』鼎書房、二〇一三年）

第2章　中等科一年（十二〜十三歳）

1. 拓《ひら》けていく世界　――手づくり詩集『こだま――平岡小虎詩集』

Mon oreille est un coquillage
Qui aime le bruit de la mer.

(Jean Cocteau, "Cannes V")

私の耳は貝の殻
海の響をなつかしむ

（ジャン・コクトー〈堀口大學訳〉「耳」）

『少年倶楽部』時代

「ラディゲに憑かれて」の読書遍歴によれば、絵本からお伽噺・童話を耽読した時代を経て到来したのが、「少年倶楽部時代」だ。『少年倶楽部』は大正三年に大日本雄弁会講談社（現・講談社）から刊行された。創刊時から人気を誇っていたこの少年向け児童雑誌は、人気の挿絵画家だった高畠華宵が画料の

『少年倶楽部』昭和９年４月号（講談社）
三島が購読をしていた頃のものと推定できる。

問題で手を引いたため、売り上げが低迷した時期があった。だが、三島が初等科に上がる頃には人気は盛り返していた。三島も定期購読していたようで「毎月十日の発売日が待ち遠しくてならなかつた」と、当時の心境を記している。東京帝国大学の学生だった頃には、『少年倶楽部』の編集者であった高橋清次から童話の寄稿を依頼されてもいる。三島はこの依頼への返事の中で、「少年倶楽部は実に懐しい雑誌で、昔の新年号の、金粉が手にとれば手につくやうな多彩な表紙と、あの重さと厚み、それに第一附録・第二附録・第三附録といふ見るからに豊かな感じ」（昭和二十年十月二十九日付書簡）と、その充実ぶりを具体的に書いている。まさに愛読者ならではの実感のこもった文章だ。

たしかに、三島が初等科に通い始めた頃の『少年倶楽部』は、厚紙でできた組み立て式の付録などが充実していた。たとえば、国会議事堂や名古屋城など、実際の建築物の紙の模型が鋏も糊も使わず手軽に完成した。圧巻は軍艦三笠である。まさに日本海軍の象徴であり、世界海戦史に名を残すこの日本海大海戦の旗艦が実物に忠実な縮尺で敵の砲弾痕までも再現された。甲板には東郷平八郎が司令長官として全艦隊を指揮した場所も足跡で示されている。そのほかにも、高さが一メートルほどもあるエンパイア・ステート・ビルディングの模型もあり、高層ビルなど目にしたことがなかった日本の子供たちはさぞかし目を見張ったことだろう。三島が六歳の頃には田河水泡（一八九九―一九八九年）の漫画「のらくろ」の連載も開始した。

寄稿作家についても『赤い鳥』とは異なる大衆作家が少年向けの小説を書いて人気を博していた。『少年倶楽部』は初等科の後半から中等科の前半の男子向けにつくられたが、三島が読み始めたのは初等科時代だったのではないだろうか。と言うのも、「ラディゲに憑かれて」には、『少年倶楽部』で山中峯太郎（一八八五―一九六六年）の冒険小説と少年講談を読んでいたと書かれており、山中の代表作とされる軍事冒険小説「亜細亜の曙」は昭和六年一月号から昭和七年七月号、武勇熱血小説「大東の鉄人」は昭和七年九月号から昭和八年十二月号まで、熱血小説「太陽の凱歌」は昭和十年二月号から十二月号まで連載されているからだ。「少年講談」については、山中が昭和九年一月号から十二月号まで『少年倶楽部』に連載していた「星の生徒」のことと考えられる。これは実際に山中が幼少期から幹部将校候補の養成を行う全寮制の軍学校、東京陸軍養成学校の生徒（星の生徒）から聞いた実話をもとに書かれている。

『少年倶楽部』の編集長を務めた加藤謙一によれば、『少年倶楽部』は実際のところ設定している読者層よりもレベルを下げた内容になっており、大正四年生まれの三笠宮殿下は学習院初等科入学と同時に購読を開始したとしている。[1] 山中の連載小説のことなども考え合わせると、三島は昭和七年か八年頃には『少年倶楽部』を購読していたと考えられる。

また、『少年倶楽部』に昭和二年に連載されていた高垣眸（一八九八―一九八三年）の「豹の眼《ジヤガー》」と昭和七年に連載されていた南洋一郎（一八九三―一九八〇年）の「吼《ほ》える密林」について三島は、単行

宍戸左行『スピード太郎』
（第一書房、昭和10年）
新聞連載のものを布張りの単行本で刊行し非常に人気を博した。

本で「まさに韋編《ゐへん》三絶した」と書いている。「堂々めぐりの放浪」で子供の時の読書傾向をふり返る中での「私は、猛獣狩の本や、伝奇的な荒唐無稽な冒険小説のとりこになつてゐた」という一節も、こうした『少年倶楽部』の小説を指しているのだろう。

「豹の眼」は二歳の時の連載なので単行本を買い求めたのだろうが、七歳の時に連載されていた「吼える密林」についてはどうだろう。十歳で『アラビアン・ナイト』、十一歳で『赤い鳥』のバック・ナンバーなどの童話を読んだりしていたことと、三島が言うように童話耽読時代の後に「少年倶楽部時代」が来たことを考え合わせると、連載時にリアルタイムで読めなかったため単行本で読んだと考えるのが妥当ではないだろうか。ちなみに『豹の眼』は昭和五年、『吼える密林』は昭和八年に初版本が出ている。

東文彦宛ての手紙には「小説は、『酸模』のまへに、五つ六つの書き損じの少年倶楽部式小説あり」（昭和十六年一月二十一日）とある。『酸模』が十三歳、中等科一年生の時の作品なので、『少年倶楽部』の影響を受けた作品が書かれたのは初等科時代の後半から中等科一年生の頃だと推測できる。

「豹の眼」は、サンフランシスコとアリゾナを舞台にインカ帝国の秘宝をめぐり豹一味と対決するという内容で、変装、ピストル、自動車による追跡、毒ガスの使用など、さながらアクション映画のような場面がくり広げられる。「のらくろ」から始まったという三島の漫画経歴は、三十一歳になっても「いまだに朝刊をひろげると、まづ漫画から見る」（「わが漫画」昭和三十一年）という言葉が示す通り、続いていた。三島が好んだ漫画には、主人公の太郎がクマとサルをお供に架空の国同士の陰謀で戦う宍戸左行（一八八八―一九六九年）の児童向け漫画「スピード太郎」（昭和五〜九年）がある。アメリカで漫画を学んだ宍戸のアメリカン・コミックさながらの主人公の衣服、近未来的なＳＦアクションなどは、「豹の眼」と共通するものがある。

また、「吼える密林」は、アメリカの探検家の回想録という形式でアフリカ、ボルネオ、マレー半島でライオンや大蛇、豹などの猛獣との闘いを描いた作品だ。『吼える密林』の単行本には「少年諸君よ！」と題する作者南洋一郎による少年読者へのメッセージが掲載されている。この中では「美しく尊い日本の国土を護るために生れて来た諸君よ」という呼びかけがあり、「何者にも負けない大国民」になるよう鼓舞している。そして、この猛獣狩り小説は「勇猛心」という「日本男子の心」を育み、「御国の大君」のためにどんな苦難に遭っても屈しない「強い精神力」を養うために書かれたと明言している。三島は『少年倶楽部』の冒険小説について「私の南洋への憧れはこのころに源するのだ」と書いているが、当

南洋一郎『吼える密林』
（講談社、昭和８年）
当時の少年が大興奮した猛獣狩奇譚。
挿絵も細密で臨場感がある。

時の少年に期待された勇敢な日本男子像というものも少なからず影響を与えたかもしれない。
本書では三島の幼少期と少年期における海と詩に焦点を当てているため、こうしたサブカルチャー的なもの、多くの少年が親しんだものを三島もまた愛していたという事実に目を向ける機会は限られる。だが、三島が成長するにしたがって、SF的なもの、冒険、南洋、戦い、アクションに好奇心を持ち、それらもまた後年の三島を形成しているものだということを忘れてはならないだろう。
お伽噺や童話を読んでは空想の世界に耽る一方で、手に汗握りながら冒険小説を読むという極端な読書体験が自身に与える影響について、二十八歳の三島は次のように書いている。

今後も私の書く小説は、アラビアン・ナイトとマレー半島の猛獣狩小説との甚大な影響をぬけ出すことはできないらしい。

（「堂々めぐりの放浪」）

実際、南洋への憧れはブラジルを舞台にした戯曲『白蟻の巣』（昭和三十一年）を想起させるし、SF的な小説『美しい星』（昭和三十七年）や江戸川乱歩の同名の探偵小説を戯曲化した『黒蜥蜴』（昭和三十六年）などにもこの流れを見ることができるかもしれない。
また、こんなエピソードもある。死の前年の昭和四十四年の八月の残暑の厳しい中、作家中山義秀の葬儀が青山の斎場でしめやかに行われていた。受付係として立っていた講談社編集部の松本道子の前に現れた三島は「この暑いのに、なんであなたは受付なんかやってるんですか」と真面目な顔で優しく言った[2]。拝礼を終えると再び現れ、「ほんとうにもう休みなさいよ。お茶でものみに行きましょう」と松本を労った。近くの喫茶店を訪れると、葬儀の席で『群像』に原稿を持ち込む話をまとめてきたことを告げ、「短編ですけどね、これはもう書きたくて仕様のない小説でね、私小説なんですよ」と言って、豪快に笑った。「蘭陵王」と題されたその原稿は、いつものように約束の日の前に届いた。十五枚の掌編といっていいこの作品は、炎天下の富士の裾野で行われた楯の会の戦闘訓練の様子と、その夜、小隊長らの横笛で吹奏する「蘭陵王」に深く感銘を受ける「私」が描かれている。まさに私小説であり、死への疾走を始めた三島の心の透視図のような名編である。楯の会への真剣な取り組みは、少年期に胸を躍らせて読んだ冒険小説を彷彿とさせたのではないか。これを敢えて『群像』に寄稿したのは、思い出の『少年倶楽部』と同じ講談社が出版していたからだろう。三島流の優雅な悪戯であり、『少年倶楽部』へのオマージュがここに表れているような気がしてならない。

中等科進学前後の生活の変化

中等科に進学する頃にはこうして読書生活が豊かになっていったが、実生活でもいくつかの変化を経験する。先にも触れたのでくり返しになるが、やはりまず挙げなくてはならないのは、昭和十二年四月から祖母・夏子と起居をともにする生活に終止符が打たれ、両親と弟妹とともに過ごすことになったことだろう。四谷から渋谷に越し、三畳ちょっとの小さな自分の書斎を持った。

さらに、同じ年の十月に梓が農林省営林局事務官に就任し、大阪に栄転になったことも大きかった。梓は夏子に代わって家庭内で暴君ぶりを発揮した。梓は家族とともに大阪に移り住むことを望んだが、倭文重の虚弱体質に加え、孫たちの転校に夏子が反対したことなどから単身赴任をせざるをえなくなった。「文学をする者は亡国の民」と言って憚らず[3]、運動が苦手で室内で本ばかり読んでいる長男のことを鍛え直そうと叱咤した梓の不在は、少年三島にとってみれば天の恵みだった。母子密着の関係は確実に築かれていき、文学少女である倭文重の期待に応え、めきめきと詩の頭角を現していった。

学校での変化も見られた。級友の三谷信は当時の三島を次のようにふり返っている[4]。

> 我々が中等科に入った年に日中戦争が始まり、戦時色は次第に深まった。学習院の中にも、それなりに尚武の風が吹いた。その中にあって、平安期を中心とする優雅な王朝文化に心酔する彼は、その方では無論何人の追随をも許さぬ旗手であったし、その他の課目（ママ）にあっても衆に抜きんでていたが、教練、武道、体操の方は不得手であった。甚だ不得手であった。

現代でも運動が苦手であれば多少は肩身の狭い思いをするだろうが、戦時下ともなれば、男子に期待されるものは国を護るための兵力となることだった。教練、武道、体操が苦手ということは男子失格の烙印を押されたのも同然だった。だが、彼の目は現実世界よりも自身の内面世界の方をみつめている。

作文の評価が格段に上がったのもこの頃だ。倭文重によれば、初等科で作文を評価してもらえなかった理由を「子供の感覚でなく、まるで大人の感覚で彼と彼女とか大人らしいことを書いたり、『チェリオ』という題の大人びた詩を作ったりするのが先生には御不快で、御意に召さなかったため」としている。ところが、一転、中等科では国語科の主管で自らも俳人だった岩田九郎（一八九一―一九六九年）

が三島の文才を高く評価した。作文では最高点を取るようになり、作家の素質も表立ってきた。詩作については平岡の右に出る者はいないと級友たちにも一目置かれるようになり、和歌などの宿題が出て困った時の駆け込み寺のような存在となった。

文学仲間を持つ――坊城俊民との出会い

彼の文才はついに同級生以外の文学仲間を引き寄せるまでになった。高等科三年生で八歳年上の坊城俊民（一九一七―一九九〇年）である。坊城は堂上華族で、後に東京帝国大学に進み、国文学者となるが、学習院時代から文芸部の編集委員を務め、詩作や小説の創作を行っていた。坊城は三島の書いた私小説「詩を書く少年」の先輩Rのモデルとしても知られる。昭和十二年十月、三島が学習院輔仁《ほじん》会が発行する校友誌・文芸部機関紙『学習院輔仁会雑誌』（以下、『輔仁会雑誌』）に投稿した詩「秋二篇」を掲載するように委員に指示したことを坊城が伝えに来る形でふたりは知り合い、文学的交流が始まった。

最初の邂逅の時である。坊城によれば、まっ白な皮膚をした華奢な体に目深にかぶった学帽の奥で大きな瞳を見開いている三島は、当時の学習院で二人称として使われていた「貴様」を使うのも憚れるほど幼く映ったという(5)。その一方で、彼のはにかんだ不器用な敬礼の中に「少年のやさしい魂」を見出した。ジョン・ネイスンの伝記によれば、中等科時代の三島は坊城に「繊細でどこか女性的な挙措をそなえた、温和で脆弱な」印象を残している(6)。

ふたりは主に書簡を通して交流したが、坊城が麻布笄町《こうがい》（現・港区南青山六〜七丁目、西麻布二〜四丁目の一部）にあった自宅の書斎で『源氏物語』を広げて三島に自分の解釈を話して聞かせることもあった。そんな時の三島について坊城は「相手の考えを吸収する、というよりは、相手の考えを整理し、整頓し、それを相手の中に定着させてしまう」と回想している。

三谷は「三島は一面非常に用心深く慎重である。自分の裸の心を不用意に人目に曝《さら》す様な真似は決してしなかった」と回想しており、結果「友人達とすっかり打ち解けて友情を結ぶはずはなかった」としている。坊城も同じことを感じていた。父・梓は、祖母が亡くなった時も、玉音放送を聞いた時も、息子が「能面」のように無表情だったことを嘆いたが、これは本心を表に出さず仮面をかぶることが習い性になっていた少年の一面だったのだろう。坊城は一度も三島の自宅に招かれることはなかった。それでも、三島は坊城からジャン・コクトー（Jean Cocteau, 1889-1963）、ユイスマンス（Joris-Karl Huysmans, 1848-1907）、ヴィリエ・ド・リラダン（Auguste Villiers de l'Isle-Adam, 1838-1889）を紹介され、王朝文学を学んだ。この十二歳と二十歳のふたりの文学的交友は昭和十六年まで続くことになる。

「悪の華」に魅せられて——歌舞伎

中等科に進学してから夏子の歌舞伎鑑賞に同伴するようになったことにも注目したい。国立劇場の歌舞伎俳優養成所の第一期研修生のための特別講義（「悪の華——歌舞伎」昭和四十五年）の中で、三島は歌舞伎に親しんだきっかけやその魅力について語っている。かねてから歌舞伎好きの夏子のお土産話や持ち帰ってくる筋書などを見るにつけ、「何か古くさいもの、何か妙な味のあるものだけれど、魅力のあるものらしい」と憧れを抱いてきた三島だったが、「教育に悪いから」、「淫らなところがあるから」と大人たちは芝居に連れて行ってはくれなかった。ようやく許可が出たのは中等科に入って間もなくのことだった。中学へ入ったのだから「仮名手本忠臣蔵」なら見てもいいだろうということになったのだ。晴れて念願の歌舞伎座に足を運んだ時のことを三島は次のように回想している。

私が歌舞伎に魅惑された一番の原因は、おそらく子供でよくは分らないけれども、これは何か容易ならぬエロチックなものが、この中にあるんだな、ときつと感じたんだと思ふんです。

（「悪の華――歌舞伎」）

この講義は昭和四十五年七月、自決の四か月ほど前に国立劇場理事であった三島が未来の歌舞伎を担っていく若者たちの前で行ったものだ。三島の胸には過ぎし日に味わった説明しがたい官能的魅惑が蘇ったかもしれない。だが、その官能は男女の睦ごとにとどまらなかっただろう。のたうちまわる相手にこれでもかと刀で斬りつける血みどろの地獄絵が様式美の中でくり広げられるのもまた、歌舞伎の醍醐味のひとつだ。歌舞伎に見られるサディスティックな官能美も思春期の三島を虜にしたもののひとつだった。

三島は十二歳ではじめて観劇して以降、歌舞伎見物に通い続け、自宅に遊びに来た三谷信に羽左衛門の名調子の口跡を蓄音機で聞かせたり、家族の前でも役者の声音を真似て笑わせた。作家として名を馳せてからは名女形として知られる六世中村歌右衛門（一九一七―二〇〇一年）と懇意となり、『椿説弓張月』（昭和四十四年）をはじめ自ら歌舞伎の台本も書いた。自決直前に急に切符もないのに倭文重を誘い、監事室に入れてもらって見物した日のことを倭文重は懐かしく語る。この時の演目はふたりで何度も観に行った『妹背山婦女庭訓』「山の段」で、母と子はいつもと同じところで笑い、感動し、そして涙を流した。

このように、生涯にわたって歌舞伎と関わりを持った三島だが、十七歳頃から二十二歳にかけて文楽やバレエも含め、観劇するたびに劇評を書き記している。後に『芝居日記』として刊行されたこの劇評を見るだけでも、観賞した七十八公演の歌舞伎のうち五十近くで首切りや流血に関わる場面が見られることは注目に値する。

後年、三島は幕末から明治時代にかけて活躍した浮世絵師・大蘇芳年（一八三九―一八九二年）の『英名二十八衆句』を高く評価した。『英名二十八衆句』は歌舞伎の残虐な場面を絵にしたものである。逆さ吊りにされて臀部を切り取られ自らの血を顔に浴びる女性、墓石の上で男に斬られ噴き出した血の中で悶絶する女性など、動物の臓器などを混ぜたとされる、どす赤い血しぶきこそが主役と思わせるほど凄惨な作品は「無残絵」と呼ばれ、芳年自身も「血みどろ芳年」として後世に知られている。聖セバスチャンの殉教やオスカー・ワイルドの『サロメ』との運命的な出会いを受け容れる、いわば悪の華が花開くための土壌がすでにつくられていたのだ。

海との邂逅――鵜原《うばら》海岸

本格的に海を経験したのも中等科一年生の夏だ。倭文重はその時のことを次のように語っている。(7)

……中等科一年の十二歳の夏でした。私は子供三人を連れて外房の鵜原に一ヵ月ばかり室を借りて避暑しておりました。

「子供三人」というのは、三島とその弟千之と妹の美津子を指す。千葉県勝浦市にある鵜原海岸は日本の渚百選に選ばれる景勝地だ。母子四人が滞在したのは昭和十二年八月初旬から下旬までと推定されている。戦前の鵜原海岸の絵葉書が手もとにあるが、海水浴客の中には着物姿の婦人の姿も見られ、当時の様子が偲ばれる。倭文重は続ける。

　公威はこのときの風景その他に強く印象づけられたとみえ、後年「岬にての物語」という小説を発表いたしましたが、これはここ鵜原から取材したものです。

リアス式海岸が続く明神岬の一帯は鵜原理想郷と呼ばれている。最初にこの名を聞いた時、「理想郷」というレトロな響きに驚いたが、その由来は大正時代に観光開発ブームの波に乗り鵜原を別荘地とする計画があったからだ。誘致のために時の大臣を招いての華やかな園遊会が催されたこともあったが、その後の関東大震災、金融恐慌により当初の計画は頓挫し、実際にはわずかな別荘

鵜原海岸の潮干狩りの様子（戦前の絵葉書より）

が建てられただけだった。

かくして鵜原は荒波によってえぐられ複雑な線を描く入江に沿って岬の突端まで生い茂る灌木や、浜の植物の緑と眼下に広がる紺青の海という独特な風光を愛でる芸術家たちにのみ愛される道をたどった。その芸術家たちのひとりである与謝野晶子は、昭和十一年の春にこの地に滞在し、多くの歌を詠んでいる。まさに倭文重が子供たちと訪れる前年のことだ。人知れず文化人に愛され、大正ロマンの香りが残っており、詩情が感じられる鵜原海岸は倭文重の趣味にも適っていたにちがいない。だが、三島はこの海での実体験をすぐに詩に生かすことはなかった。

初等科から中等科一年の十月までに編まれた詩集『こだま――平岡小虎詩集』には海に関する詩が二篇含まれている。「港の宵（「港の宵（芝浦にて）」改題）」と「波濤《はたう》」だ。初等科六年生（昭和十一年）の七月に書かれた「港の宵」は埠頭に碇泊する大型船や汽笛の音、バナナ籠を頭に頂いた異人が行き交う港の様子を描いたものだ。「波濤」は中等科一年（昭和十二年）の八月七日に書かれている。すべて引用してみる。

鵜原海岸の海水浴客の様子（戦前の絵葉書より）

耳を澄して居ると、
大勢の人が騒いでゐる様な、
不思議な音が、
聞えて来る。
それは、
氷山の様な姿をして起《た》ち上り、
やがて世にも恐しい叫びを
残して消えて行く波濤が、
裁きの日迄、歌はねばならぬ、
弥撒《ミサ》なのである。

（平岡公威「波濤」）

「港の宵」はおそらく芝浦港を描写した写実的なものだ。これに対し、「波濤」の海は観念的だ。神の裁きの日まで続けられる大洋の営み、そこに生き難い人間の生を象徴しようとしており、海は自然の営為のメタファーとしてのみ使われている。鵜原海岸に滞在した期間が八月初旬からという記録のみでは、八月七日の日付の入ったこの詩が房総の海を前にして書かれたものかどうかは判然としない。だが、この詩からは海での実体験や鵜原海岸の描写は見られない。

詩人の目で書かれた「岬にての物語」

いつのことなのか時期が明らかではないのだが、倭文重は海でのエピソードをもうひとつ語っている。

……ある夏、一家一族でにぎやかに海に参ったことがありましたが、従兄弟の子供たちは蟬取りやお魚取りに夢中になって興じておりますのに、公威だけは一人で室に閉じこもって本を読んでおりました。さすがに私も腹が立って、どうしても一緒に行こうと申しましたが、一向に腰を上げません。とうとう叱りつけますとしぶしぶついて参りました。しかしいつのまにか巧みに蒸発してしまうのです。さがしに家に帰ってみますと、果せるかなもう室にこもって本を読みふけっている始末です。公威は同年輩の従兄弟なんかてんで幼稚でともに語るに足らず、と思っているようでした。

憧れの海を前にして読書に耽る少年の姿は戦時中に書かれた短編「岬にての物語」（昭和二十一年）の主人公と重なる。母親想いの三島が母を怒らせるほど頑なに本に執着したのだから、驚きだ。少年時代の三島にとって〈海〉は言葉の世界にしか存在しなかったのかもしれない。しかし、二・二六事件の時にせよ、戦禍にあった時にせよ、三谷や坊城など周囲の者たちの目には三島は相変わらず文学の世界に没頭しているようにしか映らなかった。だからこそ、後年の彼の変貌ぶりに驚かずにはいられなかったのだ。人知れず強い影響を受けていてもそれが醸成され、顕在化するまでに時間を要するタイプなのかもしれない。

実際、後に綿密な取材をもとに数々の作品を書いた作家のものとは想像できないほど、初期の三島作品の舞台は観念的なものが多い。三島は滞在から八年後、二十歳の時に執筆した「岬にての物語」の舞台に鵜原を選んだが、佐藤秀明氏がすでに指摘しているように、[8] この小説はそれまでの観念的舞台設定ではない、いわば「体験的」小説の皮切りとなる作品として位置づけられる。
「岬にての物語」の中で鵜原は「鷺浦《さぎうら》」という架空の名を冠せられている。

　房総半島の一角に鷺浦……といふあまり名の知られぬ海岸がある。類ひない岬の風光、優雅な海岸線、窄《せま》いがいひしれぬ余韻をもつた湾口の眺め、たゝなはる岬のかずかず、殆んど非の打ち処のない風景を持ちながら、その頃までに喧伝されて来た多くの海岸の名声に比べると、不当なほど不遇にみえる鷺浦は、少数の画家や静寧の美を愛する一部の人士の間にのみ知られてゐて、その誰にとつても、不遇なままの鷺浦が愛の対象であつた……

鵜原の史実には一切触れず、この海岸が人に知られない理由を、岬自身がまとう「不遇」に求めている。それがある種の人たちを惹きつけてやまず、これら愛好家たちは「悲運」という岬のアイデンティティを保持するために暗黙の了解をもってこの海岸について口外しないのだと。ところが、作者はそれをすぐに翻してみせる。

　だが鷺浦が世に知られぬ理由は、美を保護せんとするこの種の人々の秘密結社《フリー・メーソン》的な態度にのみあるのではなく、ここの風景そのものに一種隠逸の美、世の盛りにあつて明媚な風光をば酒宴の屏風代りに使はうと探してゐる人々の目には何か容易に肯《がへ》んじ難いものを与へる美が、潜在する点にあつたのではなからうか。

実はこの岬の悲劇性は岬自身に内在する「隠逸の美」から生まれているのではないかという解釈だ。「岬にての物語」の描写はたしかに実体験をもとにしている。だが、三島は岬に潜む「隠逸の美」を炙り出し、「鄙《ひな》びた海水浴場」をロマン主義的な悲劇性を孕む海岸へと変えてみせる。これこそが三島にとっての詩なのだ。

冒頭にエピグラフとして掲げたジャン・コクトーを三島は坊城の影響を受けて中等科の早い段階ですでに愛読していた。(9) 実際、蔵書目録にはコクトーの書籍が十四冊含まれている。そのうち五冊が昭和十二年以前に刊行されたものだ。さらに、昭和三十五年にパリで直接会ってもいるし、彼に関する文章もいくつか残している。コクトーの翻訳を手がけた澁澤龍彦（一九二八―一九八七年）が三島におけるコクトーの影響の重要性を指摘するのも頷ける。コクトーの小説、戯曲、そして映画に親しんだ三島は「芸術の新薬」（「コクトーの死」昭和三十八年）、「軽金属の天使」（「軽金属の天使」昭和三十七年）とモダンで軽妙なコクトーの持ち味を言い当てる。だが、三島にとってコクトーはなによりもまず詩人だった。それも「まぎれもない詩人」だった。三島の分析によれば、コクトーは「形象によつてものを考へ、形象の構築によつて思想に到達する型の詩人」（「ジャン・コクトオと映画」昭和二十八年）だ。彼の使う「比喩」には「ふつうの状態では化合しない元素を強引な電流を通じて化合させたやうなものが数多くある」とし、物と物は「通念」に縛られず、「自己の純粋さ」を見出すことになる。

コクトオは言葉によつて見者となるのではなく、形象の純粋孤独の探究によつて見者となり、言葉はむしろ、よろめき乍《なが》らそのあとを追ふ。

（「ジャン・コクトオと映画」）

「私の耳は貝の殻」という一節で知られる、エピグラフの短詩「耳」は海への想いを貝殻に託した名詩だが、三島はコクトーのような貝の耳を持たなかった。言葉から事物を紡ぎ出そうとする詩作はしばしば借り物の詩に堕することにもなった。詩は作者自身の体感したものを表象するものにほかならない。中等科になっても書物の世界が彼の宇宙であることに変わりはなく、言葉の中に生きる少年には生活の変化や歌舞伎の中の悪の華が放つ強烈な官能美、海の音や磯の香りなど、いわば自己の体感（真実の自己）を言葉に託することは滅多になかった。

しかし、三島は眼前の事物の中に隠された真実をつかみ取ろうとする審美眼を持つ人、すなわちヴォワイヤン（見者）という意味では詩人であった。「岬にての物語」には八年間の時を経てその詩人の目が幻視した海が描きこまれている。

【註】

（1）加藤謙一『少年倶楽部時代―編集長の回想』（講談社、昭和四十三年）

（2）松本道子「或る日の思い出」「三島由紀夫全集17付録」『三島由紀夫全集』第十七巻（新潮社、昭和

四十八年）
（3）東文彦宛ての昭和十六年二月二十四日付の手紙の中で、東から父について訊ねられた三島は「父は一口にいへば、官吏根性で凝り固まつた官吏です」で始まる父親評を展開する中で「文学をするものは『亡国の民』ださうであります」と、父親の言説を紹介している。
（4）三谷信『級友　三島由紀夫』笠間書院、昭和六十年
（5）坊城俊民『焰の幻影――回想三島由紀夫』角川書店、昭和四十六年
（6）ジョン・ネイスン『新版・三島由紀夫――ある評伝』野口武彦訳、新潮社、二〇〇〇年。本書は刊行当時（昭和五十一年）に著作権者（瑤子夫人）がその内容の記述に対して違和感を持ち、発行を停止した経緯がある。
（7）平岡梓『伜・三島由紀夫』（文藝春秋、昭和四十七年）以後、母・倭文重の言葉は同書から引用する。
（8）佐藤秀明『三島由紀夫の文学』試論社、二〇〇九年
（9）東文彦宛ての昭和十五年十二月二十日付の書簡の中で「コクトオの『アンファン・テリブル』、『阿片《アヘン》』、『詩集』よみました。何だか感心できないので困ります」とあり、昭和十六年一月二十六日付の書簡にも「コクトオの『わが青春期』よみました」とし、「文体はモダンな、軽薄な、スピーディな絢爛な、晦渋な、例のごときものです」と評している。一行抜かすと意味不明になる文章構成には「感服します」と称賛している。

2．こどもの部屋の中の海
――手づくり詩集『HEKIGA ― A VERSE-BOOK』・短編「酸模」

三十人の兵隊達。
硝子の目玉。
極細の毛糸は、
漆黒の頭髪。

けれども、
八つを迎へた女の子は、
この兵隊を捨て去つた。

そして、女の子は、
赤ん坊の人形に、
頬ずりする。

芽生えた、母性愛の
興奮。

三十人の兵隊達。
母性愛の為に捨て去られた、
兵隊達。

（平岡公威「三十人の兵隊達」自作詩集『HEKIGA — A VERSE-BOOK』より）

三島由紀夫のトイ・ストーリー

三島由紀夫が大のディズニーランド好きだったことは意外に知られていないのではないだろうか。東京ディズニーランドがオープンしたのは三島の自決から十三年後の一九八三年なので、彼が訪れたのはロサンゼルスにある元祖ディズニーランドだ。倭文重によれば、三島は口癖のように、子供が小学生になったらディズニーランドに一家で行きたいと話し、「自分がアメリカに行ったときも見たけど、大人でも凄く楽しい」と語っていたという。ディズニー映画についても『シンデレラ』などを楽しんでいた意外な面もある。冒頭の「三十人の兵隊達」を含め、三島が少年期に書いたおもちゃをめぐる詩を読んでいて、ふとディズニーの大ヒット映画『トイ・ストーリー』（*Toy Story*, 1995）を思い出した。

この映画では、おもちゃたちに心があり、人間のいないところでは話したり、動きまわったりもする。

そして、どのおもちゃにも共通しているのは、おもちゃたちが幼かった持ち主たちから寵愛を受けていた時代を片時も忘れず、その遠い昔に戻ることをひたすら夢見ていることだ。特にシリーズ第三弾（*Toy Story 3*, 2010）では、この映画の「子どもはいつか大人になり、おもちゃたちから去って行く」というテーマが色濃く表れている。主人公の少年が寮生活をするにあたってお気に入りの人形以外のおもちゃをすべて屋根裏部屋行きの箱に仕分ける。そのことにショックを受けたおもちゃたちがいろいろな騒動を引き起こすのだが、最終的にはおもちゃたち自身が新しい子供にもらわれていくことに決め、少年は切ない思いを抱きながらも寮に戻っていくというストーリーだ。

お気に入りのおもちゃたちとの別れは、大人になる段階で、誰しも大なり小なり経験する通過儀礼ではないだろうか。大人になるために何かを捨て去らなくてはならない、その時に感じる心の痛みこそが『トイ・ストーリー』の真骨頂で、この作品が大人にも愛される理由だろう。

こうした心の痛みが三島の「三十人の兵隊達」という詩にも見られる。母性に目覚めた八つの女の子が、男の子用の兵隊さんのお人形を卒業して赤ちゃんの抱き人形を愛するようになる。年齢に応じて遊び道具が変化していくのはごく自然なことだ。だが、見捨てられた兵隊に目を向けている点に三島の心の優しさ、繊細さ、そして不安が垣間見える。自分の行為にまるで痛みを感じない母性の残酷さ、そんな大人になることへの抵抗感、そして大人にならなければならない悲しみがその心にうっすらと滲んでいる。あるいは、やがて「楯の会」という「おもちゃの兵隊」と揶揄されることもあった軍団をつくった作家がそこにひとり、ポツリと立っているような気もする。

三島がこの詩を書いたのは、中等科に上がった十二歳頃だと考えられる。十二歳と言えば、多くの子供が大人の世界へと続く扉を開ける時だ。新たな経験や外界との接触が増え、多くの刺激を受けるようになる。感受性と自意識に苦しむこの感傷的な季節を潜り抜ける中で三島はどのような作品を書き、何を〈海〉に見出したのだろうか。「おもちゃ」という観点からこの問題を考えてみたい。

第二の手づくり詩集『HEKIGA ― A VERSE-BOOK』

「三十人の兵隊達」は三島お手製の詩集『HEKIGA ― A VERSE-BOOK』（以下、『HEKIGA』）にほかの三十二篇の詩とともに収録されている。この詩集は『笹舟』の次に編まれたと考えられる。つまり十六冊の手づくり詩集の中では第二冊目となる詩集だ。それぞれの製作年は不明だが、昭和十一年七月の『小ざくら』に発表された作品から昭和十二年十二月に『輔仁会雑誌』に発表された作品が収められているので、昭和十二年の終わり頃にまとめられたものと考えられる。つまり、初等科六年生から中等科一年生までの作品を中等科一年の終わり頃にまとめた詩集ということになる。初等科時代から書いていた四季についての詩のほかに、鳥に関する詩群、少し大人っぽい流行歌を思わせるような詩があるかと思えば、時代背景を感じさせる「防空演習」など、前作より広範囲なテーマの詩が集められている。

「海」を扱った詩には、「あき」と「或る入江の夜」の二篇がある。「あき」は中等科一年生の時に『輔仁会雑誌』（昭和十二年十二月）に発表されている。この詩では、夏が過ぎ、秋の訪れを感じる風物詩が列挙されている。海はそのひとつとして「しろがねの浜辺から、／ビーチ・パラソルが消えるとき」と描写されているのみだ。

一方、「或る入江の夜」では四夜の海が描写されている。最初に村へ来た時、「海」は「老いた蛇のやうな色」をしている。目の前に押し寄せるも足元には寄りつかないまま、砕け散って行く荒波に「私」は「気味の悪い恐怖に襲はれて」、逃げるように家へ帰る。二日目の夜は波が静かで「爽かな、藍色《あゐいろ》の海」に「本当に美しい宵」を見る。三日目の夜には砂浜で太鼓が叩かれ、「満潮の海面《うなも》を／重々しからぬ、／湿つた音が響き渡る」が、いつまでも続く子供相撲を背に「私」は砂丘をのぼる。そして或夜、「私達」は舟を出す。舟から臨んだ景色について「岬の灯台は、／炭色の海上を、／煌々と照らしてゐた」とある。製作年代がはっきりしないので憶測でしかないが、ひょっとしたら、昭和十二年八月に千葉県の鵜原で半月近く実際の海に触れた経験がこうした〈海〉の多面性を描く役に立ったのかもしれない。鵜原海岸は入江の海だからだ。だが、初日に〈海〉に「恐怖」を感じて逃げ、日を追うごとに〈海〉に対して大胆になっていく展開はいかにもつくりものめいている。同時に、〈海〉に恐怖を覚える設定は後の「花ざかりの森」の駆け落ちをする「女」の姿を予見させる。

「玩具――私の愛玩は多かつた」『HEKIGA』より

『HEKIGA』には「幼き日」という詩群があり、その中の「玩具《おもちや》――私の愛玩は多かつた」というカテゴリーに、「a 独楽《こま》」、「b オルゴオル」、「c 城」、そして冒頭の詩「d 三十人の兵隊達」の四篇が入っている。

最初の「独楽」（「それは……」）では、踊ることも歌うことも嫌がっている独楽が一筋の縄に身を託され、「悲しい音を立て丶」落ち着きなく狂ったように回る様子がうたわれている。少年にとって、独楽はまさに義務や運命に縛られて生きなければならない人間そのものだ。そんな大人になって生きていかなくてはならないことへの哀切が「悲しい音」を立てる独楽にたとえられている。
第二番目の「オルゴオル」（吾が玩具箱は底にオルゴオルを持ちぬ）は、オルゴールによって大人になった自分を発見するという内容だ。幼児の頃、おもちゃ箱の底についていたオルゴールの音色が大好きで、朝から晩まで飽くことなくねじを巻き続けた。しかし、成長した「私」がねじを巻いてみると……。

ところが私は寂しくて、顔を伏せて了つた。
ふたを閉ぢて、音は止んだが、私の鼓動ははげしかつた。
朝から晩までねぢを巻きつゞけた頃の私が、不思議に思へて仕様がなかつた。
成長して寂しさを知るのは、
果して良いことだらうか。
――冷雨が、地をぬらして居た。

幼年期と同じ感動を期待してねじを回しても、もうその感興は蘇ってはこない。おそらく二度と蘇ってくることはないだろう。その事実を知った時、はじめて自分はずいぶん遠いところに来てしまったのだと、たまらなく寂しい気持ちになる。そして、そのことに少年は傷つき、大人になることに疑問を感じるのだ。
　第三番目の「城」にいたっては、大人になるように促す王の首を刎ねるという苛烈な内容となっている。おもちゃのお城に住む王が「私」に近づいて来て大声で叫ぶ。

「あなたはもう大人にならねばならん。
こんな詰らん城を、
玩具にしてゐて何になる。
さあ、空想の国から抜け出るのぢや」

私はきくなり、
この鉛の王の首をねぢ切つた。
からん〳〵と音を立て丶、
鉛の首は床に落ち、
城の中の人形は再び
口を開かなかつた。

「私」の逆鱗に触れるのは、「王」が「私」の心にズカズカと土足で入り込み、「私」の愛する空想の世界を侮蔑し、大人になることを強要する、その無神経さだ。三島は「私のきらひな人」（昭和四十一年）というエッセイの中で、「どんなことがあっても、相手の心を傷つけてはならない」ということが最優先となる人間関係を愛すると書き、「人を傷つけまいと思ふのは、自分が（見かけによらず）傷つき易いから」と心の内を明かしている。ちょうどこのエッセイが書かれた頃に三島と会う機会のあった同世代の小説家トルーマン・カポーティ（Truman Capote, 1924-1984）は、後年三島について、面白い人である反面、とても傷つきやすい人だったと回想している(1)。

三島由紀夫の四十五年間の生涯とは、この傷つきやすさを克服する闘いであったようにも思える。世界旅行での太陽との邂逅にしても、それに続く肉体改造にしても、後年の哄笑にしても、その涙ぐましい努力の軌跡ではなかっただろうか。四十を過ぎた彼がその努力をもってしても、「傷つき易い」と自己分析するのであれば、少年時代の心がどれほど繊細だったかは想像に余りある。自分ひとりの空想の世界、言葉の世界にとどまっていれば外界から傷つけられることはない。それなのに、「王」は塵埃にまみれた大人の現実世界へと「私」を追い立てようとする。子供の世界では、この王のような俗物は最も忌むべき存在だろう。有無を言わさぬ処刑の断行は、子供の掟に則れば至極当然なのだ。その一方で、ここにも後年の作家の姿が立ち現れる。自決の年の夏に書いた「果たし得てゐない約束――私の中の二十五年」という文章で、自分が目指してきたのは「死刑囚たり且つ死刑執行人」たることだと言う。つまり、精神と肉体の一致、文武両道である。三島は子としての自分に自らの首をねじ切らせようとした「王」でもあろうとした。

後年の三島のことはともかく、おもちゃをめぐるこれらの詩からは、大人になることの寂しさ、悲しみ、憤怒といった思春期の特徴が色鮮やかに浮かび上がってくる。同じテーマはそれから間もなく発表された短編小説「酸模――秋彦の幼き思ひ出」（以下、「酸模」）にも見られる。

幼少期との訣別――「酸模」

「酸模《すかんぽう》」は『輔仁会雑誌』の昭和十三年三月二十五日号に掲載された。中等科も一年目が終わろうという時期だ。「酸模」は三島にとって「彩絵硝子」、「煙草」（昭和二十一年）、「盗賊」（昭和二十二〜二十三年）とともに自身の四つの処女作のひとつに挙げるほど思い入れの深い作品だ。「生れてはじめて小説らしいものを書いたといふ新鮮な喜びが、今になつてもそれを読むとひびいてくる」（「四つの処女作」昭和二十三年）という「酸模」についての言葉は、少年時代の創作に対する純粋な喜びを懐かしんでいるようにも聞こえる。

内容は主人公である幼い秋彦の純粋な魂が脱獄囚の暗い心に改悛をもたらすというものだ。母親から刑務所の近くで遊ぶことを禁じられているにもかかわらず、自然と戯れることが大好きな秋彦は、がまんできずに夢中でこの丘で遊びまわる。そのうちに、迷子になってしまい、途方に暮れて泣きじゃくっているると、脱獄囚に出くわす。秋彦の澄んだ瞳、遊べなくなるから刑務所に戻ってほしいと無邪気に懇願する姿に男は心を改める。そして、出獄の時には迎えに来てくれるように秋彦と約束を交して刑務所に戻っていく。

ついに男が刑期を終える日がきた。子供たちは真っ赤な酸模の花を手にして男を迎えようと待っていた。だが、子供たちと囚人との輝かしい再会は母親たちによって残酷に引き裂かれる。彼女たちは子供たちに酸模の花を捨てるように命じる。子供たちの手からすべり落ちる酸模は赫奕とした斜陽に染まっていく。それはまさに無邪気な幼年期から脱し、現実的で苛酷な大人たちの世界に向かわねばならない子供たちの呪われた未来を嘆いているかのようでもある。それから月日は流れ、大人になった秋彦が故郷に戻ってくる。刑務所の塀の壁には元囚人の墓標が立てられていたが、秋彦はその墓標にも足元に咲く酸模の花にも気がつかないのだ。

「酸模」は三島が幼少期に愛読していたオスカー・ワイルド（Oscar Wilde, 1854-1900）の童話「わがままな大男」（"The Selfish Giant," 1888）をモチーフにしていると考えられる。「わがままな大男」では、子供たちが自分の美しい庭で遊んでいることに憤慨して高い塀を立てた大男が、ある時、イエスの化身である小さな男の子の出現によって自らのわがままを悔い改め、子供たちに庭を開放する。やがて年老いた大男のもとへ小さな男の子が再び現れ、大男を天国に誘う。短いながらも、キリスト教的な改悛を描いた心に沁みる童話だ。十九世紀後半のイギリスを代表する散文家であり、ワイルドの恩師でもあったウォルター・ペイターがその美しさを絶賛したのも頷ける。

「酸模」には、たしかに「わがままな大男」を模倣したと思われる部分がある。たとえば子供たちが遊べなくなって困る場面やその原因をつくった本人の悔い改めなど。だが、結末や読後感はまったく異なる。ワイルドの童話ではイエスの化身である男の子の登場の場面ではいつも白い花が現れるが、「酸模」では真っ赤な酸模の花が出てくる。どちらの花も「純粋」を象徴している点では同じだが、三島は悲観的な立場に立ち、ワイルドの改悛の物語を魂の純潔を喪う物語に変えている。(2)

このことは「わがままな大男」が三十路を過ぎたワイルドが自分の息子たちに読み聞かせたものだったのに対し、「酸模」が三島自身の実年齢に近い秋彦の立場で書かれたものという相違もあるだろう。

三島は「玩具——私の愛玩は多かつた」の四篇の詩と同様に、幼年期との訣別、すなわち純潔な魂の喪失への悲しみをこの物語に託したのではないだろうか。

「酸模」に描かれた〈海〉

幼年期とは三島にとって、現実世界と対峙しなくても済む空想の世界であり、そこでは純潔が傷つけられることはない。空想の世界は言葉の宇宙でもある。「酸模」にはその痕跡が見られる。たとえば作中に登場する花々は当時の愛読書だった『広辞林』から書き写したものであり、知らない花の名ばかりが並んでいると自嘲気味に本人が種明かしをしている。そして、この作品の中の〈海〉もまた観念から生まれたものだ。〈海〉の描写は一か所に過ぎないが、それは囚人が自らの罪について語る印象深い場面でもある。

脱獄囚は秋彦と接するうちに自らの手で殺《あや》めた息子を思い出し、その子は鷗となって海の上を飛んでいるのだと秋彦に話して聞かせる。

広い〳〵、海原の上を鷗になつて飛んでゐるんだよ、波の間に、ひら〳〵と、魚の鱗の銀色が光るのを見つけて、その鷗はな、水の中に首を突つ込んで云ふんだ。『夕靄の鉛色をした海の上で私は殺された。殺した奴は、暗い〳〵海の底に沈んで行つた。だが、其奴の浮き上るまで、私はこの白い翼で、雲の低い空に浮んで居なけりやならない』

ここでは海は殺人の現場と化す。海の色は青みがかった灰色を表す「鉛色」となっている。だが、「夕靄」に包まれていれば、海も柔らかなオレンジ色に染まるはずだ。ここでは写実性よりも言葉の引き出すイメージが優先されている。たとえばどんよりと憂鬱な海は凄惨な子殺しを、魔が差すような橙色の靄は突発的に湧き起こった殺人への衝動を暗示させる。そして、脱獄囚が沈む「暗い〳〵海の底」はこの男の暗い情動、「弱い〳〵、女のやうな心」に支配される蟻地獄のような懊悩を暗示している。

第1章の「3」では、「海」が描かれている詩として、最初の手づくり詩集『笹舟』に収められた「海辺のあそび」と「鷗」の二篇を取り上げた。それぞれの詩には子供らしい躍動感に満ちた明るい海（「海辺のあそび」）と波にさらわれた子供を探す鷗の声が響く不吉な狭霧の海（「鷗」）という、まさに陽画と陰画のごとき海の両義性が見られた。「酸模」の海は「鷗」と同じ陰画としての海なのだ。それは三島が幼き日に童話の中に探し求めた「人間悪」、「残酷」、「復讐」、「恐怖」、「愛と死の関はり合ひ」（「堂々めぐりの放浪」）を象徴する海であり、死が翳りを落とし、暗鬱としている。

おもちゃをめぐる詩　『聖室《Tabernacle》からの詠唱』の場合

『HEKIGA』に続く手づくり詩集には同じ昭和十二年に作成されたとされる『こだま——平岡小虎詩集』があり、翌年の昭和十三年につくられた詩集には『木葉角鴟《このはづく》のうた』、『聖室からの詠唱』がある。それぞれの詩集に海に関連する詩が数篇見られるが、ここではおもちゃという観点から『聖室からの詠唱』に再録された「独楽」と「おるごる」に焦点を当てようと思う。

『HEKIGA』に収められていた「独楽」と「オルゴオル」も、よほど気に入っていたのか、愛する詩のみを集めた自選集『聖室からの詠唱』に再録されている。ただし、二篇とも内容は大幅に書き変えられている。

『聖室からの詠唱』の「独楽（音楽独楽が……）」では、独楽が「酔漢」や「中気病み」のように回転する様子が描かれており、オリジナルの「独楽」よりも音楽性があり、「悲しみ」というよりも「退屈」が強調されている。独楽が動き出すと「現実の扉」が開かれるが、ここでもオリジナル版と同様に、独楽は味気ない大人の現実世界で踊らされる人間を象徴している。

それにしても、不安定な一本足で床に放たれ、高速で踊らされる独楽は、この後も三島作品の中で印象的な比喩として用いられることになる。独楽が彼の中で示唆的なおもちゃであり続けたのはなぜなのだろう。「独楽」の数年後に書かれることになる「花ざかりの森」（昭和十六年）の最終行では「生《いのち》がきはまつて独楽の澄むやうな静謐、いはば死に似た静謐」と、そのイメジャリーは死の影を帯びる。

三島の自決を予言する作品としてよく引き合いに出される「独楽」（昭和四十五年）というエッセイもある。三島が自決の二か月前に発表したこの小品では、ある日突然、自宅に押しかけ、「先生はいつ死ぬんですか」と無邪気に尋ねる男子高校生を独楽にたとえている。回転を続けるとやがて独楽は澄んで見える瞬間がある。澄んだ独楽の状態は、自意識過剰で情緒不安定な思春期の少年の冴え冴えと焦点が定まってしまうある一瞬、研ぎ済まされた目で対象のすべてを見透かしてしまう「透明な兇器」となる瞬間と重ね合わされる。

少年時代には俗世に生きる大人に重ねた独楽に、大人になるにつれ、今度は俗世で生きねばならない哀れな運命よりも、懸命に動き続ける者だけに与えられる一瞬の清澄さのほうに目が向けられる。その清澄さは若さがたどり着く無軌道ゆえの真実であり、純粋さゆえの残酷さでもある。狡猾な大人は二度とその澄んだ聖域に踏み入ることはできないのだ。「独楽」が三島の経験から書かれたことはよく知られているが、「先生はいつ死ぬんですか」という鋭い問いによって、死を覚悟していた作家の「肺腑を刺した」男子高校生は、ほかならぬ少年時代の作家自身だったのではないか。少年の彼が生来の夢に背いて醜く生き延びる四十五歳の彼を透徹した瞳で糾弾しにやって来たのだ。このことは、世俗化した主人公の中年男が、積年の夢である豪奢な美の殺戮——孔雀殺しを断行する犯人が実は美少年だったかつての自分だと知るまでを描いた短編「孔雀」（昭和四十年）で予言されている。三島ほど少年時代の自己に忠実であろうとした人を私は知らない。

オルゴールの音色は海の色

三重県鳥羽市の神島は、『潮騒』（昭和二十九年）の歌島のモデルになったことで知られるが、当時この島にあった、おそらく唯一のオルゴールは三島が東京から送ったものだった。『潮騒』の取材に訪れた三島は神島で唯一文化的な雰囲気を持った灯台長宅に毎日のように訪れた。そのオルゴールは灯台長夫人にプレゼントされたものだ。古代エジプト人を模した彫刻に白の彩色を施した木製のオルゴールは現在、灯台長の長男である山下悦夫氏が所有している。

山下氏によれば、オルゴールは家の中でかなり浮いて感じられたという。終戦から十年にも満たない日本では、生活必需品ではない飾り物はまだまだ庶民には手の届かないものだった。ましてや四方を海に囲まれた小さな島であれば、目にすることすらできない代物だったろう。それを思うと、三島が戦前からオルゴールに親しんでいたことは彼の育った環境の文化的水準の高さを物語っている。また、こうした女児向けのおもちゃに触れる機会があったことに、女の子とばかり遊ばなくてはならなかった彼の家庭環境が浮かび上がってくる。しかも彼は、女の子のようにオルゴールを愛し、そのねじを飽きることなく回して楽しんだのだ。

少年期の詩に目を転じてみると、オルゴールをめぐる詩は『HEKIGA』に収められたオリジナル版と『聖室からの詠唱』に収められた新バージョンの二種類がある。幼児期にさかんに遊んだオルゴールにもう喜びを見出せなくなった自分に寂しさを覚えるというテーマは同じだが、次に引用する「おるごる」と題する新バージョンはかなり洗練されたものにつくり変えられている。

明るい黄色の音楽を
わたしは銀流の小函に知つた。
わたしは其の音に海の色をき丶とつた
高原に芽生えた草の息吹を想像した。
わたしの海は、私と同じく幼なかつた為、
えめらるどの様に清くそして明るかつた。

わたしの草々はぴんと直立し、
いえろうに近い若い緑をかゞやかした。

併《しか》し。十年後のわたしが
再び捩《ね》子《ぢ》をまいたとき……。

海には灰色の怒濤《どたう》が逆巻き
高原は枯草に覆はれてゐた。

明るい草色である可《べ》きおるごるの音《ね》は
空虚な灰色でしかなくなつた。

わたしは低い丘に立ち、
過去の十年の過程に向つて、
あらゆる呪詛《じゆそ》をなげつけて見たかった。

オリジナル版では子供っぽいおもちゃ箱だったオルゴールが、新しい詩では「銀流の小函」という唯美的な装飾品に姿を変えている。

しかし、一番大きな変化はオルゴールの音色に「海の色」を聞きとっている点だろう。どこか郷愁を誘うセンチメンタルなオルゴールの音色に海の音ではなく、色を聞く——その時点で、この詩は聴覚で感じたものを視覚に還元した象徴詩となる。幼かった「私」が耳にしたエメラルド色の海は、十年後には「灰色」になり、「怒濤《どとう》」が逆巻く荒れた海になり、オルゴールの音は「空虚な灰色」になってしまった。

ここには三島自身が詩に描いてきた両義的な海——明るい子供らしい海と不吉な灰色の海が描かれており、明るい海を捨て、空虚な海に向かっていかなくてはならない少年の孤独が投影されている。大人の世界に投げ出された少年の心に荒れ狂う怒り、彼を引きずり込もうとする虚無の誘惑が逆巻く灰色の海に映し出されている。

「我は海の子」に見る海

三島が中等科に進学した昭和十二年の七月には盧溝橋事件が勃発し、教育面では文部省がさらなる皇国史観の徹底のため『国体の本義』を編纂し、全国の学校・社会教化団体等に配布した。翌年の昭和十三年には国家総動員法が発布され、日本は太平洋戦争へ本格的に舵を切り始めた。こうした当時の社会が海に託していたものとはどのようなものだったのだろう。

たとえば、人気投票をすれば数ある唱歌の中でも上位に名が挙がる「我は海の子」はどうだろう。明治四十三年につくられたこの唱歌は、その後も歌い継がれてきたので、昭和十二年という時代に特別な関係があるわけではない。だが、昭和七年に改訂された『新訂尋常小學唱歌』の第六学年用にも収録されており、三島も歌った可能性が高い。

ここで注目したいのは、「我は海の子」から受ける「海」の印象が、戦争の影が忍び寄っていた当時と今とではかなり異なる点だ。「我は海の子、白浪の／さわぐいそべの松原に、／煙たなびくとまやこそ、／我がなつかしき住家なれ」で知られる一番が口をついて出る人は多いが、七番まで諳《そら》んじることのできる人は稀だろう。それどころか、現代では歌詞が七番まであることすら知らないという人も多いのではないだろうか。それもそのはずで、昭和二十二年からは先に挙げた一番とそれに続く二番、三番までしか小学校で教えなくなったからだ。

三番までの歌詞だと、海の近くの粗末な家で生まれた赤ん坊が波音を子守唄に育ち、海の力を吸い込み、渚の風を音楽のように思って成長するというのどかな歌にしか聞こえない。しかしながら、四番以降こそがこの歌の真髄ではないだろうか。磯育ちの子供がやがて少年になり、櫓を操って海に出て海底を庭のように知り尽くし、鍛えられた腕は鉄のように固くなり、潮風に洗われた肌は赤銅《しゃくどう》色になる。漂う氷山も竜巻も恐れぬ勇敢な青年に成長した「海の子」はその後、どうなるのか。次の七番でその生涯が結ばれる。

「軍艦旗の輝」（『少年倶楽部』昭和８年１月号より）
翻る戦艦陸奥の大軍艦旗とその先に見える戦艦日向の勇ましい姿を紹介。「海の國日本萬歳！」と結ばれている。

いで、大船を乗出して、
我は拾はん、海の富。
いで、軍艦に乗組みて、
我は護らん、海の國。

海で生まれ育った青年は大きな船に乗って海産物を採り、やがて「さあ、軍艦に乗り込んで海の国を護ろう」と決意するにいたる。このように、〈海〉は日本男児生成の場、彼らが母国のために命を落とす場だった。少なくとも、戦争の緊迫した空気の中で、三島たちの世代はそう教えられてきた。同じことは三島が愛読した『少年倶楽部』にも当てはまる。この少年向け月刊雑誌については本章「１」で触れているが、そこに掲載された冒険小説や読み物などの娯楽にさえ、「勇敢な日本男子」を育成するという軍事的教育目的が影を落としていた。心身ともに逞しく育ち、軍人として日本国を護ることこそが日本男子の使命であった当時の思想が偲ばれる。戦後、「我は海の子」の七番がＧＨＱの指導のもと教科書から削除されたのは、この国防思想ゆえだった。

シェルターとしてのこども部屋

当時の三島の〈海〉は時代が要請していた軍国主義的な〈海〉からはほど遠い。心象風景を映し出す、きわめてパーソナルな海だ。こうした少年時代の感情への耽溺に後年の三島は嫌悪感を露わにするようになる。しかし、彼の中にはこのナイーブな少年が、エメラルドグリーンの海の音を恋しがる少年がずっと生き続けていたような気がしてならない。

三島が三十四歳の時、大田区馬込にスペイン・コロニアル風の瀟洒な邸宅を建てたことはよく知られている。この中に三島は童話「ジャックと豆の木」をモチーフにした子供部屋をつくった。壁一面に描かれた豆の木は天井に埋め込まれた金の卵を模した六つの照明を取り囲むように伸びている。木を登っているジャックの姿も描かれ、壁面の棚には大量のぬいぐるみが収納された三島のこだわりが詰まった部屋だ。昭和三十七年十二月の『女性明星』の創刊号に掲載された「こども部屋の三島由紀夫――ジャックと豆の木の壁画の下で」という記事に付された写真は『薔薇刑』の細江英公（一九三三―二〇二四年）が撮影しており、三島がこの部屋で犬のぬいぐるみを膝に抱いている一葉もある。

三島は写真に添えられた短い文章の中で、子供のいない時にこの部屋を訪れて「幼年時代の幻にひたるのが好きだ」と書いている。

われわれは子供の幸福を失つて久しい。周囲の事物に対する子供の新鮮な好奇心に接すると私はときどき妬《ねた》ましくなる。大人の世界は何と退屈なことだらう。すべての事物が何と瀕死《ひんし》の姿をしてゐることだらう。身すぎ世すぎに忙しく暮してゐるが、「お忙しいでせう」などといふ、ぞつとするやうな世俗的挨拶の世界から、私は又あわてて逃げ出してこの子供部屋へ身を隠すのである。

すでに一家の大黒柱となっていた三十七歳の三島は中学生の頃にオルゴールの音色に聞いた灰色の海

をまさに泳ぎ渡っていた。そして、束の間、明るい海の色の残像を求めてジャックと豆の木の部屋に逃げ込んだのだ。

そういえば、三島のリビングには幼い頃から大事にしてきた古びたライオンのぬいぐるみがあったという。多くの人はおもちゃたちを裏切って大人になり、いつの日かその存在さえ忘れ去ってしまう。しかし、三島はちがう。彼のトイ・ストーリーでは彼のほうがおもちゃたちと過ごした日々を懐かしんでいる。おもちゃたちへの愛着は言葉と想像力だけで成り立っていた幼年時代への郷愁でもある。その「幼年時代の幻」に身を浸している瞬間だけ、彼は抒情詩人に戻ることができたのかもしれない。現実世界で「兵隊達」を集めて、武士として「王の首」をねじ切った三島その人よりも、私には子供部屋にいるそのたおやかな海の少年詩人・平岡公威が尽きぬ興味の泉なのである。

【註】

（1）三島は「アメリカ的デカダンス——カポーテ著　河野一郎訳『遠い声　遠い部屋』」（昭和三十年）という書評の中でカポーティの初の長編小説をようやくアメリカに現れたデカダンス芸術として評価している。また、昭和三十二年一月六日にマーロン・ブランドの映画撮影に同行して来日していたカポーティと歌舞伎座で偶然に会い、舞台裏や楽屋に案内し、翌日にカポーティと写真家のセシル・ビートンらと会食した。ドナルド・キーン宛ての書簡ではその夏にニューヨークでカポーティと再会したことを報告している（ドナルド・キーン宛て昭和三十二年十二月三十一日付書簡）。カポーティは自著『カメレオンのための音楽』（*Music for Chameleons*, 1980）の中で「僕の知っている日本の著名な作家三島由紀夫」（野坂昭如訳）と言い、「三島を訪問すると、いつも愉快でとても心暖まる時を過せたものだ」と回想する一方で、「三島は傷つきやすく、非常に直観力がある男で、軽はずみに論じられる人物じゃない」と評している。三島がカポーティは自殺すると確信していると語ったとする伝記の一節については「彼がしたようなことをする勇気などぼくにはあり得ない」と自殺を否定し、「ぼくについては、彼の直観力はあてにならなかったことになるな」と語っている。だが、この本の刊行から四年後のアルコールと薬物依存症で入退院をくり返した果てのカポーティの急死は、たしかに三島のような積極的な死ではないにせよ、緩慢な自殺と言えないだろうか。

（2）「酸模」における「わがままな大男」の影響については拙論「オスカー・ワイルドと三島由紀夫――『わがままな大男』と『酸模――秋彦の幼き思い出』における〈花〉の象徴するもの」『比較文学の世界』（秋山正幸・榎本義子編著、南雲堂、二〇〇五年）で詳しく論じている。

第3章　中等科二年（十三〜十四歳）

1．オスカー・ワイルドに見た海（上）ロマンティシズムへの憧憬
——聖セバスチャンとアンティノウスをめぐって

Rid of the world's injustice, and his pain,
　He rests at last beneath God's veil of blue:
　Taken from life when life and love were new
The youngest of the martyrs here is lain,
Fair as Sebastian, and as early slain.

（Oscar Wilde, "The Grave of Keats"）

わが世の曲邪と己《おの》が痛苦とをまぬかれて、
　かれ終に藍いろの神の面紗のもとにやすらふ
　生《せい》も愛《あい》もうら若き頃を、生《いのち》より奪はれて、
ここに殉教のいと青春《わか》きものよこたはる。
聖《セント》セバスチャンのごとく美しく、世をはやうして殺されたる。

（オスカー・ワイルド〈日夏耿之介訳〉「キイツの墓[1]」）

「同類」としての結びつき

オスカー・ワイルド書店（Oscar Wilde Bookshop）という本屋がかつてニューヨークのダウンタウンにあった。ワイルド関連の書籍を扱っているかと思いきや、そうではない。ゲイ関連の書籍が並ぶその店は一九六〇年代に起こったセクシャル・マイノリティーたちの権利拡張運動の活動拠点だった。奇しくも世界一周旅行でニューヨークを訪れた二十七歳の三島は、やがてこの運動の発端となる事件が起こることになるストーン・ウォール・インというゲイバーを訪れている。それはオスカー・ワイルド書店があった場所と目と鼻の先だ。いまではレインボーフラッグが翻るこのゲイの聖地にワイルドの名を冠する書店が存在したのは、彼がイギリスの世紀末を代表する作家であると同時に、ゲイの守護神的存在として知られているからだ。それは十六歳年下の貴族の美青年アルフレッド・ダグラスとの同性愛関係が明るみに出たことで社会から抹殺された出来事による。この、いわゆるオスカー・ワイルド事件が起きたのは、ワイルドが四十一歳の時、その軽妙洒脱な喜劇が連日大入りで社交界の寵児であった、まさに人生の頂点に立っていた時のことだ。

オスカー・ワイルド（1854-1900 年）

三島はワイルドに関する短い評論「オスカア・ワイルド論」（昭和二十五年）の中で、ワイルドとの「いちばん鞏固なきづな」はダグラス卿との事件への関心だったかもしれないと明かしている。ＬＧＢＴＱが喧伝される現代では信じられない話だが、十九世紀末のイギリスでは同性愛は重罪だったのだ。前代未聞の醜聞に、当時はイギリス中が揺れた。ワイルドは家族も財産も失い、二年間の重労働を課され、出獄からわずか二年、四十六歳で、フランスの安宿で息をひきとった。三島はそんなワイルドと自身との関係を次のように告白している。

私はあらゆる作家と作品に、肉慾以外のもので結びつくことを肯《がへ》んじない。この肉慾は端的に対象を求める心情である場合もあり、同類のみが知る慰藉《ゐしや》である場合もある。さらにまた、深い憎悪に似たそれである場合もある。

愕《おどろ》くべきことには、ワイルドはそのすべてであり、そのおのおのであつた。

三島にとってのワイルドとは、憧憬と同時に憎悪の対象でもあり、なによりも「同類」であった。三島におけるワイルドの影響は『サロメ』を通して語られることが多い。新約聖書のヨハネの斬首に題材を求めたワイルドの一幕物の悲劇『サロメ』（*Salomé*, 1893）は三島が最初に自身の目で選んで手にとった本であり、それを読んで大きな衝撃を受けた。昭和三十五年に『サロメ』の演出を手掛けた際にも手放しの喜びようで、自決後の追悼公演となることを意図して死の直前まで再演のための指揮を執ったことで知られる。市ヶ谷での自決から二か月で幕を開けた『サロメ』の公演ではヨハネの刎ねられた首と三島の介錯とが結びつき、卒倒者も出たという。いかにも三島らしい死の演出だ。三島文学の最初と最後に『サロメ』がある。この紛れもない事実から、三島におけるワイルドの影響といえば『サロメ』となり、いまではクリーシェと化した感がある。もちろん本書でも『サロメ』から導き出されるデカダンスやサディスティックな性的衝動には触れることになる。だが、むしろ注目したいのは、ふたりを「同類」たらしめるロマンティシズムと異教の問題なのである。このことはこれまでほとんど目を向けられてこなかった。

亡骸《なきがら》に魅せられて——童話「漁師とその魂」

さて、そのロマンティシズムと異教を考える上で、三島が「いちばん鞏固なきづな」としたダグラスとの関係が浮上してくる。三島が意識的に選び取った最初の本は『サロメ』だったかもしれないが、それ以前のもっと幼い頃からワイルドとは童話を通して結びついていた。このことは第2章で「酸模」に触れた時に指摘している通りだ。『仮面の告白』では、幼い「私」は汚穢屋や花電車の運転手、地下鉄の切符売りや兵士たち、そして童話の中の殺される王子たちを愛した。こうした幼少期の同性愛的傾向が語られるコンテクストの中でワイルドの童話が登場する。

子供に手のとどくかぎりのお伽噺を渉猟《せふれふ》しながら、私は王女たちを愛さなかつた。王子だけを愛した。殺される王子たち、死の運命にある王子たちは一層愛した。殺される若者たちを凡《すべ》て愛した。
しかし私にはまだわからなかつた。……なぜ多くのワイルドの童話のなかで、「漁夫と人魚」の、人魚を抱き緊《し》めたまま浜辺に打ち上げられる若い漁夫の亡骸《なきがら》だけが私を魅するのかを。

「漁夫と人魚」（*"The Fisherman and His Soul,"* 1891）はワイルドの童話の中で最も長く、内容も高度かつ難解な作品だ。しかも、「幸福な王子」や「わがままな大男」のように男性を主人公にした物語が多い中で、唯一、男女間の愛の物語である。だが、そのほとんどのページは漁師に割かれている。漁師が偶然に捕獲した人魚は美しく蠱惑的で漁師は想いを募らせるが、人魚はいつも微笑みながらその手をすり抜け、決して自身の意思を語ることはない。言葉を発するのは求婚する漁師に魂を捨てるという条件を突きつける時だけだ。漁師は魔女に教わった方法で魂を切り離し、晴れて海の中で人魚と愛の日々を送る。だが、ある時、捨てたはずの魂が漁師のもとにやって来て地上に戻ってほしいと懇願する。最初は頑なに拒んでいた漁師だが、ついに魂に同情を寄せてしまう。この裏切りによって人魚は絶命し、それを知った漁師は人魚の亡骸を抱いたまま海に呑みこまれていく。この部分を三島が愛読した昭和七年発行の春陽堂少年文庫の本間久雄の訳で読んでみたい[2]。

オスカー・ワイルド、本間久雄訳『幸福な皇子』（春陽堂、昭和７年）三島が所持していたものと同じワイルドの童話集。

「……お前の恋はいつも強かつた。どんなものを持つて来てもお前の恋に打ち勝つことが出来なかつた。それだのに、今お前は死んだ。さうだ、わたしもお前と一しよに死なう」
……やがて海は近くへ〳〵と押し寄せて来て、浪は彼れの身體《からだ》を包まうとしました。そこで彼れは臨終の近いことを知つて、狂気のやうになつた唇で、人魚の冷たい唇に接吻しました。と、彼れの身體《からだ》の中の心臓は破裂しました。……やがて海は、浪で、若い漁夫を包んで了ひました。

（「漁夫と人魚」本間久雄訳）

翌朝、漁師の遺体は浜辺に打ち上げられる。かつては漁をしながら自在に船を操って海を動き回っていた若い漁師。その筋骨逞しい健康な肉体は、いま小さな人魚の身體をしかとかき抱きながら、波打際に倒れ、動くことはない。美しいが直情的で愚かな、しかし素朴で純粋な青年の愛ゆえの死。ここにはワイルドの同性愛的嗜好、エロスとタナトス、ロマンティシズムが凝縮されている。それらに幼い三島は感覚的に強く惹きつけられたことは間違いない。

ワイルドの童話にはイギリス伝統の道徳的な教えを説く姿勢や教訓は見られない。特にこの「漁夫と人魚」が収録された第二童話集『柘榴の家』（*A House of Pomegranates*, 1891）は、表題に欧米では冥界の果物として「死」などの不吉なイメージを喚起させる「柘榴」が使用されていることからも察せられるように、世紀末風のデカダントな雰囲気に彩られ、英文も一文一文が長く、子供向きではないと批判を受けた。しかし、ワイルドはどんな芸術家も自らの気質による美の基準に従って作品を書くものだと主張した。つまり、芸術家は対象とする読者層に基準を合わせるのではなく、自らの内にあるものを芸術に昇華するべきで、それは小説であろうと童話であろうと変わらないということだ。この有名な逸話を、訳者である本間久雄は童話集の「序」で紹介している。三島はこのエピソードにいたく共感した。第2章でも触れたが、終戦から間もない昭和二十年、三島が大学生だった時に『少年倶楽部』から童話の執筆を依頼された際、「純粋の芸術的な創作童話を書きたいと思つてゐます。それが果して現在の少年少女の嗜好《しこう》に投じるか否かはわかりませんが、この問題については、多くの優れた童話をのこしたオスカア・ワイルドが弁解してくれます」（高橋清次宛て昭和二十年十月二十九日付書簡）とし、「蓋《けだ》し純粋な意味の童話は、決して単なる目的芸術ではなく、小説や詩と同等な文学の一ジャンルを形成するものでせう。我々の意図する童話も亦、それ以外にありません」と書いている。三島が自らの文学の原点は童話にあるとしたことはこれまでも触れてきたが、それは教訓的な子供向けの童話ではなく、小説や詩と比べてもなんら遜色のない「純粋に芸術的な童話」を指す。ワイルドが読者に対して忖度をせずに貫いた芸術的主題は、若い漁師の亡骸や美しい死という形で幼い三島の心にしっかりと刻みこまれたのだ。

同性愛者のアイコン――聖セバスチャンとアンティノウス

このように、幼少期からワイルドと同じ嗜好を持っていた三島は、少年期を迎え、さらにワイルドを「同類」として意識せずにはいられなくなる。蒼白な顔をした華奢な少年の内部ではその外見には不釣り合いなほど激しい欲望が逆巻いていたのだ。その沸き上がる欲望がようやく突破口を見出したのが十三歳、中等科二年生の頃だ。『仮面の告白』の中で描かれる有名な最初の射精の場面――。その対象となるのが聖セバスチャンだ。この聖人については多くの殉教図が描かれてきたが、『仮面の告白』の

「私」を魅したのは、グイド・レーニの描いた「聖セバスチャン」だった。

非常に美しい青年が裸かでその幹に縛られてゐた。手は高く交叉させて、両の手首を縛《いまし》めた縄が樹につづいてゐた。（中略）

それが殉教図であらうことは私にも察せられた。しかしルネサンス末流の耽美的な折衷派の画家がゑがいたこのセバスチャン殉教図は、むしろ異教の香りの高いものであつた。何故ならこのアンティノウスにも比《たぐ》ふべき肉体には、他の聖者たちに見るやうな布教の辛苦や老朽のあとはなくて、ただ青春・ただ光・ただ美・ただ逸楽があるだけだつたからである。

『聖セバスチャン』
グイド・レーニ作
（パラッツォ・ロッソ蔵）

三島にとって、この青春の寓意のごとき「非常に美しい青年」は生涯にわたるオブセッションとなった。自決の直前に篠山紀信（一九四〇—二〇二四年）による「男の死」と題する写真特集が雑誌で組まれた際、[3] 被写体となった三島が選んだのはレーニの描いた聖セバスチャンの殉教だった。両手を木に縛り上げられ、半裸の体を矢に貫かれながら天を仰ぐ写真の中の三島の姿。この姿ほど、この聖人への偏愛を雄弁に物語るものはないだろう。

実は、グイド・レーニの描いたこの美貌の殉教者は同性愛者に好まれることで知られている。ワイルドも例外ではなかった。ジェノヴァのパラッツォ・ロッソでこの絵を目にしたワイルドは「これまで見た中で最も美しい絵だ」といたく感嘆した。ワイルドが生きた十九世紀末頃、欧米ではすでに聖セバスチャンは同性愛の守護神として認識されていたのだ。

もうひとり、同性愛者を惹きつける存在がある。アンティノウスだ。その類いまれな美しさはローマ皇帝ハドリアヌス帝に寵愛され、奴隷からギリシアの最後の神に昇りつめた事実から容易に想像できる。十八歳という青春の只中にナイル川で謎の死を遂げたという、その憂いも心をわしづかみにするのだろう。若き愛人の死を嘆き悲しんだ皇帝は彼を模した夥しい数の彫像をつくった。

アンティノウス胸像
（ヴァチカン美術館蔵）
有名な像ではないが、三島はその美しさと初々しさを絶賛した。

三島も『アポロの杯』（昭和二十七年）の中で四か月半にわたる世界旅行の最終目的地であるローマで出会ったアンティノウス像に心を奪われている。ワイルドの作品にもアンティノウスの名はしばしば登場する。「若い王」（"The Young King," 1888）という童話の中では夜通し宝石を飽かず眺めることを常とする耽美的な若い王が、アビシニアの奴隷の名（アンティノウス）が刻まれた古代の大理石の彫像に熱い口づけをする場面がある。長編小説『ドリアン・グレイの肖像』(*The Picture of Dorian Gray*, 1891)では、主人公の美青年ドリアン・グレイの肖像画がアンティノウスにたとえられている。

夭折の美と悲劇性——ワイルドの詩

少年期の三島は『サロメ』のみならず、ワイルドの詩にも親しんだ。実はワイルドが詩から出発したことを知る人はそう多くはないだろう。アイルランドのダブリンで生まれ育ったワイルドはオックスフォード大学への入学を機にロンドンに住むことになったが、在学中に優れた詩作品に授与されるニューディゲイト賞を獲得し、卒業と同時に詩集を出版している。(4) そして、その後も三冊の詩集を出版した。(5)『定本三島由紀夫書誌』によれば、三島が所持するワイルドの本の数は十二冊を数える。その中に「キイツの墓」が収められた日夏耿之介訳の『詩集』も含まれている。この詩集にはロマン主義的な詩が多く見られる。

「詩を書く少年」の中の主人公は世界文学大辞典のロマン派の詩人の項を好んでいる。理由は明快このうえない。「かれらの肖像は、決してもじやもじやな髭などを生やしてゐず、みんな若くて美しかったから」だ。主人公は「詩人の薄命」に興味を抱き、詩人の死に想いをめぐらせる。その中でワイルドの詩が引用される。

　彼はワイルドの「キイツの墓」といふ短詩を好んだ。「生《せい》も愛《あい》もうら若き頃を、生《いのち》より奪はれて、ここに殉教のいと青春《わか》きものよこたはる」……ここに殉教のいと青春《わか》きものよこたはる。実際、不幸な厄災が、恩寵のやうにこれらの詩人を襲つたことは、おどろくべきものがあつた。彼は予定調和を信じた。詩人の伝記の予定調和。それを信じることと、自分の天才を信じることとは、彼には全然同じことに思はれた。

思春期の三島は自身の運命は、若く美しいまま死に襲われることだと信じていた。詩人を目指す少年は薄命のロマン派の詩人と同じ運命をたどることを信じて疑わなかった。「キイツの墓」はその例として作品に登場している。キイツとはもちろん、イギリス後期ロマン派の詩人ジョン・キーツ（John Keats, 1795-1821）を指す。相次ぐ家族の死によって常に死と隣り合わせだったキーツは、その詩に永遠の美を託したが、自らも結核を患い、療養のために訪れたイタリアでわずか二十五歳の若さで客死した。その早世を悼んでワイルドが書いたのが「キイツの墓」だ。ワイルドの唯美主義と言うと、そのスキャンダラスで派手な生涯のために不道徳で病的なデカダンスに目が向きがちだ。そのため、その唯美主義にロマン主義の要素、特にキーツが大きな影を落としていることは見過ごされがちだ。

しかも、そのロマン主義にはワイルド特有の倒錯的な美の傾向が見られる。三島が引用した「キイツの墓」の前後を読むと、三島とワイルドとを結びつける驚くべき発見があるのだ。なんとワイルドは美の殉教者たるこの夭折の詩人キーツに、若さの只中で信仰のために命を奪われた聖セバスチャンを重ねているのだ。

わが世の曲邪と己《おの》が痛苦とをまぬかれて、

かれ終に藍いろの神の面紗のもとにやすらふ
生《せい》も愛《あい》もうら若き頃を、生《いのち》より奪はれて、
ここに殉教のいと青春《わか》きものよこたはる。
聖《セント》セバスチャンのごとく美しく、世をはやうして殺されたる。
〈オスカー・ワイルド〈日夏耿之介訳〉「キイツの墓」〉

このように、ワイルドの詩の中で、キーツは三島の最初の性的欲望の対象となった聖セバスチャンになぞらえられている。詩人と殉教者が時代も国境も超えて重ね合わされるこの奇想とも言える飛躍的なワイルドの感性に、三島がいとも自然に共感を示していることにはやはり驚かされる。後にヴァチカンで出会うことになるアンティノウスもまた、若くして命を奪われている。

むしろ、三島が彼らを愛したのは、彼らのそうした「不吉な運命」ゆえだった。

アンティノウスの像には、必ず青春の憂鬱がひそんでをり、その眉のあひだには必ず不吉の翳《かげ》がある。
（『アポロの杯』）

ヴァッカス神に扮した
立像のアンティノウス
（ヴァチカン美術館像）
三島はほかの二体の像（胸像と全身像）と比べ、あまりにも神格化され過ぎて初々しさに欠けると評している。

二十七歳の三島はアンティノウス像を前にして「目前の彫像の、かくも若々しく、かくも完全で、かくも香《かぐ》はしく、かくも健やかな肉体のどこかに、云ひがたい暗い思想がひそむにいたつた径路」を想像せずにはいられない。光り輝く青春の裏に潜む憂鬱な翳、うら若き肉体と不吉な死……そうした生と死の鮮やかな対比に三島は魅了された。

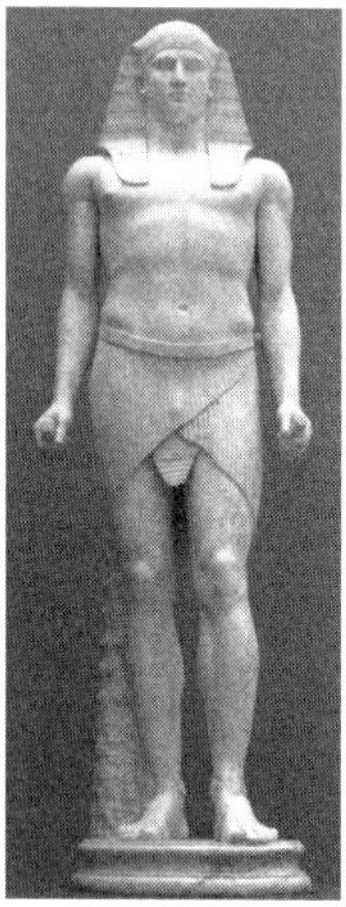
古代埃及《エジプト》の装いをした
アンティノウス全身像
（ヴァチカン美術館蔵）
三島は胸像とともにその美しさと初々しさを讃えている。

幼少期から見られた、どこか悲劇的な香りに惹かれるロマンティシズムの傾向は少年期に入った三島の中ではっきりとした輪郭を示し始める。『仮面の告白』にもワイルドの詩「王女の愁ひ」（“The Dole of the King's Daughter〈Breton〉,” 1881）からの一節が引用されている。「蘆《あし》と藺《ゐ》のなかに殺され横たはる、／騎士はうつくし。……」というワイルドによる「美しい騎士の死の讃美」は、主人公の「私」に自らのエロスの対象がなんたるかを改めて認識させた。三島は若く美しい男性の死に美を見出すワイルド独特のロマンティシズムと同じものが自分に宿っていることに気がついたのだ。

唯美主義――至上の美と若さを求めて

夭折が美として結実するには、本人が美しくなければならないのは言わずもがなだが、そもそも外面の美は若さと分かちがたく結びついている。

若さが消えされば、美しさもともに消えさり、そのとき、君は自分にはもはや勝利がなにひとつ残っていないことに突然気づくだろう。

（『ドリアン・グレイの肖像』拙訳）

これは『ドリアン・グレイの肖像』の中でメフィストフェレス的役割を果たすヘンリー卿がドリアンに突きつけたナイフのように鋭利な言葉だ。彼は言葉巧みに純朴なドリアンに自身の美と若さを覚醒させ、その価値を説き、執着心を植えつける。

君にはすばらしい若さがあるからね、そして、若さこそが人が持つ価値のあるものなのだ。……そして、美は天才の一つの形だ——いや、天才よりも高い次元のものだ。美は説明を必要としないからね。美は神から授けられた君主の権利を持つ。そして、美をもつ者は王子になれるのだ。

美は年月と知性によって潰えていく——そうヘンリー卿は考えた。人は外面的な美でのみ判断すべきであり、内面で人間を判断するのは浅薄であるという逆説的な言葉を弄しながら、彼は自分の考えを周囲に納得させてしまう。

……美とは、本物の美というものは、知的な表情の宿り始めるところに終わるものなのだ。知性自体は誇張のひとつの形で、どんな顔の調和も台無しにしてしまう。考え事をしようと腰かけた瞬間に、その人はすべて鼻だけか、額だけの顔、あるいはなにか恐ろしいものになってしまうのだ。学問的職業で成功した人たちを見てみるがいい。なんとひどくおぞましい顔をしていることか！

『ドリアン・グレイの肖像』は一八九〇年に雑誌に掲載されるや、こうした唯美主義的傾向、そして色濃く立ちこめる同性愛的な空気により、不道徳であるとの烙印を押され、猛烈な批判を受けた。そのためワイルドは、翌年単行本として刊行する際に「道徳的、あるいは不道徳的な本などというものはない。本はうまく書けているか書けていないか。ただそれだけだ」と「序文」で挑発的にうそぶいてみせた。しかし実際には修正加筆を施し、社交の場やドリアンに捨てられ自殺する女優シビルの家族のエピソードなどを含む六章分を新たに追加した。その結果、雑誌掲載版で顕著だったドリアンとヘンリー卿と画家バジルの三人を中心に進行していた男性同士の閉塞的で濃密な同性愛的な色味はいくぶん抑えられている。

三島は世界一周旅行に出かける前後に長編小説『禁色』（昭和二十六〜二十八年）を発表した。この作品に『ドリアン・グレイの肖像』の影響が見られることはよく知られているが、作家の檜俊輔にはヘンリー卿が、ギリシア彫刻のごとき美青年の南悠一にはドリアンが投影されている。銀座のゲイバーに通って取材をしたというこの作品には同性愛の色が濃く表れている。

三島は『禁色』を書くのを最後に、ワイルド的な世界から脱却し、新たな局面を切り拓こうと画策していたきらいがある。だが、美と若さへの憧憬、知性や年齢を重ねることへの憎悪など、まさにワイルドと同じ美的感覚からは脱せられなかった。三島はローマで出会ったアンティノウス像が忘れられず、日本に向かって発つ当日に別れを告げるためにわざわざもう一度ヴァチカン美術館を訪れている。

自らの青春が過ぎ行きつつあることを感じながら、三島は眼前のアンティノウス像の如く香り高い芸術作品を書く決意を新たに世界旅行の幕を閉じる。その思いは『アポロの杯』の最後を飾る次のアンティノウスへの別れの言葉に結晶している。

私は今日、日本へかへる。さやうなら、アンティノウスよ。われらの姿は精神に蝕《むしば》まれ、すでに年老いて、君の絶美の姿に似るべくもないが、ねがはくはアンティノウスよ、わが作品の形態をして、些《いささ》かでも君の形態の無上の詩に近づかしめんことを。

『アポロの杯』はもちろん旅のエッセイであるが、引用したこのアンティノウスとの別れの場面はまさにひとつの詩ではないだろうか。読む者の眼にはヴァチカン美術館の一隅に佇む永遠の生命を与えられた青年の姿が映し出され、その像とは対照的に限りある時を生きなければならない人の一生の儚さ、その有限の生の中で美を芸術作品に昇華しようとする芸術家の希望が見出せる。三島が愛したギリシアの青い空を思わせるような爽やかな青春への賛歌と同時にその青春との訣別の詩でもあり、三島の対象への同性愛的憧憬と美的なロマンティシズムに溢れている。そして、そこには絶美の青年が背負わされた不吉な運命という、彼が幼年期に愛したワイルドの童話の漁師をはじめ、数々の殺される王子の中に見出してきた美の影が潜み、キーツの墓を前にワイルドがうたった詩のエコーが遠くに響いているのだ。

三島は文芸評論家の古林尚（一九二七―一九九八年）との対談の中で次のように語っている。

ひとたび自分の本質がロマンティークだとわかると、どうしてもハイムケール（帰郷）するわけですね。ハイムケールすると、十代にいっちゃうのです。（中略）だから、ぼくはもし誠実というものがあるとすれば、人にどんなに笑われようと、またどんなに悪口を言われようと、このハイムケールする自己に忠実である以外にないんじゃないか、と思うようになりました。

（「三島由紀夫対談　いまにわかります――死の一週間前に最後の言葉［対談］古林尚」昭和四十五年）

自決のちょうど一週間前に行われたこの対談は、三島の最後の言葉となった。間もなく読者に届く自らの訃報を意識した上での発言だったことは明白だろう。こうした言葉にも、誤解されることを嫌い、隅々まで自分の行動の理由を説明しなければ気が済まない三島の几帳面さが滲んでいる。自らの本質はロマンティークだ――死を目前にした彼はもうそのことを隠そうとはしなかった。彼のロマンティシズムには、かならず青春特有の美と躍動、そしてその輝きの分だけ悲劇的な死の翳が求められる。それらは漁師にしても、聖セバスチャンにしても、アンティノウスにしても、この作家が偏愛する対象に共通しているのだ。

【註】

（1）訳は『ワイルド全詩』（日夏耿之介訳　創元社、昭和二十五年）による。

（2）訳は『幸福な皇子』（本間久雄訳、春陽堂、昭和七年）による。三島が読んだとされる春陽堂少年文庫の『幸福な皇子』には、「幸福な皇子」、「わがまゝな山男」、「星の子供」、「漁夫と人魚」、「名高い狼煙」の五篇が収録されている。この中で「星の子供」と「漁夫と人魚」はワイルドの第二童話集『柘榴の家』に収録されているものだ。他の三篇は第一童話集『幸福な王子とその他の物語』に含まれている。表題が第一童話集に似ているが、春陽堂少年文庫の『幸福な皇子』はワイルドのふたつの童話集のアンソロジーである。

（3）昭和四十三年に創刊された澁澤龍彦責任編集のエロティシズムと残酷の総合研究誌『血と薔薇』の創刊号の巻頭ページは篠山紀信が撮影した「男の死」と題した写真で飾られた。ここでは、歴史上あるいは伝説上の人物に著名人たちが扮し、その死を表現している。この時三島は聖セバスチャンに扮した。それから二年後の自決直前に、三島は水夫、自動車整備工、漁師、体操選手、侍などの死を演じ、篠山に写真に収めてもらっている。これらの写真は二〇二〇年の三島の没後五十年の年にアメリカで *The Death of a Man: Otoko No Shi*（Rizzouli, 2020）と題して出版された。

（4）一八七八年に出版された詩集『ラヴェンナ』（*Ravenna*）のことを指す。ラヴェンナは西ローマ帝国の首都でもあった古都で、ワイルドは前年にこの都市を訪れた時の想いをこの長詩に託している。

（5）一八八一年に出版された異教的な要素とキリスト教的な要素が見られる初期の詩を収めた『詩集』（*Poems*）、風習喜劇作家としてもてはやされる一方でアルフレッド・ダグラスとの同性愛関係に倦んでいた一八九四年に出版された詩集『スフィンクス』（*The Sphinx*）、一八九八年に刊行された獄中で愛の罪を犯したため死刑に処された囚人についてうたった詩集『レディング牢獄の唄』（*The Ballad of Reading Gaol*）のことを指す。

2. オスカー・ワイルドに見た海（下）異教への憧憬

——詩「海の詩　A　オスカァ・ワイルドの幻想」ほか、戯曲「路程」・「東の博士たち」ほか

A　オスカァ・ワイルドの幻想——

巫女《みこ》「……海は怒《いか》つてゐます。
彼の袖は碧《あを》くて、袖口にぬひとりした泡沫は
嘗《かつ》て、世にも美妙な〝ヴィナス〟を生んだのですが
……。
併《しか》し、彼の瞳はなんと、恐ろしい呪詛《じゆそ》に震へてゐるの
でせう！
彼を恐れねばなりません、
海は、一歩々々、狡猾《かうくわつ》(*)な猫のやうな忍び脚で進み乍《なが》ら
白砂の浜を浸してゐます。

*

僧正「儂《わし》は海に祈りを捧げよう。
聖楽を奏でるがよい。聖龕《せいがん》を捧げもてよ。
遠く北の空、聖《きよ》き七つの星並び、海馬《しいほおす》、その翼をあらはし、
サムソンは顔色和げたり。
海の恋の懊悩《おうなう》は解かれたのぢや。
颶風《ぐふう》は去り、よろこびの波は、天使の足跡を洗つてゐる。

（＊）狡猾←くわうかつ

（平岡公威「海の詩　A　オスカァ・ワイルドの幻想」自作詩集『聖室《Tabernacle》からの詠唱』より）

『サロメ』への前奏曲——異教的な美への傾倒

本章の「1」では三島とワイルドを結ぶものとして聖セバスチャンとアンティノウスを挙げた。聖セバスチャンがキリスト教の聖人であるのに対し、アンティノウスは異教の神だ。そう考えると、この両者に惹かれるとはずいぶんと定見のない好みのように思える。だが、単に同性愛の性的対象というだけではなく、より深い部分で聖セバスチャンとアンティノウスには共通点があるのだ。少なくともワイルドと三島の中で両者は一本の線でつながっている。それはロマンティシズムでもあり、異教的な美でもある。

三島の場合、キリスト教という精神の宗教の到来によって肉体を賛美するヘレニズム的な思想が失われたという考え、そのことへの呪詛は『アポロの杯』に顕著である。アンティノウスはまさに「基督教の洗礼をうけなかつた希臘の最後の花」、「希臘的なものの最後の名残」という、異教の滅亡を目前にして現れたギリシア的な美の体現者として三島の心を強く捉えた。そして、聖セバスチャンについても、この聖人がかぐわしい青春を犠牲にしてまで信じたキリスト教の神にではなく、むしろ彼の中にわずかに残るヘレニズム的な美に強く反応している。つまり、苦悩と歓喜のうちに散らんとしている、レーニの描く殉教者の若く健康な肉体に「異教の香り」を嗅ぎ取ったのだ。

一方、ワイルドの作品の根底にはキリスト教的な信仰が見られる。それは『ドリアン・グレイの肖像』の中では快楽追求に突き進んでいくことへの怖れ、「わがままな大男」の中では「改悛と許し」という形として現れる。だが、ワイルドは若い頃にギリシアを訪れた経験から、異教的なものから生涯逃れることができなかった。時に彼のキリスト教信仰に異教的なものが混在しているのはこのためである。たとえば、『獄中記』(*De Profundis*, 1905; 完全訳 1949, さらなる完全版 1962) の中で自身を重ねた審美的な芸術家としてのイエス像にはヘレニズム的な要素が見られる。『聖書』のイエスは姦淫の罪を犯した女をその神への信仰によって許すのだが、ワイルドの描くイエスは、姦淫の罪を犯したマグダラのマリアを、彼の足に自らの髪を使って香油を塗ったという、その心の発露による行為のただ一瞬の美ゆえに許すのだ。

ヴィクトリア時代には、キリスト教が源流とするヘブライズムとギリシア・ローマ文明が源流とするヘレニズムという二項対立が知識人の間でしばしば議論の対象となった。詩人で評論家のマシュー・アーノルド（Matthew Arnold, 1822-1888）も『文化と無秩序』（*Culture and Anarchy*, 1869）の中でこの問題に触れている。ワイルドは戒律に縛られたユダヤ的なヘブライズムではなく、自らの心に従って行動するヘレニズムを自身の描くイエスに投影したのだ。

同性愛はキリスト教以前の異教の世界では罪ではなかった。ワイルドは同性愛の咎で法廷に立った際、古代ギリシアでは年長の者と年若い者との知的な愛が許されたこと、その愛がいかに美しいものであったかを声高に語り、拍手喝采を受けた。同性愛者が異教の世界に憧れるのはきわめて自然なことなのだろう。

本章「1」でも扱った、三島が幼少期に愛した童話「漁夫と人魚」にもこの異教の問題が出てくる。漁師と人魚の死後にも物語は続き、海に祝福を与えにやって来た司祭は、ふたりの遺体をみつける。そして、人間と異界の生き物との愛に烈しい非難の言葉を口にし、ふたりを不毛の野に墓標も立てずに埋めるよう命ずる。それから三年後、司祭が説教を始めようとすると、祭壇に飾られた見たこともない美しい白い花の香気に惑わされ、われ知らず愛の神の話をしてしまう。その花が不毛の野に咲いたものと聞いた司祭は、海の生き物に祝福を与えるが、不毛の野には二度と花は咲かず、人魚たちは別の海へと去ってしまうのだった。

この童話にはワイルドらしさが随所に見られる。漁師とその魂が分離する部分は、『ドリアン・グレイの肖像』の実物（肉体）と肖像画（魂）との関係を想起させる。そして、なによりも、人魚という異教の者とキリスト教徒である漁師との愛、それを糾弾する司祭の苛烈な言葉から異教とキリスト教のふたつの宗教が「愛」をめぐって対立する。まさにギリシア的なものとキリスト教的なものとの間で揺れていたワイルドの芸術的主題が書かせている童話だと言える。
次の引用は、人魚との愛を成就するために魂を捨てたいと願う漁師の訴えを聞き、司祭が顔をしかめて答える場面だ。

肉体の愛といふものは卑しむべきものだ。神様が、神様の世界を彷徨《さまよ》ひなさるときに、お苦しみになるやうな異教の物事は、すべて卑しむべきもので、また悪いものだ。森のファオンには呪ひあれ！ 海の歌うたひにも呪ひあれ！夜毎々々、彼等は歌をうたつてわしに祈禱《いのり》をさせまいとしてわしを誘惑してゐる。……彼等は縁なき衆生だ。ほんたうに縁なき衆生だ。彼等には天国も地獄もない。彼等はどんなところにゐても神の御名《みな》を称へてはならない者共なのだ。

（「漁夫と人魚」本間久雄訳）

さらに、ふたりの亡骸を目にした際も、司祭は「わしは海を祝福しない。又海の中の何者をも祝福しない。人魚には呪ひあれ、人魚と交はる人間にも呪ひあれ」と言い放ち、「恋のために神を捨て、神の審判《さばき》に依つて、このやうに殺されて、恋人と共に、こゝに横《よこた》はつてゐるこの男の亡骸は、この情人《こひゞと》の亡骸《なきがら》と一しよに運んで行つて、それを『不毛の野』の片隅に埋《う》めてやれ」と、死後もふたりが呪われ続けることを求める。こうした司祭の浅薄な宗教観を批判している点は、後の三島のキリスト教の精神主義への批判、異教的なものへの憧憬を予感させるものだ。
律法を遵守する司祭に対し、漁師が迫り来る波をものともせず人魚に最期の接吻をする場面は美しい。

死者との狂おしい接吻。その後に訪れる死――これはまさに『サロメ』の前奏曲だ。幼少期の三島はすでに『サロメ』に魅せられる素地をもっていたのだ。

『サロメ』――暗い欲望が求めた戯曲

そして『サロメ』に出会った時の三島は十三歳だった。まさに『仮面の告白』の「私」がグイド・レーニの描いた聖セバスチャンに激しく魅了され、はじめて性的な欲望を暴発させた年齢だ。そして幼い頃に比べ、より過激でサディスティックなものへの抗いがたい欲求を内に秘めていた。『仮面の告白』の「私」は、殺される若者を愛する一方で子供らしい童話や漫画も愛した幼年期の無邪気な一面をふり返りながら、「しかしともすると私の心が、死と夜と血潮へむかつてゆくのを、遮《さまた》げることはできなかつた」と幼い心の内に潜む暗い欲望の存在を明かしている。

死と夜と血潮――ワイルドの一幕物の悲劇『サロメ』はまさに少年の欲求に応えうる作品だった。『聖書』の中の洗礼者ヨハネ（ワイルドの作品ではヨカナーン）の

岩波文庫版『サロメ』
（佐々木直次郎訳、昭和13年）
の表紙

ビアズリーによる
『サロメ』の挿絵

斬首のエピソードはワイルドの手によって狂おしい愛のためにその首を斬らせる歪んだ愛憎と流血の物語として生まれ変わった。血みどろの生首をかき抱き、甘美な接吻がもたらすエクスタシーに打ち震える処女サロメ、まさに世紀末のデカダンスを凝縮したような物語は、明かりといえば妖しげな月光のみの夜闇《やあん》の下で進行する。

偶然に本屋で文庫版の『サロメ』を手にした十三歳の三島は、[1] それを読んで「雷に搏《う》たれたやう」な衝撃を受ける。道徳も教訓も排除された悪と美の結合に、少年は「正に大人の本」の真髄を見出したのだ。そして、その宿命の本は少年自身の欲望を映し出す鏡でもあった。三島は「わが魅せられたるもの」（昭和二十六年）という口述筆記のエッセイの中で、次のように『サロメ』について語っている。

私は最初に文学に飛び込んだときから、オスカー・ワイルドの「サロメ」といふやうな戯曲、殊にそれについてゐたビアズレーの挿絵などに魅せられた。さういふものに私が最初に魅せられたのはまつたく偶然で、何が自分を引きずつていつたのかはつきり言ふことはできない。ただ自分の中に何かある不安が醸《かも》されてゐて、さういふ不安と結びついたものが求められたのだと思はれる。

さらに、「まじめな芸術、教訓的な芸術、道徳的な小説」にはまるで興味をそそられなかったことに触れ、『サロメ』を求めるにいたった自分の中の「不安」こそが小説を書く原動力になったのだと語っている。

私が小説を書く最初のころの動機も、自分から逃げまはらう、自分の中のさういふ恐ろしいものかものがれようといふことで文学を始めたやうに思はれる。……自分の日常生活を脅かしたり、どつかからじつとねらつてゐてメチャクチャにしてしまふやうなものへの怖れが私を文学へ駆り立ててゐたやうに思はれる。

三島は作品の中でこうした破壊的な欲望を昇華する一方で、実人生ではその誘惑に抗い、逃れようと試み続けた。だが、やはり最後には自己の本質へと回帰していったのだろう。サディスティックで暴力的な性衝動と分かちがたく結びついた特有のロマンティシズムへと……。あの死は彼の原点の表象だった。私が三島に魅かれるのも、彼がその人生を賭けて言葉に生命《いのち》を吹き込んだその誠実さゆえだ。そんな三島が少年時代の一時期を捧げて生み出した『サロメ』の模倣作の数々はワイルドと共有された秘密を浮かび上がらせてくれるのだ。

聖書の影響が見られる詩作品
――「暁鐘聖歌」、「第五の喇叭　黙示録第九章」と「星」、未発表の「長き路程　埃及《エジプト》へ！」

三島には一度惚れこむと、その対象を自分の中に取り込んでいく傾向が強かった。『サロメ』との運命の出会いを果たした時も例外ではなかった。『サロメ』と同じように『聖書』から題材を探して作品を書いたのだ。三島は東文彦に宛てた手紙の中で「聖書及びその解説書を一時愛読した」（昭和十六年一月二十六日付書簡）と書いている。十六歳になって間もない時の言葉である。おそらく『サロメ』の影響で聖書を読み始めたのではないだろうか。ちなみに、蔵書目録には三冊の聖書があり、そのうちの一冊は明治三十二年発行のものだ。

聖書を題材にした作品は最初に詩の形をとった。このことは、詩人を目指していた十三歳当時の三島にとってはごく自然なことだった。『輔仁会雑誌』（昭和十三年七月十五日号）に発表された散文詩「暁鐘聖歌」は、(2)題辞として「荒野の誘惑」として知られる「ルカ伝」第四章の第一〜十三節からの英文を抜粋し、悪魔によるイエスへの誘惑と敗北を物語風に描いている。「荒野の人」（イエス）の四十日にわたる断食の様子を見て弱気になっていた悪魔は勇気をふりしぼって「荒野の人」に挑む。最初の試みでは「あでやかな巫女」に姿を変えて近づき、二度目は「貴人の服」を身に纏って山上に連れ出し、最後には「神官」に化けてエルサレムにお供する。『聖書』にはない脚色を施すことによって無彩色のエピソードは色鮮やかな物語となって蘇る。しかしながら、この小品が異彩を放つのは、悪魔の視点から描かれている点にほかならない。これは『サロメ』の影響を受けて書いた一連の戯曲にも受け継がれていく。

だがその一方で、「暁鐘聖歌」の悪魔の容姿は「細長い爪」と「不気味な形態をした耳と尾」というサタンらしからぬ、どちらかというと小悪魔を想起させるものだ。その上、性格の面でも、誘惑に失敗して自信を失うなど、どこかコミカルで憎めず、この段階では同時期の戯曲で描かれる「悪」の醸す末期的な不安を抱くにはいたっていない。

「暁鐘聖歌」と同じ詩の分野では『輔仁会雑誌』（昭和十四年三月号）に発表された「第五の喇叭　黙示録第九章」と「星」、未発表の「長き路程　埃及《エジプト》へ！」にも『サロメ』の痕跡が感じられる。(3)これらの詩には昭和十三年秋から冬にかけて書かれ、「暁鐘聖歌」にも見られた絢爛たる言葉が織りなす比喩表現、色彩語の多用、東方のエキゾチックな生物の描写のほか、三島が読んだとされる岩波文庫版の佐々木直次郎訳に見られる「袍衣《うはぎ》」、「風信子石《ヒヤシンス》」、「猩々緋《しやうじやうひ》」などの特徴的な言葉が用いられている(4)。

ヘロデが意味するもの――「路程」・「東の博士たち」・「キリスト降誕記」

戯曲のジャンルでは、十三歳から十四歳にかけて執筆されたと推定される「路程」（生前未発表）、「東の博士たち」（『輔仁会雑誌』昭和十四年三月一日号発表）、「基督降誕記」（生前未発表）の三つの作品に『サロメ』の影響が見られる。それぞれ『聖書』から材を得ており、「路程」は「受胎告知」を、「東の博士たち」と「基督降誕記」は「キリストの降誕」をテーマに書かれた。特に「路程」と「東の博士たち」については、学習院の恩師清水文雄に宛てた手紙の下書きの中で『サロメ』の模倣だと明言しており、その影響関係は明らかだ(5)。これらの戯曲では台詞や人物名、風物などに岩波文庫版の『サロメ』を模したと思われる箇所が詩作品以上に多く見られるが、今回は内容に重きを置いてこれらの戯曲に共通する特徴を見ていくことにする。

特筆すべきは、登場人物たちが救世主の到来を歓迎する側と不安におののく側とに分かれていることだ。しかも、キリストの誕生を怖れる「悪」のほうに力点が置かれているのだ。これは先に触れた「暁鐘聖歌」と共通する。

「路程」では、后を殺害した邪悪な王や魔王の登場する場面に戯曲全体の約三分の二の分量が費やされている。これに対し、父王から逃れて天使に従う王女や大天使による受胎告知、マリアとヨセフの旅立ちといった場面は量が少なく、希薄な印象を与える。

続く「東の博士たち」でも、やはり神の到来に怖れを抱く主人公エロドの描写が筆の冴えを感じさせる。『聖書』では、舞を披露したサロメに褒美を与える約束をしたばかりにコハネの首を刎ねざるをえなくなったヘロデ（ワイルドが最初に書いたフランス語版ではエロドと読む）を、ワイルドは精神状態が常に不安定な人物として描いている。ヘロデは、兄王を殺害して王位と后を奪った罪のために新たな神の到来を怖れる。この新たな神は死者を蘇らせることができる。ヘロデは自分の手で葬った死者たちの復讐がこわくてたまらない。だから后との婚姻を姦淫の罪だとして自分に呪詛の言葉を浴びせるヨカナーンこそがその神かもしれないと考え、処刑せずに古井戸に幽閉しているのだ。舞の報酬としてヨカナーンの首を斬ることに躊躇してサロメを説得にかかるのも、災いがふりかかるのを怖れての行為なのだ。それなのに、彼女の強固な意志を変えることもできない。サロメとの約束を反故にすれば王としての信頼を失い、民衆の心は離れていくだろう。これもまたヘロデにとっては恐怖でしかない。戯曲の最後に突然に断行されるサロメの処刑も、暗闇の中でヨカナーンとの接吻に身悶えする女の獣性に身の毛のよだつような恐怖を感じたためなのだ。

このように「恐怖」に支配されるヘロデ像はワイルドに特有のものなのだが、このことはサロメの狂おしい愛憎劇の凄まじさに圧倒されて見過ごされがちだ。しかし、少年三島の研ぎ澄まされた感性はそこを見落とすことはなかった。むしろ、自作でヘロデの不安を拡大し、中心に据えてさえいる。三島が「東の博士たち」で描くエロドも、死者を蘇らせるという神の御業に脅えている。夥しい殺戮を重ねてユダヤの王に君臨するエロドにとって、死者の蘇りは自己の破滅を意味するからだ。

『輔仁会雑誌』に掲載された際には作品の後に「説明」と「梗概」が付された。「説明」には題材にした「マタイ伝 第二章」が引用され、「梗概」には謀略の末に国守に昇りつめたものの、「過去の血みどろな幻」に苛まれ、それを払拭するためにまた罪に手を染めずにはいられないエロドの切迫した心理状態が細やかに説明されている。エロドが求めているものは不安から解放された心安らかな真の「休息」なのだ。だが、「梗概」は次のように結ばれている。

再び、新らしく失はれた生命の呼び声が夜風と共にきこえて来る。エロドは不安さうに戦《をのの》く。「何時、休息があるのか」と。否、彼には、永遠に休息は与へられてはならない。

一幕物の詩劇「基督降誕記」の登場人物も救世主をめぐって二手に分かれる。だが、救世主を歓迎する側には天使たち、猶太びと（ユダヤ人）、女たちだけが配されているのに対して、救世主の到来を歓迎しない側には巫、悪魔、魔神、森の神のほか、ギリシア神話の海神や牧神、ヘカチー（ヘカテ）、トライトン（トリトン）とさまざまな種類のキャラクターが配されている。彼らは「路程」の魔王や王、「東の博士たち」のエロドと同様に救世主の到来を怖れている。未完の作品ではあるが、ここでは「悪」とキリスト教ではなく、異教とキリスト教の相克の構図が浮かび上がってくる。この点を見逃してはならないだろう。それはまぎれもなくヘレニズム的なものへの愛着というワイルドと三島とが共有する秘密なのだ。

三島は昭和三十五年にワイルドの『サロメ』を演出した。文庫本を手にしてから二十年以上の時を経てようやく夢が叶ったのだ。欣喜雀躍した三島は、当時の上演プログラムに次のように書いている。

私の演出では、近東地方の夏の夕ぐれの、やりきれない倦怠と憂鬱《アンニュイ　スプリーン》が舞台を支配するやうにと考へてゐる。そして宮廷のテラスに漂ふ末期的不安には、世界不安の雛型《ひながた》がはめこまれてゐる。ヘロデは宿命の虜《とりこ》である。だからヘロデは宿命をおそれる。サロメは宿命自体である。彼女は何ものをもおそれずに行動し、自分の宿命を欲求する……。

（「わが夢のサロメ」）

救世主の出現は「悪」にとっては世界崩壊そのものだ。三島が描きたかったのは、その前兆の末期的な不安と頽廃である。サロメは「倦怠と憂鬱《アンニュイ　スプリーン》」の蔓延する宮廷で宿命を怖れずに自らの欲望に殉じる。一方のヘロデは己の欲望の行き着く先を怖れる。

くり返しになるが、『サロメ』と聞くと、どうしてもヨカナーンに対するサロメの常軌を逸した情念に目が向きがちだが、三島はちがう。座談会の席で登場人物の中で性格的に最もよく描けているのはヘロデだと明言している。それは彼が「近代人」だからだ。古《いにしえ》の時代にあって、ヘロデだけは「近代人」の持つ不安に取り憑かれている。なぜなら近代人とは神の存在を怖れる者のことだからだ。そのことを三島は見抜いていたのだ。作家は「自分の日常生活を脅かしたり、どつかからじつとねらつてゐてメチャクチャにしてしまふやうなものへの怖れ」（「わが魅せられたるもの」）、つまり自らが抱えていた宿命に対する不安をヘロデの中に見出したのではないだろうか。近代的な苦悩の象徴たるヘロデは三島に最も近い登場人物だったのかもしれない。

ワイルドと聖セバスチャンに託された〈海〉

ヘロデに着目する少年時代の三島の慧眼に脱帽したところで、冒頭に引用した「オスカァ・ワイルドの幻想」に立ち戻ることにする。(6) この詩も三島がワイルドに熱狂していた十三歳の時に書かれたものだ。それにしても、なぜこの天才少年は「海の詩」と題する連作の最初に「ワイルドの幻想」を置こうとしたのだろうか。たしかにワイルドの童話「漁夫と人魚」は幼少期から三島のお気に入りだったが、実はワイルドと海をつなぐ作品はそう多くない。いや、「漁夫と人魚」ぐらいではないだろうか。なにしろ、戯曲にしろ、小説にしろ、ワイルドの作品は上流階級を舞台にしており、登場人物たちはと言えば、邸内で腰かけておしゃべりばかりしているのだから。海だけではない。自然そのものが排除されていると言ってもいい。観念的で人工的なワイルドの作品世界は〈海〉とは結びつかないのだ。

そんなワイルドの幻想をテーマにして、たとえ虚構にしても、なぜ海を描き込まねばならなかったのか、なぜ海は憤怒しているのか――疑問が頭をかすめる。だが、三島が少年期に『サロメ』の影響を受けて書いた作品群をたどることで、うっすらと見えてきたことがある。

「オスカァ・ワイルドの幻想」に登場する「巫女」は、少年期の戯曲では「悪」や「異教」の側に属している。この「巫女」も異教の立場から、「海」を「嘗《かつ》て、世にも美妙な〝ヴィナス〟を生んだ」と紹介し、ギリシア神話の美の女神の誕生はすでに過去のものとなったこと、「海」の「恐ろしい呪詛《じゅそ》」は異教の世界の終焉に向けられたものだと悲痛な口調で訴えているように思える。対する「僧正」はその憤怒を鎮めるために「海に祈りを捧げよう。／聖楽を奏でるがよい。聖龕《せいがん》を捧げもてよ」と命じる。

「遠く北の空、聖《きよ》き七つの星並び、海馬《しいほおす》、その翼をあらはし、サムソンは顔色和げたり」という部分から、ギリシア神話を表す星座と獣だけでなく、『旧約聖書』のサムソンも新たな神を歓迎している様子が伝わってくる。私などは「海馬《しいほおす》」と聞くと、ついタツノオトシゴ（seahorse）を思い浮かべてしまうが、文脈からヒッポカムパス（Hippocampus）という海神ポセイドンの車を引く馬頭魚尾の怪獣を指すと考えられる。神の祈りが「海の懊悩」を解き、「よろこびの波は、天使の足跡を洗ってゐる」というキリスト教の高らかな勝利の宣言で終わるこの詩は、異教的な愛と自由の世界がキリスト教という新たな宗教によって終わりを告げることへの悲嘆と同時に、愛欲の苦悩が救われる喜びをも表している。異教とキリスト教とのはざまで揺れたワイルドの内なる葛藤を見抜いた少年は、鬩ぎ合いながらも融合するワイルド特有のヘレニズムとヘブライズムの世界を〈海〉に託したのだ。そして、それがワイルドの儚い幻想に過ぎぬことを「オスカァ・ワイルドの幻想」というタイトルとして示したのではないだろうか。

同じことは三島とワイルドとを結ぶアイコンのひとつ聖セバスチャンにも当てはまる。『仮面の告白』には、この聖人についての散文詩が挿入されている。レーニの描いた聖セバスチャンに欲情を散らした「私」は、ある日、校庭に美しい一本の木をみつける。それこそがセバスチャンが縛められた木にちがいないという揺るぎない確信が詩作にインスピレーションを与えた。そして、驚くべきことに、彼の創作した聖セバスチャンには海が投影されているのだ。

また彼が海から来たといふ確信を幾人《いくたり》かの娘は抱《いだ》いてゐた。彼の胸には海の高鳴りが聞かれたために。彼の目には海辺に生れそこを離れねばならなかつた人の瞳の奥に、形見にと海が与へる神秘の・消えやらぬ水平線がうかんでゐたために。彼の吐息は真夏の潮風のやうに熱く、打ちあげられた海草の匂ひがしたために。

セバスチャン――若い近衛兵の長――が示した美は、殺される美ではなかつたらうか。

セバスチャンが、現在の南仏、ラングドック地方とプロヴァンス地方にまたがる地域の出身だったことを思えば、実際に地中海沿岸に故郷があったのかもしれない。そのことを三島は知っていたのだろうか。それとも、知らなかったのだろうか。それは愚問にちがいない。どちらにしても三島は彼を海から来た人として描いただろう。「殺される美」を与えられた者は、そのしるしに海の香りを纏っていなくてはならなかったからだ。

薄命ではない。決して薄命ではなかつた。もつと不遜な凶々しいものだつた。輝やかしいとも云へるほどのものだつた。……

彼自身もまたおぼろげに予知してゐた。彼の行手にあつて彼を待つものは殉教に他ならないことを。凡俗から彼を分け隔てるものはこの悲運のしるしに他ならぬことを。

凡俗の徒には到底成し得ない殉教という高次な死によって、その気高さを永遠のものとする聖セバスチャン。奴隷出身のアンティノウスに比すべく頑強な体軀と異教的な美貌を誇る若者は「殺される美」という不吉な宿命を背負っているからこそ、なおのこと美しい。そのエロティシズムには海の香りが漂っていなくてはならなかった。海を故郷とすることで作中の「私」、そしておそらく少年三島の中で聖セバスチャンは完璧な詩となったのだ。

煌びやかで厳かな『サロメ』の翻訳で三島を魅了したことで知られる日夏耿之介（一八九〇―一九七一年）は、自身の訳書『ワイルド全詩』の「解題」の中で、「オスカァ・ワイルドは初めに詩人であつた。そして最終に詩人であつた。その一生は詩を行動に飛躍せんとして自ら転倒した夢想者の伝記である。彼に対する批判はここからのみ成し得やう」と書いている。「転倒」とは、ダグラス卿との同性愛関係から裁判事件に発展し、二年間の重労働刑の判決を受けた例の事件を指すのだろう。これにより社交界の寵児から真っ逆さまに転落したワイルドは、財産も失い、妻子とも離れ離れになり、出獄後わずか二年で亡くなったことはすでに本章「1」でも触れたが、晩年にはイエスをひとりの芸術家として捉え、自身を重ねるなど、キリスト教への傾倒が顕著になっていく。そして、死の床では自ら「罪人のための宗教」と呼んだカトリックに改宗しているのだ。

ワイルドが自らを詩とするのであれば、耽美的なロマンティックな詩を目指したにちがいない。だが、過度な快楽の追求によって、その調べは一転して毒々しく凶々しいデカダントな色を帯びる。ワイルドは『獄中記』として死後に刊行されることになる獄中で書いたダグラス宛ての手紙の中で自らの酒と薔薇の日々を次のように追憶している。

私は長い間わが身を愚かしい官能の安逸へ誘われるままにした。遊び人、ダンディ、社交人であることで楽しんだのである……私は自分の才能を濫費する男となり、永遠の青春を浪費することに奇妙な喜びを覚えた。……私にとって思考の領域において逆説であったものが、情熱の領域においては倒錯となった。欲情はついに病、あるいは狂気、あるいはその両方となった。私は他人の人生に無頓着になった。私は好むがままに快楽を貪りながら進んでいった。

（拙訳　以下同）

快楽追求の果ての悲劇は、ワイルドをひとつの中世風の宗教詩に変えた。ワイルドは破滅を境に改悛の美に目覚めたのだ。

人間の崇高な瞬間とは、塵芥の中に跪き、自らの胸を叩きながら、生涯の罪を全て告白する時であると私は確信している。

ここに彼がカトリック教徒たらんとして死した所以がある。悔悛に美を見出すワイルドの姿勢は「わがままな大男」などの初期の童話から最後の詩「レディング牢獄の唄」（"Ballad of Reading Gaol," 1898）にまで見られるが、三島はそこには共感すら示さなかった。もちろん自作にも取り入れてはいない。見方によってはあまりにも教訓的なキリスト者に堕したワイルドには興味はなかったと言える。三島にとってワイルドは世紀末のサディスティックで快楽主義的な放縦を内包する異教的なエロスとロマンティシズムをうたう美の使徒でなくてはならなかった。そして鼻歌交じりに世間を弄しながら足を滑らせたその豪奢な失墜——その叙事詩を愛した。三島はワイルドの人生を作品と捉えていたのだ。

批評といふものが本質的に自己を選択する能力だと考へると、批評こそ創造だと言ひ出したワイルドは、彼自身の運命を創造した人間のやうに思はれる。

少年時代の耽溺から醒めてからもなお三島の心を捉え続けたものはワイルドの戯曲でも小説でもなく、その人生だったのかもしれない。それは同類である自身への予言であったにちがいない。三島はワイルドのような「夢想者の伝記」の悲劇を踏襲することを拒絶し、より理性的に自らを律し、その生涯をひとつの作品に仕上げようとした。彼は聖セバスチャンのごとき不吉な運命を自らの手でつくりあげ、憂国の士として一篇のロマンティックな詩となった。その意味で三島もまた最初に詩人であり、詩人として生涯を閉じたと言えるのだろう。最期の瞬間、その胸には「海の高鳴り」が、その耳には「波の音」が聞こえていたのではないかと私は思う。

【註】

（1）三島は「ラディゲに憑かれて　私の読書遍歴」（昭和三十一年）の中で岩波文庫版のサロメを書店で選んだのは「十一、二歳のころであらうか」（満年齢では十二、三歳）と書いているが、『定本三島由紀夫書誌』によれば岩波文庫版『サロメ』の奥付は昭和十三年発行のものであり、『サロメ』の影響を受けた習作も昭和十三年に執筆されていることを考えると、『サロメ』との出会いは十三歳（満年齢）であったと推定される。

(2)『輔仁会雑誌』発表当時は散文詩として発表されたが、『決定版　三島由紀夫全集』では短編小説として区分され、第十五巻に収録されている。
(3)「第五の喇叭　黙示録第九章」には「一三・九・一三」(昭和十三年九月十三日)、「星」には「一三・一〇・三」(昭和十三年十月三日)、未発表の「長き路程　埃及《エジプト》へ!」には「一三・一二・二二」(昭和十三年十二月二十二日)と、執筆年月日とおぼしき記述がある。これら三つの作品は昭和十四年七月以降に成立したと考えられる手づくり詩集(『公威詩集Ⅰ』)に収められている。
(4)三島が『サロメ』の演出を行った際に使用したテキストが日夏耿之介訳だったため、三島が最初に手にした『サロメ』を日夏訳だとする研究書が見られる。しかし、註の(1)で示したとおり、出版年と岩波文庫という事実から佐々木訳であることは明らかだ。また佐々木はフランス語から翻訳しているため、登場人物の名前がフランス語読みになっている。三島も中等科時代の習作ではフランス語読みを採用している。
(5)「これらの作品をおみせするについて」と題された昭和十六年九月十七日付の清水文雄宛ての書簡の下書きの中で、三島は「東の博士たち」については「サロメの模倣」、「路程」については「東の博士たち」の「母胎となった純道徳的な童話劇風の耶蘇劇」と紹介している。
(6)「A オスカァ・ワイルドの幻想」は、三島のお手製の詩集『聖室からの詠唱』に収められている。この詩集は十歳から十三歳までに創作したお気に入りの詩歌を一冊の大学ノートにまとめ、「目次」、「序」、「巻頭言」を付したものだ。この自選詩集に収められた詩については、これまでも「海」との関連から触れてきたが、「オスカァ・ワイルドの幻想」はもちろんのこと、ハイネの詩の原文と訳詩が四篇含まれるなど、外国文学の影響が顕著に見られるようになるのも特徴のひとつだ。また、「オスカァ・ワイルドの幻想」は、この詩集の最後を飾る連作詩「海の詩」の最初の一篇だったようだ。「ようだ」と書くのは、残念なことに、続く「B 七つの丘の街」の途中で原稿が欠損しており、全体の構成がつかめないからだ。そのためか、「オスカァ・ワイルドの幻想」については、これまでの三島研究でもほとんど取り上げられてこなかった。

3．十四歳の海　――詩「訃音」・「凶ごと」、小説「館」の周辺

黒ずんだ金粉のうちより死びとは目覚め、
眸《ひとみ》は死灰の色する冬海の渦のあなたから
わきおこる海底の音のやうに灰白《はひじろ》の粘りに熟れて
力なく夜空をたゝへ……
腐れ腕《かひな》に盲《めし》ひの蛆《うじ》
声もなく青ざめてはひまはれば、
かわいた赤黒の血の層は黄泉《よみ》のみ神、
染め出でたまひしおん衣《ぞ》のあや。

この五体、
ほこり堆《うづたか》き夜闇《やあん》の室の一隅に
奇《く》しき都の如く沈めども、

そのかばせ長きのぞみにみたされた
ねむりの如く
指さす指の爪先には

赤い血わづかにのこつて糸さながら
かけまはりやがて消え去り、
空の空気窓より蒸発したのであつた。

死は恐ろしくない
無限が可怕《こは》いのだ
死人《しびと》はおそろしくない
偶像がこはいのだ

わたしはおまへに言つた
「死人は目覚め、夜の時計を繰つた、
またカレンダァは息絶えるのだ」

訃音をきくのは心たのしい

誕生のしらせをきくよりも。
さればわたしはわたしの影を
白い焰でやきつくす……

(平岡公威「訃音《ふいん》」自作詩集『Bad Poems』より)

十四歳の年の暮れ

昭和十四年十二月——一月生まれの三島由紀夫がまだ十四歳の年の暮れ。それはお歳暮を贈り合うことも許されず、正月には門松を飾ることはおろか、白米でつくった餅も食べられない年の瀬だった。

この頃には盧溝橋事件に端を発する日中戦争は国民生活にすでに暗い影を落としており、年を越した昭和十五年には第二次近衛内閣が大政翼賛会を発足させ、「八紘一宇」をスローガンにして中国や東南アジアへの進出を正当化していった。盧溝橋事件勃発当時(昭和十二年)十二歳だった少年三島は、この事件を「第二の日清戦争、否! 第二の世界大戦を想像させるが如き戦ひ」と表現している。この一行は「支那に於ける我が軍隊」(昭和十二年?執筆、未発表)という学習院中等科時代の課題に見られるものだ。中国で戦う兵隊の無事を願うごく短い文章で、「優」の評価を得ている。学校向けの優等生的な内容ではあるが、次のように盧溝橋事件以降を占う部分があって興味深い。

併《しか》し軍《いくさ》は、支那のみに止《とど》まらぬ。オホーツク海の彼方《かなた》に、赤い鷲の眼が光つてゐる。浦塩《ウラジオ》には、東洋への銀の翼を持つ鵬《おほとり》が待機してゐる。我国は伊太利《イタリー》とも又防共協定を結んだ。併しUNION JACK

は、不可思議な態度をとつて陰険に笑つてゐる。

少年は事件が中国にとどまらず、世界に拡大していくことを予見し、「噫《ああ》！世界は既に動揺してゐるのだ！」と嘆息してみせる。彼の予感どおり、日本は着実に世界戦争へと向かっていた。そして、盧溝橋事件から二年後の東京の町には「ぜいたくは敵だ」の立て看板がかけられ、主婦は結婚指輪を嵌めることも憚られた。米や砂糖などの十品目が切符制になり、外来語は日本語に切り替えられた。映画館では軍が監修した戦意高揚の映画がかかり、国民の生活も切迫感を増していく。

冒頭の詩「訃音《ふいん》」は、まさにそうした時勢のもとで書かれていることを指摘しておきたい。末尾に昭和十四年十二月二日という日付がある。三島は昭和二十四年にも同じ題名の短編小説を発表しているが、そもそもこのような縁起の悪い言葉を好んで使うのはなぜなのか。「訃音」は「訃報」や「訃告」とほぼ同義だが、「訃報」は死の知らせとともに葬儀の場所や時刻も知らせることが多いので、事務的なニュアンスを持つ。「訃告」は死亡を通知することに特化しており、どこか乾いた客観的な印象を与える。これに対し、「訃音」は死亡の知らせそのものを指すのはもちろんのこと、その「音」という響きが死から連想される不吉や悲劇の余韻を残す。三島にとって「訃音」とは、死から醸される不吉な空気や日常では味わえない感情の昂《たかぶ》りを象徴する言葉なのだ。そして、少年にとって迫り来る戦争こそが夥しい訃音をもたらす椿事だった。

「訃音」が収められた手づくり詩集『Bad Poems』には、中等科時代の三島の精神を語る上で欠かせない詩「凶《まが》ごと」も入っている。ここでは「訃音」を軸にこの時期の作品に表れる〈海〉について考えていきたい。だが、まずはよく知られた「凶ごと」について見ていくことにしよう。

「凶ごと」に見られる破滅願望

「凶ごと」は、三島が十五歳の誕生日を迎えた翌日の昭和十五年一月十五日に書かれている。昭和三十二年に新潮社から刊行された『三島由紀夫選集Ⅰ』の巻頭を飾るこの詩は、中等科時代に書かれた詩の中から三島が自ら同書のために選び、初めて公にした十六篇の詩（「十五歳詩集」として同書に収録）のひとつだ。昭和三十二年と言えば、三島はすでに『金閣寺』（昭和三十一年）を上梓し、作家として確固たる地位を築いていた時だ。中等科時代には、詩を記したノートに「△―発表に略《ほぼ》〃堪へうべきもの、なほ精撰を要す」などと印を決め、自作を厳しく評価していた三島が発表に踏み切ったのだから、この詩を公にするなにか切実な必要性を感じていたのかもしれない。第一連と最終連とを引用してみる。

わたくしは夕な夕な
窓に立ち椿事《ちんじ》を待つた、
凶変のだう悪な砂塵が

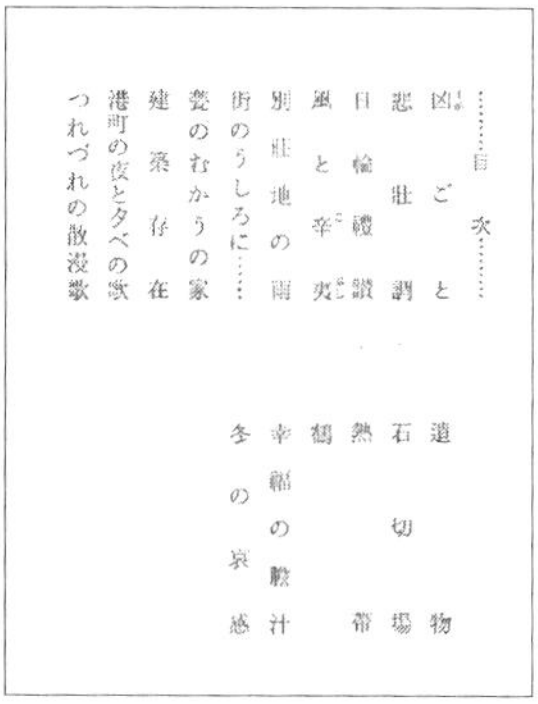
目次
凶ごと
遺物
悲壮調
石切場
日輪禮讃
熱帯
風と辛夷
別荘地の雨
幸福の膿汁
街のうしろに……
冬の哀感
甍のむかうの家
建築存在
港町の夜と夕べの歌
つれづれの散漫歌

「十五歳詩集」『三島由紀夫選集Ⅰ』（新潮社、昭和32年）の目次
巻頭に「凶ごと」が収録されている

夜の虹のやうに町並の
むかうからおしよせてくるのを。

（中略）

わたしは凶ごとを待つてゐる
吉報は凶報だつた
けふも轢死人《れきしにん》の額《ぬか》は黒く
わが血はどす赤く凍結した……。

夕暮れの禍々《まがまが》しいほどに赤い夕陽を受けながら窓辺にひとり佇み、不吉な異変の襲来をひたすらに待つ少年。戦争を目前にした時代を考えれば、これは戦禍という「凶変」の到来を待ち望む姿とも言える。磯田光一（一九三一―一九八七年）が『殉教の美学』（昭和三十九年）で三島にとって戦争は「恩寵」だったと看破した通り、まさに破滅を求める三島の性向がこの詩には溢れている。江藤淳（一九三二―一九九九年）は「三島由紀夫の家」（昭和三十六年）の中で、いち早く「凶ごと」の第一連目を挙げ、そこにこの作家の「基本旋律」が流れていることを指摘した。以来、三島論の中でこの詩はしばしば取り上げられてきた。
晩年の三島は少年期をふり返り、次のように述懐している。

私にもつともふさはしい日常生活は日々の世界破滅であり、私がもつとも生きにくく感じ、非日常的に感じるものこそ平和であつた。

これは自伝的評論『太陽と鉄』（昭和四十〜四十三年）からの引用だ。彼が幸福だと感じるものと外界の人々の考える幸福との隔たり、いやむしろ大多数の者とは真逆の幸福感が言葉を尽くして説明される。すなわち「危機」や「悲劇」こそが、彼にとっての幸福であり、安寧な日常なのだ。それは「凶ごと」の時と変わらない。それどころか、もっと昔に遡る。窓にしがみついて童話で読んだ「死の象徴」である「黒い牝牛」が通りに現れるのを、いまかいまかと息をころして待っていた幼少期から変わっていない。「凶ごと」は思春期に入ってより具体的な輪廓をとった三島の内なる声にほかならない。江藤の指摘した三島の「基本旋律」が多くの人の愛する心地よいメロディと調和する日は永遠に訪れることはないのだ。

三島にとって戦後の日常はまぎれもなく生きがたいものだった。だが、日常が普遍となれば、危険と隣り合わせの戦慄や悲劇に向かおうとする心を統御しなければならない。そして、彼は、ついに「凶変」の到来を待つことをやめ、自らの手でそれをつくり出す決意を固めた。少年が窓辺で待ち焦がれたものは死の報せ、すなわち訃音にほかならない。四十五歳の三島は十四歳の自分に自らの訃音を届け、少年時代の夢を叶えようとしたのだろう。

「凶ごと」の変奏《ヴァリエーション》としての「訃音」

「凶ごと」は「訃音」の執筆からひと月半ほどで書かれている。時期的な面から見ても主題の面から見ても、「訃音」は「凶ごと」の母胎、そうでなければヴァリエーションと言っていいだろう。「訃音」は、死者の蘇りの様子を描いている。「腐れ腕に盲ひの蛆」という蛆の巣くう腐乱した腕の描写や「指さす指の爪先には／赤い血わづかにのこつて糸さながら」という屍の指先から血が糸を引く描写がいかにもおどろおどろしい。まるで、『フランケンシュタイン』の中で怪物が覚醒した時のような怪奇的な印象さえ与える。その意味では露悪的で「凶ごと」のような少年の心象風景を映し出す洗練された表現にいたっていない。だが、最終連に見られる「訃音をきくのは心たのしい／誕生のしらせをきくよりも」という二節には不吉なものに心惹かれる少年の歓喜が伝わってくる。ここには明らかに「凶ごと」と同じ不吉なメロディが流れている。

少年は「訃音」を書いた同じ日に「古代的小曲」という詩も書いている。わずか十行の小作品であるが、「凶ごと」を思わせる「悲しみ」、「ゆふぐれ」、「死」という言葉が出てくる。もちろん、これらは世界大戦の足音を聞いた敏感な少年の心の反映でもあるだろう。だが、同時に三島は外界よりも自己の内面世界に没頭する少年だった。学習院時代の級友三谷信によれば、三島は初等科時代から授業の合間の休み時間にしばしば読書をしていたが、中等科時代になってその傾向を強めたという。初等科の頃にはからかわれた休み時間の読書も、学業で同級生から一目置かれるようになった中等科時代には誰に憚ることなく楽しむことができたからだ。退屈な授業から解放されて周囲が騒々しい中、ひとり書物に没頭する少年。文学という言葉の宇宙を持つ彼にとっては、外界よりもその内面の宇宙で浮遊している時のほうが現実味を帯びていたのかもしれない。彼は言葉との蜜月を短編「詩を書く少年」の中で次のように書いている。

彼のまだ体験しない世界の現実と彼の内的世界との間には、対立も緊張も見られなかつたので、強ひて自分の内的世界の優位を信じる必要もなく、或る不条理な確信によつて、彼がこの世にいまだに体験してゐない感情は一つもないと考へることさへできた。

そして、詩を創作する時に感じる「静かな至福」は「多分誰にも彼にもあるといふ幸福ではなく、彼だけの知つてゐるものだといふことは確かであつた」としている。日常生活と言葉の世界が等価だった時期の幸福はやがて破綻を迎えることになるが、十四歳当時の三島はこの至福を味わいながら詩を書いていたのだ。それを考えると、この時期の文学的影響を見逃すわけにはいかない。

「訃音」や「凶ごと」に見られる破滅や悲劇を希求する三島に生来的に内在していた悪の華の蕾が頭をもたげ出したのは十三歳。本章で見てきたように、ちょうどオスカー・ワイルドの『サロメ』に出会い、聖セバスチャンの殉教図に魅せられた時期だ。だが、十五歳を目前に控えた三島は破滅の予兆を拒むのではなく、むしろ待ち望んでいる自分を発見した。『サロメ』の中で、救世主の出現によって死者の蘇りを怖れるヘロデに強い関心を寄せた少年は、ヘロデの不安を乗り越え、自身の詩の中で「死は恐ろしくない」、「死人はおそろしくない」（「訃音」）と書き、「訃音」や「凶報」（「凶ごと」）を熱望するようになっていた。少年三島はすでにワイルドよりもはるかに空想的な悪の世界へと深く漕ぎ出していたのだ。

小説「館」——潜む十四歳の精神的軌跡

十四歳の三島がいつもの正月を迎えることができなかったのは、国内に広がる戦争のせいばかりではない。前年の昭和十四年一月に祖母・夏子が潰瘍出血のため六十二歳で他界したからだ。幼少期から狂おしいほどの愛を三島に注ぎ、倭文重の目から見れば幽閉に近い形で孫を独占した平岡家の苛烈なひとつの炎が消えたのだ。

傍から見るのとはちがい、当の本人は老女の溺愛に内心はご満悦で、「祖母の病的な絶望的な執拗な愛情が満更でもなかつた」（「椅子」）のだ。「祖母上はやさしき内に躾きびしく」（「平岡公威自伝」）という人物評や自伝的短編「好色」（昭和二十三年）の中の「小柄」で「整つた顔だち」に「利発な子供に見られるやうな無邪気な叡智」を宿す祖母の姿、「祖母の可愛らしさは無類」、「真剣な可愛らしい物案じ」、「祖母の、小さな束髪のやさしい顔立」、「的確で明るく行き届いた分別」などという描写からは、おそらく嫁の倭文重には見せなかった夏子の茶目っ気や優しさ、賢さといった人間的魅力が伝わってくる。三島は「三島由紀夫氏への質問」（昭和三十八年）の中で友人に一番のぞむことを聞かれ、「わけへだてのある愛情」と答えてもいる。逆説的で洒脱な答えは本心ではないようにも聞こえるが、友人にとってさえ偏愛の対象でありたいという願いは案外本音なのではないだろうか。祖母の絶対的愛情から覚えた蜜の味ゆえに……。

夏子の晩年には両親とともに渋谷区大山町で暮らしていた三島だが、一日に一度は夏子に電話をすることや週に一度は四谷の祖父母の家に泊まりに行くことが条件だった。起居は共にしていなくても、ふたりの特殊な関係は続いていたと言える。まさに、「十三歳の私には六十歳の深情の恋人がゐた」（『仮面の告白』）のである。

夏子の死に関して三島は多くを語っていない。十九歳の時に書いた「平岡公威自伝」に「祖母上は中等二年のほどにみまかりたまひて」と祖母の死に触れ、「亡き祖母のはふりの儀、みぞれふる法会《ほふゑ》の夜につきては姑《しばら》く措《お》かん。我、人の死に逢ひしは之《これ》が最初なりき」という記述があるぐらいだろうか。ここからは身近な肉親を喪った悲しみや、はじめて人の死を経験した衝撃などは伝わってこない。

だが、こんなエピソードもある。終戦直後に妹の美津子を腸チフスで亡くした時にお悔みに来訪した妹の友人たちが笑顔だったことに触れ、三島は「ああいう人達こそあとで、激しく泣くのだろう」と語ったという。級友の目にはそう話す彼も淡々とした様子に映ったが、「終末感からの出発――二十歳の自画像」（昭和三十年）には、必死の看護もむなしく危篤に陥った意識不明の美津子が三島に対して「お兄ちやま、どうもありがたう」とはっきり言ったのを聞いて号泣したこと、彼女の死が以後文学を推進させる原動力になったことなどが綴られている。(1)こうした性格であれば、少年時代の彼も感情を露わにはしなかったはずだ。だが、夏子の死は感受性の強い少年の心に深く刻まれ、「死」を身近に感じさせたにちがいない。

これまでも見てきたように、初等科から中等科にかけての三島は主に詩を書いており、十三歳の時に書いた「酸模」が小説をはじめて書いたという意味において処女作品である。(2)その「酸模」と同様にワイルドの影の見られる小説が「館　第一回」だ。この小説は、昭和十四年十一月に発表されているので、執筆はそれ以前と考えられる。未発表の続編「館　第二回」が秋に執筆されたと考えられているので、

「第一回」は夏子の死からそう遠くない時期に書かれていたのではないだろうか。

「館」はワイルドの影響を受けてはいても、「酸模」とは手法においても内容においてもまったく異なる。三島は当時すでに日本の古典文学に親しみ、古本屋を渉猟して歩くほどになっていた。特に『大鏡』は大のお気に入りで、休み時間に大型本を読むほどだった。ワイルドへの関心はやがてワイルド作品の影響を受けた谷崎潤一郎にも移っていった。三島少年は読書から吸収した栄養分を律儀に作品に注ぎ込まずにはいられない性質《たち》だ。「館」も『大鏡』と谷崎の「盲目物語」（『大鏡』の影響を受けている）の手法が取り入れられ、平仮名を多用した説話体で書かれている。内容は「ねろ」と呼ばれる残忍な殿様に仕える小姓の視点から殿様の常軌を逸したサディスティックな所業が描かれるというものだ。たとえば、殿様は盗人を処刑するという古い掟を復活させるが、それはひとえに自身の欲望を満たすためなのだ。

わしはおのれのこの手で、とぎすましたするどい刃を握《にぎり》、相手に近付、わしの手がなまあた、かい血潮でぬれそぼるのを見たいのだ。

気違いじみた殿様に恐怖を感じながらも、町で盗みを働いた女を捕らえて容赦なく引っ立てていく様子を見た瞬間、小姓は自身の中で悪の華が花開くのを感じるのだ。

緑の葉にしつとりと頭をたれてゐた、重い蕾《つぼみ》がぱつと花ひらいたのでございまする。おのれの快楽のためにあはれな窃盗狂《ぬすみぐるひ》の貴女の手をひいて行かれたとのさまをはいけんいたしましたとき、その夜はぱつと開いたのでございまする。このとき世の中はいかばかり、きたなく、暗くおそろしく、けがれたところに見えましたものか！

さらに、柱に縛りつけられて女の処刑の現場を目のあたりにさせられた小姓は自分の中に殿様と同じ血への嗜欲を発見するのだ。その衝撃から立ち直れず、小姓はしばらく暇をもらって生家で過ごすが、そのうちに、館が「無性にこひしうて、ふしぎな力にさそはれるままに」、家族の止めるのも聞かずに館に戻ってしまうのだ。自分の中で花開き始めた悪を嫌悪しながらも、根づいてしまったその妖しい香りに逆らえない小姓の苦悩にはヨカナーンの斬首や矢に射られた聖セバスチャンの肉体に焦がれる三島少年が重ね合わされる。

夏子への鎮魂歌《レクイエム》としての「館」

さらに、年始めに亡くなった夏子を思わせる人物が「館　第一回」には登場することを忘れてはならない。それは殿様の屋敷に仕える女料理人だ。この女は殿様の一族と反目する名家の末裔だが、女が誕生して間もなく一家は滅ぼされた。女商人として自立するも不幸にも零落し、不思議なめぐり合わせで出自を隠して殿様に仕えていた。頑なに古風な衣服を身に着け、古い作法に則って行動し、そのことで周囲に馬鹿にされても一向に気にせず、伝統に固執し続けた。それは女が自らの出自を誇り、その矜持だけを支えに生きていたからだ。だが、小姓は矜持そのものを「にせもの、観念」とし、経歴や家柄は

「人にとり憑《つ》いてありもせぬことをさうざうさせたり、おのれをたかくみすぎてかへつてひくいところにおかせたりするものでござります」と批判的に捉え、女のことを「見栄と、自己満足だけのかるがるしいをんな」と蔑む。だが、女が一揆を企てていることを知った小姓は「ああ、かの女は、なほもおのれの矜持《ほこり》の大いなる野心《のぞみ》をなしとげようと、……『玉殿の黄金の椅子』をゆめみてゐるのではございますまいか」と嘆く。そして、同時に、そんな生き方しかできない料理女に同情も覚えるのだ。

その姿は手前にはなんとさびしく、あはれに、涙をもよほすやうなさうざうしさ、世がすべて空虚のやうに思へて、いかばかりこゝろをうちましたやら。

やがて謀反者であることが露見した料理女は殿様の手によって処刑される。斬られた場所は、金色に輝く「王妃の椅子」の上だった。必死で逃げ込んだのがこの椅子が設えられた「儀式の大広間」だったことは決して偶然ではない。女は料理女としてではなく、王妃としての滅亡を望んだのだ。そして、その望みは叶えられたのだ。

てまへはものに被レ憑《つかれ》たやうに、それをみつめ、そのうつろな矜持の歴史のをはりがいかに華やかにかざられたかをかんじたのでございますが、いとあさましくてかなしいといふきぶんもよういにはあらはれませなんだ。ただ、このをんなはなんとしあはせな女であらうと考へるばかりでござりました。

この料理女の最期の場面に夏子への鎮魂歌《レクイエム》が隠されていると言ったら、深読みのし過ぎだろうか。三島は『仮面の告白』で夏子とおぼしき祖母を「古い家柄の出の祖母は、祖父を憎み蔑《さげす》んでゐた。彼女は狷介《けんかい》不屈な、或る狂ほしい詩的な魂だつた」と紹介している。武家の血筋で、少女時代の五年間を行儀見習として有栖川宮家で過ごした夏子にとって、自分より身分の低い内務省の役人である定太郎との結婚はただでさえ屈辱だった。だが、異例の出世で樺太庁長官まで昇りつめた定太郎は公金横領の疑いを受けるなどして失脚し、その後も天皇の書の偽造事件にも関わって検挙されるなど、家名に泥を塗り、一家は没落の一途をたどった。その上、艶福家だった夫によって女としての誇りまで踏みにじられた。そんな夏子の宿命に対する怨嗟は烈しい愛の形をとって孫である三島に向かった。三島が時間に厳格だったことは有名だが、これは夏子の躾による。また、神社に行けばどんなに小さな祠にもひとつひとつ手を合わせ、節分には豆まきを欠かさないなど、古来のしきたりを重んじたのも夏子の影響だ。

料理女はかなり戯画化されてはいるものの、夏子と重なる部分がある。玉座の上で絶命することで彼女が堅持してきた誇りは守られたのだ。三島少年は夏子の苦悩に満ちた人生を支えていた唯一のものが矜持であることを見抜いていた。そこに虚栄心を見る一方で、深い憐れみをも感じていた。料理女を玉座の上で絶命させることは夏子への弔いであり、優しさだったのではないだろうか。

「館」そのパンドラの箱

このように、当時の三島の精神的軌跡が描き込まれている「館」は「第二回」で未完のまま封印されることになる。それは三島にとって「館」がパンドラの箱だったからではないか。「第二回」では、一揆の気運が高まる中で滅びも快楽だとする自暴自棄な殿様の暴走が予感されるところで終わっているが、気になるのは殿様が詩人と絵描きを招いてつくらせた残忍無比な詩や阿鼻叫喚の地獄絵の描写という、筋にはそれほど重要でない部分に三島が相当に筆をふるっている点だ。手稿は原稿用紙で三十八枚分あるが、後半の六枚分がこれらの描写に当てられている。修正の跡がほとんど見られない手稿を目にしたことがあるが、その瞬間、戦慄が走ったのをいまでも覚えている。原稿用紙を変えるのももどかしく、手のほうが勝手に動いているかのような凄まじい集中力が原稿から立ち昇ってきたとでも言うべきか。そうした細部を描くことに快楽を覚えた少年は、そのうち作品自体の収拾がつかなくなってしまったのだろう。

三島が「わが魅せられたるもの」の中で、「自分は悪いことが何もできないのに、自分の中に悪いことに対する趣味があるといふことをいつも感じてゐた」と少年期をふり返り、「自分の日常生活を脅かしたり、どつかからじつとねらつてゐてメチャクチャにしてしまふやうなものへの怖れが私を文学へ駆り立ててゐたやうに思はれる」と語っていることは本章「2」でも述べたが、「自分をメチャクチャにしてしまふやうなものへの怖れ」、すなわち死や破滅への欲望から逃れるために言葉の世界に分け入ったものの、原稿用紙の上でそれは暴れ回り、作品から溢れ出て、ついには作品そのものを破綻させてしまう。その恐怖が少年にパンドラの箱を閉じさせた。だが、数か月後の冬に、血への嗜欲や死と破滅への憧憬は、「凶ごと」や「訃音」などの詩の中に再びその姿を現したのだ。

十四歳の詩に見られる〈海〉

時刻や天候によって姿を変える海。真夏には空の青を反射してどこまでもその青は深く、嵐の日には憤怒を湛えているかのように灰色の荒波が押し寄せ、春の穏やかな朝には小波が金色にきらめく。父・梓は三島の海に対する偏愛ぶりを次のように語っている。

倅は海が好きでした。海のその時々の千変万化の風景には本当に子供のように夢中でした。

実際の海と同じように、彼の作品の中の海も時によってその色や姿を変える。三島が十四歳の時に書いた詩の多くは『公威詩集Ｉ』と先に挙げた『Bad Poems』に集められている。前者には十三歳、後者には十五歳の時に書かれた詩も含まれるが、ここでは便宜的に十四歳の詩とともに扱うこととする。『公威詩集Ｉ』の四十六篇、『Bad Poems』の三十一篇、それらを合わせた七十七篇の中で海が出てくる詩は十一篇（『公威詩集Ｉ』に「別府——地獄めぐり」、「第五の喇叭——黙示録 第九章」、「星座」、「熱気」、「黄昏に来た女」の五篇、『Bad Poems』に「朝の歌」、「冬の石と季節の手」、「古代的小曲」、「訃音」、「横小路」、「塩」の六篇）だ。

この中でステレオタイプな海や明るい海が描かれているのは、「別府——地獄めぐり」、「星座」、「朝の歌」の三篇のみだ。三島は、中等科一年の春休み、昭和十三年三月に両親とともに関西から四国へ旅行し、別府まで足を延ばしたと考えられており、この時の様子を詩にしたのが、「別府——地獄めぐり」（昭和十三年三月二十日）だ。この詩では別府の海が「——瀬戸の海。湯の町、別府。／彼方なり。

海は展《ひら》けぬ。／夏近き、強き陽光《ひかり》に、／海の色、あをくきらめき」と描写される。その後、船で大勢の客がやってくる様子が紹介され、「温泉《いでゆ》のけぶり」が「海の青に、吸ひとられゆく」と結ばれて終わる。絵葉書に付される詩のように素直な海の光景だ。同じく十三歳の時に書いた「星座」（昭和十三年十月三日）では、「青い海」が星座になるためにギリシア神話の神々が渡りゆく夜空の隠喩《メタファー》として使われている。この詩には使用する言葉に『サロメ』の影響が見られ、古代世界を舞台に異国情緒を盛り込もうという意欲が感じられる。

「朝の歌」（昭和十四年十一月十二日）では、前半に登場する過去の追憶にすがって暮らす「わたし」に対し、後半には「君」が登場し、「未来をオールでかき後《の》ける」。ここでは生を象徴するかのような広大な海が描かれる。「遠くまでオールをのばして／未来をうしろへかいやれば／わたしたちの小舟はすゝみ、／さて海は涯《は》てしない」。「わたし」は「君」に向かって「これが海か、／前が崖か、さやうなことはわからない、／たゞ進んでゐるのみだが、／時には調節が必要だ」と先行きの見えない海への不安を告げる。だが、それでもなおオールで海をかき分けながら進んで行く「君」から「わたし」は元気をもらい、町並の向こうに見える未来（海）を窓から眺め、新しい気持ちで朝を迎えるのだ。

こうした海が描かれる一方で、残りの八篇の詩において〈海〉は直接の主題になってはいないが、死や虚無などのイメジャリーを担わされている。まず、〈死〉のイメジャリーを含む詩から見ていくが、十三歳の秋に書かれた「第五の喇叭――黙示録　第九章」（昭和十三年九月十三日）では「死の海」という言葉が使われている。さらに十四歳になってからの詩では〈海〉と〈死〉との関わりが語られるようになる。たとえば、「熱気」（昭和十四年六月二十一日）では「沸騰した海」が近づいてきて、「海は青いま丶で／煮えかへつてゐて」、帆船を横転させる。それを目にした失意の男は「生きることのもの憂さに」呼吸ができなくなり、墓へ入って行く。「黄昏に来た女」（昭和十四年六月二十五日）という詩では、「あの杳《くら》い海の方」から来た女が、私の両手の中で「一羽の冷たい鳩のなきがらとなつた」という一節で終わる。

死と関連する海は「冬の石と季節の手」（昭和十四年十一月十五日）にも見られるが、この詩では死は虚無と一線上にある。「海の雨」が揮発して、夜の雨の月を濁らせる夜、冬の石は「この地上がわたしを拒否する。／わたしは星の蜥蜴《とかげ》だ。／死は習慣となつた。／今こそ幸福が永遠である」と考え、「伊達男《ダンディ》めいた死の影」を「おどけた白昼《まひる》が先達だ」と一蹴する。そして、「人生はひとつの拒否」に過ぎないのに、人は肯定されたと勘違いし、だからこそ、この世は回っているのだと虚しさを吐露する。だが、そんな虚無感をよそに四季はめぐっていくことを予感させて次のようにこの詩は終わる。

さて、
すべてが勘違ひ、
そのため地球はまはりつゞける、
昼、夜、夜昼。
こぼした塩のやうに
味気ない星の光り、……。
わたしたちのまはりには

季節の手が近づくのだが、……！

厭世観に囚われた者と自然の永遠性とを対比したこの作品は、薬品の不吉な匂いのする雨にけぶる憂鬱な海と調和している。

「古代的小曲」では冷たい夕暮れの海を舞台に「海原の帆船」が金色の太陽のように燃えて沈む様が描写される。

海《わだ》つみにもだふ《(＊)ママ》吾《あ》心《ごころ》
いとせめて　にびいろにして
ひそやかに　きらめきわたる
近ければ　死の虚《うつ》ろ目の、
悲しみや　音には知らね

（＊）文法的には「もだゆる」とあるべきだが、ママとなっている

海の神である「海《わだ》つみ」に己の心は苦しみながら、暗い灰色の中で、ひそやかに輝くのだ。船乗りが荒海に出て命を落とす詩は古代の昔からうたわれてきたが、「悲しみや音には知らね」としながらも、その死にひそやかな輝きを見ようとする詩はめずらしい。この感覚は後の短編「真夏の死」を彷彿とさせる。「訃音」の中の海は死者の瞳を形容するために用いられる。死せる者の瞳は「死灰の色する冬海の渦の

あなたから／わきおこる海底の音のやうに灰白の粘りに熟れて」力なく夜空をたたえる。死者の蘇りは暗く冷たい冬の海との相乗効果で怪奇性が増すのだ。「凶ごと」をつくった翌日に書かれた詩「横小路」（昭和十五年一月十六日）では「薄墨の夕雲は／だんだらの海の砂／荒れ海の倦《うと》い層」とあり、荒れた海は夕暮れと対になって暗澹たる空気を醸している。「塩」（昭和十五年一月二十五日）という、たった四行の短い詩の中でも、「しられぬ浜の白砂に／死に似た君の冷たさは！」と、白い砂浜の肌から死のように冷たい女性が浮かび上がる。

このように、三島の十四歳は死の海につながる。これらは戦争という時代の翳、夏子の死、そして自身の中で確実に育つ御しがたい死への希求が透明な海に映し出されたものだろう。だが、少年はなおも自らの怖れを文学で乗り越えようとする。そこにひとりの夭折者、レイモン・ラディゲ（Raymond Radiguet, 1903-1923）が現れた。三島は昭和十四年の年末の晩も、年を越した翌十五年の不吉な影を帯びた正月の晩も、遅くまで小説「心のかゞやき」（未発表）を書き続け、一月三日に『ドルヂェル伯の舞踏会』を読むことになる。感動のあまり、同じ日に「ラディゲとその作品」（未完、未発表）という文章まで書いている。少年のメタモルフォーゼの響きに伴い、〈海〉もまた変容していくのだ。

【註】

（1）「終末感からの出発――昭和二十年の自画像」の中で、美津子の死に加え、戦中に交際していた女性の結婚にも触れ、「妹の死と、この女性の結婚と、二つの事件が、私の以後の文学的情熱を推進する力になつたやうに思はれる」と綴っている。

（2）「四つの処女作」の中で、三島は自作には処女作だと考える作品が四つあるとした上で、「酸模」を「一つは生れてはじめて小説らしいものを書いたといふ新鮮な喜びが、今になつてもそれを読むとひびいてくる『酸模』といふ三、四十枚の小説で、中学一年生のとき書き校友会雑誌に載せられた」と紹介している。

第4章　中等科三年（十四～十五歳）

1. ラディゲに憑かれた十五歳（上）
——詩「岬のわかれ」・小説「心のかゞやき」を中心に

はるか下に海は匂ひ、
まぶしいもの、やうにわたしたちは立つた
一枚の平らな青石をのべた湾《いりうみ》に
ふと岬をかすめる鷗《かもめ》ににた白い汽船……
あなたの瞳には拒否の水平線があつた

黝《くろ》いうつろな洞《ほら》から蒸気船が出てくる岬
こつけいなほど浮き立つて　自分の歓びを
まはりの波に投網してゐるポンポン蒸気
あなたのやさしい靴の下をそれはとほる
帽子の影があなたを蒼《あを》ざめさせ
やがて悲しい物思ひのやうに草に置かれた

わたしたちは黙つて立つた
周囲《ぐるり》の海の風が、囁《ささや》いて裾《すそ》に翳《かげ》り……
まざ〳〵と別れの姿を見せた。
わたしはあなたの頰を小さい野薔薇でなぶり
かすかな粉に染つた花を
海に投げた。——花は鳥のやうに海をめざした

（平岡公威「岬のわかれ」自作詩集『公威詩集Ⅲ』より）

ラディゲとの邂逅

不吉な災厄を心待ちにする少年の内面を描いた詩「凶ごと」から始まった三島の十五歳。生来的に持つ悪に対する歪んだ美意識をワイルドや谷崎の影響によって増大させた十四歳をふり返れば、十五歳の彼は成長したぶん、さぞかし暗くおどろおどろしい作品を書いたのではないかと想像してしまう。だが、その憶測は肩すかしをくらう。「訃音」や「凶ごと」の延長線上の詩はほとんど書かれず、小説においても中絶した「館」のように無残絵を想起させるサディスティックな血の臭気漂う作品は影を潜める。三島の「基調音」である悪や不吉なものに対する嗜好が払拭されているのだ。

この変化をもたらしたのがレイモン・ラディゲとの邂逅だ。三島がいかにラディゲに惚れ込んだ一時

期を持ったかについては本人があちこちに書いているが、それはワイルドに対するものとは別の愛だった。

三島にとって、ワイルドが時に「同類」であり、「慰藉《ゐしや》」や「深い憎悪」の対象であったのに対し、ラディゲはひたすらに「憧れ」の対象だった。この「憧れ」について、四十歳になった三島は次のように定義している。

　憧れるとは、対象と自分との同一化を企てることである。

そして、こう書いている。

　私の十代は、このバカげた考へに熱中することですごされた。私の憧れの対象は、第一次大戦後のフランスの天才作家で、すばらしい傑作「ドルヂェル伯の舞踏会」を書いて、二十代でチブスで死んでしまつた人である。私はこの夭折の天才とその作品に憧れて、憧れて、どうしても彼と自分を同一化しようとしてゐた。ラディゲとその作品の、何といふカッコ良さ！

興味深いのは、同一化の条件が三つ掲げられていることだ。ひとつ目は「二十歳までに『ドルヂェル』に匹敵する傑作を書くこと」で、これはすでに学内で文才が折り紙つきだった十五歳の少年の野心としておおいに頷ける。それでは、ふたつ目の条件である「まちがひなく二十歳で死んでしまふこと」

というのはどうだろう。戦時中に青春を送った人にとって、死は現代の若者よりもはるかに身近であったただろう。だが、やはり、そこにはたとえ時代背景から切り離されたとしても変わらぬ三島の「基調音」が流れている。夭折願望という平岡少年の願望を体現したのがラディゲだったのだ。三つ目の「顔までラディゲに似ること」については冗談だったかもしれないが、本人が「暗い鏡なら、角度の加減で、自分はラディゲの肖像画に似てゐないでもない」と書いているように、たしかに斜め正面から捉えたラディゲのポートレート写真を見ると、面長な顔、しっかりとした眉、つぶらな瞳などが似ている。不吉なものに心を囚われる性向と、若さに対する美意識とがラディゲとの同一化を図る行為にぴたりと収まったのだ。

だが、「少年時代の凡《すべ》てを賭けて惚れた」(「『ラディゲ全集』について」昭和二十八年)理由はそれだけではない。

「ベイビー」ではないラディゲ

ラディゲはその二十年の生涯の間に長編小説を二篇書いている。いくつかの短編と戯曲、そして十四歳で書き始めた詩も残している。風刺漫画家の父を持ち、パリ郊外の小さな町サン＝モールで育った彼は十六歳でパリに出て、コクトーをはじめ、ピカソなど当時の芸術家たちと親交を結んだ。特に、コクトーについては、ラディゲの作品の序文などを書いている。詩をはじめ、小説、戯曲、映画、批評と多方面の活躍から「軽業師」と呼ばれた十三歳年上のこの才人は、若きラディゲの才能を見抜き、文人たちに紹介してまわった。パリの文壇では「ムッシュ・ベベ(フランス語でミスター・ベイビーの意味)」

の愛称で親しまれていたラディゲだが、性的な領域で彼は決してベイビーなどではなかった。ヘミングウェイによれば、コクトーたち一派とのつきあいに退屈したラディゲは、モデルの女性と情事を楽しんだ。そのことに激怒したコクトーが、「べべも堕落したな。女を好きになるなんて」と、思わず自身との関係を暗示するように語ったという[1]。

十四歳で兵士の妻との情事に耽り、学業を怠ってついには放校処分となる十六歳から十八歳の間に書いた最初の長編『肉体の悪魔』（*Le Diable au corps*, 1923）は、主人公である十六歳の「僕」と年上の人妻マルトとの不倫を描いたラディゲの代表作だ。第一次大戦下で「僕」は夫が不在のマルトの家に通い、愛欲の日々を過ごす。やがてふたりの関係が家主や家族にも知られるようになる中でマルトは妊娠する。不幸にもマルトは出産後しばらくしてから亡くなってしまう。妻の不貞を知らぬ夫は子供の名前（「僕」と同じ名前がつけられている）を呼びながら絶命したマルトを思い、その子を心の拠り所として生きていく決意を口にする。これを偶然に聞いた「僕」は、マルトが死の間際まで自分を思ってくれていたこと、子供はこの立派な夫が育ててくれることを確信し、たいていの物事がうまくまとまっていくものだと悟るという内容だ。

イタリアの画家、アメデオ・モディリアーニによるレイモン・ラディゲの肖像画（1915年）

作中では、兵士である夫の赴任先に行くことに乗り気でないマルトを「僕」が無理矢理行かせる場面がある。マルトは「僕」の愛に不審を抱く。マルトの方も、赴任

レイモン・ラディゲ（左）とフランスのピアニスト、マルセル・メイエ（右）（1921年）

地で夫に身を任せたにもかかわらず、そんな事実はなかったと嘘をつく。小さな裏切りによってお互いを傷つけ、不信感を抱きつつ、それらを乗り越えてさらに愛を深めていく。こうした男女間の機微や少年の身で父親になるかもしれない不安や葛藤、マルトの夫への嫉妬などの心の動きは、経験に裏打ちされていなければ書けるものではないだろう。ラディゲ本人は否定しているが、その大部分が自伝だというのも頷ける。[2]

三島は後年、ラディゲの小説に書いてあることは半世紀も生きれば経験済みのことになり、何も新奇性はないのだとして、ラディゲの魅力はそのテーマにではなく、大団円に向かって収斂していくその構成にあるのだと結論づけているが（「一冊の本――ラディゲ『ドルヂェル伯の舞踏会』」昭和三十八年）、二十歳前に大人顔負けの経験をし、それを小説の題材にし、しかも洗練された芸術作品に昇華させたところに平岡少年は羨望の眼差しを向けていたのだ。

少年時代の聖書――『ドルヂェル伯の舞踏会』

『定本三島由紀夫書誌』によれば、三島は全集を含む、十二冊のラディゲの著作を所有しており[3]、その中には詩集も戯曲集も含まれる。自身のエッセイの中でも、詩や戯曲のほか、『肉体の悪魔』と後年ジエラール・フィリップ主演で映画化された同名の作品（一九四七年、日本での公開一九五二年）にまで言及している。このようにラディゲの作品はすべて読んでいるはずの三島だが、彼にとってラディゲと言えば、遺作となった第二作目の長編『ドルヂェル伯の舞踏会』（*Le Bal du comte d'Orgel*, 1924）と同義と言っていい。三島は堀口大學訳の『ドルヂェル伯の舞踏会』を、「正に少年時代の私の聖書だつた」（「一冊の本――ラディゲ『ドルヂェル伯の舞踏会』」）と当時をふり返っている。

「ラディゲ病」（昭和二十七年）という短い文章の中でも「少年時代の感受性をおしゆるがした書物」として、この作品ほど「強い影響をうけた本はありません」と語っているし、「何べん、何十ぺん読み返したかわからない」、「あらゆる『良い趣味』の極致」、「あらゆる小説のうちで最高の純粋性を獲得した作品」、「文学の最高の規範」（「わが青春の書――ラディゲ『ドルヂェル伯の舞踏会』」）など、この小説に対する熱量を語る三島の言葉を探せば、枚挙にいとまがない。しかしながら、なぜ少年時代の彼はこの小説にそれほど惹かれたのだろうか。

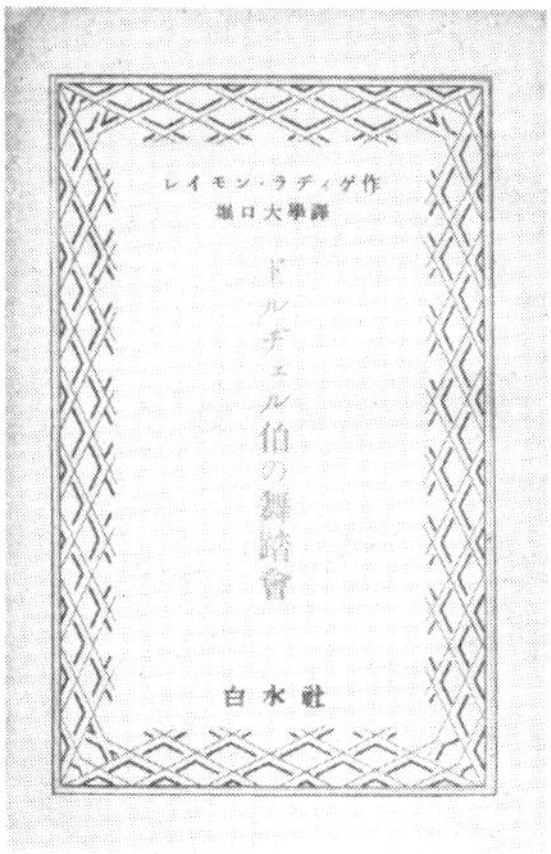

レイモン・ラディゲ、堀口大學訳『ドルヂェル伯の舞踏会』（白水社、昭和13年）の表紙。「白水社版のこの本を、一体何度読み返したかわからない」（三島由紀夫「一冊の本―ラディゲ『ドルヂェル伯の舞踏会』」より）

内容はドルジェル伯アンヌとその妻マオとフランソワ・セリューズの三角関係、つまり『肉体の悪魔』と同じく不倫を扱っているのだが、そこには生々しい肉体関係は描かれていない。マオとフランソワの恋愛はあくまでプラトニックなのだ。仲睦まじいドルジェル夫妻の関係に憧れ、その関係が崩れないようにと配慮するフランソワの愛もひたむきで穢れがなく、夫だけを見ていることにわずかの揺らぎも感じていなかった貞淑なマオがフランソワを愛している事実に気がつき、精神的に弱っていく過程も優雅に描かれている。マオはまさに罪深き聖女なのだ。

年上の夫アンヌは社交性があり、常に人の輪の中心にいなければ気が済まない華やかな男だ。マオとフランソワに挨拶だと言って接吻をさせるなど、貴族的な酷薄さと放縦さと魅力を持ち合わせており、マオがフランソワへの愛を告白した際にも、体面を重んじて、妻の心の真実と真剣に向き合おうとしない。彼にとっては貴族らしい愉楽の日々は何ものにも代えがたい。マオに遺されているのはフランソワを愛しながらも夫と暮らさなければならない抜け殻のような生活だけなのだ。

平岡少年はラディゲの作品から多くを吸収した。彼が描くフランスの上流階級の日常から「西洋への夢」が膨らんだ。もちろん学習院では華族の末裔と接触する機会もあったわけだが、舞台となっている西洋の文化や社交界の優雅な雰囲気は十五歳の少年を圧倒した。また、ラディゲがラファイエット夫人（Madame de La Fayette, 1634-1693）の『クレーヴの奥方』（*La Princesse de Clèves*, 1678）やコンスタン（Henri-Benjamin Constant, 1767-1830）の『アドルフ』（*Adolphe*, 1816）の影響を受けていることから、その源流を探るうちにフランス文学に親しむようにもなった。それはフランス古典悲劇の代表者であるラシーヌ（Jean Racine, 1639-1699）に及び、ついにはギリシア古典劇にまで行き着いた。また、ラディゲが戦地に行かない戦争体験者の視点から作品を書いたことも、三島と共通している。戦争は政治、経済、文化、社会の各分野に深い爪痕を残した。戦前とはあらゆる面で変わってしまった第一次大戦後のフランスの空気は第二次大戦後の日本のそれと共通してもいただろう。この頃の三島は、コクトー、ポール・モーラン（Paul Morand, 1888-1976）の作品に親しんでいたが、戦後の精神不安から脱却しようとする作品を書いた彼らの系譜にラディゲも入るのだ。

だが、なによりも彼の心を奪ったのは、ラディゲの無駄なく緊密にはりめぐらされた「構成力」と抑制の効いた「文体」だった。感心した箇所に鉛筆で傍線を引き、また少し成長してそこが子供っぽく感じられると、消して新たな箇所に傍線を引くという作業をくり返した結果、三島の所持していた白水社版の本は傍線の消し跡だらけになったという。

模倣することの恍惚――未完の小説「心のかゞやき」

ラディゲへの憧れは少年時代の特権だろう。その魅力には期限がある。終戦によって二十歳で死ぬという夢が崩れ去った時にラディゲ熱も醒め、三十歳の時には「彼はすでに、私より十歳も年下の少年である。私を威嚇してゐたラディゲは、やうやく、私の中で死んだのである」（「あとがき『ラディゲの死』」昭和三十年）と書いている。それはラディゲの年齢を超えた時に必然的に起こることなのだ。もう彼に嫉妬する必要はないのだから。だからと言ってその影響が消えたわけではない。初の長編小説『盗賊』には『ドルヂェル伯の舞踏会』の影が顕著に見られるし、三十代で書いた姦通小説『美徳のよろめき』（昭和三十二年）にもマオの面影を見ることができる。

だが、実は、これら代表作よりもずっと以前の少年時代に三島はダイレクトなラディゲの模倣作を書いているのだ。昭和十四年の秋から昭和十五年三月にかけて執筆され、未完に終わった「心のかゞやき」だ。清水文雄宛ての手紙の下書き「これらの作品をおみせするについて」から、この小説を書いていた当時の状況が伝わってくる。

今、気のぬけたやうな作品をかきつゝ、ある私の態度に比べれば、これらのものをかいた、十五歳、十六歳の年は、気狂ひじみた熱情をもつて書いてをりました。私はそのために、たうとう体をこはした位ゐでございました。「心のかゞやき」は、大晦日の晩も、元旦の晩もおそくまで馬鹿みたいに書きつゞけたものでございます。

それでは、この「熱情」の源泉は何なのか。三島は清水に見せようとする作品には「少年期特有の『大人になりたい』といふすばらしい衒気《げんき》の狂ほしさ」が「混乱」を招き、それゆえに作品に出来・不出来が生じたと説明している。ここで問題になるのが「大人になりたい」という欲求の正体だ。三島の生来的なものは、ワイルドのようなアンバランスで不健全な欲望、悪の美、装飾的で華美な文体に共鳴したが、ラディゲはまったく異質の美を放っていた。その過程を三島は「わが魅せられたるもの」の中で、ラディゲとの出会いによってそれまで自分に巣くう官能的な悪魔が求めた「ワイルドの持つてゐたやうな不均衡な美しさ」、「悪魔的なものの奔流」のほかに、「均衡の美しさ」、「アポロン的な叡智のつくる芸術の美しさ」をはじめて理解したのだと語っている。それは「少年が自分の中に衝動の不安と性の不安を感じることによつて、それを制御しかつ操る術《すべ》を自得しなければ人生が破滅するであらうといふ恐怖」を克服するための「性欲的な知性の目覚め」と軌を一にしていたという。

私にもさういふやうにして、自分の不安に対する闘ひとか、自分の不安を制御する知恵とかいふものに対する本能的な憧がれが湧いてきたのであるが、レイモン・ラディゲの小説はさういふものに実に完全に答へてくれたのである。

自分を破滅しかねない悪への欲望と格闘し、血への渇望を原稿用紙にぶちまけ、行き詰まりを見せていた十四歳の少年は、不倫という情念の世界をこれほど冷静で平明に処理する技術、それも自分とそう年が変わらない若者がそれをやってのけたという事実に驚愕し、その作者に羨望を抱いたのだった。いや、羨望という言葉では生ぬるい。むしろラディゲは生きるための切実な手段として、救世主として少年の前に立ち現れたのだ。ラディゲという超えねばならぬ対象ができ、その新たな美の世界に向かって漕ぎ出すことで平岡少年は自分を立て直したのだ。

フランスの画家、ジャック＝エミール・ブランシュによるレイモン・ラディゲの肖像画（1922年）

この小説は前章で扱った「館」の次に書かれている。だが、その作風は同一人物が書いたとは思えないほどの変貌を遂げている。殿様の陰惨な加虐趣味に彩られた前作とは打って変わって、若くして未亡人になった玲子と、婚約中の晃敏と澄子との三角関係、そこに晃敏の友人で道化風な役回りの秋原子爵が加わった四人の恋愛心理小説となっている。さらに文体も「館」の平仮名を多用した説話体とはまったく異なるラディゲに特徴的な理路整然とした短文、箴言や読者への問いかけを駆使したものとなっている。

それもそのはずで、先の清水宛ての書簡の下書きの中で「心のかゞやき」を「ラディゲに恍惚として了つて、ラディゲを天下唯一の神さまのやうに考へてしまつて、あらゆる客観的態度をなくしたラディゲ熱頂上の作品です」と紹介している。

挫折から見えるもの

そして、大人になるということは、先に三島自身が語っていたように、自らの感性が赴くままの欲望を剝き出しにする露悪趣味に陥るのではなく、むしろその欲望をねじ伏せて、すべてが有機的に結びついた幾何学模様を施した構成と無駄をそぎ落とした精緻なガラスのような文体の中に閉じ込めてしまうことを指していたのだろう。果たしてその試みはうまくいったのだろうか。『ドルヂェル伯の舞踏会』と「心のかゞやき」を具体的に比較することで考えてみたい。

マオとフランソワの双方にどのように恋心が芽生えていったか、『ドルヂェル伯の舞踏会』の中で転機となる大事な場面を、少年期の三島がくり返し読んだという白水社刊の堀口大學訳で見てみよう。


客間《サロン》には薪の焚火がしてあつた。この暖房を見ると、セリユウズの心に、田舎の思ひ出が浮んで来た。炎が溶してくれるのだつた。自分に襲ひかからうとしてゐたその氷を。

彼は云つた。彼は飾りつ氣なく云つた。この質朴さが、最初先づ、拒否のやうにドルヂェル伯の氣に障つた。彼には何人にも、「僕は火が好きです」なんぞ云ひのけられるものだとは思つてゐないのだつた。これに反して、ドルヂェル夫人の顔は、生き生きして來るのだつた。彼女は火除屏風よりやや高い小さな革のベンチに腰かけてゐた。フランソワの言葉が、野の花を贈られたやうに、彼女の心持をすがすがしくするのだつた。彼女は鼻の腔を大きく開いて、深々と呼吸した。彼女は唇を解いた。二人は田舎のことを語らつた。

この後、フランソワはもっと火に近づこうと自分の腰かけている椅子をマオのベンチに寄せ、その角に珈琲カップを置く。男女の心が近くなった時に自然に縮まる距離の描写。その軽やかな恋の前奏曲《プレリュード》は、そばにいるアンヌの耳にさえも心地よく響くのだ。恋する者同士から立ち昇る特有の空気が化学反応を起こし、ふたりの声は弾み、優しいものになっていく。

何事が起つたのか？　生れて初めて、アンヌ・ドルヂェルが傍観者となつてゐるのだつた。彼は二人の間の会話に耳を傾けてゐるのだつた、語られるその内容の爲めよりは、むしろその音楽が心地よい爲めだつた。田舎は彼にとつては意味のない文字だつた。

妻と友人の心がこれほど接近しているのに、都会志向ゆえに見破ることができず、「傍観者」に堕している伯爵の姿。そこには、次の展開への伏線が見える。その後のマオの「――アンヌ、あなたにあたしと同じ御趣味《ごしゅみ》がおありにならないのが残念ですわね」という、この言葉によってそれまでは彼女の深い愛情によってまるで存在していないかのように錯覚させられていた夫婦間の綻びが仄かに見えてくる。

そして、やがてそれが決定的な亀裂になっていくことが予感されるのだ。「恋」に関連する言葉を一言も使わずにこれだけのことを整然と語ってみせるラディゲの筆の力に、さすがは少年時代の三島が熱狂的に崇拝した作家だと唸らざるをえない。

一方の「心のかゞやき」でも未亡人玲子と晃敏との間で恋愛感情が生まれる瞬間が描かれている。弔問客として玲子の夫の葬儀に訪れた時が晃敏と玲子との出会いだった。もちろん晃敏の婚約者として澄子も同伴している。葬儀場で交わす挨拶は決まりきっているのに、晃敏はごく普通の日常の場面で初対面の人と話すかのような挨拶をしてしまう。思わず葬儀の場にふさわしくない笑顔を晃敏も玲子も浮かべる。それが恋の始まりだ。実際に原文を見てみよう。

弔詞は台詞の一種である。本当の会話はそのあとに始まるべきなのだ。ところが妙なことに、晃敏と玲子の場合はそれが逆になつて了つた。澄子はそばでやきもきしてゐた。

初めまして……と彼は名刺を出し、挨拶し乍ら、まるで十年の知己でゞもあるやうに、ずいぶんいらつしやいましたねと、あたりを見廻すやうにして、思はず言つて了つた。彼が頸《くび》をもとにもどすとき、咄嗟の微笑《ほほゑ》みをうかべてゐたのを、ふと玲子も同じやうに微笑をしてゐるのに気付いた。

「若者らしい興奮」を葬儀場で隠すことができず、唐突な挨拶や笑顔を見せたその明るさに玲子は救われ、晃敏を意識するようになる。だが、晃敏が玲子のどこに惹かれ、なぜそのような態度になったのかがいまひとつピンとこないのだ。

ラディゲが『ドルジェル伯の舞踏会』を書いたのは、十八歳から二十歳にかけてであり、十五歳の三島とそう年が離れていたわけではない。だが、若い頃の数年の飛躍、隔たりは大きい。それを思えば、すぐに羨望の対象である作家の特徴を把握し、自らの作品に取り込んでいく才能、そしてそれをそれなりに形にしてしまう少年の技量には瞠目すべきものがある。それに本家の作家が何年もかけて書いたのに対し、三島は学業の傍らの数か月で書いているのだ。比べるのが酷なのは承知の上で、敢えて言うと、決定的なのは人生の経験値の差ではないかということだ。そんなことは言わずもがなと思われるかもしれないが、詩人としての三島を考える時、やはり実人生と創作の問題は見過ごしてはならないのだ。三島は清水宛ての手紙の下書きに次のように書いている。

この作品［心のかゞやき］が未完のやうに文章表現すべて未熟の一語につきますが、四人の人物を展開しようとした繁瑣な心理解剖の熱情は、とにかく、ギリ〳〵のところまではやつたのだと自分にもおもはれます。これがたうとう収拾がつかなくなり、未完でをはつたのも自分に対して素直であつたことの証明であると、心安くおもひます。

三島は失敗作だと認めながらも、「当時の生一本さ」と混乱した思考のみが成し得た「貴重さ」があるがゆえに、この作品に愛着を持っている。この清水への書簡はあくまでも下書きであり、実際に発送されてはいないが、三島はよほどこの作品を人に読んでほしかったのだろう。これ以前にも学習院の文芸部の先輩である東文彦への書簡の返信（昭和十五年十二月二日）の中で「心のかゞやき」を紹介している。

是非お見せしたい過去の作品があるのですが、その「心のかゞやき」といふ未完の心理小説は、今年正月前後の私がギリ〳〵まで掘つて掘つてつひに突き当つて動けなくなつた、さういふ意味でも、御迷惑でない旨おしらせ下さればお送りいたしたいと思つてをりますものです。

未完成と決めて九か月以上経っていても、そのまま人目に触れさせずにおくのは忍びなかったのだろう。その後送られてきた東からの講評に対して「『心のかゞやき』の御講評ありがたく拝見しました。全くあのとほりで、先走りすぎた目茶苦茶さばかりが今は目につきます」（昭和十五年十二月二十日付書簡）と礼を述べている。

これほどの熱情があったのに収拾がつかなくなった理由を三島は残していない。それは本人にもわからなかったのかもしれない。あるいは「大人になりたい」と切望する思春期の少年にとっては最も認めたくないことが原因だったとも考えられる。すなわち、男女の機微を小説から獲得した知識と想像力だけを頼りに書くしかなかったことに限界を感じたということだ。

三島は十九歳の時に書いた「扮装狂」という『仮面の告白』の前身と思しき自伝的小説の中で「ブラ」というあだ名の落第生について書いている。『仮面の告白』の中の近江を想起させる四、五歳年上の白い絹のマフラーと派手な靴下が目を引く「暴君」に、「僕」は「英雄」を見出す。彼への「信仰」から無理に対等な口を利いたりするが、心の中では彼が「所謂『経験者』」であると聞くと、「はつと目のさめるやうな気持」になり、「未知からの訪客」として賛美せずにはいられない。その「ブラ」に「平岡！　貴様接吻したことある？」と聞かれ、「目をふさがれたやうな気持」になって「ドキドキが止まらなく」なる。そしてやっと「上ずつた声」で「いや、ないんだ、一度も」と答える。少年時代の三島が純潔でいかにラディゲ的な女性経験のある「不良」に憧れていたか、そうした存在に接近しようと背伸びをしていたかが伝わってくるエピソードだ。

もちろん、実体験があれば作品ができると言いたいわけではないが、ラディゲについては前述したように十四歳にして人妻と激しい愛欲の日々を送った経験があり、その後も女性との経験は絶えなかった。それだけではない。コクトーとの仲を疑っていたヘミングウェイが「彼はペンだけではなく鉛筆（隠語でpencilは男性器を指す）を利用してのしあがった」と語ったほど、その道では強者だった。(4) 自瀆に耽って自らの作品に欲望を散らしていた平岡少年とは目にしていた景色がちがいすぎるのだ。

空想の恋愛詩

それでは、十五歳の彼はどのような景色を見ていたのか。昭和十五年四月の身体検査の記録によると、身長一六二・〇センチ、体重は四三・〇キロで、相変わらず小柄で華奢であった。学習院の級友三谷信によれば、冬には制服をとめるホックがやっとかかるほどにシャツを「厚ぼったく」重ね着していたという中等科時代の三島。(5) その姿を想像すると、お洒落に関心がなく寒さに弱かったこともわかる。

三島より五歳年長の東文彦は、中等科を首席で卒業した秀才であったが、この手紙の前年の昭和十四年から肺結核を患い、自宅で絶対安静の療養生活を余儀なくされていた。命を削りながら創作に励むと同時に、書くことに生命の光を見出していた東が、『輔仁会雑誌』に掲載された三島の「彩絵硝子」を読み、その才能に畏怖の念を覚えて手紙を出したことがきっかけで文通が始まった。引用はこの時の返信だ。これ以降、昭和十八年に東が早世するまでふたりは夥しい数の手紙のやりとりを通じて文学的交流を続けた。三島の少年期をたどる上で、貴重な資料であり、本書でも東に宛てた三島の手紙をしばしば引用することになる。「心のかゞやき」は、そんな先輩へのはじめての手紙で「是非お見せしたい」と書くほど当時の三島にとっては大切な作品だったのだ。

六月には学習院の文芸部委員に選出される。坊城俊民とは相変わらず書簡のやりとりをしていたが、文学に特別な興味を持たない級友の三谷とも親しくし、お互いの家を行き来し、話をした。印象的なのは、三島が自分の気に入った文学作品などについて三谷に向かって瞳を輝かせながら陶酔して語る部分だ。

詩人といえば、中等科末期か高等科の始めの頃、彼はボードレールの「悪の華」を愛読していた。三島は自分の部屋からその本を取って来て、あれこれと中の詩句を語った。例によって、半ば陶然とした目差《まなざ》しで語った。しかし、詩人の宮廷に縁の薄い私には理解し切れぬ話で、それは、いやそれも、彼の独り相撲に終った。

羽左衛門のレコードの時も同じだ。歌舞伎好きの三島はそのレコードを所有していることが嬉しくて人に聞かせたくて仕方がない様子だった。三谷が聞きたいと言うと、わざわざ重い手巻きの蓄音機を運んできてかけてくれた。その名調子にうっとりして褒めると満足そうにしていたが、三谷自身は三島の陶酔ぶりを前にすると専門家はだしの三島と自分との差異を感じずにはいられなかったという。『ドルヂェル伯の舞踏会』に夢中になり、あまりにも何度も話を聞かされたので彼から借りて読んだというエピソードもある。あまり面白いと思わなかった三谷がこの作品の魅力について尋ねると、三島は「破局がみえているのに全部が段々スピードをあげてどう仕様もなく進んでゆくのが素晴らしい」と答えた。この回答は「彼には、そういう事に耐えられるというより、それを好む神経があるのか」と一抹の違和感を級友の心に残す。そこには、常人には理解しがたい破滅への希求、まさに「凶ごと」に見られる三島の「基調音」が響いていたからだろう。

当時の三島が作品を書いていた部屋は渋谷区大山町の家の玄関の上に位置する西向きの和室だった。本が山積みになり、本にはさまれるようにして設えられた和机に立派な字で書きかけの原稿が置いてあった。三谷はこの部屋について「天才少年の部屋という特別の趣はなく、少年、青年むきのつつましい部屋であった」と記憶している。

学業は優秀であったが、教師の不興を買うこともあった。英語の授業中に老教師が「日本には叙事詩は無かった」と説明した際、席に座ったままで「平家物語などがあるじゃありませんか」と異を唱えた三島を感情的になった教師が押さえつけるという一場面もあった。

四谷に生まれ、渋谷に育ち、初等科から学習院に通っていたと聞けば、現代の感覚では都会人のイメージを持つ。だが、学習院は緑に囲まれた静かな環境だったし、三島が住んでいた当時の渋谷も都会の喧噪とはかけ離れていた。三谷は次のように回想している。

あの頃の山の手はまだまだ緑が豊富で、秋になれば、霧が立ちこめ、落葉を焼く煙がその匂いとともに流れた。それは、無論田園では全くないが、成熟した都市社会とも少し隔りのある環境であった。しかも其処に住んでいた〝少年〟は「品行方正、学術優等」であったから、盛り場を放浪することなどやるはずはなく、すでに当時の都会生活とも距《へだた》りのある日々を過していた。

こうした静かな住環境の中で、文学と学業に勤しみ、友人とのおしゃべりや先輩との文通を楽しむ日常。これでは女子学生との交際などありえないだろう。早熟な少年は書物から男女の房事や睦言を学んだ。中等科二年生の時、整列場にいた三谷のところに突然近づいて来た三島が重大発見をしたかのように「君、万葉集には男と女が寝る時の歌があるよ、下紐を解く歌があるよ」と頰を上気させて囁き、すぐに整列に加わるために走って行ったという。教科書にも載る万葉集。その万葉集にうたわれている男女のことを発見しての、このあからさまな興奮は彼の性への関心と裏腹の純潔を物語っている。

祖母・夏子への郷愁《ノスタルジー》

昭和十四年一月に夏子が逝去した後、ようやく三島は呪縛から解き放たれ、晴れて渋谷で親子水入らずの生活を満喫していたかのように想像しがちだ。だが、実はひとり残された祖父定太郎の住む家に彼がしばしば泊まりに行っていたことを忘れてはならない。夏子の死について思いを直接語らなかった三島だが、十五歳で書いた詩の中には祖母亡き四谷の家での時間をうたった詩がある。

たとえば、「無題ノート」に書かれた「初夏の日暮れ」（昭和十五年六月九日）という詩だ。

死んだ祖母の写真をみてゐると
柱時計がゆるく鳴つた
——若いころの洋装で
絵の背景をうしろに笑つてゐる写真。
傘の柄《え》には古風な彫り
裳裾《もすそ》には重たい刺繍
かうした古写真のなかに
わたしは骨董屋か　それとも
奥ぶかい納戸の高窓の
冬の埃《ほこり》多い日差しを感じる。——
……祖父は咳入《せきい》り、きびしく煙管《きせる》を叩いてゐる。
わたしは庭に下りる。
初夏の日暮の庭は　明るく白く
敷石が雪のやうに浮き上つてゐる。
手にした庭下駄をそこへ落すと
乾いた澄んだ　石の色そのもの丶やうな
かるいひゞきを耳にする。

遅咲きの杜鵑花《さつき》が真赤だ。

祖父母の家に鳴る柱時計の音、若き日の祖母の写真はセピア色のノスタルジーをかき立てる。この過去の時間は祖父が煙管を叩く音を合図に現実へと切り替わり、祖母の喪失感が際立つ。暗い室内と明るい初夏の庭を彩る真赤なさつきの花、そこに響く乾いた下駄の音。これらのコントラストが少年の心情を代弁する。

次の「老眼鏡」（昭和十五年五月七日）という詩では、廊下で自身も幾度となく耳にしてきた祖母の愛した長唄のレコードが流れている。祖母が足繁く通った歌舞伎の筋書き、かけていた老眼鏡、彼女の湯呑の情景が幻のように浮かんでくる。

長唄の古いレコォドがきこえるのは
冷えた廊下です、襖紙《ふすまがみ》の汚れた銀糸の傍らです
わたしの心はあの幾度もかけた針のさびとなり
音のたるむレコォドの黴《かび》ともなつて
色あせた幻をゑがいたりしてみます
祖母の部屋には芝居の筋書がちらばり
白湯《さゆ》のおもてに虹なす塵《ちり》があつて
老眼鏡のかすかな反射は

なにかはかないもの、やうに澱《よど》んでゐました。

平岡家に君臨し、癇性《かんしょう》で時に横暴でもあった夏子。三島にとっては礼儀礼節、義理立て報恩を厳しく躾ける一方で、優しく可愛らしい一面も見せ、歌舞伎への扉を開いてくれた。そしてなによりも狂おしいまでに偏愛してくれた大きな存在だった。この二篇の詩からだけでも、十五歳の少年が故人に感じる等身大の郷愁が素直に伝わってくる。

冒頭に掲げた「岬のわかれ」は十五歳になって増えてきた恋愛詩のひとつだ。詩の中に描かれている断崖から海を見下ろす男女の姿は、後年の短編「岬にての物語」を彷彿とさせる。女性の頬を撫でた野薔薇が、眼下の海へと投げられる。この詩では「鳥のやうに海をめざした」その一輪の野薔薇にのみ真実がある。『ドルジェル伯の舞踏会』の破局に向かって突き進む疾走感が好きだと語った時と同じ三島の「基調音」がここにも流れている。海へと一直線に向かってゆく花は恋の終焉を物語り、美しい。しかし、別れゆくふたりの苦悩や哀切はこだまのように遠い。ここに「心のかゞやき」と同じ苦い蹉跌が予感されるのだ。

【註】

（1）Ernest Hemingway, *Death in the Afternoon* (Scribner, New York, 1996).
（2）Raymond Radiguet, translation and afterword by Christopher Moncrieff, *The Devil in the Flesh* (Melville House Publishing, New York, 2012).

（3）『定本三島由紀夫書誌』によれば、三島の所持しているラディゲの書籍は以下の通り。『ドニイズ・花売娘』（堀口大學訳、山本書店、昭和十一年）、『ドルヂェル伯の舞踏会』（堀口大學訳、白水社、昭和十三年）、『ドルヂェル伯の舞踏会』（堀口大學訳、角川書店、昭和四十四年）、『肉体の悪魔』（土井逸雄・小牧近江訳、改造社、昭和十三年）、『肉体の悪魔』（江口清訳、角川書店、昭和二十八年版と昭和三十六年版）、『火の頰』（北園克衛訳、白水社、昭和二十八年）、『魔に憑かれて』（江口清訳、羽生書房、昭和二十一年）、『増補版　ラディゲ全集』全一巻（江口清訳、中央公論社、昭和三十一年）、『ラディゲ全集』全一巻（江口清訳、雪華社、昭和三十九年版・昭和四十五年完本限定版）十二冊としたのは出版年が異なる同一書があったことと著者が「ラディゲほか」となっている『花売り娘』（堀口大學訳、第一書房、昭和十五年）を数に入れたためである。

（4）Hemingway 前掲書

（5）三谷信『級友　三島由紀夫』（笠間書院、昭和六十年）

2. ラディゲに憑かれた十五歳（中）
――小説「公園前」と「雨季」・「鳥瞰図」を中心に

……海がまばゆく光つてゐるのを彼は見た。海は殆《ほとん》ど息づまるやうな速度で走つてきた。日蔭でよごれの目立たない海が抱擁したさうな恰好《かつかう》であらはれた。

急がしくて〳〵、はたにはかまつてゐられないといつた調子で、一艘のポンポン蒸気が船の群のなかから走り出た。ほとんど「絶対」のやうにみえる水平線へ身を投げに。

海のわきの甃《いしだたみ》は明るく、どんな細い車輪もほじくり出せないやうな小さな影が石のあひだにひそんでゐるだけだつた。彼は海で満足したので、もつと目を上げた。とある白瀝青《はくれきせい》の商館の屋根のまうへに、金鶏の風見が日を受けてせつないほどきらめきながら廻り、廻りながらきらめいてゐた。風がその傍《そば》に、ことさらまとはりついてゐた。しばらく歩くとそれは海のなかに嵌《はま》つた。陸太郎はめまひがしさうになつてそれをみつめた。そのうちに少しづゝ涙がわいてきた。そんな風にぽかんと眺めてゐる自分の姿を、一寸も意識しないもの、やうに。

やがて陸太郎は自分の憂鬱を屋根の上へのせてきたやうな痛快に近いよろこびが、今の自分の複雑なよろこびのなかに、混つてゐるのに気附いた。……

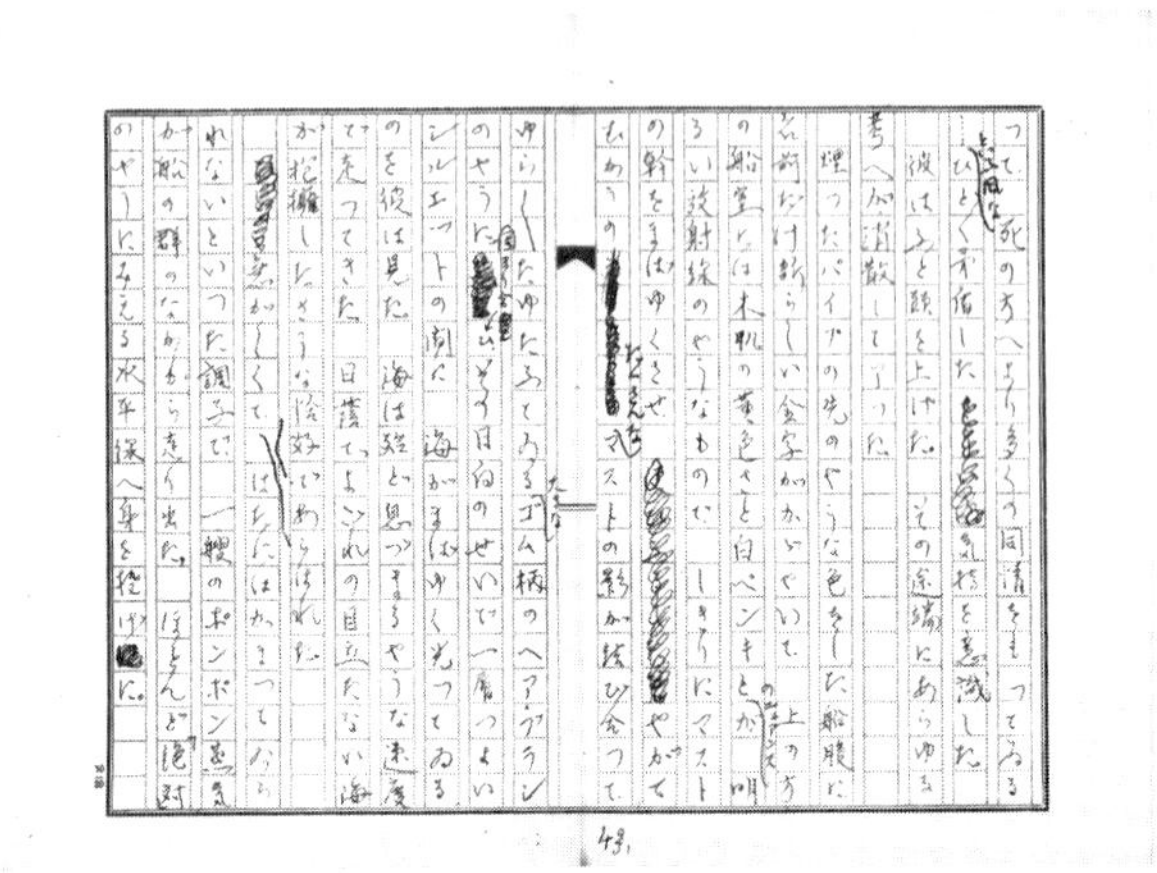

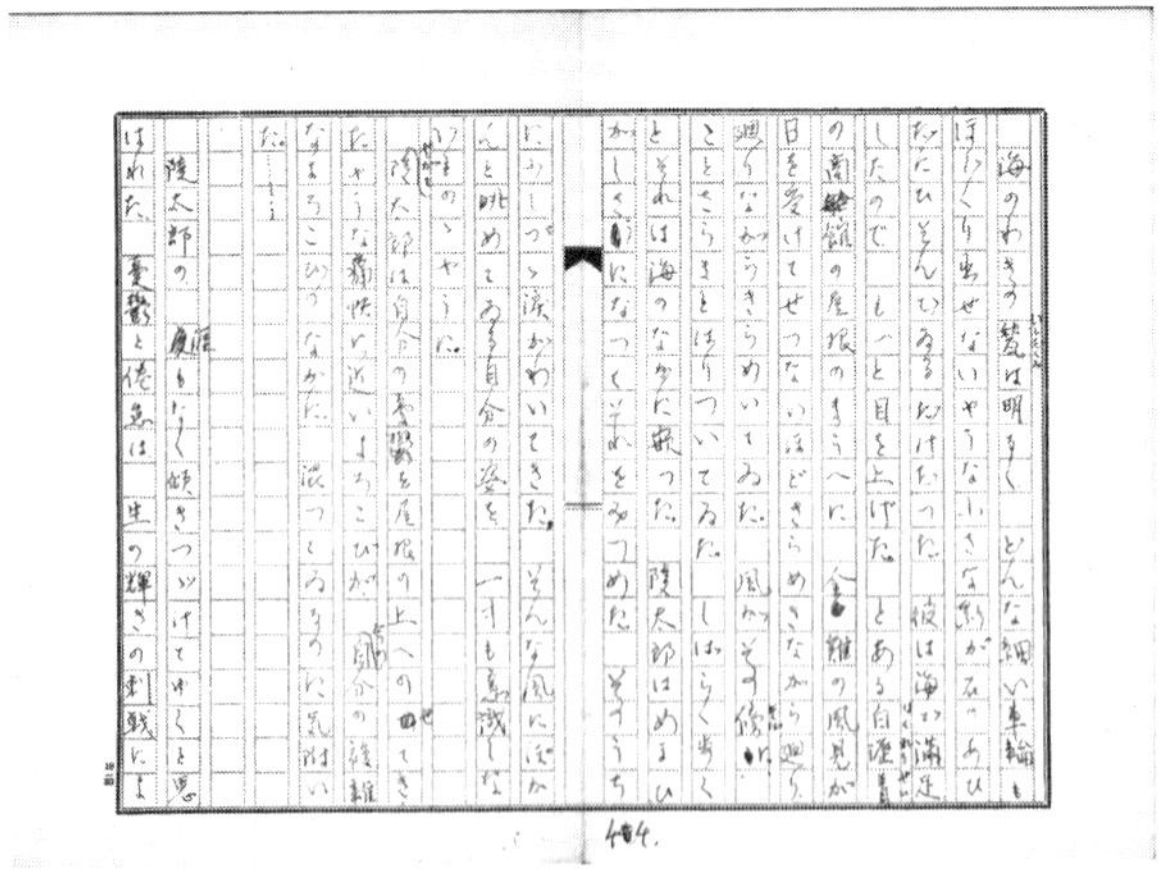

「雨季」自筆原稿43、44枚目
山中湖・三島由紀夫文学館所蔵

（平岡公威「雨季」より）

海を見渡す部屋から

週末を海で過ごす習慣がついて半年が過ぎようとしている。リゾートマンションの小さなベランダからは海が望める。海はどの一瞬も同じ姿を見せることはない。波音を身近に感じるようになって、ますますそのふしぎな存在感に魅かれていく自分がいる。そして眼前の海に向かっていると三島がなぜあれほど自作の中にこの海を描き込んだのか、なぜ海でなければいけなかったのかという、まさに本書のテーマがよぎる。その答えを私はまだ持たない。だが、冒頭に掲げた「雨季」の主人公が海を目にして涙を流す場面にはすんなりと共感できた。

引用した「雨季」は、三島が十五歳頃に書いたとされる未完の小説で、次に書かれた「鳥瞰図」の前半はこの作品とほぼ同じ内容となっている。この時期、ラディゲ熱に浮かされていた三島は本章の「1」で扱った「心のかゞやき」を筆頭に、「公園前」、「雨季」、「鳥瞰図」と立て続けに恋愛心理小説を書いている。これらの習作は「彩絵硝子」（昭和十五年）へと結実する。

「公園前」と「鳥瞰図」の共通点

「心のかゞやき」以降も相変わらずラディゲの存在は灼熱の夏に吹き抜ける爽やかな風のごとく、悪や死が手招きする暗い深淵の前で立ちすくんでいた少年を平明で整然とした光り輝く美の世界へと導いて

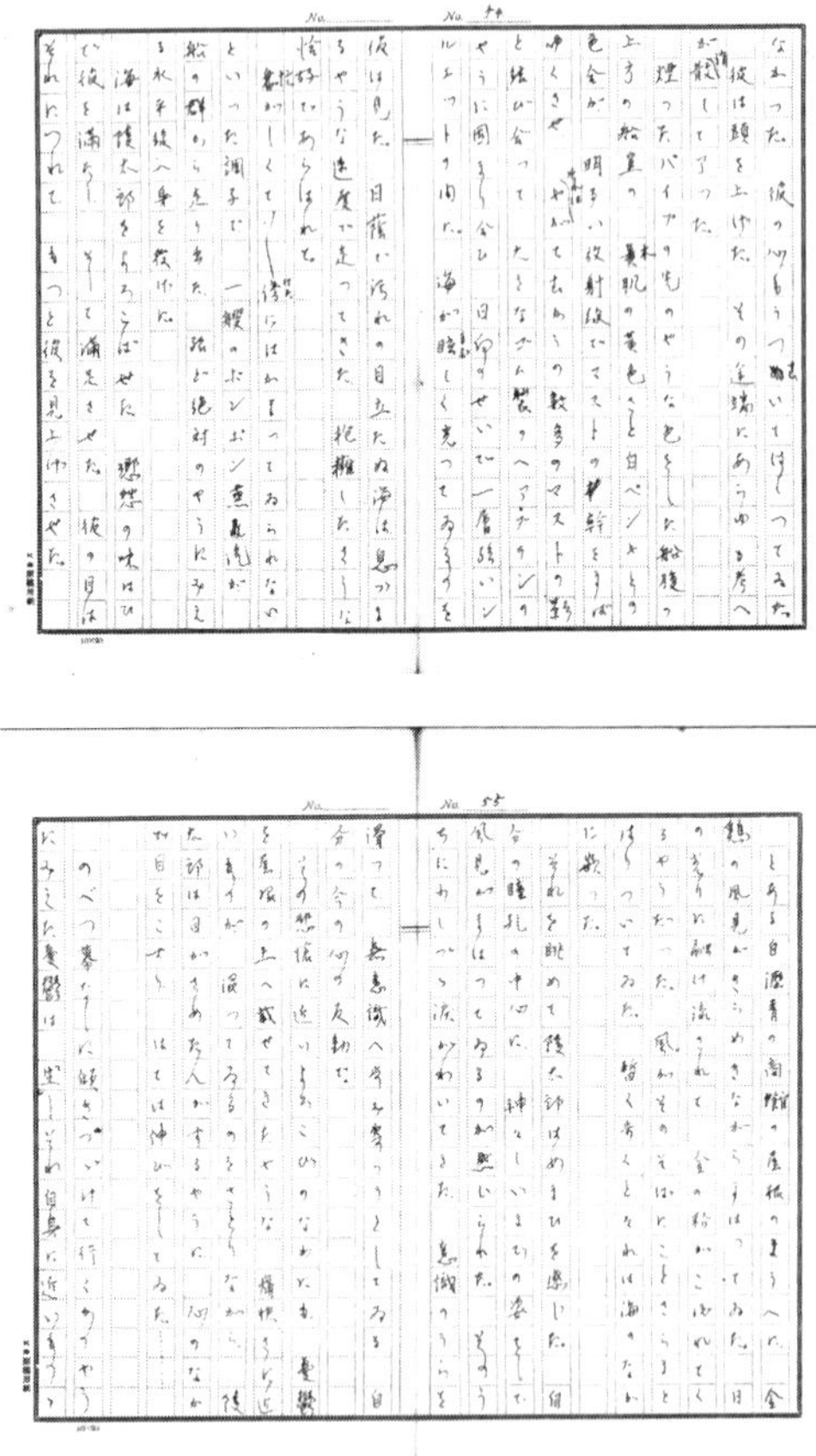

「鳥瞰図」自筆原稿 No.54、55
山中湖・三島由紀夫文学館所蔵

いた。ラディゲの瞠目すべき小説の手腕と青春の寓意のような生涯に惚れ込んだ三島は、ラディゲとの同化を目指し原稿用紙と格闘する日々を続けた。

三島自身、ラディゲをライバル視したもののまったく歯が立たなかったと後年に語っているが、果たしてそうだろうか。もちろん、少年時代の一時期に書かれた恋愛心理小説においての勝負はラディゲに軍配が上がることは「１」で示したとおりだが、三島にとっての十五歳は最も多くの詩を書いた、まさに「詩を書く少年」そのものの時期であった。同時に、小説というジャンルに本格的に転じていった時期でもあった。その小説のテーマに自身の抱える内面的問題や実体験からまったくかけ離れた恋愛心理小説を選んだことは、彼にとってより切実な問題を回避するための、まさに生死を隔てるほどの決死の選択だったにちがいない。さらに、この時期は自決にいたるまで続いた三十年間に及ぶ小説執筆の生活のほんの入り口に過ぎない。いわば、ラディゲの影響下に書かれた恋愛心理小説は生きがたさを乗り越えるために三島が纏った最初の衣装だったのだ。そう考えれば、そもそもの立ち位置がラディゲとはまったく異なるのだから、ライバルとして同じ土俵で戦えるわけがない。だが、本人がそこに気がつかないことが若さなのだろう。もっとも夭折を予定調和と固く信じていた三島にとっては若さゆえの認識不足ではなく、誤算と言えるのかもしれない。

「心のかゞやき」を書いて昭和十五年の年明けを迎えた時、三島は「公園前」を書き始めた。三月二十四日に擱筆したこの小説とその後に書かれた「雨季」と「鳥瞰図」を同時に扱うのは、これら三つの作品で〈海〉が重要な役割を果たしているからにほかならない。

「公園前」——ラディゲとジョイスの影響

「公園前」は原稿用紙（四百字詰めと六百字詰め）一〇三枚分の小品で、上下に分かれており、「附」として短いオチがついている。「上」では富裕層の若い夫婦と夫の友人との三角関係が夫人の視点から、「下」では庶民でもやや貧しい階層を扱っており、女に翻弄され、堕落していく様子が男の視点から描かれる。「附」で夫人と男には仕組まれた接点があることが明かされる。

「心のかゞやき」と同様に、この作品にもラディゲの影響が濃厚であることは先にも述べた。特に「上」には『ドルジェル伯の舞踏会』への傾倒の痕跡があちらこちらに見られる。たとえば、上流階級の夫婦と夫の男友達である玲二郎が三人で連れ立って暖炉の火を囲んだり、映画鑑賞に出かけたりする。映画館で夫人と玲二郎の膝と膝とがぶつかる場面などは、どうしてもドルジェル伯爵夫妻とフランソワの三人がドライブする際に、マオとフランソワの膝が触れ合い、お互いを意識するあの場面を誰もが思い出すだろう。

高級官僚の家庭に育ち、通っていた学習院でも華族出身の優雅な生徒たちに囲まれていた三島にとって「上」は違和感なく書けるものだったはずだ。前作の「心のかゞやき」や後に述べる「鳥瞰図」も上流社会が舞台だ。しかし、「下」についてはわざわざ醜悪な社会に下りていき、性的な堕落を描く偽悪ぶりが発揮されている。

このことについて、三島は清水への手紙の下書き「これらの作品をおみせするについて」の中で「『上』は、まだお見せ出来ますが、『下』にいたつては考へるだに恥かしさの為めに死にさうになります」と強い羞恥心を示している。本人曰く、そのように恥ずかしいものを書くにいたった理由として当

ジェイムズ・ジョイスの写真
チューリッヒで撮影（1918年頃）

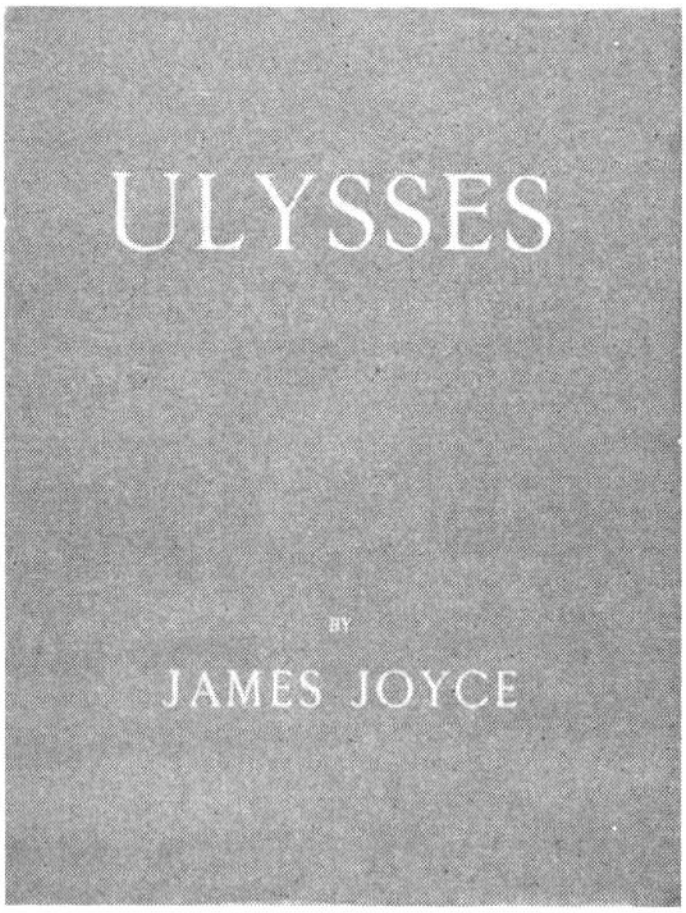

ジェイムズ・ジョイス著『ユリシーズ』（シェイクスピア・アンド・カンパニー書店、1922年）の初版本の表紙

時愛読していたジェイムズ・ジョイス（James Joyce, 1882-1941）の名とラディゲの『肉体の悪魔』を挙げ、特に『肉体の悪魔』については、「そんなものをかきたくてたまりませんでした」と述懐し、「一片のさうした経験さへない私ですのに、私の空想は一途に、非道徳的なもの（ユリシーズの影響）、醜悪なもの、肉体的なもの、性的なもの、無秩序なものの極限までとんでゆき、すべての空想の能力をそつちへばかり駆使して書いてをりました」と、思春期の少年らしい創作の舞台裏を明かしている。

ところが、読んでみても、それほどあからさまな描写は見当たらない。上流階級の狭い人間関係の中で育った少年の目には、猥褻裁判にまで発展し、発禁処分の憂き目もみた『ユリシーズ』（*Ulysses*, 1922）が描く性的描写や『肉体の悪魔』の性愛への耽溺は異次元の大人たちの世界に映ったにちがいない。

『肉体の悪魔』についてはすでに書いたので、ここでは『ユリシーズ』の読書体験を見てみよう。『定本三島由紀夫書誌』によれば、少年期に所持していたと考えられる『ユリシーズ』には三種類ある。昭和七年から十四年に刊行された六人の共訳の全五巻揃の岩波文庫版で、伏字が多く見られる『ユリシーズ』と昭和九年刊行の伊藤整らの訳『ユリシイズ 後編』（第一書房）、そして伊藤単独訳で昭和十三年に刊行された『ユリシーズ』（河出書房）だ。

先に引用した清水宛ての手紙の下書きの中では影響を受けた海外作家としてワイルド、ラディゲの後にジョイスの名が続く。しかし、東文彦宛ての昭和十六年一月二十一日付の手紙の中で文学的履歴として挙げ連ねられた内外の作家の中にはワイルドやラディゲの名はあるものの、ジョイスは見当たらない。年上の先輩に、それも数少ない文学的理解者に向けて「合戦の名乗り合ひとでもいふ意味で、私の略歴をおしらせします」と宣言しているのだから、うっかり書き忘れたということもないだろう。断言することはできないが、ジョイスのことは自身を形成するのに不可欠な作家とまでは思っていなかったのではないだろうか。後年の著述を見てもジョイスに特化した文章はほとんど見当たらない。

だが、十六歳当時の三島が自らの短い文学的軌跡をふり返って「道徳的なものから非道徳的なものを経て道徳的なものへ、古典的から新らしがりを経て又古典的へ、純真さから大人になりたがる気持を経て、今のや、落ついたと思はれる状態」（「これらの作品をおみせするについて」）へと移行したと書く時、『ユリシーズ』は「非道徳的」、「新らしがり」、「大人になりたがる」時期を代表する作品だったことは間違いない。この頃には昭和六年に伊藤整と小林秀雄が心理小説をめぐって対立してからすでに九年の歳月が経っていたが、ジョイスらイギリスのモダニストたちに代表される心理小説は当時の日本ではまだ新しい手法だったのだろう。

大人になりたくてしかたがない少年にとって『ユリシーズ』は、実験材料の宝庫だった。まるで新しい玩具をあてがわれた子供のように、このジョイスの大長篇の猥雑で不道徳な雰囲気や斬新な手法を三島がすぐに自作に取り入れたことは想像に難くない。スケールこそ異なるが、「上」の女性の告白体と「下」の男性の告白体とでは文体がまったく異なるのも各章で文体が変わる『ユリシーズ』を意識してのことだろう。また、競馬場や安アパートという場面設定、小金をくすねる馬券の売り子、そんな女の術中にはまって肉体関係を結び、女に溺れて専門学校を中退した青年を作中で描くことは、本人にとって気恥ずかしいながらも誇らしい冒険だったにちがいない。

ライトモティーフとしての〈海〉

空想を駆使して書いた薄汚れた社会と三島の見慣れた上流階級というふたつの異質な世界をつなぐもの——それこそが〈海〉だ。三島は「これらの作品をおみせするについて」の中で「この作品のライトモティーフは海といふ絶対的愛情の象徴でございます」とし、〈海〉が無関係な上下のストーリーを連結させる役割を果たしていることを説明し、清水に不本意ながらも「下」を披露することにしたのは全体的なモティーフを見てもらうためなのだとしている。

この作品ではじめて〈海〉が登場するのは「あたし」のメモの中だ。女学校を出るか出ないかのうちに激しい苛立ちの赴くままに書かれたこのメモ書きには、自分自身にさえ芝居をせずにはいられない「あたし」の心の内奥が吐露されている。

「あたしは道徳に無定見でした。それがあまり身近く感じられるとき、親しさから、自分のやることを何かにつけふしだらなまでに許容するのでしたが、それが遠く見えるときには、恐れあがめる事は忘れなかつたにせよ、いざとならないうちは不要なものだと思つてゐました。結局あたしの身のまはりの洗濯物はあたしが処理するより外はなかつたのです。

あたしには《いざとなつたとき》が必要でした。新らしくなつてくるためにはいちど海の前で行き止つて皈《かへ》つてこなければならないのです。その海といふものははつきりわかりませんでしたが、絶対的愛情といふもの、やうに思はれます。それといふのにみつめるたびにすべてがその衣装をきてあらはれ、ふりむくや否や醜いはだかになつて了ふのでした。……」


結婚前から「道徳」は「あたし」に対して拘束力はなかった。本物の愛に行き会った時にはじめて「道徳」はその使命を果たすと考えていたからだ。だが、出会うごとに本物だと信じた愛はいつも偽物だった。それでも、いや、だからこそ「あたし」は結婚後も真実の愛に出会うことを期待し、玲二郎との逢引きを果たそうとするのだ。〈海〉はその想いを映し出すように「あたし」の行く先々で形を変えて現れる。

逢引きに向かう夜のバスの車窓から外を見ると、「あたし」の立っていた場所は「えたいのしれぬ海」のように見え、バスの座席に座る女給の白い顔は「水でふくれた溺死人」を思わせる。その顔は死んだ後よく夢枕に立った母の姿と重なる。溺死体と母親は〈海〉を介して一体化し、失われた愛を表すのだ。

「あたし」は〈愛〉を求めてさすらう淋しい女だ。バスを降りようと切符を車掌に渡す時に偶然に指が触れ合った若い男が自分の跡を追ってくるような錯覚に陥る。だが、実際は「あたし」の思い込みに過ぎない。本物の愛を見せてくれるのならどんな男にでもついて行ってしまう危うさが「あたし」にはある。だが、孤独は不倫では埋められない。かえって虚しさが増すだけだ。そんな自分を「あたし」は「船につかまらうとして何度もずりおちる海の遭難者」にたとえる。

三島自身は「これらの作品をおみせするについて」の中で「上」の中のあらゆる形容に、「海あるひは水に連関した聯想《れんそう》的語句」を用いたと書いており、当時はまだフロイトを読んではいなかったが、そうした傾向もあっただろうと自己分析をしている。たしかに、逢引きの場所である外苑前は〈海〉と関連する言葉で描写される。遠くの灯は「漁《いさ》り灯《び》」のように見え、町のざわめきは「浜の松林の音」のように聞こえる。「あたし」が通る道は「行くところ道をつくつて海水が左右に退《ひ》いたといふ基督《キリスト》の伝説のやうに自動車も滅多に通らない大きな道」だった。まさに、「あたし」が目指す待ち合わせ場所は〈海〉なのだ。究極の愛で満ちている〈海〉なのだった。

だが、果たしてそこに逢引きの相手である玲二郎はいない。その事実に「あたし」は玲二郎を愛していないことに気がつく。そして、そこに立つ見知らぬ男に体を預けてもいいと思うのだ。その心情は、街頭の光の加減で「岬が海になげかけるやうな緑《あを》い男の影」が「あたし」の体に揺らぎ、その影に自らの体を重ねようとする「あたし」の動きに投影されている。

実は、「あたし」が初対面にもかかわらず身を任せてもいいと思うこの「男」こそが、「下」で女に翻弄されて堕落した主人公なのだ。玲二郎との約束の時間はとうに過ぎている。もうそこにいる理由もないのに、「あたし」は「男」の影の中に立っている。そして「男」が木陰に近づくと、背後で木々が「海草」のように葉を揺らし、「貝殻」のように筋をつけるのを感じる。〈海〉は愛の象徴だ。「あたし」はすぐ目の前にある〈海〉、すなわち〈愛〉に手を伸ばそうとしているのだ。

だが、その瞬間、夫の顔が浮かび、「あたし」は「男」から遠ざかる。同時に、「あたし」の頭の中に「限りない海」が広がる。そして、「広いと思つてゐた海」は「来てみればこんな窄いもの」だったのだと愕然とする。「あたし」は「男」の目のうちに「不思議な海」を見出しながら身を退くのだった。憧れや待ちわびる思いの強さが対象を凌駕し、アイロニーや空虚感が生まれる——これは三島の後の作品、たとえば「花ざかりの森」や『近代能楽集』（昭和三十一年）の中の「班女」などにもくり返される。

一方の「男」は、素子という女を待っていた。「男」は素子が馬券売り場で金をくすねている現場を目撃した。そのことから肉体関係に発展し、アパートで逢瀬を重ねる日々を過ごすが、やがて彼女は逢引きの約束を反故にし始める。さんざんふりまわされた挙句に届いた手紙には、ふたりの仲を知った素子の父親が憤り、知り合いの会社でタイピストとして働かされるようになったため、関係を清算したい旨が綴られていた。

実は、素子の父親の知り合いの会社とは、「あたし」の夫が経営する会社であり、玲二郎と「あたし」の関係を疑う社長（夫）は素子にスパイ行為をさせる。素子は玲二郎とつき合うようになり、自分が捨てた「男」を外苑前におびき寄せ、同じ場所で玲二郎を待つ「あたし」と引き合わせようと画策していたのだ。そのことが「附」の中の素子の独白で明らかになる。三島自身が「附」の文体は『ユリシーズ』の模倣だと明かしているように、素子の語りには『ユリシーズ』の最終章を占める主人公ブルームの妻モーリーの低俗なひとり語りが重ねられる。

〈海〉が象徴するもの

「公園前」は、「心のかゞやき」とは異なり、上下ともに恋愛当事者の告白により、臨場感が生まれ、読み応えがある。「上」の「あたし」の世界と「下」の「男」によって語られる異質な世界を自由に往来する素子がこれからのドラマの展開を予感させて終わるあたりにも工夫が凝らされている。そして、なによりも〈海〉を象徴的に用いることによって「あたし」の不倫願望が対象への恋愛感情からだけではなく、至高の〈愛〉を求め、いわば常に心の飢餓状態にある人妻のロマンティックな病、つまり本人に内在したものに起因している点において「心のかゞやき」よりも深みのある内容になっている。三島自身も「公園前」の「上」の出来には自信を持っていた。清水に送る予定でいた「心のかゞやき」、「鳥瞰図」を含む六つの未発表小説の中で「上」のみが発表に堪えうると書いている。

しかも、〈愛〉を求めて「男」と同じ影の中に動く「あたし」に「男」は「愛情を強要してゐる」ような威圧感を覚える。女を避けるため明るい方へと動く「男」の目には、「あたし」は「抱かれたいやうな様子」をした「娼婦じみた面影」の女に映った。「男」にとって「あたし」は「抱いてもかまふまい」という程度の存在でしかない。だが、それすら「男」には面倒なのだ。なぜなら彼を支配しているのは依然として素子であり、その呪縛から逃れられないからだ。「あたし」も「男」も目の前にいる行きずりの相手と結ばれてもいいと思いながら、「あたし」は夫の強い愛とそれをはねのけられない道徳心によって、一方の「男」は自分を捨てた素子に縛られていることによってその先に一歩を踏み出すことができない。だが、仮にこのふたりが愛し合ったとして唯一無二の〈海〉は見えただろうか。「あたし」にとって「男」の瞳は「不思議な海」を象徴するが、当の「男」自身は「あたし」が驚いた顔をしているのを見て「僕が海のやうにとりとめのない目差《めつき》をしてゐるのを気味わるがつて居るんだらう」と考える。

〈海〉は万物の源として「母」や「生」を象徴する。一方で海難事故をもたらすなど「死」をもイメージさせる。「希望」を表すかと思えば、心理学的には「無意識」を象徴する。まるで天候や風でまったく異なる姿を見せる〈海〉そのもののごとく、そのイメジャリーは変幻自在だ。〈愛〉もまた同じかもしれない。「あたし」が「絶対的な愛情」を〈海〉に象徴させるのに対し、「男」にとっての〈海〉は得体の知れないものなのだ。

ふたりは相手と自身の行動を観察し、そこに逆の意味を見出す。同じ時間に同じ空間で待ち人が来ないという同じ状況にありながら、ふたりの間には超えがたい亀裂がある。それは男女の隔たりであり、属する社会の隔たりでもある。〈海〉は、ふたりの共通項であると同時に相違の象徴なのだろう。

三島は『ユリシーズ』と『肉体の悪魔』のような大人の世界を意識してこの作品を書いたわけだが、『ユリシーズ』では海岸が舞台になる章はあっても、作品全体を貫くモチーフとして〈海〉が出てくることはない。『肉体の悪魔』についても、〈海〉という言葉は一度きりしか出てこない。主人公の弟妹たちが激化する戦争の避難先へ自転車で移動しなくてはならないことが幸いして、いつもよりも遠くて美しい海まで自転車旅行ができると心待ちにする場面で言及されるのみだ。三島が憧れた『ドルジェル伯の舞踏会』にしても、人生を〈海〉にたとえたり、ドルジェル夫妻がヴァカンスでパリを離れることを知ったフランソワが赴いた先がバスク地方の浜辺であったりするだけで、テーマになることはない。〈海〉にこそ模倣にとどまらない三島の個性があることは確かだろう。

小説は素子の独白で終わるが、この結末は道徳に捉われることなく、絶対的な愛など求めようともしない人間こそがこの世では勝利するのだという皮肉ともとれる。〈愛〉を求めようとしてあがく「あたし」と愛に翻弄される「男」を操って本能に忠実に生きる素子には、俗世間を渡っていく逞しさがある。その反面、醜悪さも漂う。

ラディゲとジョイスに倣った小説を書くことに燃えていた少年がどこまで意識していたのかその証左はないが、すでにこれほど若書きの小説に後の三島作品に見られる二項対立が描かれていることは興味深い。三島の最初の長編小説『盗賊』の清子と明秀が想い人に捨てられ、心中を選んだように、心ある者は傷つけられ、心無い者に蹂躙される。敗者のように見えるふたりだが、俗人には侵しがたい水晶のような硬質な純粋さがある。この構図には『薔薇と海賊』が示す純粋さ（薔薇）と俗世間（海賊）の対立構造さえもうっすらと浮かび上る。三島が偏愛した聖セバスチャンも薔薇の王国から来た人なのだろう。彼は自らの信じるもののために命を落としたのだから。そして、この聖人の瞳には「海辺に生れそこを離れねばならなかつた人の瞳の奥に、形見にと海が与へる神秘の・消えやらぬ水平線」（『仮面の告白』）が浮かんでいる。〈海〉は薔薇の王国の住人であることを証明する表徴のようなものなのかもしれない。

『仮面の告白』から読む「鳥瞰図」

三島は、「鳥瞰図」については多くを語っていない。唯一言及が見られるのが、これまで何度も引用してきた清水への手紙の下書き「これらの作品をおみせするについて」の中の「『鳥瞰図《てうかんづ》』は『屋敷』より前へ溯《さかのぼ》り、『彩絵硝子』の母胎です。未完でをはりました。里見弴式な軽薄な調子、お芝居つ気をいやに思ひます」という部分だ。

ほぼ同時期に書かれた「心のかゞやき」と「公園前」についてはかなり饒舌に作品成立の経緯や意図を説明しているのに対して、この素っ気なさはどうしたことだろう。ましてや「鳥瞰図」の前身である「雨季」についてはまったく触れていない。これだけ見ると、「鳥瞰図」は三島にとって重要な作品ではなかったようにも思えてくるが、実は、この作品の一部が『仮面の告白』の中で引用されているのだから、通り過ぎるわけにもいかない。むしろ、もっと目を向けるべきだろう。(1)

「鳥瞰図」の陸太郎は扇山男爵の甥で、満州へ渡った両親と姉と離れ、学業のために東京にひとり残り、男爵の家に預けられる。作中でその理由が語られることはないが、陸太郎には神経症の傾向があり、夜には「あたりいちめんの、虚無のやうな、無限のやうな空間」を「幻」で見たりする。また、平凡な生活を送ることができないと考えているふしがあり、市井の生活を思わせる汚い広告の切れ端を財布に入れて満足感に浸ったりする。夕方になると、男爵の邸宅近くの分譲地へとひとり散歩に出かけ、「新らしい、威勢よく建てかけられた家の工事のあと」に「墓地」や「廃墟」を見ようとする。ある時、分譲地を見渡す崖の上に立つ陸太郎の姿を目にした男爵は心に自分の青春時代が蘇るのを感じる。しかし、その青春は以下のように暗いものだ。

世の人のいはゆる青春時代も、彼にとつては春どころではなかつた。どんなにはしやいでも、心のすみつこが冷え切つてゐた。退屈で陰惨で憂鬱で倦怠の時代だつた。そんな時代を持つたことで、彼は自分を嫌悪し、心恥ぢた。

男爵は陸太郎の中に若き日の自分を見出し、まるで自分の汚点である醜い青春を目の前で再現されているようで、我慢ならなくなる。自分の中の「弱味を隠す」ために男爵は陸太郎を「快活」な青年に仕立て上げようと園遊会の開催を思い立つ。

その園遊会で陸太郎は男爵を大きく裏切ることになる。男爵が嫉妬するほど陽気にふるまったのだ。だが、それは自己欺瞞に過ぎない。その演技が甥こそは同類と信じていた男爵の目をも欺くことになる。この時の陸太郎の心情は『仮面の告白』の第三章で一言一句そのまま引用されている。『仮面の告白』の第三章は「人生は舞台のやうなものであるとは誰しもいふ。しかし私のやうに、少年期のをはりごろから、人生といふものは舞台といふ意識にとらはれつづけた人間が数多くゐるとは思はれない」という文章から始まる。この章では思春期を迎えた「私」は自らの同性愛的傾向から目を背け、同級生の前で女性に性的関心があるかのようなふりをする。当時の心理についての自己分析が回想の中で捏造されたものではないことを証明するために、「十六歳当時の私自身が書いたものの一節を写しておかう」として引用されるのが「鳥瞰図」の陸太郎の心の声なのだ。『仮面の告白』からその部分をすべて引用する。

「……陸太郎はみしらぬ友の仲間に、なんのためらふところなくはひつて行つた。彼は少しでも快活に振舞ふ――あるひは振舞つてみせることで、あの理由のない憂鬱や倦怠をおしこめられたと信じてゐた。信仰の最良の要素である盲信が、彼をある白熱した静止のかたちにおいてゐた。他愛のない冗談や戯《ざ》れ言《ごと》に加はりながら絶えず思ふことに……『俺はいまふさいでもゐない、たいくつでもない』と。これを彼は、『憂ひをわすれてゐる』と称してゐた。

ぐるりのひとびとは、しじゆう、自分が幸福なのだらうか、これでも陽気なのか、といふ疑問になやみつづけてゐる。疑問といふ事実がもつともたしかなものであるやうに、これが幸福の、正当なあり方だ。

然《しか》るに陸太郎ひとりは、『陽気なのだ』と定義づけ、確信のなかに自分をおいてゐる。

かうした順序で、ひとびとのこゝろは、彼のいはゆる『確かな陽気さ』のはうへ傾いてゆく。たうとう、仄《ほの》かではあるが真実であつたものが、勁《つよ》くして偽りの機械のなかにとぢこめられる。機械は力づよく動きだす。さうしてひとびとは自分が『自己偽瞞の部屋』のなかにゐるのに気附かない。

……」

『仮面の告白』のコンテクストの中で「鳥瞰図」のこの部分を読み直せば、説明もなく描かれる陸太郎の神経症的な行動や男爵の陸太郎への自己投影の意味が理解できる。つまり、陸太郎も男爵も同性愛であるがゆえ周囲の多くの若者のように青春を謳歌できず、平凡な未来も思い描けず、その悩みを口に出すことさえも許されず、自己韜晦が習い性になっている。その結果、常に憂鬱と倦怠を身に纏っているのだ。陸太郎は『仮面の告白』の「私」の過去の姿である。そして、三島本人が語るように『仮面の告白』を彼自身のヰタ・セクスアリスとして捉えるのなら、(2) 陸太郎は三島その人であり、彼が抱える憂鬱も倦怠もまさに青春期の三島自身が抱えていたものだったことになる。「私自身でさへその明らかな偽瞞に気づいてゐる自己暗示が、このころから私の生活の少くとも九十パーセントを占めるにいたつた」（『仮面の告白』）という「私」が陥る「憑依現象《ひょうい》」（『仮面の告白』）は「自己偽瞞の部屋」（「鳥瞰図」）と同義だ。そうした精神生活が少年の心に暗い影を落とし、青春という輝かしい季節を鬱屈とした忌まわしい季節に変えた。

この憂鬱から逃れるために陸太郎が向かった先が〈海〉なのだ。最初に掲げた「雨季」からの引用は陸太郎が〈海〉から喜びを得た瞬間を描いている。

「鳥瞰図」と「雨季」に見られる〈海〉

「雨季」が「鳥瞰図」の前身と考えられることは先に述べたが、執筆年月日は不明だ。分量は「鳥瞰図」が四百字詰め原稿用紙一〇二枚であるのに対し、「雨季」は四百字詰め原稿用紙五十二枚と半分ほどしかない。「鳥瞰図」の後半には陸太郎と則子の恋を予感させる展開があるが、「雨季」はその前の部分で中断されている。両作品の内容はほぼ同じだが、描写や表現がところどころ異なっており、おおむね後から書かれたとされる「鳥瞰図」のほうが丁寧で説明的だ。たとえば、「鳥瞰図」から『仮面の告白』に引用された部分は「雨季」では同じ内容を伝えてはいるが、描写はもっと平易で短い。

ところが、本題の〈海〉になると、両作品ともに友人を置いて海に向かうという筋書きは同じだが、そこへ向かうきっかけが大きく異なっている。「鳥瞰図」では、朝の八時に友人と巷を歩いている途中、ふたりで小さな本屋に入り、そこで偶然に手に取ったR・H・ハウンドマンの"SORROW OF THE SEA"という港の芸術写真入りの詩集が〈海〉への想いを掻き立てる。


それをみた瞬間、あらゆる海の形象、海の感情、海の追憶が、一どきにおしよせてきた。

とびあがりたいやうにうれしかつた。

次に挙げるやうな凡《あら》ゆる要素が、一点にコンデンスされて、彼をおそつたのだ。

――（ほゝづきのかすかな海の味はひ。岬の洞《ほら》の天井に、ゆら〳〵まはりつゞける、白い波の反映。村のはづれに、ふいにせり上つてくる夏の海。埠頭《ふとう》のコンクリィトと白い船腹との眩《まぶ》しい直角。麦畑をかきわけて、きふに海が光つてひろがる崖に、とびでたときの明るい驚き。縁側に爪立つてみる海の色合。土が黒くなり小さな稲荷《いなり》の赤鳥居がある小径に、ふと匂つてくる浜のにほひ。窓《まど》からながめた河口の澱《よど》み。

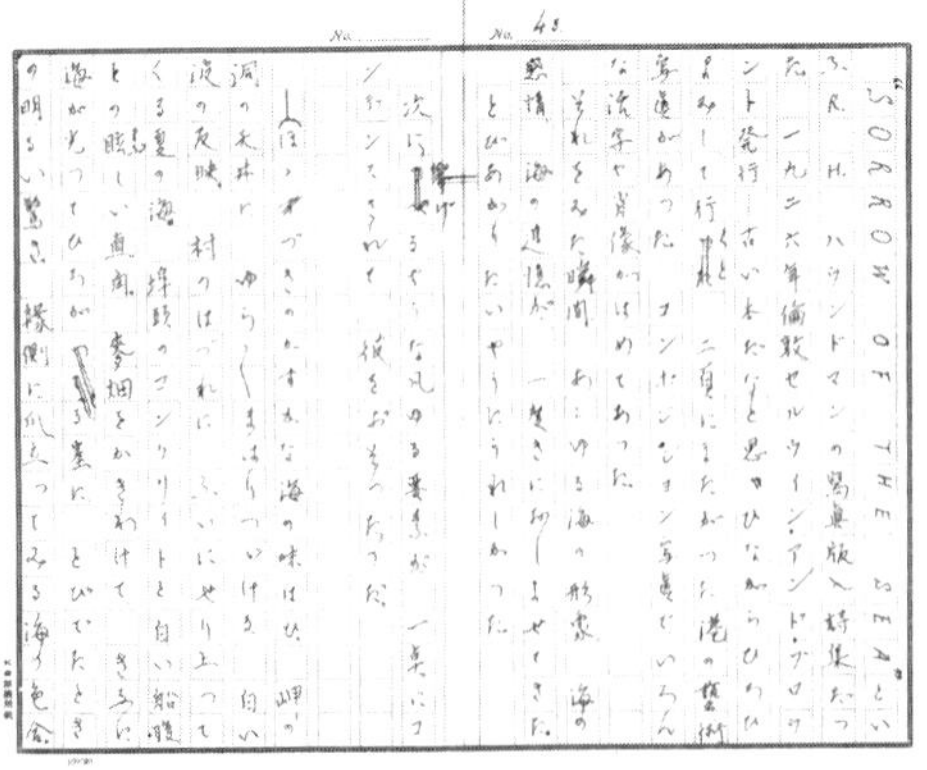
No. 43
"SORROW OF THE SEA"とい
ふ、R. H. ハウンドマンの写真版入詩集だつ
た。一九二六年倫敦セルウィン・アンド・ブロウ
ント発行。古い本だなと思ひながらひらいて
みて行くと二頁にまたがつた港の芸術
写真があつた。コンポジションで写真でいろんな
な活字や肖像がはめてあつた。
それをみた瞬間あらゆる海の形象、海の
感情、海の追憶が一どきにおしよせてきた。
とびあがりたいやうにうれしかつた。
次に挙げるやうな凡ゆる要素が一点にコ
ンデンスされて彼をおそつたのだ。
――（ほゝづきのかすかな海の味はひ。岬の
洞の天井にゆら〳〵まはりつゞける白い
波の反映。村のはづれにふいにせり上つて
くる夏の海。埠頭のコンクリイトと白い船腹
との眩しい直角。麦畑をかきわけてきふに
海が光つてひろがる崖にとびでたとき
の明るい驚き。縁側に爪立つてみる海の色合。

「鳥瞰図」自筆原稿 No.43
山中湖・三島由紀夫文学館所蔵

ひろいアトリエの、彫像のすきまにみえる、とぎすまされた曇つた海。港の混雑。金モオルとあかるい茶色。巨船に灯のつく夕方、マストは重さにたへぬ雲の襞《ひだ》。遠雷。港の雨とものうい畳。鉄と鉄とのかなしい叫喚。……クレエンにつりあげられるやつれた馬。斜めの船——斜めのひと——斜めにはひつてくる臨港列車。灰色の汚れ。煙りと海。不潔と清潔、憎悪と愛。浮動したまゝで、傷つきやすく、ひろがつてくる海辺での感情、崖つぷちの海の轟《とどろ》きに、息絶えようとする小さい心。）……

喜びは、やがては悲しみにかはりさうな瞬間的な姿で、それだけ強い抑揚で、天辺《てつぺん》まで彼を押しあげた。彼はよろこびの理由を探らうと思つた。

陸太郎は〈海〉から想起された「追憶」によつて喜びを感じる。これらの追憶は本物の海からのものではない。それらは書物の中に出てくる海の断片を寄せ集めたものである。たとえば、陸太郎が思い出すさまざまな海の光景の一番に挙げられている「ほゝづきのかすかな海の味はひ」（「鳥瞰図」）は、本

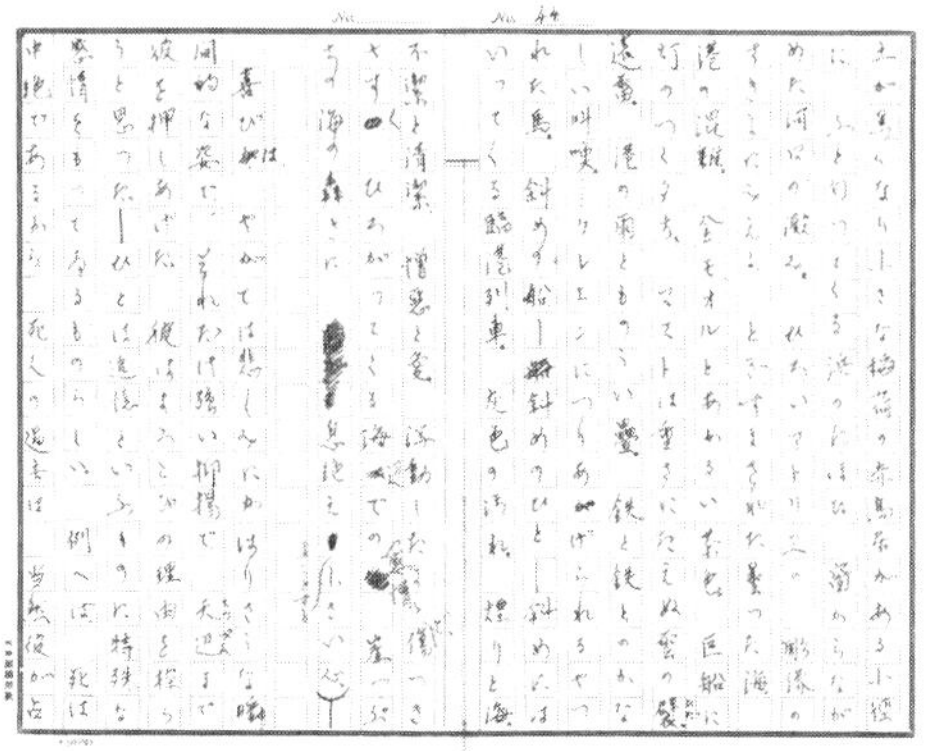

「鳥瞰図」自筆原稿 No.44
山中湖・三島由紀夫文学館所蔵

書の第1章の「2」で触れた未明の童話について三島が書いた言葉「ほゝほゝづきのかすかな海の味はひ」（「童話三昧」）と重なる。三島と同様に陸太郎の海もいわば知識で得られた人工的な海だ。そのことを踏まえると、陸太郎がずっと三島に近い存在に思えてくる。そんな彼にとって「追憶」は「人間が自分を慰め鎮めるためにつくつた、『生』の仮象」に過ぎず、海の写真入りの詩集を目にした瞬間、彼は追憶から生まれる「あらゆる純粋なものにわきだす、一種悲愴なよろこび」で満たされたのだ。そして、友人を残して電車に飛び乗り〈海〉を目指す。車窓から町を眺めている時、「わく〳〵するまでに幸福な気」でいっぱいになりながら……。

一方の「雨季」では、巷を友人と歩いているシチュエーションは同じだが、「鳥瞰図」にはない掃除夫の描写がある。男はその単調な掃き仕事をしながら「何かひどく義務を娯しんでゐるらしいところ」があり、それが彼にとって「救ひ」にさえなっているように陸太郎には思えるのだ。そして、掃除夫が「無理に面白がつて（……さう自分を偽装して）ゐるらしい」ことを嗅ぎ取ると、陸太郎は「非常に傷ましい感情」を味わうことになる。まるで掃除夫の気持ちが乗り移ってくるような圧迫感を覚えたのだ。「気に染まぬ演技」（『仮面の告白』）を自らの仮面のようにして生きること、いわば自己偽瞞という牢獄の中にいる掃除夫の息苦しさが、鏡のように陸太郎の内面を映し出していたからだ。状況を変えることもできない自分の弱さも陸太郎を苦しめた。

陸太郎は自分の心が場面場面をポツンと小切りにして並べてゐるのを感じた。その空隙は気まぐれの飛躍でつながつてゐたけれども、恐ろしい無限的な空虚がそこにあるのがはつきりわかつた。死の恐怖がその空間をめざして雪崩《なだ》れてくるのであつた。

陸太郎は急に動悸を感じた。すぐそこへ止つて了ひたかつた。それはまた前進が時を、更に死を意味するのに気付いたからだつた。

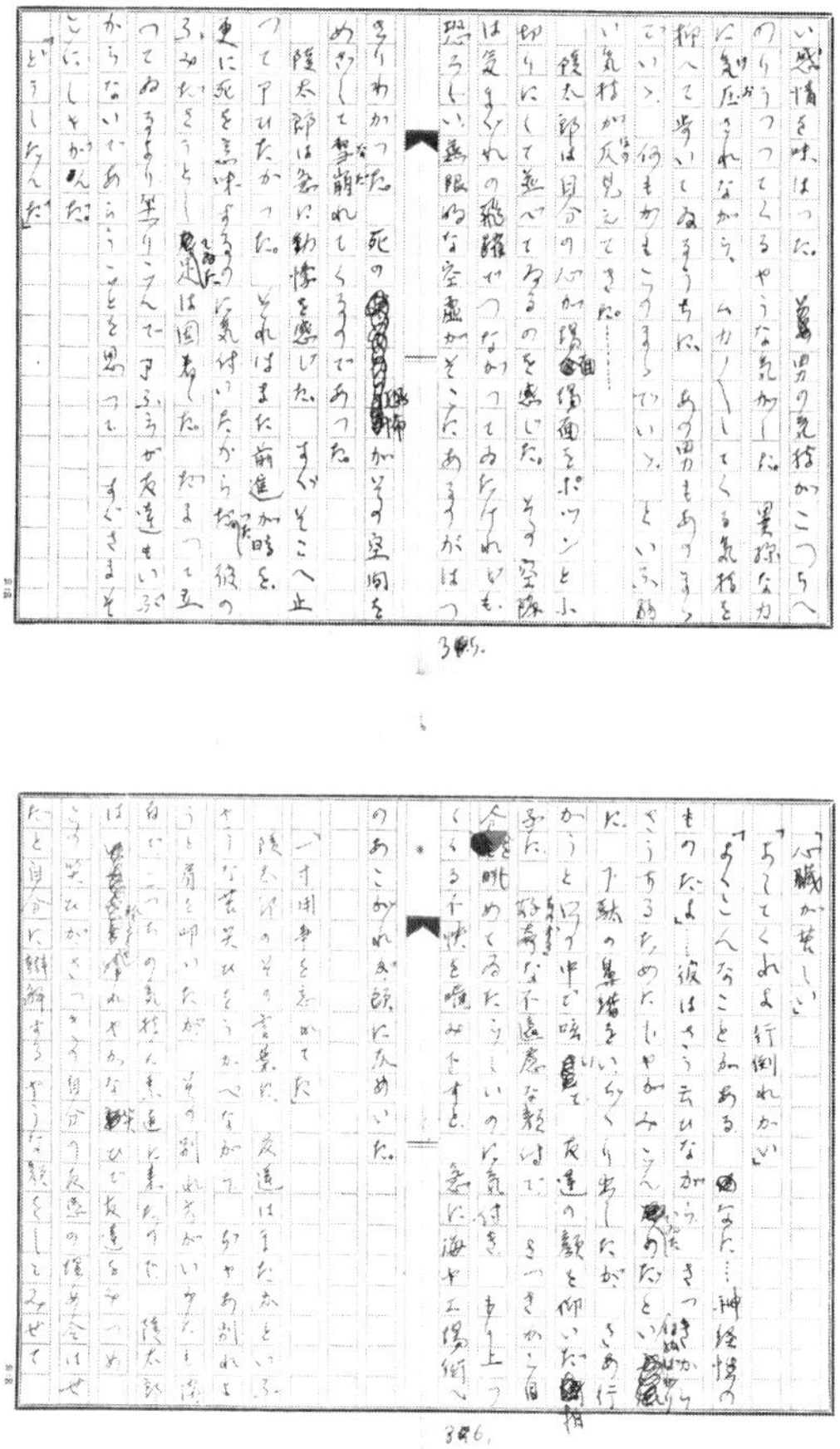

「雨季」自筆原稿35、36枚目
山中湖・三島由紀夫文学館所蔵

彼の心の憂いは心だけではなく、身体にも表れ始めた。動悸で立っているのもままならない。そんな状態にあっても陸太郎は友人に対して芝居を続けるのだ。「雨季」と「鳥瞰図」との相違点のひとつは、「雨季」に描かれている友人の変わり者に接するかのような態度が「鳥瞰図」では一切描かれていないことだ。

「雨季」では友人は自意識を忘れることで相手のことも気にしないようにしている人物として描かれる。陸太郎は彼が自意識を持ったら「陸太郎のやうな面倒な人間とは一刻も我慢出来ぬ筈だつた」と考えている。そんな友人に対して陸太郎は、自分の行動を不審がられないように、「よくこんなことがある。なに……神経性のものだよ」と言い訳をする。そして、あたかも下駄の鼻緒を直すために座ったかのように鼻緒をいじるのだった。しかし、顔を上げた刹那に陸太郎が出会ったのは、友人の「好奇《ものずき》な不遠慮な顔付」だった。その瞬間、陸太郎の頭に〈海〉が揺曳する。

もり上つてくる不快を噛み下すと、急に海や工場街へのあこがれが頭に仄めいた。

他人の意図を汲んで「気に染まぬ演技」をして生きていく閉塞感に苦しむ青年にとって、全身全霊で隠してきた仮面の奥を好奇の目で探られることほど不快なことがあるだろうか。

「鳥瞰図」では場所が特定されず、「海」は「港」という関連語に変換されているが、「雨季」では品川の海という具体性を持つ。そして、「鳥瞰図」にはない次のような描写もある。

品川で彼は下りた。どこへ行く道ともしれないのに、たゞ海を目指してゐるのが頼みで、それもわざ〳〵小路《こうぢ》ばかりを択《よ》つて歩いて行つた。華やかな町を歩いてゐると、ふと工場街や海の附近の

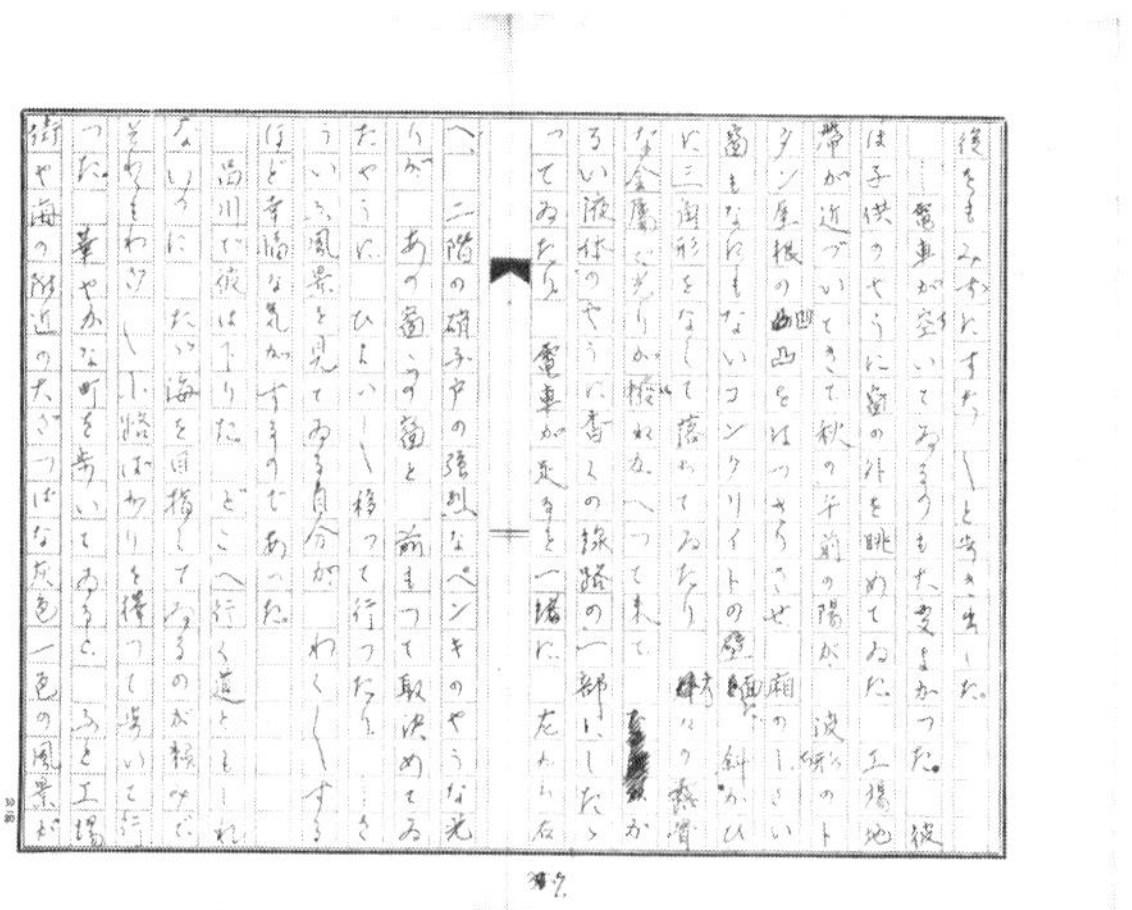

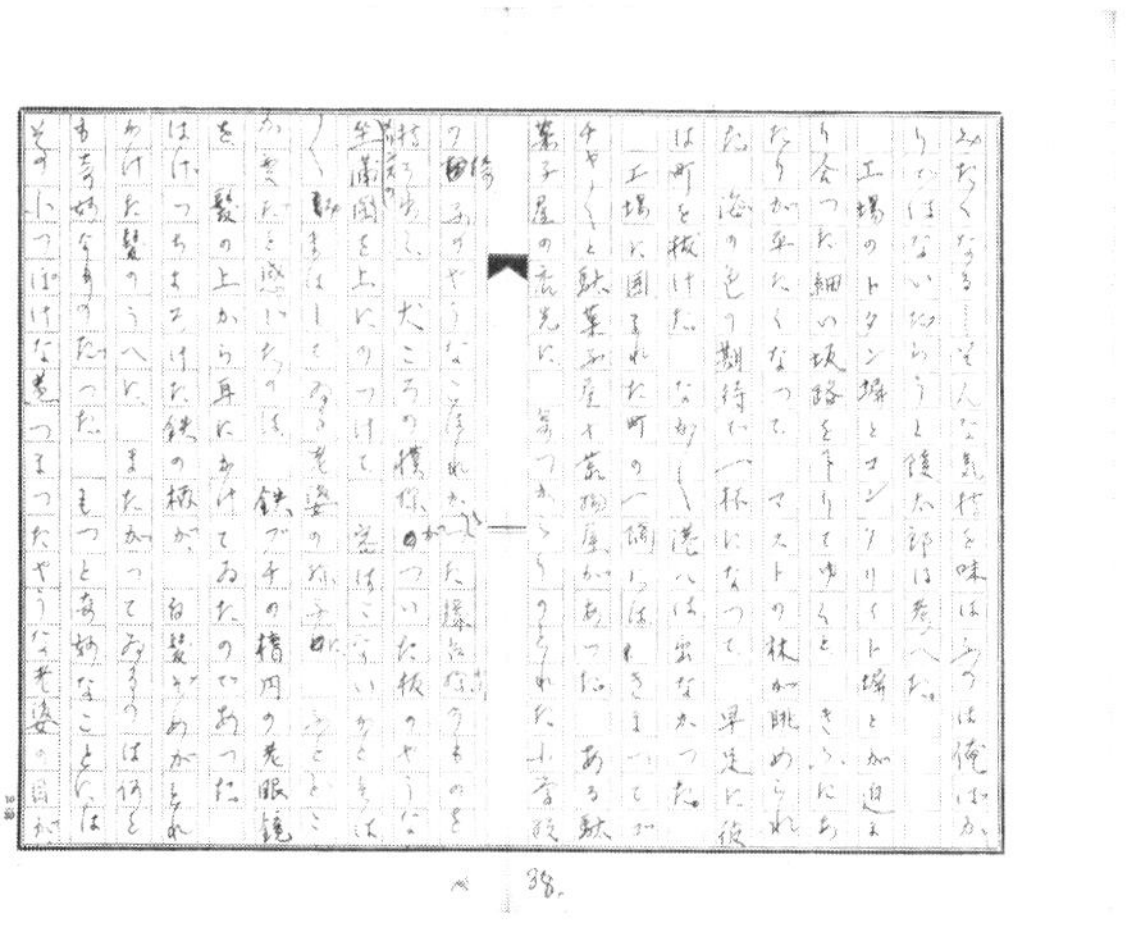

「雨季」自筆原稿37、38枚目
山中湖・三島由紀夫文学館所蔵

大ざっぱな灰色一色の風景がみたくなる……そんな気持を味はふのは俺ばかりではないだらうと陸太郎は考へた。

陸太郎は自身の〈海〉への飢渇を不特定多数の一般的な〈海〉への願望と同化させ、相対化を図っている。だが、陸太郎は華やかな町に飽きて〈海〉を恋しがる大方の人とは異なり、自身の抱える憂鬱や不快感を癒すために〈海〉へ向かったのだ。ここにも陸太郎の自己偽瞞を見出すことができるだろう。「心のかゞやき」や「公園前」の登場人物たちと比べて「雨季」の陸太郎の心情は生々しさを持っている。だが、三島はこの作品を書き続けずに「鳥瞰図」として再生させようとし、それさえも中途で挫折した。「鳥瞰図」について多くを語らず、「雨季」についてはその存在さえ口にしなかったのはなぜか。そこに三島が詩を書けなくなった原因の一端があるのではないだろうか。

「鳥瞰図」を未完のまま終わらせたこの初夏のある日、原稿用紙を抱えた三島は母・倭文重に伴われ、下落合の町を緊張した面持ちで歩いていた。倭文重は風呂敷に包んだ手土産の巴旦杏《はたんきょう》を持ち、どこか誇らしげな表情であった。詩人の川路柳虹（一八八八―一九五九年）の家を初めて訪問する道すがらだったからだ。

三島が昭和四十一年に執筆したと考えられる生前未発表の原稿、「川路柳虹先生の思ひ出」（平成十年）によれば、この訪問は、父・梓の友人で「退役文学青年らしき人」の紹介によって実現した。息子が文学に傾倒することに猛反対だった梓が仲介者とは意外だが、結果的に川路の存在が三島に詩作の行き詰まりを認識させる一因となったことを思うと、不思議なめぐり合わせだ。

川路が詩人としての三島に及ぼした影響については本章「３」と「４」で触れることになるが、同時に三島の内面でも詩の限界を感じさせる何かが起こったのである。言葉の世界に浮遊するだけでは許されず、実人生を詩に託さなければならない年頃になった時に、当然起こり得る悲劇が。それは「多くの小説を事こまかに研究し、私の年齢の人間がどのやうに人生を感じ、どのやうに自分自身に話しかけるかを調査」し、「欲求せぬものを欲求するといふ不可思議の心の組織《システム》」（『仮面の告白』）を持つ私が直面する悲劇だ。人工的な感情で詩を書くことはできない。それを実感した時に、彼は小説という虚構《フィクション》へと大きく舵を切ったのだ。ここにひとりの作家が誕生しつつあった。

『仮面の告白』のコンテクストから「雨季」を読めば、陸太郎が〈海〉へと急いだのは、同性愛的傾向を自覚した時に覚えた孤独や不安を浄化するためだったことがわかる。だが、「鳥瞰図」では追憶や郷愁が彼を〈海〉へと向かわせることになっている。この重大な書き換えにより、「雨季」に見られた陸太郎の感情、すなわち作者の生の声は読者から隠されてしまい、彼の涙は心に響かなくなる。「雨季」に描かれた憂鬱から逃れ得た時に湧き出る喜びの涙のほうが私には切実に胸に迫ってくるのであり、そこにこそ一篇の詩があったのに……。

そんなことを考えながらデッキチェアから私は身を起こす。海に目をやると、三島が描いた時と変わらない「ほとんど『絶対』のやうにみえる水平線」を白い船がゆったりと辷《すべ》っていくのが見えた。

※三島は自身の年齢を数え年で表記している。拙稿では満年齢で考えているため、三島が「十六歳」と書く年齢は、十五歳となる。

【註】

（1）佐藤秀明は「自己を語る思想――『仮面の告白』論3――」（『三島由紀夫の文学』試論社、二〇〇九年）の中で『仮面の告白』では「鳥瞰図」の一節が「十六歳当時の私自身が書いたもの」として引用されていることを指摘している。

（2）『仮面の告白』の初刊に先立って「作者の言葉」として書かれた広告文（昭和二十四年）には「この小説は、私の『ヰタ・セクスアリス』であり、能《あた》ふかぎり正確さを期した性的自伝である」という一節がある。

3．ラディゲに憑かれた十五歳（下）――堀辰雄と小説「彩絵硝子《だみゑガラス》」

Ce toit tranquille, où marchent des colombes,
Entre les pins palpite, entre les tombes ;
Midi le juste y compose de feux
La mer, la mer, toujours recommencée !
Ô récompense après une pensée
Qu'un long regard sur le calme des dieux !

・・・・・・・・・・・・・・・・・・

Le vent se lève !... Il faut tenter de vivre !
L'air immense ouvre et referme mon livre,
La vague en poudre ose jaillir des rocs !

Envolez-vous, pages tout éblouies !
Rompez, vagues ! Rompez d'eaux réjouies
Ce toit tranquille où picoraient des focs !

（Paul Valéry, *Le Cimetière marin*）

鳩の群《むれ》が歩いてゐる　この静かな屋根は、
松の樹間《このま》、墓石《はかいし》の列ぶ間に、脈搏《みやくう》つてゐる。
「牛《まひる》」の極《きよく》は　ここに今　火焔で海を構成する、
絶えず繰り返して打寄せる　海を。
神々の静寂《せいじやく》の上に　長く視線を投げて
おお　思索の後の心地よい　この返禮《むくい》。

（中略）

風　吹き起る……　生きねばならぬ。一面に
吹き立つ息吹は　本を開き　また本を閉ぢ、
浪は　粉々《こなごな》になつて　巌《いわほ》から迸《ほとばし》り出る。
飛べ　飛べ、目の眩《くるめ》いた本の頁《ページ》よ。

打ち砕け、浪よ。欣び躍る水で　打ち砕け、
三角の帆の群の漁《あさ》つてゐたこの靜かな屋根を。
（ポール・ヴァレリー〈鈴木信太郎訳〉「海邊の墓地」）

堀辰雄の〝魔術〟

冒頭に掲げたヴァレリーの『海辺の墓地』（*Le Cimetière marin*, 1920）が、堀辰雄（一九〇四―一九五三年）の「風立ちぬ、いざ生きめやも」という訳で多くの日本人に親しまれてきたことは言うまでもない。堀の小説『風立ちぬ』（昭和十三年）はタイトルをこの一節からとっているばかりでなく、その原文がエピグラフに、その訳は作中で二度も用いられている。小学生の時によく耳にした流行歌の「風立ちぬ　いまは秋」というフレーズも手伝って、私の中では長い間この一行は秋深い高原のイメージと重ね合わされていた。

ところが、たまたまヴァレリーのこの長編詩を読む機会があり、それが彼の出身地であるフランス南部の青い地中海を望む墓地をうたったものだと知った。ヴァレリー家の墓があり、ヴァレリー自身も眠る墓地だ。最初の連から夏の真昼の海が登場する。小さな港町の白い漁船は鳩にたとえられ、海は屋根にたとえられる。その海はローマ神話の女神ミネルヴァに象徴される智慧の宝庫でもあり、墓場の番人であり、永遠の営為をも象徴する。一方で人間は海の永遠に対して常に変化する。不滅の魂を否定し、虚無に打ちひしがれ、不毛な知性にからめとられる詩人の姿。やがて死をめぐる瞑想から解き放たれ、生へと立ち向かって行く最終連までたどり着く。すると、堀の作品から立ち昇る高原のサナトリウ

ムの薬品の匂い、湿った土や菌類の黴臭い匂い、黄色く色づいた枯れ葉のカサカサという音はもとより
かき消されている。まるで高原行きの列車に乗ったと思ったら、その車窓に拓けたのは真っ青な海だっ
た――そんな鮮やかな転身だった。

それこそが堀辰雄の〝魔術〟なのかもしれない……。彼の手にかかると南仏の真昼の灼けつく太陽の光に反射してきらめくダイヤモンドの小波、目も覚めるようなブルースカイを映してうねる青い蛇のごとき大波が、日本の高原の秋枯れたパセティックな景色へと変貌するのだ。

私がぼんやりとしか感じなかった堀の〝魔術〟に鋭いメスを入れ、解剖してみせたのが江藤淳だ。自身も堀と同じ肺結核を患い、堀の作品を耽読した若い時期を持った江藤は、後年の評論『昭和の文人』の中で堀の小説の中に巧妙に仕掛けられた「嘘」を暴き出す。その自己韜晦の中に、それまでの日本文学にはなかった昭和の文人の姿を見出したのだが、そもそも江藤が堀の文学に接近したのは、それが「結核文学」だったからに過ぎない[1]。そして江藤によれば、昭和二十年代後半にはその需要がまだあったのだ。

微熱にほてる身体に、軽井沢の冷気が快かったように、堀辰雄文学のどこか架空な軽やかさは、病に倦んだ心から周囲の現実を遠ざけてくれるように感じられた。それは占領は漸く終ったけれども、まだ結核菌がウヨウヨと生きている現実であった。また、焼け跡はそのままに拡がっているのに、なぜか相変らず家族というものが身辺にひしめいている現実でもあった。

つまり、江藤は病気という現実からの逃避として堀の作品に没頭したのだ。それは同時に戦後の日本からの逃避でもあった。しかし、そのうちに堀辰雄全集を押し入れにしまい込む。その理由を江藤は、堀の初期の代表作『ルウベンスの偽画』（改造社、昭和五年）を引き合いに出し、「『ルウベンスの偽画』とはよくいったものだ、どれもこれも『偽画』ばかりじゃないか」と思うようになったからだとしている。そして、あのまま堀の小説を読み続けていたら病気は治らなかっただろうとまで書いている。

だが、江藤が生を取り戻そうと脱け出したのは、微熱と気だるさに包まれた甘美な現実逃避の世界のみではなかったのではないか。若き日の江藤は人を内部から朽ちさせるような堀文学に漂う自己欺瞞を本能的に嗅ぎ取り、その人工性に嫌悪を感じたからこそ、堀を遠ざけたのだろう。その堀の瞞着こそが、昭和以降の日本文学にはびこる〝フォニイ〟の元凶だったからにほかならない。

堀の一見したところ平易で物静かな、だが、実はクセのある独特な文体が象徴するように、江藤に言わせれば、堀は強引に西洋の物語を日本の言葉に移し替えることで現実味のない「架空な人工的言語空間」を仮構した。その中で作者が文体を掌握して微妙に事実を歪曲して読者を誘導する。たとえばそれは自伝的短編「幼年時代」（昭和十三〜十四年）では、広島藩士で麴町の屋敷に住んでいた実父の不在と向島の彫物師《ほりものし》であった育ての父への軽侮の念から微妙な「嘘」をつき、『聖家族』（江川書房、昭和七年）では芥川龍之介をモデルにした作家を文学的父と位置づけ、実在した芥川の恋人とその娘とのロマンスを、あたかもフィクションの中に隠された事実であるかのように捏造する。堀を衝き動かしたものは「臆面もない出世主義と変身願望のエネルギー」だったと江藤は指摘する。だが、堀自身はそうした自己の願望から目を背け、西洋のロマンを日本文学に融けこませて完璧な虚構を構築したと信じ込もうとするのだ。江藤のこの論には批判もあるようだが、少なくとも私にとっては堀の〝魔術〟の根源をつかむ大きなヒントとなった。

嗅覚の同類

三島由紀夫が少年時代に堀に惹きつけられたのは、実はこうした欺瞞の巧みさだったにちがいない。この本質的な問題を考える前に、三島における堀の影響を簡単にたどってみよう。十五歳の夏を迎えようとしていた三島の中でラディゲ熱はまだ続いていたが、三島はこの頃すでに堀辰雄の小説にも触れるようになっていた。ワイルドやラディゲについては三島自身が当時の書簡や後年の著作などにその影響力の大きさを細かに語っているのでわかりやすいが、堀辰雄についてはいつ頃から読み始めたのか、どのような影響を受けたのか詳しく語られることはない。特に堀についての独立した文章も残っていない。

堀について最も筆を割いているのは「現代小説は古典たり得るか」（昭和三十二年）だ。この中で三島は『菜穂子』（昭和十六年）を「堀氏のめづらしい失敗作」とした上で、辛口の批判を展開し、その修正案を提案しながら、堀文学の特質を炙り出している。このため、三島が堀の文学に批判的だったという印象を与えかねないが、『菜穂子』について書こうとしたのは「十六年前の自分と現在の自分との、一つの文学作品に対する興味の持ち方の相違」に関心があったからだとしている。同じ評論の中には、十六年ぶりに手にとった埃にまみれた『菜穂子』に「丹念にサイドラインやらノートやらが記入してある」と書かれている。「少年時代の私が憧れてゐた」文章も挙げられている。批判どころか、少年時代の三島は堀文学に憧れさえ抱いていたのだ。

堀の影響はラディゲのそれとほぼ同時期である。三島自身が作成した「私の各年代の文体の一覧表」（「自己改造の試み――重い文体と鷗外への傾倒」昭和三十一年）の最初に引用された「彩絵硝子」の文体には影響を与えた作家として堀の名がラディゲと共に挙げられており、「少年期の私は、少年らしい感受性によつて、ただ感性的にこの二作家の影響をうけてゐた」と説明がなされている。

実際、三島は東宛ての昭和十六年八月三十一日付の手紙の中で堀の短編『麦藁帽子』（昭和八年）をおすすめの本に挙げている。さらに、「やはり今の日本の作家では私のいちばん好きなのは堀辰雄におちつきさうです」とさりげなく告白している。また、同じ手紙の中で東の「少年」という小説を批判した人物について、三島が強い語調で非難している部分がある。その人物は幼年期や少年期を題材にした作品の一篇も読んだことがないか、読んでもわからない人なのだとし、そうした作品の例として、コクトーの『怖るべき子どもたち』や、リルケの『マルテの手記』、ラディゲの『肉体の悪魔』、プルーストの作品、谷崎潤一郎の「少年」などを挙げ連ねているのだが、ここに堀の「幼年時代」も含まれているのだ。この手紙は「彩絵硝子」発表から一年あまりが経過してから書かれているので、正確には十五歳の三島にとっての堀ということにはならないが、この以前から三島は堀の小説を読んでいたと考えられる。実際、『定本三島由紀夫書誌』にある堀の著作には、三島が十五歳の年（昭和十五年）までに刊行

堀辰雄『不器用な天使』（改造社、昭和５年）の表紙
「ルウベンスの偽画」をはじめ、短編と詩が19作品所収されている。

された『かげろふの日記』（昭和十四年）、『聖家族』（昭和十四年）、『不器用な天使』（昭和五年）、『麦藁帽子』の四冊が含まれている。(2)

三島が神のごとく崇拝していたラディゲは、堀が絶賛し、自作に取り入れた作家でもある。三島が憧れた『ドルジェル伯の舞踏会』を堀も高く評価し、ラディゲについて「オルジェル伯爵の舞踏會」（昭和四年）、「レエモン・ラジィゲ」（昭和五年）という短い評論を書いている。三島もラディゲについていくつか文章を残していることは本章で触れてきたが、実は、ラディゲ熱が昂じていた少年時代、十五歳の誕生日を目前にした昭和十五年の正月からおそらく十五歳の夏頃にかけて、三島はラディゲ論を書こうと試みている。平岡公威の署名の入った未発表の評論「レイモン・ラディゲ」のほかに、いくつかの未完の欠損原稿も残っている。そして、その断片的な原稿の中には職業作家になってからのラディゲ論にはついぞ見当たらない堀の名が出てくるのだ。その中のひとつ「ラディゲとその作品」では堀の「レエモン・ラジィゲ」を数少ない参考書目に挙げ、その論に賛同しているし、別の評論では「日本におけるその研究者乃至《ないし》心酔者」（「"Le Diable au corps" に就いて」）として堀を紹介している。先に引用した東宛ての書簡でも『麦藁帽子』にラディゲのコント「ドニーズ」の影響があることを指摘し、「あれよりずつと上品で堀辰雄一流のシネマ的な心理手法が目もあやです」と賛辞を惜しまない。

昭和文学には、堀辰雄もその一人であらうが、日本人として日本の風土に跼蹐《きよくせき》して生きながら、これを西欧的教養で眺め変へ、西欧的幻想で装飾して、言語芸術のみがよくなしうるこのやうな二重の映像を作品世界として、そのふしぎな知的感覚的体験へ読者を引きずり込む、一群のハイカラな作家がある。

（「解説」『日本の文学34　内田百閒・牧野信一・稲垣足穂』中央公論　昭和四十五年）

これはある時期の三島にも当てはまるだろう。ラディゲだけではない。この時期の三島が読んだコクトーも、リルケも、プルーストも、モーランも、堀が影響を受けた作家なのだ。後年に『文章読本』（昭和三十四年）の中で堀の特徴ある文体を説明する際にも、「氏はフランス文学に親しんで、フランス文学のエスプリ・ヌーヴォの作家たちの影響から文学に入」ったと紹介してもいる。

このように三島と堀の読書傾向は重なる。それは偶然ではない。そこにあるのは同類としての嗅覚が導く本の世界なのだ。

ラディゲが結ぶもの

ふたりを同類たるものにしているのは、先にも触れたようにラディゲだ。とにかくラディゲの幾何学的な言葉の構築物は、デカダンの官能世界、魅惑的ではあるが危険な沼地に足をすくわれそうな少年にとって、まさに避難所の役割を果たした。三島は「少年時代の凡てを賭けて惚れた」（『ラディゲ全集』について）この作家との同化を目指して創作に励んだ。

一方の堀はもっと落ち着いている。二十五歳の時に発表した短い批評「レエモン・ラジィゲ」の中で強調しているのはふたつのことのみだ。ひとつは「ラジィゲの持つてゐる平凡」について。

ラジィゲの才能には、「神童」特有の早熟さとか異常さとか云ふものは少しもないのだ。コクトオの言ふやうに、彼がランボオよりより以上に我々を驚かすのは、その異常さの皆無によつてだ。ラジィゲの才能は一見すると平凡のやうに見えさへするのである。

年齢を感じさせない成熟した作品、それが、ラディゲの天才たる所以であると堀は捉える。「神童」とか「早熟」、「異常」などというレッテルを超越した、その「平凡」に非凡を見出し、そこにラディゲの真髄を見ている。この堀の見解について、少年時代の三島は、「堀辰雄氏のエッセイにラディゲの平凡についての興味ある説がある」（「レイモン・ラディゲ」）とし、堀のラディゲ論が収められている『狐の手套』（昭和十一年）を紹介している。

もうひとつの堀の見解は、ラディゲ作品が「純粋の小説」、すなわち純然たるフィクションであるという点だ。

「憑かれて」にしろ、「舞踏會」にしろ、(3)僕がラジィゲの小説を讀んで最も深く感動したところは、それが純粋の小説であることにある。即ち、その中で作者は少しも告白をしてゐないのだ。さういふ少しの告白もない、すべてが虚構に屬する小説こそ、僕は純粋の小説であると言ひたい。

日本の伝統とも言える私小説に、作者の告白のない完全なるフィクションを取り入れようとした堀にとって、ラディゲの作風は理想だったのだろう。「僕は近頃さういふ小説にだけしか興味を持つてゐないことを告白する」とし、『ドルジェル伯の舞踏会』は「それの有する純粋な、そして露骨なくらゐの心理解剖によつて、實に僕を感動させた」と綴っている。堀のこの視点は、三島が「『時』は捨象され、作者は完全に身を隠し」たラディゲの小説を「あらゆる小説のうちで最高の純粋性を獲得した作品」、「文学の最高の規範」（「わが青春の書――ラディゲ『ドルヂェル伯の舞踏会』」）として、『ドルジェル伯の舞踏会』の中に純粋性を見抜き、文学の手本としたことと重なる。

精緻で理性的でバランスのとれた人工的な虚構の世界に逃げ込んだ三島と、私小説の臭みのない純然たるフィクションを見出した堀。作者の痕跡を消し去り、虚構の登場人物たちに息を吹き込み、その心理の綾を丹念に緻密に織り上げていくラディゲの手腕に惚れ込んだという点でふたりは共通する。それを自作に取り入れた点も同じだ。先に堀のラディゲ論の筆致が三島より落ち着いていると書いたが、三島より十歳年上の堀のラディゲ熱も相当なものだった。『美しい村』（昭和九年）や対話形式の評論「ヴェランダにて」（昭和十一年）などの著作にもラディゲは静かにその姿を現しているのだから。

三島がさまざまな作家を模倣し、吸収したように、堀もまた三島にとってそうした手本のひとりだった。本章ですでに触れた生前未発表の小説「心のかゞやき」は、ラディゲの影響の下に書かれているが、夫の葬儀に参列した後に主人公が車中で思いをめぐらす書き出しは、堀の『聖家族』の冒頭部を彷彿とさせる。

だが、昭和十六年九月十七日付の清水文雄宛ての手紙の下書きを見ても、「心のかゞやき」の冒頭部については「里見弴調、泉鏡花調のまじつた下手な大衆小説風な辷《すべ》り出《だ》し」とあるだけで、堀についてはー切触れていない。三島における堀の影響は案外に息の長いものだったはずだ。十七歳の時に書いた

『みのもの月』には、堀の『かげろふの日記』や「ほととぎす」（昭和十四年）の影響が見られる。また、戦後文壇へのデビュー作である短編「煙草」にも、少年時代の同性愛的経験を描いた堀の「燃ゆる頬」（昭和七年）の影が見え隠れする。しかも、昭和十七年の夏には東文彦を介して堀に作品を見てもらって批評を受けている。さらに、昭和十八年には杉並区成宗の堀の自宅を訪ねてもいるらしい。それなのに、三島はなぜそのことを声を大にして言おうとしないのだろうか。

それは堀が三島少年の弱点を投影していたからにほかならない。三島が作家との根源的な結びつきを「私はあらゆる作家と作品に、肉慾以外のもので結びつくことを肯《がへ》んじない」とドキリとするような表現で定義したことは前章でも触れたが、三島によれば、その欲望には三つの型があり、ひとつは「端的に対象を求める心情」、もうひとつは「同類のみが知る慰藉《ゐしや》」、最後が「深い憎悪に似たそれである」。ラディゲは、まちがいなく「端的に対象を求める」結びつきだ。では、堀はどうなのかと言えば、「同類のみが知る慰藉」が当たるように思われる。

三島は『菜穂子』の中に出てくる「都築明」を徹底的に批判する。三島によれば、この「始終感動に息をはずませたり、『何か切ないやうな』気持になつたりする青年、そのくせ体の無理を押して旅行をするほか、何一つ行為につながらない」、詩人であるほかにいかなる確信もない「知識人の無力感」を投影している「都築」は、「作者（堀辰雄）の分身」（「現代小説は古典たり得るか」）であるという。だが、同時に「自瀆《じとく》常習者的詩人」は『仮面の告白』の「私」を想起させるし、「『本能的に夢を見ようとする』傾向の少年であつた嘗《かつ》ての彼」とは、この批判を展開した頃の、すでにボディビルで体を鍛え始めた三島が軽蔑する少年時代の自己の姿そのものであっただろう。(4)「都築」を介して堀と少年期の三島は重なるのだ。少年が同類の特性を持つ堀の「自己欺瞞」に敏感に反応していたことは疑い得ない。

三島は後年「ラディゲの窓から、ヨーロッパ文学の城館の内部へ入って行ったといふ、窃盗のやうな闖入《ちんにふ》の仕方を、決して後悔してをりません」（「ラディゲ病」）と語っている。三島も堀も外国文学を渉猟し、ラディゲのフィクションとしての純粋性に感嘆し、そこに作家としての居場所を見出そうとしたのだ。自分を隠してしまえる日本でない何処かの場所を……。

消し去られた〈海〉

「彩絵硝子」は二度の流産の末にようやく日の目を見た小説だ。つまり、昭和十五年の春頃から書き始められた「雨季」と「鳥瞰図」という未完の小説を経て、昭和十五年七月に完成し、『輔仁会雑誌』（昭和十五年十一月二十日号）に掲載された。十五歳の誕生日を迎えた年明けから少年は、自身を破滅に導きかねない死や血への渇望を、ラディゲとの同化をはかるためのエネルギーに変換させ、なんとかねじ伏せた。だが、目標に掲げていたラディゲを上まわるような作品を書くことは至難の業だった。逆に、自己の中に沸き起こる内的な不安が小説の中に浮上することさえあった。「雨季」はその例だ。

「雨季」では主人公である陸太郎の同性愛的嗜好が色濃く暗示されており、同じ趣味を持つ男爵は甥の陸太郎に青春時代の自分を見る。周囲とは異質な自分、他者に対して仮面をかぶらずにはいられない自分に戸惑い、孤独と不安に苛まれる陸太郎の心理が細かに描かれている。そんな陸太郎を癒してくれる唯一の存在が〈海〉だ。本章の「2」でも引用したが、部分的に改めて写してみる。

彼は海で満足したので、もつと目を上げた。とある白瀝青《はくれきせい》の商館の屋根のまうへに、金鶏の風見が日を受けてせつないほどきらめきながら廻り、廻りながらきらめいてゐた。風がその傍《そば》に、ことさらまとはりついてゐた。しばらく歩くとそれは海のなかに嵌《はま》つた。陸太郎はめまひがしさうになつてそれをみつめた。そのうちに少しづゝ、涙がわいてきた。

陸太郎が流すこの時の涙には真実味があった。だが、三島少年は「雨季」を中断し、その存在さえ誰にも口外しなかった。まるで抹殺されてしまったかのような「雨季」だが、三島はすべてを葬ることはせず、人物設定はそのままに利用できる文章は再利用し、大手術を施して「鳥瞰図」として蘇らせようとした。だが、「鳥瞰図」で陸太郎は、もはや自らの性的指向に悩む青年として描かれてはいない。則子という少女に恋をし、〈海〉を求める動機も郷愁に誘われたからという設定に変えられている。こうした修正加筆を考えれば、『仮面の告白』で引用されている陸太郎の心の動きは意図的に「雨季」から引き継がれたものだということがわかる。結局「鳥瞰図」も完成にはいたらなかったが、それはやはり、作品から自己を払拭しきれなかったことが原因だったのではないだろうか。

そうして、三島が〈自分〉を作品から排除して成功したのが「彩絵硝子」だった。叔父に預けられる甥という設定を保ったまま、一部の人物名を変更し、内容についても、老いを感じ始め倦怠感が滲む叔父夫妻と恋の入り口にいる甥と少女のカップルとを並列的に扱っている。若い恋人たちと対比させることによって、叔父夫妻の若き日へのノスタルジーと老境にさしかかった男女の悲哀、そこから生まれ得る夫婦愛といったものを浮かび上がらせた。三度目の正直という言葉があるが、まさに「彩絵硝子」がそれだ。
作品の成功の鍵は、世代の異なる叔父夫婦と初々しい恋人たちとを結びつける「靴下留」に暗示されている。作品中に何度も出てくるこのハイカラな装身具は、三島に小説内での告白を回避させ、透明なガラスの城に匿《かくま》ってくれたラディゲの心理小説のような役割を果たす。三島は自己の存在を消し去ってしまう完璧な虚構をつくり上げるのに成功したのだ。だが、本人が作品から隠れた瞬間に消失したものがある。それが〈海〉だ。「雨季」にも、「鳥瞰図」にも陸太郎が海を渇望する場面があったが、「彩絵硝子」では〈海〉が描かれることはない。この不在こそが三島と〈海〉との深い結びつきを逆説的に証明しているのである。

「彩絵硝子」という〝詩〟

このような生みの苦しみを経て『輔仁会雑誌』掲載にまでこぎつけた「彩絵硝子」は、早い段階から短編集『夜の支度』（昭和二十三年）に収録され、三島が「四つの処女作」の中で第二の処女作として挙げていることからも注目されてきた。この作品を処女作と呼ぶ理由は、第一の処女作「酸模」について語った後、次のように説明されている。

第二の処女作は十六(*)のとき書き、やはり校友会雑誌にのせた「彩絵硝子」といふ小説で、これは自ら記念して、近刊の短編集『夜の支度』の巻末に納めておいた。そのころの信濃町の家の二階で、息もつかずに書いた。あんなに胸にいろ〳〵のものが溢《あふ》れたことはない。あんなに自分の霊感が強く信じられたことはない。あれ以来私は下り坂の一路だといふ気がするのである。文学、殊に小説がインスピレーションに最も少く負ふものだといふ確信が生れても、この気持に大して変りはないのだ。だからこれを私は本当の意味での処女作だと考へてゐる。

（＊）満年齢では十五歳

この文章はこれまでの三島論で幾度となく引用されていて手垢がついた感がある。だが、この「四つの処女作」が発表される約二年前に書かれた「彩絵硝子」に関する言葉はあまり知られていないのではないだろうか。雑誌『午前』（昭和二十二年一月号）に付された「転載のことば」の中で三島は「彩絵硝子」を転載した意図を次のように書いている。

……もとより旧作を引張り出して新たな読者の前に掲げる所以《ゆゑん》は……単なる実験的な意味で、十六（＊）歳の作家の生理を、その享《う》けえた傷の深さの可能性と傷を享けまいとして熟練した護身術の可能性とを、ありのまゝに観察し、何かの資料に役立てていただきたいからにすぎない。そこで作者は犯行の跡に指一つ触れずに敏腕な刑事に委《ゆだ》ねるあの作法を真似て、一切の加筆と改竄《かいざん》を経ずにこれを読者の手に委ねようとするのである。

（＊）満年齢では十五歳

三島はこの作品に自分を読み解くヒントがあることを暗に示している。思春期に入った作家志望の少年が生きるためにしなければならなかったこと、そのまま何も策を講じなければ負ったかもしれない傷、そして傷を負わないために行わざるを得なかった保身術、それらを観察して資料にしてほしいというのだ。「観察して資料にしてほしい」とは。まるで後に誰かに研究されるのを予測していたかのようにもとれる言葉ではないか。だが、作家のこうした親切な示唆を抜きにしても、小さな雑誌に寄せたこれらの言葉にこそ「彩絵硝子」に対する三島の本音があるように思えてならない。同性愛や死と血への欲望といった自己の倒錯的資質を曝け出して傷を受けるか、身を護るために自身を隠蔽するか——その間で葛藤し、後者を選択した少年。それらの痕跡を手つかずで残しておく行為そのものに、完璧なフィクションである「彩絵硝子」から姿を消さざるを得なかった少年の心の傷の深さ、切実さ、そして真実の自己への未練が映し出される。

しかし、同時に「彩絵硝子」は詩を創作している時の幸福感を少年にもたらした。「四つの処女作」にある「息もつかずに書いた。あんなに胸にいろ〲のものが溢《あふ》れたことはない。あんなに自分の霊感が強く信じられたことはない」という高揚感は「詩を書く少年」で詩が次々と生まれてくる時の陶酔感に似ている。

詩といふものが、彼の時折の幸福を保証するために現はれるのか、それとも、詩が生れるから、彼が幸福になれるのか、そのへんはつきりわからなかつた。ただその幸福は、久しくほしいと思つてゐたものを買つてもらつたり、親につれられて旅行に出かけたりする幸福とは明らかにちがつてゐて、多分誰にも彼にもあるといふ幸福ではなく、彼だけの知つてゐるものだといふことは確かであつた。（中略）少年の心はやすやすと肉体を脱け出して詩について考へる。この瞬間の恍惚感。充実した孤独。非常な軽やかさ。すみずみまで明晰な酩酊。外界と内面との親和。……
（「詩を書く少年」）

少年にとって詩作の瞬間が幸福だったのは、外界の事物が変貌を遂げ、比喩となっていく快感ゆえだった。いわば、言葉の宇宙での遊戯である。少年は詩の中で「微妙な嘘」をついたが、特に疑問を抱くこともなく、恍惚感に浸っている。少年は「言葉さへ美しければよい」と信じていたからだ。

彼はまた何の感動もなしに、「祈禱」とか、「呪詛」とか、「侮蔑」とかいふ言葉を使った。

少年にとって、言葉はそれ自身で独立し、本来その裏にびっしりと貼りついているはずの感情はない。「悲しみや呪詛《じゆそ》や絶望のなかから、孤独の只中から詩が生れるといふこと」を、頭では理解していても、少年にはそのために必要な自分への関心というものが欠落していた。

自分を天才だと思ひ込んでゐながら、ふしぎに少年は自分自身に大して興味を抱いてはゐなかつた。

しかし、本当にそうだろうか。ここでも作者は「微妙な嘘」をついている。「自分自身に大して興味を抱いてはゐなかつた」のではなく、そのように自分で仕向けたのではないだろうか。『仮面の告白』

の「私」が言うところの当時の自分を描いたもの、すなわち「雨季」や「鳥瞰図」に描かれた陸太郎の心の動きをふり返りたい。

たうとう、仄《ほの》かではあるが真実であつたものが、勁《つよ》くして偽りの機械のなかにとぢこめられる。機械は力づよく動きだす。さうしてひとびとは自分が『自己欺瞞の部屋』のなかにゐるのに気附かない。

これが作者の自画像であるなら、「自分自身に大して興味を抱いてはゐなかつた」どころか、むしろ強烈な自意識があったとしか思えない。自意識の檻に幽閉されている少年にとって、自己から解き放たれて何の責任もない言葉の宇宙で浮遊する時間はどれだけ幸福だったことだろう。

だが、時は流れ容赦なく少年を大人にし、現実が彼の遊び場である宇宙空間にまで侵食してきた。「詩を書く少年」では「僕もいつか詩を書かないやうになるかもしれない」と少年が生まれてはじめて思ったのは、Ｒの恋愛話によって現実の醜悪さを突きつけられたことがきっかけとなっている。だが、このＲの恋愛話をひとつの比喩として読むことも許されるのではないか。詩を盛んに書いていた当時の三島が直面していた問題は、もっと切実なものだと考えられるからだ。

川路柳虹への師事

三島が詩人の川路柳虹に師事し始めたことは本章の「2」で触れた。その日、下落合の小路の奥にある緑に囲まれたこぢんまりとした洋館の小さな応接間で詩人を待つ間、少年の胸は期待と不安でいっぱいになっていた。窓に面した庭から美しい若葉の匂いが立ち込めてくるような初夏の日だった。
三島は川路が説いて聞かせた言葉を思い出す。

「繊細な感受性といふ美名の下に末梢神経の遊戯に終るならそれは詩ではない」（中略）「一本の、大きな、ゆるやかにうねるところの『抒情の波』が必要だ。君の詩にはまだそれが殆《ほとん》ど出て来てゐないのだ」

（「師弟」）

川路の著書『詩を作る人へ』（大正十五年）を読むと、川路の詩に対する考えが伝わってくる。詩の初心者に対して詩はどういうものなのか、どう読むべきかを伝えるこの本は「作詩雑話」、「詩論一二」、「近代西詩の鑑賞（評釈）」、「現代詩壇の諸傾向」、「折々の詩興」の五部から成っている。「リヅム」、「詩の形式」にはじまり、「感興」、「想像」など詩人にとって不可欠な要素が説明される最初の「作詩雑話」の部だけでも、三島の詩作とは相容れなかっただろうと思われる言説が並ぶ。たとえば、「実感、詩感」の項目の「吾々がこゝに生きてゐるといふ事実を離れて、それ以外の心から生

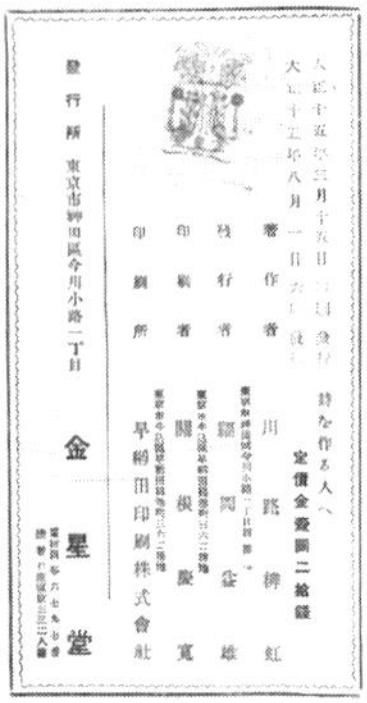

川路柳虹『詩を作る人へ』
（金星堂、大正15年）
の表紙と奥付

れる詩は存在しない。吾々の心を動かす詩はやはり吾々の心から生れるものである」という言葉は、外界と言葉だけのつながりだけで創造され、つくり手の心を通さない三島の詩とは真逆だと言っても過言ではないだろう。

もちろん、『詩を作る人へ』は三島が誕生した翌年に刊行された本なので、十五年の歳月の中で多少の変化はあったかもしれない。しかし、「詩論一二」の部門の「生活への詩――余の本然主義――）」は詩人としての川路の信念を感じさせるものであり、特に三島との相違が際立つ。少し長いが、引用してみたい。

詩も一つの生活でなくてはならない――私は前に讀賣新聞紙上で「詩の生活化」を説いた。その事は詩それ自身の活動を生活とする事にあつた。従つて詩とあらゆる生活々動とは不離の関係にあり、生活々動夫れ自身が詩であるべきことを説いたのであつた。この事は所謂詩といふ概念に対して熾烈な活動力を要求するものである。私に於て詩は（美）は生の遊離でなく、生への行進、或は生への即真を意味する。従つて情趣を主んずる生活を捨て、吾々の生活の常體に最も直接なる意力の活動を主張することであつた。

（中略）

であるから私の意味する生活化は決して単なる実生活の模写としての詩を要求するものではない。又単に何らかの方便として詩を役立たせることでもない。社会主義民主、義の演説を詩に借りる態度の詩人に追従するものでもない。むしろ詩の精神が創造する生活の世界である。だから実生活に働きかける力を充分に具備することはその本旨であるとともに、その力の発源であり酵母である精神生活そのものが潑剌とした生の本然に根ざしてゐるところに私の重大な意見があるのである。

（中略）

であるから「詩の生活化」は所謂「生に触れる」といふやうな標語《モットー》の示す意義以上である。触れるんではない、「或る」のだ。詩が生活の本然に喰ひ入つて行けばゆくほど自らなる具象性を帯びてくる。決して不可解な非直接的な情調の世界を構成しはしない。よし、そのものの容態は不可思議でもそのものゝ興へる力は確かに存在するはづだ。一つの詩の言葉は決して単純な意味、味ひを示すだけではない。それがきつと血になり肉になつて吾々の全生活の中に働いてくる。

三島が「生」から避難し、幸福を感じていた詩の世界、いわば人工的な言葉の世界はまさに川路の言う「不可解な非直接的な情調の世界」そのものだ。詩はあくまでも「生」に立脚し、「生」に還元されなくてはならないというのが、詩人としての川路が最も大切にしている部分なのだ。詩が「潑剌とした生の本然」からつくられるものならば、そこに「嘘」があってはいけない。「言葉さへ美しければよい」という態度の少年のひねり出す詩の本質を、川路は瞬時に見抜いたにちがいない。「川路柳虹先生の思ひ出」によれば、川路は詩ひとつひとつに朱を入れ、短評を添えて返してくれるのが常で、そこには「抒情のきびしさと大切さ」がくり返し書かれていたという。

だが、川路に師事して半年近くが過ぎた頃、三島に言わせれば「思ひ上つた少年の私」は、東に宛てて指導への戸惑いや不満を洩らすようになる。昭和十六年一月十四日付の手紙では講評のお礼もそこそここに、自身の詩の行き詰まりを打ち明け、川路の導く方向性で伸び悩んでいることを訴えている。

> 全く私の詩はへんに、言葉の問題に苦しんだり、抒情といふことを強《きつ》く考へたりしてから駄目になつたと自分でも思つてをります。もう少し子供つぽい素直な目で物を眺めてゐたうございました。川路さんはそれを進歩がないと言はれましたけれども、結局さうしてゐた方が徐々な進歩があつたやうに思はれます。本当のところ、そろそろ詩が書けなくなるのでせう。

そう書きながらも、手紙に一年前に書いた詩を添えるのを忘れない。詩への情熱までが失われたわけではなかったのだ。

また、この一週間後の一月二十一日付の東宛ての手紙にも、自身の文学的経歴を綴る中で原稿を見てもらった作家たちの誠意のなさを挙げ、「今度の川路氏もあのとほりで、つく〴〵附き合ひ下手といふか縁がないといふか呆れたものです」と嘆息している。さらに、四月十一日付の手紙でも川路への不満が見られる。東からの書簡がないので詳細は不明だが、東が師である室生犀星（一八八九―一九六二年）に三島の詩を見てもらえるかを打診した経緯があったようだ。それに対して「『期待』なんて川路さんや誰かれですつかりこりてゐますから、決してそんなことをしはしませんから他事ながら御安心のほどを」とある。ここからは川路による期待外れの指導への鬱憤が常態化していたことが窺える。

生涯で最も詩を盛んに書いていながら、その幸福な言葉の宇宙に翳りが見られるようになった十五歳の夏に書き上げられたのが「彩絵硝子」だった。それを思うと、この小説に詩の要素が多く含まれているのは偶然ではない。この作品が詩と小説の分岐点だったからなのだ。詩の要素というのは、リズムとか形式の点においてという意味ではなく、三島にとって詩が現実とは隔絶された言葉の宇宙であったという意味においてである。

五歳年長の東文彦との文通は『輔仁会雑誌』に掲載された「彩絵硝子」を読んで、その才能に怖れを抱いた東が感想を送ったことから始まったが、そうした奇縁もこの作品を象徴している。詩を語り合った坊城とのやりとりは、東の存在に反比例するように減っていく。それはその後の三島が詩人としてではなく、小説家として立っていくことの予兆でもあった。現に、三島は「彩絵硝子」の後に発表した「花ざかりの森」で華々しく学外デビューを果たしている。

「彩絵硝子」について当時の三島がどのように語っていたのかを見てよう。東の賛辞に対して三島は、昭和十五年十二月二日付の書簡の中で次のように自作を批評している。

彩絵硝子は、貴下が買ひ被《かぶ》つていらつしやるやうな、そんな作品では決して決してありません。貴下がふれて下さつた骨は見えずに現在の私には、安ポマアドの匂ひのするその肉ばかり見えるのです。あのキザさ加減、安物のブウルジョア趣味、おませな少年少女、森田たま的文学夫人、さういふものに対する皮肉を書かうとしたばつかりに、いつのまにか相手を突つ放せなくなり、段々にその雰囲気のなかに溺《おぼ》れ出し、つひには余計な心理化粧と糞真面目な結構に併せて、驚くべき軽薄さと卑俗さが住んでゐる中途半端なものを作り上げてしまひました。

自己韜晦にもほどがあるのではないか。褒めた者の立場がなくなるような自己批判ぶりに違和感を覚える。さらに、この後に三島は、「それよりも本当に私を理解して下さるなら、是非おみせしたい過去の作品があるのですが」と、未完の「心のかゞやき」に話を移してしまっている。「彩絵硝子」を読んでも自分を理解してもらえないことは三島自身が誰よりもわかっていただろう。なにしろそこには自分は存在していないのだから。しかも自分を消し去るために二度も作品を中絶しているのだ。

「彩絵硝子」にはそれこそ堀の影響を感じさせるような、訪れたこともない軽井沢の描写があったり、男女間の恋愛が描かれていたりと、すべてが本人にとっては無関係のもので成り立っている。まさに虚構の世界であり、その作品を書く高揚感は詩作の高揚感と酷似していたことは先に述べた。

三島は『文章読本』の中で堀のことを「ポエットと言つて紹介された方が適当な人」とし、その作品を「明晰さに仮装された感覚の詩」とした。堀は自身のラディゲ論の中で「ラジィゲは死んだが、それと同時に、彼の詩人としての生涯は始まつたと言つてよい」と書いている。小説家を詩人と呼ぶのは言葉の矛盾だが、ここに三島が憧れていた世界の秘密があると考えられる。

昭和十五年七月に書かれたこの短編〔「彩絵硝子」〕は、作者十六歳(*)の年の作物《さくぶつ》である。戦後のようやく訪れた安息の中で読み返してみて、今の作者がこれより進歩して来たのかどうか怪しまれる。

この見るからに幼稚な作物も、現在の作者には、今よりも詩神の恩寵《おんちよう》は豊かに、その庇護は懇《ねんご》ろであつた時代の、懐かしくも妬《ねた》ましい思ひ出として眺められるのである。

（＊）満年齢では十五歳

（「『彩絵硝子』転載のことば」）

「彩絵硝子」は「詩神の恩寵」によって書かれたものなのだ。後年に「小説がインスピレーションに最も少く負ふものだといふ確信」（「四つの処女作」）が生まれても、なお自身の強い霊感を信じて創作した少年時代の記憶は薄れることはなかった。むしろ羨望をもって思い返される輝かしい体験として深く作家の心に刻まれるものになった。

まさに月が地球の影で姿を消すように、「彩絵硝子」は、詩と小説が重なり合う瞬間にだけ生まれる小説だったのだ。海は靴下留の水色のガラス玉の中に閉じ込められ、ただその空の青さを湛えている。

【註】

（1）江藤淳『昭和の文人』（新潮社、一九八九年）。三島は昭和四十四年五月十三日に行われた東大全共闘との討論の中で病弱の徒の文学の例として堀を引き合いに出している。「堀辰雄さんなんかは非常にいい文学者ですけれども、一生微熱が出てた。だから文体にもいつも微熱が出たような（笑）軽い優雅な感じがしている」と、体の弱かった自身の原点と堀が重なることを告白しながらも、暴力的なものを書けない堀の小説家としての限界を指摘している。江藤と三島の堀に対する傾倒と離反のプロセスはよく似ている。

（2）所収されている作品を参考のために記しておく。『かげろふの日記』には、「かげろふの日記」と「ほととぎす」が、『聖家族』には、「聖家族」・「物語の女」・「美しい村」（「序曲」・「美しい村」・「夏」・「暗い道」）「風立ちぬ」（「序曲」・「春」・「風立ちぬ」・「冬」・「死のかげの谷」）が、『不器用な天使』には「ルウベンスの偽画」・「不器用な天使」・「眠つてゐる男」・「死の素描」・「鼠」・「水族館」・「風景」・「音楽のなかで」・「眠り」・「ヘリオトロープ」・「ファンタスチック」・「コント」・「土曜日」・「絵はがき」・「天使達が……」・「僕は」・「病」・「アムステルダムの水夫―アポリネエル―」・「ヒルデスハイムの薔薇―アポリネエル―」が、『麦藁帽子』には「麦藁帽子」と「燃ゆる頬」が所収されている。

（3）「憑かれて」は『肉体の悪魔』、「舞踏會」は『ドルジェル伯の舞踏会』を指す。

（4）村松剛は『三島由紀夫の世界』（新潮社、一九九〇年）の中で、都築明の戯画化は三島の「夢想家的気質とその世界への否定」への徴候として捉えている。

4．空白の一年間
——詩「少年期をはる」・「ゆめの凋落《ちょうらく》」・「幸福と悔恨の旅」ほか

悔恨の大帆船に帆を上げて
われ人工の海へと船出《ふなで》しぬ。
あたらしき蜃気楼をめぐり
わが夢想は血滴《したた》らす珊瑚樹《さんごじゅ》か。
紫の紐の入江は
ボンネットの海へと出で
わが運命の余沢そこゝに迸《ほとばし》りたり。
わが大陸よ。少年の時代の岸よ。
《不可思議なる凱歌と挽歌の混合体
倦怠なきおどろくべき因循》
かの岸はやさしくうすれ

勝利と幸福に漬けられしわが肌は
褐《かち》いろと青いろにこそ染まりたれ。
（これやこれ幸ひの色彩《いろ》なるか）
勝ちどきに耳なりひゞき
幸運の唾液、口に粘りぬ、
しかも歓喜のさなかにありて
隙間《すきま》洩る秋風だにも思はずて。

（中略）

悔恨の大帆船のうち
われとある日悔恨の姿を見たり。
青色のそびえたちたる断崖の
悦楽の雲のほとりにわだかまれる。
わが船はそれへと進み
われはたと面《おも》をおほへり
まざ〳〵とわれは見たり
まばゆき蜃気楼のなかにさかしまのわれ

いままさに死なむとするを！

（平岡公威「幸福と悔恨の旅」『公威詩集Ⅲ』より）

空白の一年間

「彩絵硝子」は詩と小説の月蝕、つまり両者が重なり合う瞬間にだけ生れる作品だった――これが本章「3」の結びだった。この時、三島は詩人としての自分の終わりを予感していたにちがいない。もちろん、急に詩作を断ったわけではない。「彩絵硝子」を書き上げてからも、相変わらず詩を書き続けていたし、師事していた川路柳虹以外にも学内の教師や友人に詩の講評を仰いでもいた。川路の紹介を受けて萩原朔太郎（一八八六―一九四二年）のもとを訪れ、『四季』に詩を掲載してくれるように頼んでもいるし、先輩に詩人への夢を語ってもいる。だが、「彩絵硝子」を書き上げた後、三か月近くの間につくられた詩は一篇しか見当たらない。それ以降、詩作は再開されるが、その数は確実に減っていき、昭和十五年と比して翌年の昭和十六年にはその数はほぼ四分の一になる。そして、ついに昭和十六年の九月を最後に詩の筆は止まる。「彩絵硝子」の執筆が詩から小説への転換点とも言える。

一方の小説については、昭和十五年十二月二日付の東文彦宛ての手紙には「この四ヶ月ひとつも小説をかけなくなつた」とあり、「彩絵硝子」の執筆後、創作が順風満帆ではなかったことが窺える。実際、公に発表された小説については「彩絵硝子」から一年を待たなくてはならない。それが「花ざかりの森」だ。学外の同人誌への発表ということで三島にとって文壇デビューに向けての大きな一歩となった。小説家としての三島由紀夫の略歴を見れば、この「花ざかりの森」から始まるのが常だ。新資料が発見されてから、それ以前の習作期についての研究も進んでいるが、「彩絵硝子」から「花ざかりの森」に行き着くまでの空白の一年について詳しく語られることはあまりない。しかし、この一年は四十五歳で生涯を閉じる作家の人生の中でも、ある意味では最も重要な時であったのかもしれない。表面的には詩から散文、小説への移行期であると言えるが、その深みには、少年平岡公威がまだ自覚していない、詩と政治の分離、神人分離という（最晩年の三島が『日本文学小史』で物語ることになる）日本の文化史上の一大悲劇が影を落としているからだ。そのことはしかし後に譲ろう。

ここでは、「花ざかりの森」でライトモティーフとなる〈海〉が詩ではどのように扱われていたのかを考えることから始め、その頃の学習院や交友関係、この時期の未発表作品の変遷から、空白の一年が三島にとってどのような意味を持っていたのかを炙り出したい。

少年期の終わり

冒頭に引用した詩は、三島が中等科四年、十五歳の時に書いたもので、少年から大人への過渡期に立つ詩人の心象風景が描かれている。十五歳ともなれば、身体的にもさまざまな変化が起こり、大人になることを意識させられるものだが、あの鬱蒼とした思春期も古今東西の本を読破していた三島なら事前学習ができていたはずだ。

三島の少年期の詩はしばしば紋切り型と評されることがある。五百篇以上の詩の中にはそうしたものが含まれていることは否めない。今回の「幸福と悔恨の旅」も、設定が常套的であるし、三島が職業作家になり、功成り名遂げてから発表された「十五歳詩集」にも選ばれていない。それどころか詩作当時の自己評価も決してよいものではない。手づくり詩集『公威詩集Ⅲ』の詩に「ちよつと自分でい、と思つた」（東文彦宛て昭和十七年一月六日付の手紙）ものにつけた赤丸（○か◎）も確認できないからだ。この詩が三島自身にとって「十五歳詩集」の巻頭を飾る「凶《まが》ごと」のような作品ではなかったことは明らかだ。

だが、この詩には三島らしい要素がいくつか見られる。『公威詩集Ⅲ』には日を置かずに同じテーマの詩がいくつか並んでいる。「少年期をはる」（昭和十五年十月十八日）、「ゆめの凋落《てうらく》」（昭和十五年十月十九日）、「幸福の胆汁」（昭和十五年十月二十六日）、「冬の哀感」（昭和十五年十一月一日）がそうだ。特に、「幸福と悔恨の旅」の八日前に書かれた「少年期をはる」は次のように結ばれている。

なじまぬ思ひ出にしたしみ、ぼくらの歌はすがれた。
にせものの悲嘆のかなたに
愛の林はまだうつくしく茂つてゐる。

失われた少年の日々を懐かしむ嘆きは「にせもの」であり、それに対して過去の「愛の林」は美しいままなのだ。この詩は三島による○印がつけられており、作者本人に高く評価されている。同じく○印がつけられた「ゆめの凋落」の中でも、同じ心象風景が描かれる。「いとけない日々」が過ぎ、「かなしい荒地」には「悔恨の石」が積まれ、「重たげな嘆き」が彫られている。この部分は、「幸福と悔恨の旅」の結び「まざ〳〵とわれは見たり／まばゆき蜃気楼のなかにさかしまのわれ／いままさに死なむとするを！」という部分でより声高に訴えられる。

過去の詩に遡ると、こうした系譜の作品には「オルゴオル」、「三十人の兵隊達」などがあった。少年期に入った中等科一年生の頃に書かれたこれらの詩に見られる玩具への愛着は幼年期への愛着そのものであり、そこに三島の繊細で柔らかな心が見出せることは第2章で論じた。幼い日の純粋な魂を大人になってから失う悲しみは、十三歳で書いた短編「酸模」にも見られた。だが、これらの作品からわずか二、三年後に書かれた「幸福と悔恨の旅」では、大人になることに対する嫌悪がより苛烈に露骨に描写されているのだ。

〈人工の海〉が表すもの

これまで本書で扱った詩を〈海〉という視点から切り取ってみると、唱歌や童謡などに出てくる明るく快活な夏の海が描かれることもあった。同時に、死や暗澹たる不吉なものの表象として描かれたこともあった。そして、今回の「幸福と悔恨の旅」では海は人工物となっている。大陸は過去となった少年期を象徴する。「かの岸」は過去と未来との接合部分だ。それに対して詩人が出帆していく海は「人工」、すなわち偽物の海なのだ。「悔恨の大帆船」に乗り出すことから、岸（少年期）を離れた時点で「後悔」がすでに始まっており、「人工の海」に象徴される欺瞞の世間を渡る。船出に流れる音楽は歓びの「凱歌」であると同時に、詩人の本質が葬られることを想起させる「挽歌」でもある。

この欺瞞の問題は同じ時期に書かれ、中絶した短編「雨季」の主人公で、後年の『仮面の告白』の「私」と部分的に重ねられる陸太郎にも投影されている。この未発表の作品で〈海〉は同性愛の問題を抱える陸太郎がその重圧に耐えきれずに逃避する場所だった。だが、「幸福と悔恨の旅」では詩人は逃げない。従容として自らを欺きながら生きる道を選ぶのだ。しかも、この航海を「あたらしき蜃気楼をめぐり」と表現している。蜃気楼は幻影であり、虚像だ。「あたらしき」という言葉は、詩人が虚像の生をすでに経験していることを意味する。だが、「あたらしき蜃気楼」は詩人にとって、より生きがたいものであることは間違いない。そこには「倦怠なきおどろくべき因循」がはびこっている。生き抜くために自らの本質から目を背けてしまうこと。それが習い性になっているために、逃避につきまとう後ろ暗さも倦怠もない大人たち。これまでくり返されてきた世俗的な営為に自分も加わり、巧妙に世を渡ることで通俗的な「勝利と幸福」を享受し、「歓喜」に酔いしれ、自己を見失う。その時、「わが夢想」は「血滴らす珊瑚樹」となる。つまり、大人の世界では、詩人の紡ぐ芸術は海底で血を流す珊瑚のように瀕死の状態とならざるを得ないのだ。

そして、ある時、後悔の念に駆られ、「まばゆき蜃気楼」に象徴される世俗的な成功や栄光に彩られた虚無の人生に「さかしまのわれ」、つまり俗世にそぐわない真の自己を発見する。その時はじめて、詩人は自己の「死」を悟るのだ。

こうして改めて読んでみると、「幸福と悔恨の旅」は三島の人生をすでに予見しているように思える。「人工の海」を渡っていくことは新たな虚偽の人生の始動を意味し、それは三島にとって先立つ後悔なくしては始められないほど苦痛に満ちたものだった。幼い頃から周囲の気に入る自分を演じ、そのステージは年を重ねるごとに難解になり、人生は生きがたいものになっていく。世の中に迎合し、いわゆる「幸福」を手に入れたとしても残るのは虚無だけだ。それは成長すれば無垢を喪失するという図式的な決まり文句では括れない三島独自の内面の問題と深く関わってくるのではないだろうか。その内面こそが、やがてこの国の秘められた神の文化史を映し出す鏡となる。

幸福への呪詛

「幸福と悔恨の旅」と同じ日に書かれた「幸福の胆汁」は、三島が◎の印をつけていることから自己評価のかなり高い作品であり、「十五歳詩集」にも選ばれている。まずタイトルからして詩人にとって幸福が苦難であることが突きつけられ、短いながらに心に刺さる詩だ。「今こそは幸福のうちにゐるのだと／心は僕にいひきかせる」のだが、それは「愁嘆も絵空事にすぎなくなり」、懐疑心をも失い、「他」はみな「贋と思ふやうに」自分を訓練することだった。そのうちに、「僕」の中で「幸福の胆汁が瀰漫《びまん》して……／ああいつか心の突端に立つてゐることに涙する」のだ。世間でいう幸福にとりすがり、自分は幸福なのだと思い込もうとするが、それは偽りであり、心は絶体絶命の危機へと向かって行く。

「幸福の胆汁」が表す幸福感こそが三島独特のものなのだ。後年の『太陽と鉄』に示される「危機」と隣り合わせの「悲劇的世界」に幸福を見出す萌芽がここに見られる。小説では昭和十四年の秋までに書かれた未完の小説「館」、詩では「訃音」や「凶ごと」などにすでにその傾向が見られることは第3章で書いた通りだ。まさに「訃音」と「凶ごと」が収められたお手製の詩集『Bad Poems』というタイトルが象徴するように、これらの作品には〈死の報せ〉や〈椿事〉を心躍らせて待ちわびる少年の倒錯的な幸福感が表れている。

一方、「幸福の胆汁」は幸福の側に立った視点からその耐えがたさをうたっている。「完全に日常性を欠き、完全に未来を欠いた世界」(『太陽と鉄』)でようやく安心して呼吸ができる私にとって、「大人」という次の段階に移行することは「未来」を生き続けることであり、「日常」に染まっていくことを示す。これらの詩は逆説的な「訃音」や「凶ごと」と言える。

実は、「幸福と悔恨の旅」が収められている『公威詩集Ⅲ』の詩は一篇を除いたすべてに日付が記されている。それらは昭和十五年四月二十三日から十二月三日までの間に書かれたものだ。しかし、五月十日から五か月以上のブランクが空いている。これはあくまでもこのノートに限った話で、その間も「一週間詩集」や「無題ノート」、「鶴の秋」に詩は書き続けられてはいた。だが、十月十八日に「少年期をはる」が書かれるまでのこのノートの空白期間にはなにか暗示的なものを感じる。

「公威詩集Ⅲ」のブランクと川路柳虹の言葉

『公威詩集Ⅲ』に見られるこの空白期間を前半と後半とに分けると、前半部には、本章「1」で扱った「岬のわかれ」、夏子のことをうたったと思われる「老眼鏡」が含まれているのだが、それら前半部の詩には川路柳虹の添削指導の跡が残っている。そして、前半部と後半部との間には川路の言葉が赤字で綴られた一頁がある。その中で川路は印象を捉える感覚と技巧が三島の持ち味であるとし、「非常にデリケートであるのもよい」と評価した上で、次のようなアドバイスを与えている。

たゞ一々の細局に捉はれすぎて一本の大きい抒情の波が見えない。細部をもつと犠牲にしてよいからさういふ一息の抒情が出てもらひたく思ふ。その点だけを注意しておきます。

この添削を境に五か月以上のブランクが訪れた。それがただちに川路のコメントのせいとは言えないが、この言葉には少なくともこのノートにそのまま詩を書き連ねる気にはなれない、少年にとっての本質の問題があったのではないだろうか。実際、東文彦宛ての手紙（昭和十六年一月十四日付）の中で、三島は「抒情」を強く意識するようになってから自分の詩が駄目になったと不満を漏らしている。このあたりのことはすでに本章の「３」に書いたのでここでは詳述しないが、自身の感情を表に出すことを避けてきた三島にとって川路の指導は痛いところを突くものだったろう。学内でその詩才をもてはやされていたプライドもあったにちがいない。だが、詩は生活に根ざしたものでなくてはならないという信念を持つ川路にとって「抒情」は譲れないものだった。

三島が川路に不満を抱いていたのは、川路の言葉がそれだけ正鵠を射ていた証左にほかならない。二十三歳の三島は「繊細な感受性の美名の下に末梢神経の遊戯に終るならそれは詩ではない」、「一本の、大きな、ゆるやかにうねるところの『抒情の波』が必要だ」という川路の言葉を引用して次のように書いている。

この教へは今もときどき思ひがけない瞬間に過去からひびいて来て私の耳朶《じだ》を搏《う》つことがある。近代人の自惚鏡《うぬぼれかがみ》からの覚醒を促すひびきだと私はきく。

（「師弟」）

三島の師と言うと、清水文雄が真っ先に思い浮かぶが、三島に内なる自己へと目を向けさせたという点で川路柳虹の存在は非常に大きいことを改めて強調しておきたい。もちろん天才を自負する少年はそのことにまだ気がついていない。

こうした中で七月に書き上げられた小説が「彩絵硝子」だった。この作品は「詩神の恩寵」を受けていたと三島自らが後年に語っている通り、小説でありながら、詩作と同等の「幸福」を少年にもたらした。「もう少し子供っぽい素直な目で」物を眺めていたいという三島の想いはこの幸福感への愛着だろう。だが、それは川路には進歩がないと断じられてしまう。空白期間を経て最初にこのノートに書き記された詩「少年期をはる」は見開きでちょうど川路による耳に痛い忠告のページと対になっている。偶然なのか、故意なのかはわからない。ただその見開きのページを見ていると、ノートを閉じれば師の苦言と重なるように「少年期をはる」を配した行為そのものが、言葉の世界から離れ、大人の世界へと移行していくことへの少年のささやかな抵抗と深い心の傷痕のように思えてくるのだ。

七月に「彩絵硝子」を書き終え、このノートに詩が書き始められるまでの三か月近い間、つまり昭和十五年七月中旬から十月中旬の間に書かれた詩は作曲用の一篇を除いて残されていない。「彩絵硝子」で純粋に言葉と結びついた至福のひと時を過ごしてから、言葉は以前のように少年にインスピレーションをもたらさなくなったのかもしれない。あの瞬間に、詩の女神は彼のもとを去ったのではないか。それをどこかで自覚しながらもなお詩作を続けようとする意思が「少年期をはる」、「ゆめの凋落」、「幸福と悔恨の旅」、「幸福の胆汁」、「冬の哀感」といった同じテーマを持つ一連の詩に映し出されているのではないだろうか。

最後の「冬の哀感」は三島の自己評価も高い作品で、赤で◎が付されている。そこには一連の同じ主題の詩に見られる激しさはない。冬へと移り変わる日の焰や窓辺、毛布や冷たい空気のしみた柱の匂いの中で過ごす静かで安らかな夜に「とほくよびさます物語」が「失はれた憧憬の街灯《ともしび》」に浮かび上がる町の澱んだ空気の中で「花ひらく」様子をうたっている。「ふとひらいた昔の頁《ペエジ》の押花のやうな物語」について詩人は語らずに、ただ黙ったまま、雪の匂いや去年のカーペットの匂いとともに、暖炉のそばで絵本の表紙の焦げたような匂いに包まれている。いつでも空想の世界に誘ってくれた絵本や童話の世界はいつの間にか遠く懐かしいものになってしまった。暖かい部屋の中に漂うほのかな哀しみの匂いが外の白い雪と対比されて優しい郷愁を呼び起こす。このようにして三島の思春期は次の段階へと向かっていったのだ。

ある春の一日——小説と詩の共倒れの時期

昭和十六年三月下旬になろうという日のことだった。少年はひとり祖父の家の庭で三十分もの間、ただ無為に立ち尽くしていた。祖母・夏子が二年前に亡くなってから祖父の定太郎がひとり住む家だ。この信濃町の家の二階だった。三島が前年の夏に興奮の中、息もつかずに「彩絵硝子」を書き上げたのは……。しかし、それからは詩はもとより、小説も手がつかない状態が続いた。十二月になってようやく取りかかった「屋敷」（後に「幼年時」に改題）は、「鳥瞰図」（「雨季」）や「彩絵硝子」に続いて伯父に預けられる甥という設定はそのままに、伯父と主人公の心理を軸に当時三島が愛読していたプルースト（Marcel Proust, 1871-1922）の『失われた時を求めて』（*À la recherche du temps perdu*, 1913-27）の影響のもとに書き始められた。この作品で三島は「性格の生成過程」に焦点を当て、「しじゅう、幼年、少年の異常心理に関する考察をはさまう」（昭和十六年一月十四日付の東宛ての手紙）と計画していた。プルーストの手法を借りてのこうした挑戦は少年期を潜り抜けたばかりの三島にとっては好機に映ったのかもしれない。異常心理を描きながら、性格の成立過程を述べようとする試みは後の『仮面の告白』の前半を予感させもする。だが、結局「屋敷」は一月半ばには五十枚、二月までには六十枚近くまでいったものの、中途で終わらせざるをえなかった。二月二十四日付の東への手紙には「子供の心理だけで筋をはこぶなんてどだい無理でした」と敗北宣言をしている。

次は、同じ設定のまま、交通事故で妻を失い、息子である主人公を兄に預けてイタリアに暮らす父親の視点から書こうと試みた。しかし、「ミラノ或ひはルツェルンの物語」と題したこの小説も完全に行き詰まって二十枚ほどで放棄せざるをえないことが同じ手紙に綴ってある。

東宛ての昭和十六年四月七日付の手紙には、七十枚近く書いた作品が、なかなか片がつかず、「整理された頭といふもの」がほしいと嘆き、東の行き届いた推敲と無駄のない構成を羨んでいる。新学期が始まった四月十一日の手紙には、学校が始まると同時に小説の筆がすっかり滞り、あがきがとれない状態であることを伝え、「ぐわんばらうにも、力のいれどころがありませんし、かじりついても……と息込んでみたところで、かじりつくべき石もないありさまです」とめずらしく弱音を吐いている。四月二十五日にはその小説に「花の性《さが》および石のさが」というタイトルをつけ、目標の五分の四である百枚ほどに達したことを伝えている。この作品については東への手紙においても内容について触れておらず、未発表で原稿も現存しないため、どのような作品なのか見当がつかない。清水文雄宛ての手紙の下書き

「これらの作品をおみせするについて」においても、「心のかゞやき」や「公園前」などの未発表作品については言葉を尽くして説明しているのに対し、「花ざかりの森」に最も近い時期に書かれたこの「花の性および石のさが」については「全くの失敗作」と評し、最近作ゆえに見せるのだとかなり素っ気ない。ただ、この幻の作品を含む未発表の六作品を見せるにあたって「『花ざかりの森』一篇から、あれと同列な類似の旧作をおそらく御想像なさつてをられる先生は、これらのものにどういふ御心をおもちか、それが心配なやうなこはいやうな、また気恥しいやうな、罪の告白にも似たかなしい思ひがいたします」と書いている。この少ない情報からだけでも、「花ざかりの森」の母胎となるような作品ではなかったことが推察できる。

五月は遠足や三日間におよぶ小臨時試験があり、東への手紙も五月二十三日付のものだけである。そこには東からの「花の性および石のさが」の講評を受けての次のような文章がある。

拙作の貴見一一御尤《ごもつと》もで「小説の下手さ」には自分ながら呆れます。その上詩も香《かんば》しくなくては共倒れです。着手した新作も例のとほり挫折。

しかも、この日の東への手紙には東から彼が師事する室生犀星に送ってもらった詩が思うような評価を得られなかったことにも触れている。三島はその理由として「結局初《しよ》っ端《ぱな》からあまりめまぐるしく僕のいろ〳〵な面をお見せしてしまつたことが失敗だつたのでせう」と書いている。「下手」、「挫折」、「失敗」という言葉が並ぶこの手紙の中で、三島は東に「花の性および石のさが」と「彩絵硝子」を比較しての感想を乞うており、「彩絵硝子」について「ずいぶん力をぬいた作品でしたが、それが却ってよかつたのかもしれません。むづかしいものです」と嘆息している。

その後の六月十五日付の東に宛てた手紙には行軍に参加し、四日間を相馬ヶ原の汚い厩舎で過ごし、雨の中でひどい攻防戦があり、八キロほどの攻撃をしているうちに脳貧血を起こしたことが報告されている。ここでも東が病床にありながらも生き生きとした人間生活を描いていることを賛辞する一方で、自作については「はうばう出かけてあるく私があんな博多人形のやうな、野暮な人間しかゑがけぬとは」と辛辣だ。少くとも東への手紙からは「花ざかりの森」の擱筆のひと月前になっても、創作の充足感は伝わってこない。

小説にも詩にも行き詰まって自分に呆れかえっている少年――これが「花ざかりの森」を書き上げる二か月前の少年の姿なのだ。周知のように「花ざかりの森」は、清水文雄という学習院の国語教師の目を引いただけでなく、蓮田善明（一九〇四―一九四五年）をはじめとするほかの『文藝文化』の同人が掲載をすることに意見の一致をみせ、天才少年の出現を祝ったとされる、いわば華やかな三島伝説の最初のページを飾る作品だ。その華々しいデビュー直前の姿としては意外でもある。だが、うまくいかなかったのは学校生活も同様で、こちらも決して絶好調というわけではなかったようだ。

十六歳を取り囲む環境

都心にありながら緑豊かな自然に恵まれた都内有数を誇る広い校内――そこを歩く紺色の海軍型制服の男子学生たち。いまも変わらぬ学習院の光景だ。

三島から東に宛てた手紙を読んでいると、しばしば文芸部や級友への不満が目に入る。もっとも、学校にいる時間が大半の十六歳の少年にとって、人間関係でいろいろと頭を悩ますことは当たり前で、三島も例外ではなかったということだ。東文彦は文芸部の事情は把握しているが、三島と五歳の年齢差もある上、登校せずに病床に臥しているため彼が手紙の内容を口外する心配はない。その上、昭和十三年に学習院中等科を優等で卒業し、天皇陛下から時計を賜る栄誉に浴した秀才でもある。余談だが、東の父によれば、東も幼少期に三島と同じく自家中毒を患ったという(1)。その時に診察した医師からこの周期性の嘔吐症状は脳の発達が優れた子供に起こるものなのだと説明を受けたという。持って生まれた頭脳の明晰さと鋭い感受性を持つ東だからこそ、三島と同様の孤独を共有することもできたのだろう。

昭和十六年五月二十三日付の手紙では、文学の話題からいきなり、「学校の、音楽をやつてゐる連中とはどうも話があひません」と切り出し、以前に自分の書いたものに曲をつけてもらったが、それが「綴織《つづれおり》の画面」を想像していた三島の期待を大きく裏切り、童謡か歌謡曲のようなもので驚いたというエピソードに触れ、彼らの文学への無理解を強い言葉で批判している。

彼らは音楽家以外の芸術家をすべて軽蔑し、詩を軽蔑します。彼らのなかに決して詩は生れる筈がありません。感興なしにガチガチと交響楽をつくる浅間《原文ママ》しさは哀しいものです。

その一方で、古本屋に山積みにされた詩集の見返しに残る詩人の署名から、「誠実さと貧困とのわびしいコムプレックス」を想起して「哀しいやうな気持」になったことを打ち明け、「詩集だけは出したくない、なぞと反語的な気持が萌します」と感想を書いている。

文学は内向的な者が愛好し、音楽は社交的で華やかな者たちが愛するというイメージはこの時代からあったのかと驚くが、その無言の優劣のレッテルに反発しながらも、いざ詩の残骸の山を目にすると、貧しさと戦いながら命を削って紡がれた言葉の成れの果ての惨めさに哀感を覚える。もしかしたら、その瞬間、文学を生業にする者を社会の落伍者呼ばわりし、三島の原稿を破り捨てた父・梓の声が少年の心に去来したのかもしれない。この手紙の四か月ほど前の昭和十六年一月後半から農林水産省局長に就任した梓は約三年間の大阪勤務を終え、渋谷の家で一緒に住むようになっていた。いずれにせよ、東宛てのこの手紙からは、この時期の三島の詩に対するアンビバレントな想いが垣間見られる。

また、この小曲を作曲した云々の話は三谷信の『級友 三島由紀夫』の中で高等科時代に文化大会（文化祭）の出し物として演劇を披露した時の印象深いエピソードと重なる。これは昭和十八年の学習院輔仁会春季文化大会で演じられたB４判藁半紙十一枚ほどの戯曲「やがてみ盾と」のことを指していると考えられる。三島は脚本と演出を引き受け、ひとりが作曲を担当、主役が歌をうたい、その他が端役を演じた。三島は乗り気ではなかったが、タイトなスケジュールの中で徹夜をしてまで脚本を仕上げた。だが、出来上がった音楽があまりにも西洋風に過ぎた。バッハ好きの三谷が「良い音楽だねぇ」と言うと、三島は「うん……でも……もう少しね」と言葉を濁した。だが、その後に演出にあたっている時も一切そのことには触れなかったという。後年になってその時の三島の「深い悲しみ、落胆」を思うにつけ、気の毒なことをしたと三谷は語る。そして、級友たちが良いと言ったものに、一人異を唱えることを慎んだ三島のことを「彼の中には明らかに、江戸風に洗練された気配り、遠慮深さがあった」とふり返っている。だが、この逸話からは学友同士の方向性の相違も浮き彫りになる。三谷は三島と作曲を担当した級友との間には「日本風と西洋風」という「決して埋まらぬギャップ」があり、そのことを三島も知っていたと書いている。そして、この問題は個人のレベルだけではなく、この数年前から学習院内でも切実な問題となっていたのだ。

昭和十六年の学習院の空気

もともと学習院が皇族と華族の子弟を教育する機関として設立されたことは知られている。そのことは在学生も常に意識させられていた。学内では太平洋戦争へと突き進む時勢の中で貴族的なものへの意識を高揚させようという動きが見られた。文芸部の創作を掲載する文芸誌であると同時に中等科・高等科の校友会の機関紙の性格も持ち合わせる『輔仁会雑誌』には、この輔仁会による展覧会や演奏会などの活動報告などにもかなりの頁を割いており、弁論部による弁論大会の要旨も掲載される。

昭和十六年五月三日に三島が「花の性および石のさが」を完成し、おそらく「花ざかりの森」を執筆していたと思われる昭和十六年六月十七日にも春季弁論大会が開催された。この大会では三島と交流のあった坊城俊民の弟、坊城俊久が登壇している。最上級生にして初登壇だった。『輔仁会雑誌』（昭和十六年十二月）に掲載された弁論の要旨によれば、(2) その内容は「学習院の伝統は貴族の精神」であるとし、「学習院の沈滞は、貴族的精神の自覚の欠如に依る。貴族的精神を自覚し、其の中に学ぶべきである」と訴えるものだった。坊城によれば、貴族の精神に不可欠なものは、「純情と、正義と、動気」であり、「貴族は、皇室に忠誠、万民の儀表」であるべきだという。学習院の再建が叫ばれる中、貴族的精神こそが学習院の核となることを呼びかけたのだ。同じく最高学年の登壇者である矢吹彰男もこの点においては共通している。同じ大会では文化部の衰退を訴える弁論もあった。こうした弁論の内容から推察すると、この頃の学習院には無気力な沈滞ムードが漂っており、貴族的なるものへの帰属意識も希薄になっていた状況が窺える。そして、学生たちの心をひとつにし、高揚させる拠り所が貴族的精神とその矜持だった。

　奇しくもこれらの弁論の要旨が掲載された昭和十六年十二月発行の『輔仁会雑誌』の編集後記を担当したのが三島だった。『文藝文化』への掲載の話がなければ、「花ざかりの森」はこの時の『輔仁会雑誌』に発表されたはずなのだ。三島はこの貴族的精神を古典に託すかのような編集後記を寄せている。三島が翻訳文学を次々と読みこなし、創作に生かしたのと同時に、古典にも親しんでいたことはよく知られている。同年の二月にも、『大鏡』の花山天皇の出家に題材をとった「花山院」を学校の課題として書き上げている。『大鏡』には中等科一年生の時から読み親しんできた三島。彼は学習院にはびこる無気力と衰退の原因を「アメリカニズム」に求めているが、欧米の文学と古典の両方を咀嚼しているからこそ、その言葉には説得力がある。次は「編集後記」からの引用だ。

　近ごろの風潮に便乗するわけではないが輔仁会雑誌と文芸部との衰退は取りも直さず古典の枯渇だと考へてゐる。学習院のルネッサンスといふものが叫ばれるならよろしく古典から出発すべきであるし又古典の復活といふ点で学習院ほど恰好《かつかう》な温床も少なからうと思ふ。藤原鎌足以来の血に生きてをられる諸君の内からこそ古典復活の旗が掲げらるべきであらう。徒《いたづ》らなアメリカニズムに酔ふことは最近の本院の隠し難い病患でなかつたかどうか。

真の復興は表層的な西洋化にあるのではなく、日本の伝統、すなわち古典に回帰すること——、「編集後記」に残された日本の伝統と古典への回帰を訴えるこれらの言葉は、学内の空気を読み取ってのものなのか、あるいは「花ざかりの森」が掲載された『文藝文化』を意識してのことなのか判然としない。この「編集後記」は「花ざかりの森」の『文藝文化』掲載が決まった後に書かれたと考えられるが、そうなると、三島が唱える古典回帰は日本浪曼派への忖度の賜物と捉えることもできる。それを否定はしないが、一方で三島は日本浪曼派と関係のないところでアメリカニズムと日本文化の危機について思いをめぐらしていたと考えられる。三島がこの前年に「アメリカニズム　万愚節戯作」（昭和十五年四月一日）という詩を書いていることはあまり知られていない。そこには「スカイ・スクレエパァはお高くとまり、／鼻眼鏡で下界をお見下しとやら、／だが、ニッケルの縁ではね。／野蛮の裏《うち》に文化はあれど……」と、アメリカの文明を揶揄している。「自由とスマァトネスがおしよせる／『世界第一』がおしよせる／星のついた子供の旗をおし立て、。」と、アメリカが日本を侵そうとしていることをシニカルにうたっている。四月一日に書かれている上に、わざわざ「万愚節」（エイプリルフール）とタイトルに添えているため、本気なのか冗談なのか判断しかねるが、どちらにせよふざけた調子で日本に押し寄せようとするアメリカニズムを批判していることは間違いない。身近な学内に蔓延する浅薄なアメリカ化が三島にこうした詩を書かせたのかもしれない。

そう考えると、古典回帰は三島自身の中で自ずから生まれてきた理念とは言えないだろうか。学習院の衰退から、また「彩絵硝子」後に少年に訪れた創作の挫折と哀しみ、その沈滞から、古典への回帰に三島は到達し、「花ざかりの森」のエクリチュールへと結実していったように私には思える。
三島は後年、少年期は独楽みたいなものだと書いている。高速で回っているが、それを独楽自身はわかっていないのだと。その高速で回転している独楽が止まって見える瞬間の正確さの中にこそ、無我夢中で通り過ぎる少年の瞳だけが捉えられる真実があるのだ。日本文学史のその神学の秘密を。本人は「人工の海」に象徴される新たな偽物の人生を渡っていくことに「死」を見ているが、その海は人工などではなかった。三島は清水文雄に宛てた「これらの作品をおみせするについて」の中で、「花ざかりの森」までの読書遍歴と自作の傾向をたどった後に書いている。

長い中間の混乱の状態は、一がいに無意味ともいへなかつたやうに思ひます。

創作が年少の三島の中で滞り、もがいていたこの時期にこそ、次なる段階に進む力が醸成されていたのかもしれない。そして、ずっと後年になって三島由紀夫という小説家の肉体を拉致する歴史の運命がすでに、ここに、その異形の姿を覗かせているのだ。混乱のこの一年間こそ、まさに炸裂の創造へと向かう時間であった。

【註】
(1) 東文彦の父である東季彦は著書『マンモスの牙』(図書出版、昭和五十年)の中の「赤絵奇縁」で三島

と東の交遊について言及しており、文彦が幼少期に自家中毒にかかった際、九州大学小児科の伊藤祐彦博士に「小児の自家中毒は、天才的な頭脳の者に多い。坊ちゃんも智恵が非常に発達して居り、頭の働きが非常に鋭いが、このままにして置くと寿命がもたないから脳の働きを鈍くするため、今の中に近所の凡庸な子供と遊ばせるようにしなさい」と注意を受けたとある。

（2）杉山欣也『「三島由紀夫」の誕生』（翰林書房、二〇〇八年）の第三章「『花ざかりの森』の成立——学習院における『貴族的なるもの』」は三島由紀夫の「花ざかりの森」の成立過程に及ぼした当時の学習院の影響を実証的に述べており、共感できるものであった。なお、「編集後記」以外の『輔仁会雑誌』（昭和十六年十二月）の弁論大会の要旨は同書から引用させていただいた。

第5章　中等科四年（十五～十六歳）

1.「花ざかりの森」の中の海（上）――『文藝文化』掲載までの道のり

あるところに一人の子供がゐて　お伽噺《とぎばなし》童謡のたぐひを好み　なかにも日本武尊《やまとたけるのみこと》の御物語を心に慕はしくおもつてゐたが　かしこけれどかの尊には似てもつかぬ意気地のない少年になり樺《かば》の林はかをる学校に　怠惰な幾とせをすごすうち　はかない小鳥はどのやうにないてみても　鶯の初音に及ばぬのに断念し　海のうた花のうたをせい一ぱいに囀《さへづ》つたのを　清水文雄先生のお耳へ入れたのが　いかなるえにしの糸を琴と奏でたのか　雅《みや》びなふることのかずかずを　之《これ》こそはあはれな砂漠が月の夜半西や東へうごいて行つてさがしもとめてゐた泉の源だと　つぶさにねむころにお教へ下さつて　その日から陽ざしは古雅な薫を帯び（中略）蓮田善明大人《うし》池田勉大人栗山理一大人の方々も　あるときは語らずあるときは語つて　この四ツ星は真夜をさまよふ片羽鳥を　しづかに目戍《みまも》つてゐて下さり……

（平岡公威「序」「花ざかりの森」用2）

「花ざかりの森」の源流を探して

『花ざかりの森』が単行本として刊行されることが決まった際に、三島はふたつの「序」を用意した。

先に引用したのがそのひとつである。文学への目覚めから学習院（樺の林はかをる学校）で詩作を試みるが、成果が出ず、一生懸命に書いた「花ざかりの森」（「海のうた花のうた」）を清水文雄に見せる。そこで三島が探し求めていたものが日本の雅、伝統の中にあることを教わる。それが古典への本格的な目覚めとなった。さらに、『文藝文化』の同人である清水、蓮田善明、池田勉（一九〇八―二〇〇二年）、栗山理一（一九〇九―一九八九年）の四人が早熟な三島を温かく見守ってくれたことが語られている。この「序」はその後も続き、「花ざかりの森」を収めた単行本刊行にいたるまでの経緯、その過程で教えを受けた師たちへの感謝が、古典を模した独特な文体で綴られる。

三島の十六歳の学外デビュー。さらに、その道のりはどのようなものだったのか考えた時、「熊本」という文字が頭に浮かんだ。二〇二一年に熊本で『文藝文化』掲載の「花ざかりの森」の元原稿がはじめて一般公開されたことを思い出したからだ。「花ざかりの森」について、いま私が書くとすれば、まず熊本に行かなくてはならない――そんな気持ちに衝き動かされ、私は熊本空港に降り立っていた。

熊本の海

三月の上旬。その日、私は熊本県八代《やつしろ》市の日奈久《ひなぐ》の海の前に立っていた。早い晩年が訪れようとしていた三島が「ああ、ひろびろとしていて、なんていいところなんだろう」と感激し、「無垢なる空間」と呼んだ八代だ。その海で三島は裸体に近い姿になって岩場に横たわり、ボディビルで鍛えたその体を真夏の太陽に惜しみなくさらした。その後の車中では、「これで、東京の連中に、九州の南端の海で、体を灼いてきたと自慢できるなあ」と満足そうにしていたという。四十一歳七か月の三島由紀夫。熊本を訪れたのは昭和四十一年八月のことだ。目的は言うまでもなく、遺作となった『豊饒の海』第二巻『奔馬』に不可欠な神風連の取材だった。

日奈久の海（熊本県八代市）

向こうに天草の山々を臨む日奈久の海は波も立てずにゆったりとしていた。内海の水面は薄く茶がかった緑色で、別の絵具で描き分けたかのように、その上にいただく真っ青な南国の空との境界がはっきりしている。だが、決して沈んだ色ではなく、あくまでも明るさを湛えているから不思議だ。熊本の空気がそうさせるのかもしれない。都会から来た私の目には道端に咲いている菜の花の黄色さえも、何もかもが色濃く鮮やかに映る。原初的な力強さが大地から湧き出てくるかのような赤い土の色と青い空。活火山を抱える雄大な山々に囲まれたこの熊本の地には何かが宿っている。

神風連の変で亡くなった若者たちを祀っている桜山神社が熊本市内にある。熊本大学の先の、市街からやや離れた立地のこの神社を訪れる一般の観光客はそう多くはない。観光案内所で尋ねても、すぐには思い出してもらえなかったほどだ。だが、神風連にいささかでも関心がある人にとって、この桜山神社は必訪の地だ。神風連の志士たちの列墓はもとより、神風連資料館もあり、割腹死した十八歳の飼い主を慕って餓死した義犬の墓まである。当然、三島も訪れ、志士たちの墓の一基一基を裏まで丹念に見てまわっている。桜山神社で私がいただいた御朱印には神社の名と日付のほかに「日本の心の源」と書き添えてあった。

ところで、三島の取材旅行のほぼ全行程で案内役を務めたのは福島次郎（一九三〇―二〇〇六年）だ。『仮面の告白』を読んで衝撃を受け、連載中の「禁色」に出てくるゲイバーの住所を聞くために目黒区緑が丘にあった三島宅を訪ねたことがきっかけで、書生をしていた一時期を持つ。三島との交友関係を綴った『三島由紀夫――剣と寒紅』（一九九八年）[1]は、いろいろと真偽をはらむ作品ではあるが、十五年ぶりの熊本での再会の場面は白眉で、熊本での三島の足跡をたどる貴重な資料であるばかりか、三島が「第二の故郷」と語ったこの肥後の地への深い思い、そして親しい人に見せるお茶目な性格が生き生きと伝わってくる。

売れっ子作家で多忙を極めていた三島にとって、三泊四日の熊本旅行自体はかなりタイトなものだったはずだ。それなのに、なぜ熊本の中心街から車で一時間以上もかかる場所、それもわざわざ県外の観光客が足を延ばす場所でもなく、神風連の取材のネタもない八代に行ったのか。福島によれば、この八代行きは、福島の勤務先である八代工業高校を見てみたいという三島のたっての願いで実現したという。日奈久は当初の行程に入ってはいなかったが、高校近くに来た時、その先に海辺があると知った三島が「海べだったら、体が灼けるじゃないか。先ず、そこへ行こう」と即座に提案し、鄙びた温泉街に沿って国道三号線を南下して日奈久の鳩山という岩場に向かったのだ。ふたりが八代工業高校に着いた頃には夕方になっていた。

八代工業高校の校舎（右上）
希望の像（左）
三島が懸垂したと思われる鉄棒（右下）

私が訪れたのは三月にしては五月並みに気温が高い日で、入り口の前に高い椰子の木が聳える校舎からは南国の香りを感じた。三島が訪れた夕方であっても、盛夏ならば同じ南の風を感じたにちがいない。前庭の隅には三島が「いいね、素晴らしいね」と見上げながら腕組みをし、「職員会議で、君が、男の子の裸がいいなんて発案して、出来たものじゃないだろうね」と福島をひやかした「希望の像」という白いセメントづくりの少年像がいまも佇んでいる。ふたりが歩いているところに偶然出くわした当時の教頭が三島に校訓の「誠実」を毛筆で書いてもらった色紙はいまでも校長室に飾られているという。

三島にとって、この高校での時間は格別のものだったようだ。校庭の草むらに寝転んで、「南九州の夏のをはりの最後の威威しい悲壮な夏山の入道雲」が立ちはだかる夕暮れの空を見上げた時の感覚。それを三島は「『奔馬』創作ノート」の最後にこう綴っている。

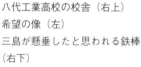

その校庭の午後五時半、すばらしい海風、かやつり草等、風にさやぐ校庭に寝てゐる。（中略）彼方校庭の外れの鉄棒に赤い鉢巻の少年あり。われ行きて懸垂十五回やつておどろかす。
（背中の地面の感覚。学校の夏休みの感覚。十七、八歳の少年の人生に抱く夢と希望の感覚の再現）

熊本での取材の間隙を縫って訪れた田舎のゆったりとした無垢な空気、高校生と競った懸垂は三島に自身の少年時代を想起させた。それは詩や小説を書いていた自身の姿ではなく、自然の中でのびのびと体軀を動かす別乾坤、彼にとっての憧れの少年だ。その「少年」は間もなく『奔馬』の中の飯沼勲となるだろう。

私が八代工業高校を訪ねたのは日曜日で、グラウンドでは他校との野球の試合が行われていた。そのグラウンドに隣接した校庭の隅には、かつて三島が高校生と懸垂を競ったとおぼしき古びた鉄棒が並んでいる。子供用の小さな鉄棒の一群と背の高い一群とがあるが、背の高い方は経年で鉄棒の部分がかしいでいるものもある。しげしげと鉄棒を眺めていると、兄の試合観戦に連れられてきて退屈していたのか、七、八歳の少女が小さい方の鉄棒の前に進み出ると、おもむろに前回りをしてみせる。明らかに私を意識していることがわかるので「上手だね」と声をかけると、今度は逆上がりをしてみせ、得意げな顔をこちらに向ける。高校生に勝利した時の三島もこんな表情をしていたのかもしれない。

幻の「花ざかりの森」原稿

くり返しになるが、私が熊本を訪れたのは、「花ざかりの森」の手稿を閲覧するためだ。「花ざかりの森」は三島の学習院時代の恩師・清水文雄らが主宰する同人誌『文藝文化』に昭和十六年九月号から十二月号にかけて四回に分けて連載されたが、その元となった原稿は、長い間、行方がわからないままだった。ところが、『文藝文化』の編集を中心となって行っていた熊本出身の国文学者・蓮田善明宅にあることがわかったのだ。[2] 善明の長男で、赤ちゃんポスト（こうのとりのゆりかご）で有名な熊本市の慈恵病院の病院長であった晶一氏が保管していた原稿は、晶一氏が亡くなった二〇一六年に、善明の次男で兄と同じ慈恵病院の産婦人科医だった太二氏によって熊本県立図書館に併設されているくまもと文学・歴史館に寄贈された。

清水文雄宛ての書簡をたどると、「花ざかりの森」の単行本化にあたり、三島が『文藝文化』に掲載された元原稿の行方を探していたことがわかる。昭和十八年十一月四日付の葉書で三島は「花ざかりの森」ほか三篇の原稿を「文藝文化に皆載りましたもの故、いづれも文藝文化の印刷所にあるか、蓮田さんのお宅にあるか、もしくは先生の御手許にあるものと存じます。この四作の原稿をお返しいたゞければ倖せでございます」とし、返却を求めている。さらに、同年十一月十二日付の葉書には、「蓮田さんの御留守宅から、『世々に残さん』の一部の原稿と二つ三つの詩稿を御返送下さいましたが、お葉書の文面によりますと、これで全部とか。残りは先生の御宅へまゐつてゐるのでございませうか」と書き送っている。スマホやパソコンどころか、ファックスもコピーもない時代のことである。世界にただひとつしかない貴重な原稿を他人に預けなくてはならない上、その原稿が行方不明とあっては、さぞかし困ったことだろう。

しかしながら、清水は原稿が自分の所に保存されていたか「記憶にない」とし、「必要な原稿はすべて三島君の手許にまとめられたものらしい」と推測するにとどめている。(3) たしかに、昭和十八年末までに単行本化に尽力してくれた『文藝文化』同人の富士正晴(一九一三―一九八七年)のもとに原稿が送られたからこそ、無事に『花ざかりの森』は刊行されたのだろう。しかし、原稿は三島の手許には戻っていなかった。清水への手紙からは雑誌の文面を切り取るという案を出していたこともわかっているが、おそらく、元原稿の入手を諦めた三島は『文藝文化』に掲載された文章を原稿用紙に書き写し、それを富士に送ったのではないだろうか。

それでは、元原稿はどうなっていたのか。このことについてはジャーナリストの西法太郎氏が生前の蓮田太二氏から話を聞いている。(4) 太二氏の推測するところによると、善明が原稿を持っており、出征時に東京から熊本の家で留守を預かる敏子夫人に送った大きな容器に蔵書や書類などと「花ざかりの森」の原稿も同梱されていた。夫人が善明から敗戦後に焼却するようにと言われていた書類を取り出す時に原稿がみつかり、その頃すでに単行本が刊行されていた「花ざかりの森」の原稿を返却する必要もなく、そのまま保管することになったのではないか。こうして「花ざかりの森」の原稿は夫人の死後も蓮田家に保管され続けた。兄弟間で原稿をどうすべきか話し合いの機会を持ったものの答えが出ないまま、晶一氏が他界し、太二氏が寄贈を決めたようだ。

ついに七十五年の時を経て、その存在が明らかになった「花ざかりの森」の原稿五十六枚は、新聞でも「第一級の資料」の発見として取り上げられ、(5) 注目された。その後、くまもと文学・歴史館が詳しい調査を進め、一般公開されたのは二〇二一年十一月に同館で開催された展示「かたくなにみやびたる――蓮田善明と『文藝文化』――」においてである。三島の学外でのデビューを飾ったこの作品が熊本でみつかり、その公開が熊本出身の蓮田善明の展示の中とはなんという奇縁だろう。

『文藝文化』をひらく

私の目の前にあるのは「花ざかりの森」の初回の連載が掲載された『文藝文化』昭和十六年九月号だ。まず、五十頁に満たないその薄さに驚く。戦時中の紙不足も関係があるのだろうが、そもそも使用している紙が薄い。棟方志功の手になる版画のくすんだ緑と茶色の木々に飾られた表紙も中身と同じ薄い紙でできている。このつつましい雑誌が三島を世に送り出したのだ。

『文藝文化』は、国文学の同人誌であり、蓮田善明、池田勉、栗山理一、そして学習院中等科の国語の教師で、「花ざかりの森」をこの雑誌の編集会議に持ち込んだ清水文雄の四人によって創刊され、昭和十三年七月から昭和十九年八月まで七十冊が刊行された。広島高等師範学校を経て広島文理科大学国文科へ進んだ蓮田ら四人は、国文学者である齋藤清衛（一八九三〜一九八一）の門下生だった。東京帝国大学国文科卒で中世文学を専門とする齋藤は広島高等師範学校の教員を辞して国内外を放浪した後、戦中に北京師範大学（中国）、京城帝国大学（韓国）で教鞭を執り、戦後は広島文理大学、東京都立大学などの教授を歴任した。齋藤は『文藝文化』にとって、きわめて大切な存在だった。

『文藝文化』は日本浪曼派周辺の雑誌として位置づけられる。保田与重郎（一九一〇――一九八一年）を中心とする日本浪曼派は、プロレタリア文学の壊滅後に迷走した転向文学の流れを、高踏的ロマン派の

『文藝文化』昭和16年9月号の表紙

立場から古代を讃えることによって立て直そうとしたが、その特徴は卑俗な近代化、西欧化への批判だ。奇しくも雑誌『日本浪曼派』が終刊した年に創刊された『文藝文化』は、創作を主とする日本浪曼派と異なり、国文学研究に重きを置くなど、相違点もある。だが、日本古来の文学や精神美を尊ぶという点においては一致している。

三島の中でも『文藝文化』は日本浪曼派につながっているという認識があった。たとえば、『私の遍歴時代』（昭和三十八年）の中で、「私は日本浪曼派の周辺にゐたことはたしかで、当時二本の糸が、私を浪曼派につないでゐた」のであり、その一本は清水文雄、もう一本は『文藝文化』を通じて得た最初の文学的友人・林富士馬（一九一四―二〇〇一年）と回想している。そして、「国文学界のヌーヴェル・ヴァーグ」のごとき『文藝文化』は、「戦争中のこちたき指導者理論や国家総力戦の功利的な目的意識から、あえかな日本の古典美を守る城砦であつた」と書いている。

昭和十六年九月号を開いてみると、扉には『古今和歌集』からの一句、「秋立つ日よめる」として藤原敏行朝臣の「秋來ぬと目にはさやかに見えねども／風の音にぞおどろかれぬる」が掲げられている。執筆者名を載せていない「哭泣の倫理」と「鴨長明」、齋藤清衛の「具《シテ》レ妻《ヲ》行《ク》二丹波國《ニ》一男於《テ》二大江山《ニ》一被《ル》レ縛《セ》語《モノカタリ》」、学習院中等科の国語教師で三島も古典を習った松尾聰（一九〇七―一九九七年）の「唐國の物語」と続き、最後に「花ざかりの森」が三十七頁から四十七頁にかけて掲載されている。

三島は『文藝文化』について「戦争中の雑誌に似げなく、意外にのどかな閑文学の多い雑誌」であり、「こんな内容の雑誌が、そんな時代にのんびり出されてゐたことは、ふしぎな感じがする」と指摘している。たしかに「花ざかりの森」はもちろんのこと、掲載されているほかの国文学研究も戦争の不穏な空気から隔絶されている。たとえば、須佐之男命がなぜ泣いているのかを解き明かした、おそらく池田勉が書いたと思われる「哭泣の倫理」という評論がある。荒《すさ》ぶ神として知られる命の泣き顔には様々な解釈があるが、池田はそれを国民の災禍を一身に背負う「贖罪の決意の表情」、すなわち「政治の倫理」と解釈している。武のイメージの強い須佐之男命は、実は「文武の祖」であるとし、そこに日本の道を見出し、その道への信従を誓っている。『文藝文化』にも文武両道の精神が宿っていたのだ。敢えて時局に目を向けず、日本の根本にある精神をみつめ、それを固持することで同人たちも戦っていたのかもしれない。

周知のように、後年の三島は「文武両道」を目指し、熊本来訪時にも水前寺公園近くにある龍驤館《りゅうじょうかん》という道場で剣道の稽古をした。わざわざここを選び、東京を発つ前から楽しみにしていたのは、龍驤館が日本で一番の荒稽古をすると聞いていたからだ。小説の取材旅行の傍ら剣道でひと汗かき、上半身は裸の袴姿で出窓に腰かけてタオルでその汗をぬぐう壮年期の彼は、少年時代の華奢で青白い顔からは想像もできない文武両道を具象化する人となった。自己陶酔的な行為かもしれないが、その根底には大和魂を守り、体現するという信念があり、その思いはこの『文藝文化』の時代へと遡ることができる。

十六歳の野心

「花ざかりの森」は清水文雄の好みに合わせて書かれたという指摘がある。つまり、『文藝文化』の同人である清水の目にとまるように少年三島が意図して日本浪曼派風な作品を書いたという指摘だ。文芸評論家の奥野健男（一九二六―一九九七年）は『三島由紀夫伝説』（一九九三年）の中で、「花ざかりの森」は清水の「国文学的美意識、評価を目標として書かれ」、その結果「見事に合格して」『文藝文化』に掲載されたとしている。しかも、それは清水自身が種を蒔き、誘導した結果だというのだ。奥野によれば、清水が「この稀有な小説家的才能の中に、国文学的養分を多量に与え、国文学の畑から咲き出た小説を、この世に咲かそうという秘かな野心」を抱き、「国文学の伝統や美に根づいた小説を書くことを三島にすすめた」ことになっている。果たしてそうだろうか。

たしかに、東への書簡など新しい資料が世に出る前にはそう考えても無理もない点がいくつかあった。まず、『輔仁会雑誌』に掲載されたそれまでの作品と「花ざかりの森」とではスケールの点で大きく異なっている。学内の評価が高かった「彩絵硝子」でさえ、現代の限られた階級の人物たちを描いていたに過ぎない。それに対して「花ざかりの森」は古代、中世、近代、現代とさまざまな時代の祖先のエピソードから成っており、時間的な広がりが見られる。この決定的な変化はなぜ起こったのか。その説明として清水による誘導は説得力があるように思える。私もかつてはそう考えていた。しかし、「花ざかりの森」を書き終えるまでをふり返ると、それはちがうのではないかと思うようになった。

三島は「彩絵硝子」を擱筆した昭和十五年七月から「花ざかりの森」を書く昭和十六年七月まで執筆がうまくいかない一年間を過ごした。このことは第4章で書いた通りだが、三島自身も昭和十九年に

『花ざかりの森』が刊行された際に付した「跋に代へて」の中で、この時期のことを「ながい混迷の時期」と表現している。

それもそのはずで、十五歳の時に絶頂《ピーク》に達していた詩作は、師の川路柳虹が重視する抒情を意識するようになってから低迷していった。言葉を操るのではなく、言葉に感情を乗せること、いや、むしろ内部から沸き起こる感情を言葉に託すことが必要だった。しかし、そのためには仮面を床に叩きつけて自身の内面と対峙しなくてはならない。十六歳の彼にはそれができなかった。その多くは自己の本質からえぐり出された言葉ではなく、言葉そのものから生まれた本人不在の詩だった。それでも、彼は詩人になるという夢を捨てきれなかった。東文彦を通じて室生犀星に詩を送るも、芳しくない評価が返ってくる。かと言って、小説の方も中絶続きでこの時期に完成までたどり着けた作品は学校に提出した課題ぐらいだった。この頃の東に宛てた書簡にある「小説の下手さ」、「その上詩も香《かんば》しくなくては共倒れ」、「着手した新作も例のとほり挫折」（昭和十六年五月二十三日付書簡）などという言葉からは嘆息が漏れ聞こえてきそうだ。

十六歳にして学外でデビューという華々しい伝説の陰には、こうした苦しい一年があったのだ。

この頃の三島が何を考えていたかというと、誰かの目にとまって世に出るということだった。昭和十六年二月二十四日付の東への手紙には父・梓が息子に文学を諦めさせようと暴君ぶりを発揮する様子が綴られているが、その中に「雑誌掲載、作家紹介、自費出版……ひとつとして父の前でいひ出せる言葉ではありません」という切々とした一節がある。名声云々というよりも、十六歳の少年はとにかく学外の狭い、後年の三島の言葉を借りれば「母校のなまぬるい文学的雰囲気」（「私の遍歴時代」）から抜け出したくて仕方がなかった。雑誌に掲載され、より広い人間関係を築き、本場で活躍したい。そのためには自分を引き立ててくれる人の目にとまらなくてはならない。三島自身「尊敬する人に畏敬の念を以て近づくことよりも、人に愛されてゐることのはうを喜ぶ甘つたれの坊ちゃん気質」（「私の遍歴時代」）が抜けきれないと自己分析している。三谷信もラディゲや谷崎やボードレールについて瞳を輝かせて熱弁している時でさえ、「三島の強烈な性格からして、その敬愛する人達を師と仰いで仕える気があったかは疑問である。むしろ彼の中のデーモンは、三島が自分以外の何人を師と仰ぐことも許さなかったと思う」と書いている。

十六歳の三島が喉から手が出るほど求めていたのは師ではなく、むしろその天才を認め、世に広めてくれる仲介人だった。たしかに、「花ざかりの森」の掲載が決まるか決まらないかの頃、三島は川路の紹介で萩原朔太郎の元を訪れ、堀辰雄が中心となって編んでいた抒情詩人たちの雑誌『四季』に自作の詩の掲載を望んだものの、叶わなかった。室生犀星に詩を送ったことについても、先に触れた。詩に限界を感じつつも、この頃の三島はまだ詩人として世に出ようとしていたのだ。少年の野心の匂いを嗅ぎ取った奥野は三島が清水の好みを忖度して「花ざかりの森」を書いたにちがいないと解釈したのだろう。

「花ざかりの森」以前の清水文雄との関係

もちろん、頭脳明晰な少年なら学外で文学活動をしている清水に目をとめ、原稿を見てもらおうと接近することぐらい、すぐに思いついたにちがいない。清水にしても、学内では有名だった平岡公威の才能に注目していたはずだ。三島が清水の意に沿う作品を書く動機としては十分かもしれない。しかし、清水をターゲットにして作品を書いたにしてはふたりの間柄がそこまで深まっておらず、唐突な印象が拭えないのだ。

わかっていることは、まず原稿は東文彦に先に送付されたということだ。このことは「花ざかりの森」擱筆の翌日（昭和十六年七月二十日）付の東宛ての葉書から明らかだ。鵠沼に行く前の慌ただしい最中に書いたもので、作品についての詳細は改めて知らせるとしている。実際、鵠沼から戻った七月二十四日にさっそく「花ざかりの森」の内容について書き送った手紙が封書で送られており、「伏して御高評をお待ち申上ます」とあることから、この時点で東からの返信はなかったと考えられる。

ところが、この四日後の七月二十八日には「花ざかりの森」の原稿は清水に送られている。東から返却されてただちに清水に送るという早業だ。七月二十八日付の清水に宛てた手紙には「扨《さ》て突然ではございますが、先日完成した小説をお送り申上げます故、御高覧下いませ。これは秋の輔仁会雑誌に出す心積でをりますが、何か御高評の御こと葉たまはれば幸ひに存じます」とある。[6]

構成や内容についての説明に筆を割いた文面から察するに、それまで清水に「花ざかりの森」の内容について話したり、相談したりしたことはなかったように思われる。そもそも、この封書以前に三島から清水に宛てた手紙すらみつかっていない。昭和十六年九月十七日付の未発送の手紙の下書きには、それまで影響を受けてきた作家の名が列挙されており、『輔仁会雑誌』に未掲載の作品の解説などを含むかなり丁寧な文学的自己紹介が展開されている。それまでに作品に影響力を与えるような密接な文学的交流があればこのような手紙を書く必要はなかったはずだ。

東宛ての手紙でも、「花ざかりの森」が『文藝文化』に掲載されることを知らせる時になってはじめて清水の名が出てくる。「この間の『花ざかりの森』は、清水文雄先生（あなたは御存じでせうか、パアマネントといふあだ名の、中等科の国文の先生です）だの、松尾先生だのがやつてゐられる雑誌にのせていたゞくことになつたので、輔仁会雑誌には詩でも出さうかとおもつてをります」（昭和十六年八月五日付書簡）という部分だ。それまで清水のことに触れなかったのは別の計算が働いたためかもしれないが、それを差し引いても清水とはそれほど親しい間柄には思えない。

実際、「跋に代へて」には「この作品［花ざかりの森］を機縁に雑誌『文藝文化』の方々に親炙《しんしゃ》することができた。私の国文学の師、清水文雄先生や、蓮田善明氏、池田勉氏、栗山理一氏の諸氏に、それ以後御教示や御後援を賜はるところが多かつた」と書いている。

清水は三島が中等科三年の時のクラスで国文法と作文の授業を受け持っていたが、古典は受け持っていなかった。三島自身、「清水氏は作文や国文法を教へてゐたが、本当に親しく教へを受けるやうになつたのは、授業の上では交渉のなくなつたのちであつた」（「師弟」）と回想している。清水とは中等科四年になってから個人的に接触が始まったのはたしかだろうが、真の意味で深く交わるようになったのは「花ざかりの森」以降のことだったのではないだろうか。

「花ざかりの森」以前の清水との交流を裏づけるものは少なく、昭和五十年に刊行された『三島由紀夫全集』の第一巻の月報に掲載された清水の「「花ざかりの森」をめぐって」が有力な手がかりだった。清水の回想によれば、「花ざかりの森」は当時清水が舎監を務めていた学習院の中等科三年生用の寄宿舎・青雲寮の舎監室で三島が見せたことになっている。しかし、先の三島からの手紙が証明する通り、実際は郵送だったのだ。先の「花ざかりの森」の原稿の所在についても清水の記憶にやや曖昧なところがあることは否めない。多くの学生を抱える教師なら、いくら優秀な学生を相手にしても、細かなやりとりまでは覚えていないこともあるだろう。ましてや三十年近く前の記憶をたぐり寄せようとしても、記憶ちがいということもあるし、主観が入る場合もあるだろう。

だからと言って、三島に野心がまったくなかったわけではない。むしろ日本の古代や中世に触れた、もっと言えば、保田与重郎を意識した、いかにも日本浪曼派風な作品だからこそ、いかにも目をとめてくれそうな清水に原稿を送ったのだろう。だが、三島の渡世術が発揮されるのは、むしろ「花ざかりの森」の掲載が決まってからのことだ。少年はすぐに行動に出た。先の『文藝文化』への掲載を東に伝える手紙には『和泉式部日記』を読み、「古典の美くしさに再び心をうばはれはじめました」とある。和泉式部は清水の専門だ。中等科の終わりには古書店で古典を買い漁り、次々と読破していったことは父・梓も母・倭文重も口を揃えて証言している通りだ。[7]晴れて同人になってからは『文藝文化』の月に一度の会合に必ず顔を出したという少年は、古典を研究する年長の同人たちの話題についていけるよう、そして日本浪曼派に寄り添う作品を書くために、これまで以上に古典に精を出したにちがいない。しかし、これはあくまでも「花ざかりの森」の掲載が決まって以降の話であり、「花ざかりの森」が清水の気に入るように作為的に書かれたことの証明にはならない。少年三島の野心や忖度のすべてを否定するわけではないが、少なくとも「花ざかりの森」の執筆は清水に誘導されてそれに沿う形で書かれたものではなかったと考えられる。次の「跋に代へて」の言葉がそれを物語っている。

花ざかりの森は、それを書くまへにながい混迷の時期がつゞいてゐたので、今おもひかへすと、よし花は乏しくともけんめいに咲いた朝顔の、心意気のやうなものが懐かしくて、特に採つて創作集全体の題とした。

やはり「花ざかりの森」は、山と谷の間を一年の間歩いた果てにようやくその固い蕾を開かせた大輪の花なのだ。

日本の歴史の悠久の請し子として

『文藝文化』が重んじる日本の伝統への思いは、中等科二年の時から『大鏡』の現代訳を自力で行い、その影響のもと「館」や「花山院」のような作品を書いた創作の軌跡からも、第4章「4」で触れたように、当時の学習院の欧米化を求める風潮に対し、皮相的なアメリカニズムより日本の古典を学ぶことこそが真の改革なのだと訴えた『輔仁会雑誌』の「編集後記」からも窺える。それは誰かに導かれたものではない。美しい日本への追憶は少年の内にすでに根づいたものだったのであり、それが見事に日本浪曼派の目指すところと一致していた。その共通点を自負したからこそ、三島は清水にこの小説を送ったのではないだろうか。

幼少時から夥しい量の世界童話に親しみ、少年になってからは海外文学の翻訳を次々と読破して自分の糧にしてきた三島だからこそ、西洋的な視点を持ちながら、失われゆく日本の伝統、日本の原点への回帰を夢見るにいたったのだろう。「彩絵硝子」を歓喜の中で書き上げて以来、詩も小説も共倒れの苦しい一年間を経て、ついに日本浪曼派の範疇には収まりきれない新しい日本の伝統の継承者が誕生したのだ。それは天命と言ってもいい。

日本の伝統を受け継ぐ少年の出現は清水を震撼させ、『文藝文化』の同人たちはこの若き才能をただちに歓迎した。三島が「花ざかりの森」を送付した七月二十八日は日本軍が太平洋戦争への転換点となった南部仏印進駐を行った日であり、『文藝文化』の発行人であり編集者でもあった蓮田善明の三十七歳の誕生日でもあった。「花ざかりの森」の作者を紹介する蓮田による「編集後記」の言葉はあまりにも有名だ。先の見えない不穏な情勢の中でこれから先の日本を託すことのできる後継者、それも自分たちよりもはるかに年少でありながらスケールの大きな後継者が生まれたことは、蓮田にとって存外の喜びだったにちがいない。


「花ざかりの森」の作者は全くの年少者である。どういふ人であるかといふことは暫く秘しておきたい。それが最もいいと信ずるからである。若し強ひて知りたい人があつたら、われわれ自身の年少者といふやうなものであるとだけ答へておく。日本にもこんな年少者が生れて來つつあることは何とも言葉に言ひやうのないよろこびであるし、日本の文學に自信のない人たちには、この事実は信じられない位の驚きともなるであらう。

この年少の作者は、併し悠久な日本の歴史の請《まを》し子である。我々より歳は遥に少いがすでに成熟したものの誕生である。此作者を知つてこの一篇を載せることになつたのはほんの偶然であつた。併し全く我々の中から生れたものであることを直ぐ覚つた。さういふ縁はあつたのである。

昭和四十一年の熊本の取材旅行中に三島は蓮田夫人を会食の席に招いている。それどころか、実は九州に訪れる用事があれば必ず蓮田宅に寄ったという。熊本と蓮田は三島にとって切り離せないものだったのだろう。この旅行中に三島は神風連の所縁の地である金峰山を訪れている。私も行ってみたが、車で山頂近くまで行っても、頂上にたどり着くには坂や階段を上って行かなくてはならない。都会暮らしで滅多に坂など上らない私にはなかなかの苦行であったが、山の頂から望む有明海は雲間からやや傾きかけた太陽の光を受けて薄い黄金色に輝いていた。この地から海を望んだ時、三島の胸にこの蓮田の「悠久な日本の歴史の請し子」という言葉はより大きな意味をもって蘇ったのではないだろうか。そして、それは三島の個人的な少年時代からの憧れとも結びついていたにちがいない。

【註】

（1）本稿で引用する熊本取材時の三島の言葉は同書からの引用による。

（2）西法太郎『死の貌《かたち》──三島由紀夫の真実』（論創社、二〇一七年）

（3）清水文雄「『花ざかりの森』出版のことなど」『河の音』（王朝文学の会、一九八四年）

（4）西法太郎、前掲書による。

（5）https://mainichi.jp/articles/20161112/k00/00m/040/014000c

「所在不明『花ざかりの森』、自筆原稿を発見」『毎日新聞』（二〇一六年十一月十一日）

（6）学習院時代の三島に詳しい杉山欣也は「輔仁会雑誌に出す心積」という部分は三島の真の気持ちであり、清水からの評価を期待した可能性はあるにせよ、「花ざかりの森」が『文藝文化』への掲載を意図して書かれたという奥野の考えを否定している（『「三島由紀夫」の誕生』翰林書房、二〇〇八年）。

（7）平岡梓『伜・三島由紀夫』（文藝春秋、一九七二年）

2.「花ざかりの森」の中の海（中）――『マルテの手記』

Les médecins avaient bien cru pouvoir la sauver,
mais la jeune fille est morte cette année;

elle est morte au moment où tous les bois sont en fleurs.
Qui sait s'il n'est pas des branches plus vertes, ailleurs ?

Pourtant ceux qu'elle a laissés ont pleuré l'absente;
quant à moi j'aime mieux pleurer les vivantes,

celles qui seront des femmes et qui enfanteront
et qui oublieront si vite oiseaux, fleurs, chansons...

Les médecins avaient bien cru pouvoir la sauver,
sans doute elle a mieux compris sa vraie destinée.
Elle est morte au moment où tous les bois sont en fleurs;
elle savait d'autres forêts plus vertes, ailleurs.

(Guy Charles Cros, "Refrains")

医者たちはかの女を助け得ると思つてゐた、
然し娘は今年になつて死んで行つた、
娘は森の花ざかりに死んで行つた。
余所《よそ》の木の葉がもつと青いかは誰が知らう？
それだのに娘に残された人たちが泣いて惜しんだ、
然し私は生き残つた娘たちのために泣きたい
やがて人妻となり、やがて子供を生み

やがて小鳥も花も唄も忘れる娘たちのために泣きたい

医者たちはかの女を助け得ると思つてゐた、
ともすると娘は自分の真《まこと》の運命を理解したのかも知れない。

かの女は森の花ざかりに死んで行つた、
かの女は余所にもつと青い森があると知つてゐた。

（ギイ・シャルル・クロス〈堀口大學訳〉「小唄」）

タイトルが暗示するもの

「花ざかりの森」というタイトルから〈海〉を想起する人はおそらくいないだろう。しかし、小説を紐解いても、そこに「森」はみつからない。むしろ作品のところどころから聞こえてくるのは〈海〉の高鳴りなのだ。それでは、なぜ三島はこのような乙女の祈りを彷彿とさせるような抒情的で感傷的な言葉を小説のタイトルに冠したのだろう。

「花ざかりの森」というタイトルは、冒頭で引用したフランスの詩人ギイ・シャルル・クロス（Guy Charles Cros, 1879-1956）の「小唄《ルフラン》」（"Refrains," 1912）から採っている。この詩は三島が少年時代に愛読した堀口大學の訳詩集『月下の一群』に収められている。三島は「花ざかりの森と云ふやうな考へ方は、稚《をさな》いなりに私の大事にしてゐるひとつの思想」（「跋に代へて」昭和十九年）と書いているが、「花ざかりの森と云ふやうな考へ方」が何を指すのかクロスの詩から読み取ってみたい。

この短い詩は大人たちが病で命を落とした乙女のことを憐れんでいる場面から始まる。乙女が熱情に身を任せる喜びも、母になる喜びも知らずに蕾のまま朽ちていったからだ。だが、詩人ひとりは異なった視点から乙女の死をみつめている。詩人はむしろ生きながらえて少女時代の純真を失うほかの娘たちのために涙を流す。冒頭の引用では全文を掲げたが、三島が「花ざかりの森」のエピグラフとして使用したのは詩の最後の二行である。

かの女は森の花ざかりに死んで行った
彼女は余所《よそ》にもつと青い森のある事を知つてゐた。(＊)

（＊）現在見られる堀口訳と一部異なる

ここでは、人生半ばで命を落とさねばならなかった乙女が、生きながらえた娘たちの知らない「もっと青い森」の存在を知っていたことが明かされる。夭折した乙女は、ありふれた幸福を超えたもっと深淵なものがあることを知っていた。それを体現することこそが自身に与えられた「真の運命」なのだということも悟っていた。彼女の運命は死によって日常や未来へのつながりを完全に断ち、時を止め、永遠に純粋な少女のままでいることだ。世俗にまみれて生き続ける大人たちが決して目にすることのできない「もっと青い森」、すなわち花々が咲き、生命の象徴である緑濃い(1)、まさに「花ざかりの森」とい

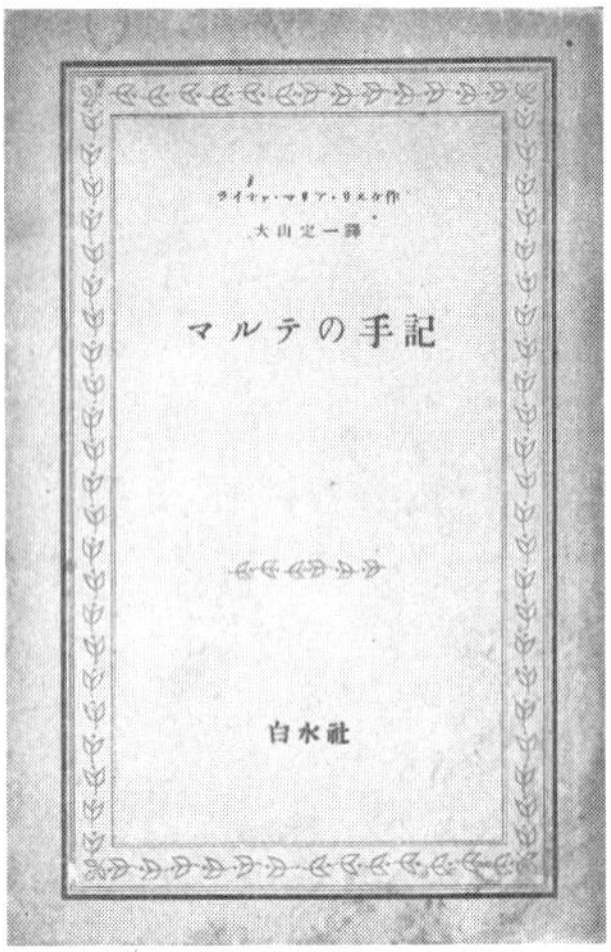

『マルテの手記』大山定一訳（白水社、昭和14年）の表紙

う、より高い次元の生に到達した。それは死と引き換えに保たれる永遠の純粋な少女時代なのだ。

　このように考えてみると、一見少女小説のような響きを持つ「花ざかりの森」というタイトルは、きわめて三島らしいものだということがわかる。三島は東文彦宛ての昭和十六年七月二十四日付の手紙の中で、「表題の『花ざかりの森』といふのは、ギイ・シャルル・クロスの詩からとったもので、内部的な超自然な『憧れ』といふもの、象徴のつもりです」としているが、この「憧れ」がどのようなものなのか、ここでは三島が「花ざかりの森」を「リルケ風の小説」（「解説『花ざかりの森・憂国』昭和四十三年）、「リルケの似ても似つかぬ模倣」（「あとがき」『三島由紀夫作品集』4　昭和二十八年）などと呼ぶほど、この小説と深い関わりのあるリルケ（Rainer Maria Rilke, 1875-1926）の影響から考えてみたい。もちろん、作品はリルケの唯一の長編小説『マルテの手記』（*Die Aufzeichnungen des Malte Laurids Brigge*, 1910）である。

小説の新境地——空白の一年を経て

　これまで触れてきたように、少年はワイルドやラディゲ、ジョイスといった西洋文学の影響を受けて作品を書いてきた。それら『輔仁会雑誌』掲載の創作と日本の伝統の中から湧き上がるように現れた「花ざかりの森」との間には、たしかに決定的な相違がある。しかし、実のところ、日本の祖先について書かれた部分に幻惑されがちな「花ざかりの森」にも西洋的な要素が多く採り入れられているのだ。このことはもっと注目されてもよい。そもそもエピグラフに掲げられたフランス詩がそのことを象徴しているではないか。

「花ざかりの森」の「その二」には基督教に身を捧げる熙明《ひろあき》夫人が登場する。さらに、過去から未来へと広がる作品が持つ時間の幅にこの頃三島が愛読していたプルーストの『失われた時を求めて』の影響も指摘されている(2)。

「花ざかりの森」についてはまだ解明されていないことがいくつかある。そのひとつに、一体いつから構想されていつ書き始められたのかという謎がある。東に宛てた手紙にも記述はない。わかっていることは、作品の一部が擱筆から遡って少なくとも十か月ほど前に書かれているということだ。すでに指摘されていることであるが、「花ざかりの森」の「その一」の書き出し部分は、学校に提出された課題と思われる「でんしや」という小品とほぼ同じである。この作品が書き始められた昭和十五年八月を「花ざかりの森」起筆の時期とする考えもある。しかし、この原稿用紙十枚ほどの小品はそれで完結しているため、そのまま「花ざかりの森」として書き進められたかどうかは判然としない。どうもそうではないように思われる。というのも、むしろ、この提出課題の文章を作品に用いた背景には、三島が当時読んでいた『マルテの手記』の影響があると考えられるからだ。

空白の一年の後半に東に書き送った手紙にはリルケへの言及が見られるようになる。三谷信によれば、ワイルドやラディゲに耽溺した時と同じように、三島は『マルテの手記』について熱く語り、例のごとく本を貸してきたという。貴族の末裔だと思っていたが実はそうではなかったというリルケの家系にも強い関心を寄せていたその熱中ぶりは、自室にかなり大きなミュゾットの館の写真が飾られていたことからも想像ができるだろう。ミュゾットの館とはリルケが晩年を過ごした最後の住処であり、スイスの人里離れた緑の中にある十三世紀頃に建てられ、打ち捨てられていた簡素な石造りの家屋だ。リルケがかの長大な連作詩『ドゥイノの悲歌』（*Duineser Elegien*, 1923）を完成させたのもこのミュゾットの館な

リルケが住んでいたミュゾットの館の写真

『マルテの手記』には「貴婦人と一角獣」（La Dame à la licorne）の１枚である「視覚」（La vue）が挿絵として挿入されている

のだ。少年の和室の勉強部屋には不釣り合いな洋館の写真を前に、さほど文学に興味のない友人に向かって『マルテの手記』の一節を読み上げて悦に入ったり、作中に挿入されたお気に入りのゴブラン織りの貴婦人と一角獣の写真を指で撫で、瞳を輝かせて「君、綺麗だねえ」とくり返す少年。

これまで見てきたように、『サロメ』しかり『ドルジェル伯の舞踏会』しかり、三島は心酔した作品を自作に取り入れ、消化して血肉にしないと気が済まない性質だった。そしてそうすることで作家として成長していった。三島自身が「リルケ風な小説」と称している通り、「花ざかりの森」も当時心酔していた『マルテの手記』に倣って書かれている。

本人が「似ても似つかぬ模倣」と評するだけあって、その影響はつかみにくい。ただ構成に着目すると、詩人のリルケらしい『マルテの手記』に独特な構成、つまりエピソードや断片を連ねた散文詩のような小説という部分を模そうとしたと考えられる。実際、十六歳の三島はかつて憧れたラディゲの緻密な幾何学的な構成よりも、乱れたもの、挿話の集積が醸す不安定な中に保たれた調和に美を見出すようになっていた。三島は東宛ての昭和十六年八月五日付の手紙で次のようにその魅力を説明している。

二、三年前、ラディゲに熱中してゐた頃は、あの櫛《くし》のやうに端麗な首尾一貫さに心をうばはれ、自分の以後進んでゆく道はこの外にはない。又これが最も自分に適したものである、と自認してゐたのが、この頃は麻のやうに乱れた美くしさに心をうばはれ始めました。「マルテの手記」がそれです。あの小説のなかで（成程作者の詩精神は一貫してゐますけれども）かぞへきれぬエピソオドの集成が醸《かも》し出す、あのふしぎな平静と惑乱との調和、さういふものが、ただの平静よりも美くしく思はれてきました。

「花ざかりの森」も時空を超えた四つのエピソードが〈海〉によって束ねられ、ひとつの物語を織りなしている。十か月ほど前に書かれた「でんしや」が「花ざかりの森」に使われていることは先に述べたが、これは「リルケ風な小説」を構築する手段、すなわち『マルテの手記』で反故にした手紙や読んでいる本のエピソードが使われているのと同じように、断片のひとつとして用いられたのではないだろうか。『文藝文化』に掲載されたことで日本浪曼派の影響に目が向きがちな「花ざかりの森」だが、実はその枠組からして西洋的なものを採用した実験小説でもある。それこそがラディゲ熱から脱して一年間の空白を経た作者が切り拓いた新境地だったのだ。

神なき都、パリの異邦人――『マルテの手記』

リルケへの傾倒にはラディゲの時と同様に「花ざかりの森」以前の習作期の頃から三島がその文体や作風を意識していた堀辰雄が影を落としている。堀はこの小説の前半の断片を翻訳し、昭和九年から昭和十年にかけて三回にわたって『四季』に発表しており、三島も読んだと考えられる(3)。実際、三島は東への書簡(昭和十六年七月十日付)の中で堀のことを「リルケのほゞ最初の紹介者であらう」と説明し、『四季』についても「リルケの日本移植の温床」との見解を示している。

三島が東への書簡の中で「作者の詩精神は一貫してゐますけれども」と、ただし書きをしている通り、一見、手紙や備忘録などが雑然と脈絡なく並べられているような、まさに断片の集積のようなこの小説には隠された一貫性がある。リルケ自身は「堅牢で、隙間のない散文」を目し[4]、その姿勢を貫いた。もちろん、主人公のマルテ・ラウリッツ・ブリッゲはリルケではない。オプストフェルダーという実在したデンマークの無名の詩人をモデルとしており、『マルテの手記』は彼が人知れず書いた手記という体裁をとっている。だが、実はリルケはこの青年詩人について多くを知らず、ただ彼がパリで送った孤独な生活とその才能を開花しないまま三十歳前後で他界したという、その境遇に心を強く惹かれたのだった。

リルケは一九〇四年から六年の歳月をかけて『マルテの手記』を完成させるが、そこには執筆開始二年前から始まったリルケ本人のパリでの生活が投影されている。妻子から離れ、パリに身を置いたリルケは、彫刻家ロダンの私設秘書として講演会に訪れたり、ロダン論を書いたり、自身の芸術のあり方について考える雌伏の時を過ごす。それは詩人として大いなる恵みの時でもあった。同時に、貧困と落伍者たちと、死がうごめく近代都市の現実に直面し、父からの支援金も打ち切られ、異邦人として頼る人もなく、深い孤独と戦いつつ執筆を続けた日々でもあった。

当時のパリを象徴するような次の文章から『マルテの手記』は始まる。

人々は生きるためにこの都会へ集まって来るらしい。しかし、僕はむしろ、ここではみんなが死んでゆくとしか思えないのだ。僕はいま外を歩いて来た。僕の目についたのは不思議に病院ばかりだった。僕は一人の男がよろめいて、ぶっ倒れたのを見た。たちまち大勢が人垣をつくったので、それから彼がどうしたかわからなかった。

（『マルテの手記』大山定一訳）

マルテの目を捉えるのは数々の死だ。ひとりぼっちでトランクと本を入れた箱だけを手に彼が彷徨するパリの街路は「ヨードホルムや馬鈴薯をいためる油脂や精神的な不安」の匂いが充満している。窓を開け放ち眠る彼は恐ろしい夢想に悩まされる。部屋を走り抜ける電車、自分を轢いて疾駆する自動車の幻影、割れたガラス窓の破片が起こす笑い声や誰かが階段を上がってくる音、娘の甲高い叫び声。都会の喧噪が妄想と入り混じってマルテの過敏な神経を刺激する。彼が眠りにつくのは遠くで鶏の鳴く朝なのだった。

最初の断片をいくつか拾っても、フランス革命後の「神殺し」を成したパリという都会で孤独と恐怖に苛まれる神経症的な詩人の生活が仄見える。だから、多くの読者は『マルテの手記』から悲惨と絶望を感じずにはいられない。しかし、リルケ自身は『マルテの手記』の真のテーマを「どういうふうにして人間は今日のような世のなかに生きることができるか」に置いている。先に引用した冒頭部は次のような決意の表明で終わっている。

生きることが大切だ。とにかく、生きることが何より大切だ。

詩人は通りに置きっぱなしの乳母車の中で薔薇色の頬をした赤ん坊が大きく口をあけて、彼を憂鬱にさせるパリの匂いを平然と呼吸しているのを目にし、死の渦巻く都会で小さくも力強い生命力の中に希望を見出す。これは『マルテの手記』の序文として読めるのではないか。

三島少年と『マルテの手記』

このあらすじのない小説は二部構成となっている。第一部ではマルテのパリでの現実の生活と故郷デンマークでの幼年期の記憶とが時間軸も場所も越えて次々と続いていく。デンマークの追憶からは祖父母の死や古城での不思議な体験、叔母アベローネへの思慕などが断片的に理解できる。一方のパリでは、神経を病んで訪れた診療所の陰惨さ、通りで見かけた痙攣の発作を起こす老人などが、マルテをさらに憂鬱にさせていく。

それらの断片は、一見マルテの心のままに語られているようでいて、実はそうではない。たとえば少年三島のお気に入りの挿話がある。それはデンマークでの幼少期の話で、マルテは絵を描いている最中にうっかり机から赤い色鉛筆を落としてしまう。毛皮の敷物の上をまさぐりながら鉛筆を探していると、壁の中から突然「大きな、ひどく痩《や》せ細った手」が出て来るのだ。その手はマルテの手と同じ動きで反対側から鉛筆を探す。ちょうど「花ざかりの森」を執筆していた頃、三島は東宛ての手紙の中で次のように書いている。

マルテの手記のなかで「手」のエピソオドがありますがごらんになりましたか。卓子の下に落した赤鉛筆を闇のなかにさがしてゐると、むかうからも毛もくぢやらの見知らぬ手がでてきて索《さが》してゐる、といふ話です。なんとかの館趾に館の幻をはつきりみた話もあれば、古城特有の幽霊の話もあり、「高級鏡花」（？）の趣きです。

（昭和十六年七月十日付東文彦宛ての手紙）

「幽霊の話」とは、母方の祖父の古城に出没した幽霊たちを指す。だが、三島が東に語った「手」や「幽霊」にまつわるゴシック小説風の超自然現象は、ただの怪奇趣味ではない。パリでマルテは「手」の事件をふり返って次のように考える。

この時、すでに、あるものがその後の僕の生活のなかへ押入って来たのだ。一生涯僕につきまとって離れぬあるものが、はっきり忍び入って来たのがわかった。というと、むろん、それは現在からの単なる想像といわれても仕方がない。（中略）この世の中は奇態な一種独特なものでいっぱいぎっしり詰っているのだ。それらは神のために何かある意味を言い表わそうとしているのに違いない。けれども、それがどうしてもはっきり口に出せないのだ。僕はだんだん心の中に悲しい誇りのようなものが深い根を張ってくるのを感じた。(5)

このように断片ひとつの中にも、大きなテーマに向かうために周到に用意されたものがある。つまり、この小説は都会で苦悶する主人公の内面を描くだけでなく、彼の悲惨な生涯を通して、いかに生きるか、大胆に言い換えれば、失われた「神」をいかに取り戻すのかという結末に向けて少しずつ舵を切っているのだ。

第一部はパリのクリュニ博物館での「女と一角獣」のゴブラン織りのエピソードで幕を閉じる。三島が気に入って撫でた絵が挿入されている箇所である。マルテはこのゴブラン織りを目にして、互いに愛し合う関係になるも破綻したアベローネのことを想う。アベローネはマルテだけを生涯にわたって愛し続けるが、彼にとってアベローネは多くの女性のひとりに過ぎなかった。マルテはこのゴブラン織りをアベローネと一緒に眺めている場面を想像し、幻の彼女に自分の気持ちをわかってほしいと問いかけるのだ。「女と一角獣」の前に立った時、マルテの中でそれまで重なり合うことのなかったパリでの生活とデンマークでの過去の日々は一体となる。そこから第二部の愛についての考察への扉が開く。

「愛する女たち」から見えるもの

第二部ではパリの雑踏の一傍観者の手記を超え、マルテの愛と死への深い考察がくり広げられる。それは、そう、神への祈りと信仰のよみがえりとしての領域、すなわち大きな海へと行き着く。第一部と同じゴブラン織りの前で熱心にメモをとっている若い娘からマルテは幾世紀にもわたって愛に生きた女たちへと思いを馳せる。それはリルケの詩集『ドゥイノの悲歌』でもうたわれているイタリアルネサンス期の女流詩人ガスパラ・スタンパや、十七世紀のポルトガルの尼僧マリアナ・アルコフォラドに関するもので、不実な男を待ち、忍耐と苦痛の時間を過ごすうち、女たちは「愛する女性」に徹し、ついには対象である男たちを克服していってしまう。以後、「愛する女たち」の挿話はくり返され、その度にアルコフォラドの名が登場する。十七世紀に生きたこの若き尼僧はポルトガルに駐屯していたフランスの士官と燃えるような恋に落ちるが、彼の突然の帰国により恋愛の日々は終わりを告げる。リルケはアルコフォラドが自分を捨てた恋人に宛てて書いた書簡をドイツ語に訳している。

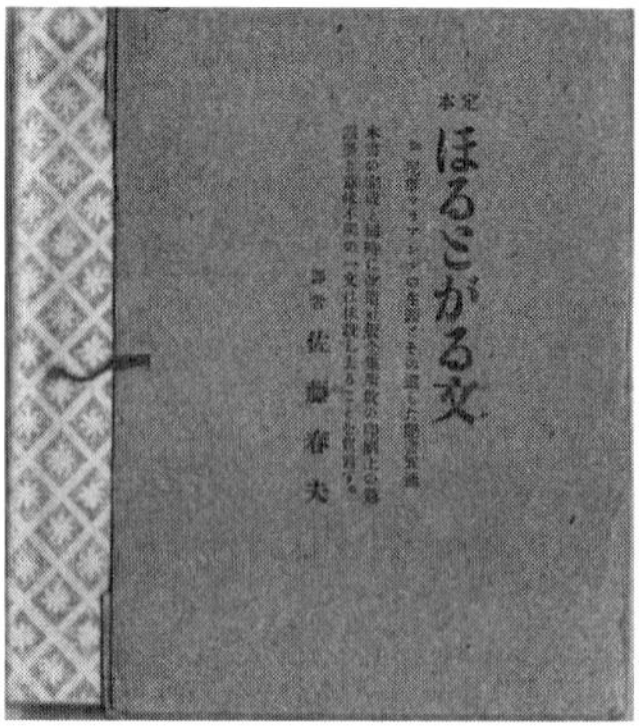

『定本ほるとがる文』佐藤春夫訳
（竹村書房、昭和9年）の帙と表紙の一部
「遂に彼はその凝《こ》った装丁の本を自分の部屋に行って持って来て貸してくれた」と三谷が回想した三島所蔵のものと同じ本

アルコフォラドについて三島が関心を寄せていたことは、三谷信がその著書『級友　三島由紀夫』の中で紹介している高等科に入った頃の『ほるとがる文《ぶみ》』をめぐる回想から窺い知れる。「ほるとがる文」はリルケが訳したアルコフォラドの恋愛書簡集と同じもので、佐藤春夫が十九世紀末の英訳本から友人の助力を得て日本語に訳したものだ。[6] 自宅の応接間で三島はこの恋愛書簡集を感心して褒めたたえた末、自室に行ってその本を持ってくると三谷に貸した。

リルケが描いた「愛する女たち」は三島の『近代能楽集』に収められている「班女」の中に生きている。「班女」は不実な恋人を駅で毎日待つ花子が主人公だ。この話を聞きつけて恋人本人が訪ねて来るが、花子は彼を認識しないという内容だ。三島は「班女」について「あまりに強度の愛が、実在の恋人を超えてしまふといふことはありうる」とし、それは花子が狂気だからではなく、「彼女の狂気が今や精錬されて、狂気の宝石にまで結晶して、正気の人たちの知らぬ、人間存在の核心に腰を据ゑてしまつたからである」と説明している。花子にはアルコフォラドをはじめ、リルケが「愛する女たち」として列挙した十人以上の女性が投影されている。

私の「班女」のシテには、リルケの「マルテ・ラウリッツ・ブリッゲの手記」の中に描かれてゐるポルトガルの一尼僧マリアンナ・アルコフォラドその他の「愛する女性」の面影がなければならぬ。又リルケの描いたサフォーのイメーヂが、作者の私にはあつた。

リルケによると、サフォーは「二人の人間のうちで、あくまで一人が愛する人になり、他が愛される人になるのを嫌」つた。

「サフォーはその愛の絶頂で、自分の抱擁を拒んでゐる人のことをなげいたのではない。もはやこの世にあり得ぬとおもはれる人を彼女のはげしい愛に堪へうるであらう人を、彼女はなげいてゐるのだ」

（「班女について」昭和三十二年）

リルケはこの愛する女の系譜にエロイーズやルイーズ・ラベなど十人以上の女性の名を列挙するが、その中でも三島がサフォーについて言及していることは興味深い。この古代ギリシアの女流詩人には性愛のイメージがつきまとう。レスボス島出身の彼女が女性同士の性愛についての詩を書いたことからレズビアンや同性愛を意味するサフィズムという言葉が生まれたことでも知られる。また、男に拒まれながらも愛し続けた果てに崖から身を投げたという説もある。リルケは過剰な愛情の持ち主の汚名を着せられたサフォーの中に「新しい未来を開く『愛の女性』」を見出した。三島もこの点に共感を示している。

これら「愛する女たち」の伝説は、歴史上の人物の凄惨な最期やマルテが思いを馳せる暗殺の横行した中世の時代と不思議な調和を持ちながら、読者に神の存在を意識させていく。マルテは南フランスにある円形劇場の前に立ち、神々や運命を演じていたローマ時代とはこと変わり、神が不在となった現代に憂いを覚える。やがて「愛する女たち」の逸話は恋愛感情から神への愛の様相を帯びてくる。

第二部の最後を飾るのは「ルカによる福音書」第十五章第十一から三十二節の「放蕩息子の帰還」のエピソードだ。これは一般に知られている罪を犯した息子を許すおやかな神の愛を表すものではなく、リルケ独自の解釈によるものだ。リルケによれば放蕩息子が出奔した理由は、家族からの愛を拒否することにあったという。息子は主体的に神を愛するための旅路に出るが、やがて挫折し、真実の神の愛を求めるために、すなわち「幼年期」という自分の原点から再び神を見出すために故郷に戻るのだ。『マルテの手記』の「いかに生きるべきか」という命題に対してマルテが出した答えは、神の愛を享けるための果てしない道のりへの回帰だったのではないだろうか。

「神」に代わるべき何か

それでは、少年三島は「花ざかりの森」で、リルケが求めようとした神への祈りに代わって一体何を取り戻そうとしたのだろうか。

それは日本古来の伝統ではなかっただろうか。「花ざかりの森」を三島の「リルケの似ても似つかぬ模倣」という言葉を借りて考えても、ワイルドやラディゲに熱中していた時のような痕跡はたどりにくい。先に触れたように、課題の作文を挿入するなど筋書きのないエピソードの連続と散文詩的という漠然とした作風の類似という印象ぐらいしか残らない。あるいは、せいぜいマルテの父方の祖母の偏屈さや古城の調度品の描写などが「花ざかりの森」の中で痙攣し、呻き声をあげる病床の祖母や、その動きをうけて揺れる卓上の小物の描写などの細部に類似を見出すことができるかもしれない。少なくとも、私はそうだった。

ところが、『マルテの手記』の主題を追求していくと、その核心部分を少年三島は自作に取り込んでいたのではないかという思いが強くよぎった。リルケがパリで信仰の喪失を肌で感じながら、デンマークでの記憶から信仰の重要性を掘り起こしていったように、少年は西欧化されていく現代で喪われつつあった〈日本の精神〉の復活を求めたのではないだろうか。その内実は作者自身の生涯のテーマになるのでさらに詳述しなければならないが、はじめて三島由紀夫の名前を冠したこの出世作に、若き文豪の天命が宿っていたことを、まずは指摘しておきたい。

三島は東文彦への手紙で「花ざかりの森」についての自作解説を展開する中で「一の巻、即ち『その一』は現代、『その二』は準古代（中世）、『その三』は古代と近代の三部に分たれ、主人公の系図（憧れの系図）に基づいてゐます」と書いている。実際、「花ざかりの森」は、現代から遡って古代、中世、近代の祖先をめぐる物語だ。『マルテの手記』で信仰への覚醒に向けてマルテを導く「追憶」は、「花ざかりの森」では祖先たちの「内部的な超自然な『憧れ』」に邂逅する手段として使用されている。そうすると、「序の巻」で語られる「追憶」の定義が鮮やかな色をもって理解される。「わたし」にとって「追憶」は「ありし日の生活のぬけがらにすぎぬ」という考えから、「『現在』のもつとも清純な証《あかし》なのだ」という確信に変わり、現在の危機の在処をたどる手立てとなるのだ。

〈日本の精神〉の危機は「その一」で母を通して語られる。

母にわたしは、たつといもの、末の、うらがれではない、人造の葉を鮮やかにとりつけた——衰《すい》頽《たい》でありながらまだせん方ない意欲にあふれてゐる、そんないくらかアメリカナイズされた典型をよんだのである。それはどのみち、衰頽のひとつには相違なかつたであらう。しかしもつとしぶとい、いきいきとした繁栄の仮面にあまりにもよく似合つた。かの女はじぶんのなかにあふれてくる、真の矜持の発露をしらなかつた。もはや貴族の瞳を母はすてたのである。それをば借りもの、ブウルジョアの眼鏡でわづかにまさぐつた。が、この眼鏡はあくまでも借りものだ。母はその発露に、「虚栄心」といふ三字をしかよまなかつた。虚栄心——ひと昔まへまで日本にこのやうないやしい文字はなかつた。わたしはそれをアメリカ語だとかんがへてゐる……。

母に圧せられ、敗北する父は貧弱で弱々しい。だが、秋の陽射しの中で空を仰ぎ見るその姿は「年旧《ふ》りた、飛鳥《あすか》時代の仏像」の面影を宿しており、「わたし」はそこに「わたしの家のおほどかな紋章」を見る。貴族としての矜持を失い、アメリカナイズされた俗物と化して勝ち誇る母とは対照的に父は滅びようとする日本の雅の象徴だ。そして、「わたし」が追想するのは父の系譜なのだ。(7) 東に宛てて綴った自己解説の中には次のような一文がある。

この一篇が「貴族的なるもの」への復古と、それの「あり方」を示すものであることは「その一」の後段の主張でおわかりだらうと存じます。

日本の雅の系譜をたどる上で重要な役割を果たすのが〈海〉だ。三島は東に「古代、中世、近代、現代の照応の為、『海』をライト・モチイフに使」ったと説明している。『マルテの手記』の中では海はほとんど登場しない。(8)三島は『マルテの手記』に深く影響されながらも、その死の都会のはるか底に、少年の眼差しを通して「海」を見ていたのだ。

「序の巻」と「その一」に見られる海

「花ざかりの森」の中で海は、「全篇の意味の解明」の役割を果たす「序の巻」からその姿を見せる。高台から町を見下ろしている「わたし」は、そこが祖先とは縁《ゆかり》のない土地であるにもかかわらず、眼下に広がる海に「もえるやうな郷愁」を覚えるのだった。

この真下の町をふところに抱いてゐる山脈にむかつて、おしせまつてゐる湾《いりうみ》が、こゝからは一目にみえた。朝と夕刻に、町のはづれにあたつてゐる船着場から、ある大都会とを連絡する汽船がでてゆくのだが、その汽笛の音は、ここからも苛《いら》だたしいくらゐはつきりきこえた。夜など、灯《ひ》をいつぱいつけた指貫《ゆびぬき》ほどな船が、けんめいに沖をめざしてゐた。それだのにそんな線香ほどに小さな灯のずれやうは、みてゐて遅さにもどかしくならずにはゐられなかつた。

この描写のすぐ後に、現在の危機を正しく認識する手立てとしての「追憶」が語られる。このように眼前の事物から省察に入っていく手法には『マルテの手記』の影響を見出すこともできるだろう。そして、「厳しいものと美しいものとが離ればなれになつてしまつた」現代においては、もはや祖先が子孫の中に居場所をみつけることはできないのだと日本の現状を憂う。それでも祖先は自分たちの伝統を継承してくれるにふさわしい、新たな時代に毒されていない無垢な子孫を求めている。つまり、日本の雅の伝統の危機にあって、それを受け継ぐ純粋無垢な存在の必要性が打ち出されているのだ。

「その一」が学校提出用の作文として書かれたとされる「でんしや」をそのまま転用したことは先に述べた。ひとり寝の耳に響く汽笛の音に、北国から運ばれた林檎や「もつととほい海」から運ばれた鮭を載せて走る汽車を心に浮かべた幼少時代、町に出る度に自分の願い通りに線路のそばの柵に立ってくれた父、その腕の中で電車が通るたびにはしゃいだ幼児の時の記憶……。その当時、父母は別居していた。祖母と母とが住む母屋と、父の暮らす温室のわきの庵との間には「海原」のように花畑や果樹園が広がっている。この植物の海は、滅びゆく日本の伝統にまったく心を痛めない「当世」風の母と植物の品種改良や生物の飼育に生涯を捧げ、閑人の協会を組織していたという、まさに日本の伝統を受け継いだ父との間の超えがたい溝を象徴しているようでもある。

「その二」の海に象徴されるもの

「その二」は『文藝文化』昭和十六年十月号に掲載されたもので、「わたし」の遠い祖先にあたる中世のキリシタンであった熙明夫人が経験した奇跡が語られている。冒頭の「わたしはわたしの憧れの在処《ありか》を知つてゐる」から始まる段落は「その二」の序の役割を果たす。変化しながらも永遠に存在する川は祖先たちから「わたし」に受け継がれる「憧れ」を象徴する。そして、その脈々と流れてきた川は「わたし」においてついに大河になるという予言が表明される。

珍らしいことにわたしは武家と公家の祖先をもつてゐる。そのどちらのふるさとへ赴《ゆ》くときも、わたしたちの列車にそうて、美くしい河がみえかくれする、わたしたちの旅をこの上もなく雅《みや》びに、守《も》りつゞけてくれるやうに。ああ、あの川。（中略）祖母と母において、川は地下をながれた。父においても、それはせせらぎになつた。わたしにおいて、――ああそれが滔々《たうたう》とした大川にならないでなにになら う、綾織るもの丶やうに、神の祝唄《ほぎうた》のやうに。

「わたし」は祖母の遺品の中に熙明夫人の日記と古い家蔵本の聖書とを見出す。夫婦ともども「もえるやうな主《しゆ》の御弟子《みでし》」であったという熙明夫妻の城は「南国のあるいりうみの近く」にあった。日記には夫人が躍るような筆致で綴ったある夏の日の出来事が紹介されている。夫人は病弱の夫を介抱する束の間、階段を上り、高殿から城下を見渡す。そこには海が遠く望まれた。

城のはるか下方に城門がかすかにみえ、そこからなだらかな傾斜をみせて町が、……黒く低い折り重なつた屋根をならべて、おなじ傾斜のまゝずつと海まで下りてゐた。屋根のあるものは烈日に漆器のやうにかゞやき、町のはづれには黝《くろ》ばんだ松林がうちつらなつてゐた。そのむかうにくすんだおだやかな海が見られた。海のあたりはひどく曇つてゐて水平線は見えなかつた。そのあたりだけ、湿つた砂地のやうな層になつて、雨雲がじつとかさなつてゐた。

雨雲にくすんだ海は夫人の憂鬱にふさがれた心の色を映し出している。また、「その二」の冒頭で川が「憧れ」であると定義されていることは先に述べた。それならば、川の最終目的地である海は「憧れ」そのものであり、暗雲がかかった海は叶わぬ「憧れ」を象徴してもいるだろう。夫人が海から目を背けたのはその事実をみせつけられたくなかったからではないか。

だが、夫人は雨雲に覆われた海から逃れて目を向けた反対側の景色に「奇跡」を目撃することになる。そこでは山一面に緑がもえ、葉桜に蟬の声がくぐもって響く。やがて夫人の目は山の中腹の樹々の少なくなった凹みのあたりでとまる。そこだけがまばゆく光り、白百合が咲いていていたからだ。風に微動だにしない清らかな花の姿に夫人の心は解き放たれる。その瞬間の夫人の心模様は次のように描写されている。

うすら青い海のとほくまで、手がとゞきさうにおもはれた。

夫人の心に「海」が立ち現れたのだ。雨雲に煙る海ではなく、「うすら青い海」だ。普段ははるか彼方にあって触れることなど叶いそうにない淡い青の海にいまは触れられるような希望が夫人の胸でふくらむ。いま夫人は「憧れ」に接する一歩手前にいるのだ。夫人の目に映っている凹みはかつて夫が健康であった春の日に侍女たちと訪れた場所であった。夫人はその場所をじっとみつめる。おそらくは夫の快癒を願いながら、いや、もっと遥か彼方の憧れを夢見ながら……。その凝視は「神の意志をなにかのはずみに動かすことがないとはいへぬ」ほど強いものであり、彼女の切ない願いは「ある奇蹟を用意する」ことになる。

次の瞬間、夫人が目にしたのは胸に十字架をいただいた「おほん母」、すなわち聖母マリアの姿だった。[9]感動の悦びに打たれ、長い祈りを終えると、雨雲が迫っていた。ふと蜂の羽音が聞こえてふり向くと、ひさしにかかった大きな蜂の巣の存在に気がつく。熙明夫人が奇跡に遭遇した瞬間、彼女の「憧れ」が子孫に受け継がれていくことが「海」と「蜂」によって暗示される。

けぶつた海を背景に蜂がいく匹もその巣のまはりにむらがつてゐるのを、かの女ははじめて知つた。

……

三島は東に宛てた自作解説の中で「蜂」の役割を「血統の栄枯」だと説明している。たしかに夫人の血統を継ぐ「わたし」の暮らしぶりは中世の栄華（それが没落を予感させるものであったとしても）にあった夫人のそれとはほど遠い。しかし、わたしが「わびしい住居」から眺める海は幾世紀も遡って夫人が城から見下ろしていた海と変わりない永遠のものなのだ。

夫人が目にしたものの正体が何だったのかという問いは、長い間「わたし」の中で抜けきれぬ棘のように燻り続けた。そしてある答えに行き着く。夫人が体験した奇跡は「切羽つまった場合にだけ、憧れが摂《と》るうつくしい手段」なのだ。つまり、彼女の祖先が彼女の中に蒔いた「憧れのたね」が成長し、ようやく咲かせた花こそが彼女が見た「聖《きよ》い幻」だったのだ。そしてその半年ののち、夫人は命を落とす。

これは究極の憧れを果たした引き換えに夫人に訪れた「危機」なのだと「わたし」は考える。このように、「その二」では〈海〉は永遠の「憧れ」であると同時に「危機」と「死」をも表象している。

【註】

(1)「彼女は余所にもつと青い森のある事を知つてゐた」の「青い」はフランス語の原文では傍線のように“elle savait d'autres forêts plus vertes ailleurs.”(英語では“She knew of other more green forests elsewhere.”となるだろうか)となっており、堀口大學の使用した「青」という言葉はもちろん、われわれが通常使用する基本色名の「青」ではなく「緑」、つまり樹々の緑の濃さを示すものである。

(2)井上隆史は、「花ざかりの森」は祖先から「私」を通して未来へとつながっていく「独特な時間構造」が論理的に用いられており、そこに当時三島が読んでいたプルーストの影響を指摘している。また、三島が読んだプルーストの『失われた時を求めて』は昭和十五年に弘文堂書房から出版された井上究一郎訳の『心の間歇』と題されたダイジェスト版だ。新書版の大きさで二百頁ほどである。「コンブレエ」、「離苦と忘却」、「心の間歇」、「タンソンヴィル」、「天職の啓示」が収められているだけで、現在のような大長編の翻訳ではなかった。

(3)堀はリルケの詩や書簡の翻訳を手がけるだけでなく、彼についての文章も書いている。『マルテの手記』に関しては「マルテ・ロオリッツ・ブリッゲの手記」として一部を翻訳し、『四季』に発表した。第一部の冒頭部の十一段落分が昭和九年十月号に、それに続く三段落分と祖父の死についての十三段落分とがそれぞれ昭和九年十二月号に、さらにその続きの七段落分が昭和十年一月号に掲載されている。また、昭和十年六月号にはリルケの年譜を発表している。

（４）富士川英郎「解説」、『マルテの手記』（大山定一訳、新潮社）。以降の『マルテの手記』からの引用およびリルケの言葉は同書の大山定一訳の本文および「訳者あとがき」による。

（５）引用で使用した改定訳では「それらは神のために何かある意味を言い表わそうとしているのに違いない。けれども、それがどうしてもはっきり口に出せないのだ」となっている部分が、三島が所蔵していた昭和十四年刊行の白水社版では「それらは何か一つのものを言ひあらはさうとしてゐるにちがいないけれども、どうしてもはつきりそれが口に出せないのだ」となっている。やや曖昧なこの訳から「神」を読み取るのは困難かもしれないが、三島少年であれば「何か一つのもの」に「神」を読み取ったにちがいない。

（６）三島にとって『ほるとがる文』は佐藤春夫の翻訳であったことが大きい。三谷は佐藤春夫に対する三島の傾倒を思い出す過程で『ほるとがる文』のエピソードを書いている。また、三島自身も東文彦宛ての昭和十六年十二月二十七日付書簡の中で佐藤春夫が「花ざかりの森」について「日本の古典が作者の血になつてゐる」などと評したことに触れ、「佐藤春夫氏のものでは、三年近く探してすつかり諦めてゐた『ほるとがる文』を、渋谷の宮益坂の上の本屋で新本を偶然見つけ、早速かつてよみましたが、あれだけ訳文で独特な文体をつくつてゐるものは、もう創作と云つても構はないものでございませう」と綴っている。

（７）このテーマはやがて後年の三島が戯曲「朱雀家の滅亡」（昭和四十二年）において切迫感をもって十全に描き出すことになる。

（8）『マルテの手記』で〈海〉は、マルテが作中で展開する詩論の中で一行の詩にいかに多くの都市、人、書物が必要かを示す例のひとつとして「海べりの朝。海そのものの姿。あすこの海、ここの海」という具合に用いられる。また、パリの生活に疲弊したマルテが友人に宛てた書きつぶしの手紙に記した「ああ、海が見たい」という謎めいた一文の中で都会の喧噪から逃れる場として使用されてもいる。第二部でもせいぜい遠い世界を心に描くために「荒々しい冒険の海」という表現があるぐらいだ。いずれにせよ、主題に関わるものではない。

（9）文脈からこの「おほん母」が聖母マリアであることは容易に読み取れるが、熊本で発見された手稿で「おほん母」の前に「聖母」の文字が書かれていた（消した跡あり）ことからも明らかである。

３．「花ざかりの森」の中の海（下）――自筆原稿から見えるもの

河へとび入るためにはしじゅう意地悪な額縁に邪魔されつゞけてゐた私は、岸をあるく人であつた。額縁なしに万象をみることはまるで罪科《つみとが》のやうにおもはれた。岸を歩みながら川の面ばかりみてきたとあつては、畢竟《ひつきやう》岸をあるく人でなかつたのかもしれぬ。しかし奔湍《たぎ》のやうに私たちの上におちかかつてきた神のみいくさが、その額縁から頑《かたく》なな眼差《まなざし》をば、いかにも清らかに引きはなして以来、私は河のほとりにあつて無礙《むげ》であつた。そのとき以来、河のいそいでゆく海がみえた。まことに私も、海へいそがうとすることでは、河とことなるところがなかつた筈である。川波は夏の夕映えに、不断に変幻するおもかげをわが上に写してゐるやうにみえた。海のかたには厳かな雲が立ち、それは今そこで神の宴がひらかれてでもゐるやうに美しくもえ熾《さか》つてゐた。その日から私の歌は海にむかつてばかりうたはれた。十六年七月の花ざかりの森は、さうした海への予感が私のなかになつかしくさわぎそめてゐた時の作品である。

（平岡公威〈「序」「花ざかりの森」用１〉）

タイトルが暗示するもの

引用の「清水文雄先生に捧ぐ」と題した文章は、本章の「1」の冒頭で引用した「序」の異稿である。『花ざかりの森』の単行本刊行に向けて同じ日に準備されたふたつの「序」のうちのひとつだ。

この序文を早々《はやばや》と用意した姿勢からは、『文藝文化』への発表を機に日本浪曼派との結びつきを強めていき、いよいよ単行本出版に漕ぎ着けた少年の並々ならぬ意気込みが見て取れる。その一方で、内容からは二年前に「花ざかりの森」を執筆していた十六歳の頃の心境を読み取ることができる。それは出版への希望に胸を躍らせる少年らしい行動力とは裏腹なものだ。

「河へとび入るためにはしじゆう意地悪な額縁に邪魔されつゞけてゐた私は、岸をあるく人であつた」という最初の一文は比喩的で理解しにくいが、三島自身が答えを示してくれている。冒頭の引用には使用しなかったが、そこにはこの序文の後半に続く「投身者になりえぬことを以て私を非難する人も多い」という言葉がある。すると、「河へとび入る」とは当然、死を指すと考えられる。つまり、死を夢見ながらも、世間的なものに縛られ、日常にとどまっていなければならなかった少年の暗い希死願望とそれを実行できぬ忸怩たる思いが「岸を歩く人」には託されているのだ。そして、その後に続く「岸を歩みながら川の面ばかりみてきた」という一節が少年の生きながらも死に囚われ続けた空虚な日々を物語っている。

そしてその状況は一変する。「私たちの上におちかかつてきた神のみいくさ」、大東亜戦争の勃発だ。戦争の不穏な空気は少年に大きな安心感を与える。彼は「河のほとりにあつて無礙であつた」。まさに水を得た魚のように、少年三島は激化していく戦争によって、世間的なしがらみから解き放たれて自由な心持ちで日常を生きることができたのだ。その時から「河のいそいでゆく海」が見えるようになり、「私も、海へいそがうとする」ようになる。河の最終的な目的地——すなわち〈死〉の先に少年が見たものは何だったのだろうか。

ここで再びギイ・シャルル・クロスの「小唄」がリフレインのように私たちの耳に響き渡る。夭折の少女しか知らない「青い森」とは、多くの河が流れ着く豊かな〈海〉なのである。そして、戦争によって日常から「清らかに」引き離された日を境に〈海〉が作品のテーマとなったことが「『序』『花ざかりの森』用１」からの引用によって明らかになる。

その日から私の歌は海にむかつてばかりうたはれた。十六年七月の花ざかりの森は、さうした海への予感が私のなかになつかしくさわぎそめてゐた時の作品である。

山中湖の三島由紀夫文学館所蔵の手稿、そして二〇二一年十一月に一般公開されたくまもと文学・歴史館所蔵の手稿とを視野に入れながら、「花ざかりの森」の「その三」における〈海〉の秘密について考えてみたい。

実は書き上げた当初、三島は「その三」の出来に満足していなかった。たとえば、「花ざかりの森」の『文藝文化』への掲載を報告する手紙（昭和十六年八月五日）の中で、もしも『文藝文化』ではなく、当初の予定どおり『輔仁会雑誌』に掲載することになっていたら「『その三』をどうしても不満のまゝ出さなければならないので実際どうしようかと迷つてゐた」と書いている。清水文雄にも「『その三』

は全部で六十枚程にまとめようと焦りましたので、大変混雑して意を尽くさなかつた点も多々ございます」とし、「雑誌にのせます時はこのまゝでのせ、別に定稿を作つておかうといふ気持でをります」（昭和十六年七月二十八日付書簡）と書き送っている。

実際に、三島は早くも八月九日付で東に宛てて「例の小説の書きなほしは一旦完成しましたが、又、手をいれてゐます。『その三』の部分です。前二十一枚だつたのが、三十四枚になり十三枚ふえました。すこしはゆつたりしたやうです」と書き送っている。たしかに山中湖の三島由紀夫文学館には「その三」の元原稿と目される自筆原稿が所蔵されている。[1]この原稿には末尾に、「昭和十六年七月十九日擱筆」と記されており、この翌日に三島は東文彦に出来上がったばかりの小説を送付したことを伝える葉書を書いている。

決定稿と比べると、この元原稿の半分以上が削除され、倍以上が加筆されたことがわかる。くまもと文学・歴史館所蔵の自筆原稿は、山中湖の元原稿よりも後に書かれた『文藝文化』に掲載された原稿だが、[2]そこにも修正の形跡が見られる。山中湖の元原稿「その三」は、三島が書いているように「（上）」と「（下）」を合わせて原稿用紙二十一枚分ある。[3]熊本の自筆原稿については、残念ながら「（下）」はなく「（上）」しかないが、それだけでも原稿用紙十三枚分ある。[4]山中湖の「（上）」の原稿用紙九枚分と比較してもおよそ原稿用紙四枚分、単純計算で三割近く増えたことになる。

「その三」は「序の巻」、「その一」、「その二」に比べると、もともと分量が多い。内容としては、「（上）」では古代を、「（下）」では近代を扱っており、「（上）」は『文藝文化』昭和十六年十一月号に、「（下）」は同年十二月号に掲載された。

まずは「（上）」の筋をたどりながら定稿と山中湖の元原稿との相違を検証し、その上で熊本の自筆原稿とを比較することで三島少年が〈海〉に何を託そうとしたのかを探ってみたい。「（下）」については決定稿と山中湖の元原稿とを比較し、最終的に作品全体の〈海〉について考えたい。

「その三（上）」について

ここでくり広げられる物語は平安時代の終わりに遡る「わたし」の祖先のひとり、ある殿上人と密かに通じていた「女」が、尼寺から自らの行いを物語の形にして殿上人に送ったものだ。「女」の熱情が燃え盛るのと反比例するように殿上人はつれなくなった。そんな彼へのあてつけの気持ちも手伝って、「女」は自分に言い寄ってくる幼馴染の修行僧へと心を移す。秋立つ頃にふたりは駆け落ち同然で男の故郷である紀伊を目指す。旅の途上でそれまで完全に「女」が優位だった関係は逆転する。「女」がはじめて目にする海に怖れを抱いたからだ。しかし、それも束の間、「女」は紀伊に着いて四日目にひとりで浜に出かけて以来、「男」への態度を豹変させ、まったく従順を示さなくなる。やがてふたりの関係は破綻する。「女」は次の春にはひとり密かに京に上り、尼になった。

細かな言葉の修正を挙げ出すとかなりの量になってしまうので自重するが、数行にわたる加筆の特徴としてまず目をひくのは、「わたし」の祖先と「女」の関わりが色濃くなっている点だろう。山中湖の元原稿では「女」と自分たちの家系とは「なんの縁故もない」と一言で片づけられているが、決定稿では、なぜ「女」の物語について語るのか、その理由として物語が家に長く蔵されていたという点で縁があること、彼女の熱情に自身の血筋の類似点を見出したことなどの説明が加えられた。「女」と自身の祖先である殿上人との関係についても、元原稿では身分の低い者たちの噂が耳に入ったとなっているだけだが、決定稿では詳細が書き加えられている。

また、「女」の人となりについてもより具体的に書き換えられている。「女」が宮仕えをしていた過去から洗練された調度品をあつらえるなどして殿上人の気持ちをつなぎとめていたこと、幼馴染の修行僧と川に沿って紀伊に下っていく旅の途上での「女」の心の動き——内なる灯を虚しく守っていくほたるに感じ入ったり、男の身勝手に耐えなくてはならない悔しさなど——が詳述される。

「女」の抱く二種類のおそれ

だが、元原稿と決定稿とで最も異なる点は「女」が海に抱く「おそれ」についての解釈だろう。「女」と「男」の道行きは川に沿って海を目指す旅でもあった。川の瀬の音を耳にした「女」が「ああ、なんといふおそろしいあの音」と恐怖を示すと、海を知る「男」は「いやいや、海はどうしてあんなものではない……」と答える。「海？　海ってどんなものなのでせう。わたくし、うまれてよりそのやうなおそろしいものを見たことはありませぬ」と「女」がまだ見ぬ海への恐怖を募らせるのに対して、「男」は「海はたゞ海だけのことだ、さうではないか」と言ってのける。それまでは昂りきって「女」の機嫌をとったり、駆け落ちに怯えたりして「女」をしらけさせていた同じ「男」とは思えぬ豪胆な言動に、はじめて「女」は「男」を頼もしく思う。旅を続けるうちに海を怖れる「女」と怖れない「男」の立場は逆転していく。ここで交わされる「女」と「男」の海をめぐる会話は表現こそ少し異なるものの、元原稿も決定稿もほぼ同じだ。

ところがこれに続く場面が大きく異なるのだ。それは紀伊に到着してはじめて「女」が海に本格的に接する場面だ。この部分は元原稿では簡潔で散文詩を思わせる余韻を残す。

女ははじめて紺碧のおほわだつみを胸にうつした。そのたまゆら、女はなんともいへぬゆたかなおもひと、包まれることの快感とをあじはつた。だがすぐさま、すくひがたい重たさと畏《おそ》れをかんじた。

（「花ざかりの森」異稿　山中湖・三島由紀夫文学館所蔵）

「女」は海を目にした瞬間に自身の中に海の神を宿し、海の包容力を全身で感じる。しかし、その直後には海の重圧と畏怖の念に襲われる。言葉は少ないながらも、詩のようなこれらの文章からは「女」にとって海が癒しと恐怖という対立概念を包含した存在であることが伝わってくる。

一方の決定稿では二段落分が書き加えられ、海の描写と海を見てからの「女」の心の動きが丁寧に説明されている。手稿の行間に隠れていることを詳しく書くことで「花ざかりの森」にとって、もっと言えば、その後の三島文学にとって重要な主題――〈海〉と〈憧れ〉の関係が明らかになる。少し長いので部分的に引用する。

家をでると海が細い繻子《しゆす》のひものやうにきららかにのぞまれた。波のはげしいひびきは、しかし足下《あしもと》までとゞろいた。おもてをおほうて一さんに浜めがけてかけだした。耳もとを潮風がはばたき、

波音はぐいぐいとたかまつた。（中略）
（中略）女ははじめて、いさなとり海のすがたを胸にうつした。はげしいいた手は、すぐさま痛みをともなふことがまれであるやうに、女はそのたまゆら、予期したおそれとにてもにつかぬものをみいだした。はつしと胸にうけたそのきはに、おほわたつみはもはや女のなかに住んでしまつた。殺される一歩手前、殺されると意識しながらおちいるあのふしぎな恍惚、ああした恍惚のなかに女はゐた。（中略）そこではあのたぐひない受動の姿勢がとられる。いままでは能動であり、これからも能動であらうとするものゝ、陥没的な受動でなくてなんであらう。陥没にともなふ清純な放心、それはあらゆるものをうけいれ、あらゆるものに染まらない。いはゞ『母』の胸にたすがたであらうか。ゆゑしれぬゆたかな懐《おも》ひ、包まれることの恍惚、さうしたありやうから、しかし女はすぐときはなたれた。
すくひがたい重たさと畏《おそ》れとがのしかかつてきた。海はおのれのなかであふれゆすぶれだした。缶《ほとぎ》のやうなおほいな甕《かめ》をわれとわが身に据ゐたかのやうに。
（「花ざかりの森」決定稿）

ここでは、元原稿の「ゆたかなおもひと、包まれることの快感」という抽象的な感覚は「殺される一歩手前、殺されると意識しながらおちいるあのふしぎな恍惚」と定義され、それは母の胸に似た清らかな放心と受動的な姿勢であると説明される。いまや「女」は種々のしがらみから自由になり、生を享ける以前の純白な心に戻る。だが、この時、「女」は海がうたう甘美な「死」の子守歌を耳にするのだ。

この「死」への予感が「女」の中で恐怖と結びついて「憧れ」という結晶体になる。そしてその憧れは「女」の内で収まりがつかず、彼女の存在を凌駕しようとする。

海との出会いがもたらした「殺される一歩手前」の恍惚感は、第４章「２」で論じた三島の「雨季」を想起させる。この小説の中で主人公の少年は特異な性的傾向から生じる疎外感から遁れるために海へと向かう。海を目にした瞬間に少年が流す涙は、海に心を委ねることによる自我からの解放を示している。その解放感は、「殺される一歩手前」、つまり殺人者にすべてを支配されるという完璧な受動がもたらす一瞬のエクスタシーでもある。

思春期はただでさえ周囲の目に敏感だ。秘めている傷があればなおさらだろう。早熟の天才少年とて例外ではない。東への手紙には「いつか川路さんに紹介されたとき、『あれは変態だ』と云つてゐるといふ噂が耳にはひつたときは本当に生きてゐるのがイヤになつた位ゐです」（昭和十六年十一月十六日付書簡）という言葉があり、「それに類した経験は二、三もつてをります」ともある。

相手の言葉によって自分の抱えている傷口がひろがり、血を流し、周囲に臆病になる少年の閉塞感。海を目にした瞬間の「雨季」の主人公の解放感は、「岸を歩く」ことを自身に課しながら、「川への投身」を夢見る、すなわち望まぬ「生」に甘んじながら「死」に憧れる少年が待ち望むものでもあっただろう。『文藝文化』掲載のために加筆された二段落分の文章には、元原稿の段階では書き切れなかったこうした「憧れ」の正体が言葉を尽くして説明されているのだ。

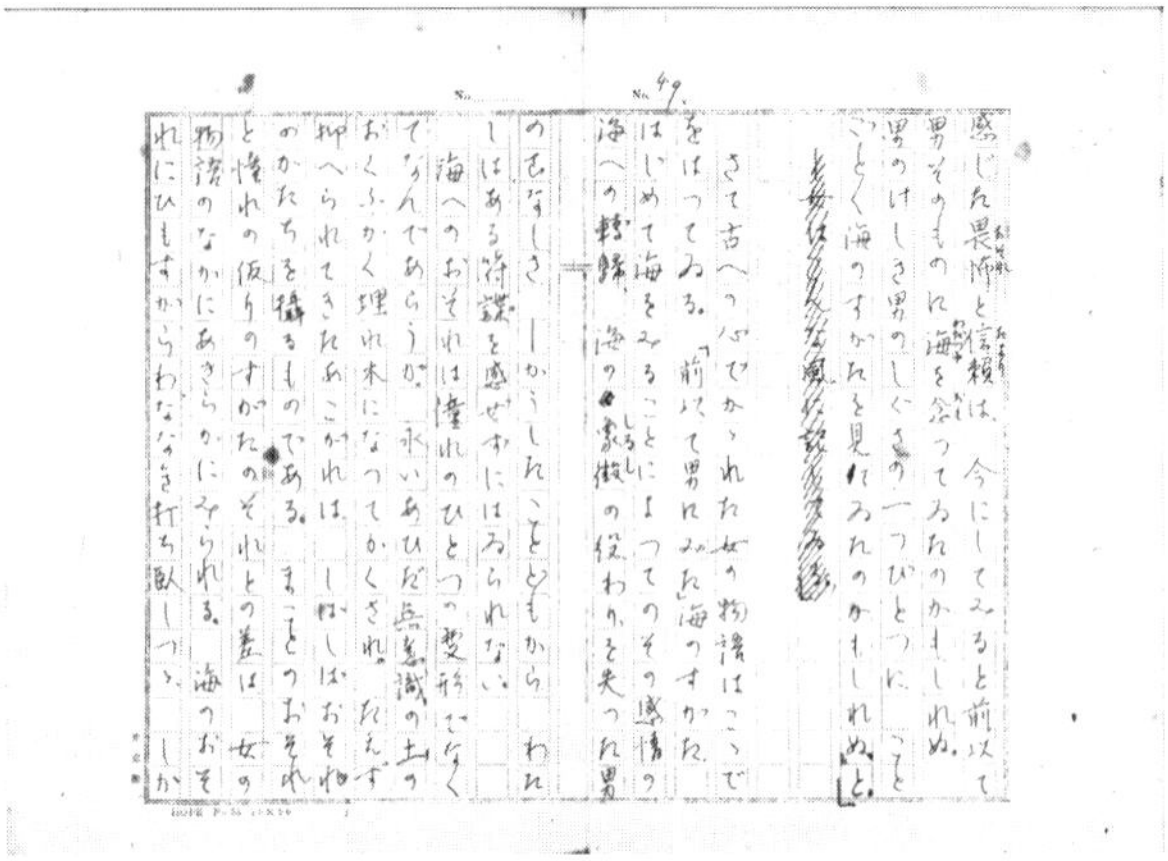

「花ざかりの森」自筆原稿 No.49
山中湖・三島由紀夫文学館所蔵

真実の「海」と偽物の「男」

このあと「女」は浜辺から家に走り帰り、震えながら布団をかぶる。海との邂逅の日を境に「女」の中で海への恐怖心が高まる一方で、「男」への信頼は急速に冷め、侮蔑へと変わる。「女」は駆け落ち前よりもさらに「男」に対して居丈高になった。それは「女」が「『前もつて男にみた』海のすがた、はじめて海をみることによつての其の感情の海への転帰、あるいは海の象徴《しるし》の役わりを失つた男のむなしさ」を感じたからにほかならない。この一連の流れに関しては元原稿も決定稿もほぼ同じだ。

山中湖の元原稿では「女」の豹変ぶりに「わたしはある符牒を感ぜずにはゐられない」と、「わたし」は同類のみがありありと感得できる暗号を理解するのだ。そして「海へのおそれは憧れのひとつの変形でなくてなんであらうか」と強く断言する。一方の決定稿ではこの部分に「わたしはそこに、み祖《おや》たちの系譜からわたし自《みずか》ら読みとつたある黙契によつて、ささやかな解釈をつけくはへたいとおもふ」と但し書きが加えられている。このことによって、異稿では「女」の海への想いをわがもののように読み取った「わたし」の個人的共感は、決定稿では祖先という集合体と共有する「黙契」へと微妙に転化されている。
さらに、異稿においては「まことのおそれ」と「憧れの仮りのすがた」として現れる「おそれ」との差異は「女の物語のなかにあきらかにみられる」と読者に委ねられて詳述されていない。これに対し、決定稿ではふたつの「おそれ」の差異についてかなり詳しい解説が加えられている。

けれどもさうしたおそれ［あこがれの変形としてのおそれ］は並一般の粗雑なあらけない『おそれ』とはなじまぬものと思はれる。人のうつそ身をばはげしくゆりうごかしはするが、けつして傷手をあたへることがない。むしろきびしい叱咤のあひだに、人の心の何ものかを育《はぐ》くみ成長させてゆくたぐひの怖れではあるまいか。怖れによつて人の心に受動のかたちをあたへ、ある量りしれぬ不可見の——『神』——『より高貴なもの』の意図するばしよへ人間をひつぱつてゆかうとするふしぎな『力』のはたらきではあるまいか。もとよりそれは、憧れがするはたらきとまつたく同じものであらう。……

この物語をひもとく方は、さうしたもののきざしをさぐつてごらんになると興ふかいと思ふ。まことのおそれと憧れの仮りのすがたのそれとのちがひは、そこにさやかに現はれてゐる筈だから。

（「花ざかりの森」決定稿）

このように決定稿では、憧れから生じる「おそれ」が人の心を育成する「神」の「力のはたらき」であり、高みへと人を導くものであるという解釈が加わっている。このことによって元原稿では読み取れた「憧れ」イコール「死」という構図は払拭され、「おそれ」は超自然的なものへの憧れに置き換えられている。つまり、「女」の死への憧れを自らのものとした「私」の直感は、「私」の祖先全体と共有する「より高貴なもの」への飛翔となっている。これは「意を尽くせなかった点」の補足ではなく、大事な書き換えである。もちろん、この書き換えによって、失われゆく日本古来の伝統への哀歌、憧れの継承者たらんとする作者の意思がより鮮明になる。いわば、日本浪曼派の考えに近いものに変換されていると言えるだろう。

決定稿も元原稿も「女」が頼ったのは「男」ではなく、「海」であり、その理由として「おそれの対象である海になべての信頼《たより》をささげ、その袖にいつしんに縋《すが》つてゐた」からということになっている。決定稿はこの後に「ふたつの畏れの差はそこに読まれるのだ」という一文が書き加えられて結びとなっている。つまり、「海」は憧れの変形の畏れであるがゆえ、「女」の全幅の信頼を勝ち得ていた。一方の「男」はと言えば、海を見る以前の「女」の一般的な意味での恐怖心が頼みにした表面的な男らしさに過ぎなかった。つまり、決定稿と元原稿の両方において「海」が真実の畏れであったのに対し、「男」は偽物に過ぎなかったことが明らかになる。「男」への一時的で底の浅い畏れと対比されることで、「海」は脈々と受け継がれてきた悠久の日本の「美」を象徴する憧れとして圧倒的な輝きを放つのだ。

自筆原稿の削除部分から浮かび上がるもの

ところが、山中湖の異稿、つまり元原稿では結びはまったく異なる。もちろん、決定稿で書き加えられた「ふたつの畏れの差はそこに読まれるのだ」という一文はなく、次に引用する一段落で結ばれている。

では、その海をすて、都へのがれたのはなにゆゑか。それは知るよしもないが、後年の熙明夫人が見たものに似たあこがれの危険と危機を、「おそれ」の作用によつて予《あらかじ》め知りえたからであつたかもしれない。

（「花ざかりの森」異稿　山中湖・三島由紀夫文学館所蔵）

ここでは、恐怖を感じながらもそれほどまでに頼みにしていた海を「女」がなぜ捨てて京に向かったのか、その理由がクローズアップされている。もちろん「女」が都に逃げた理由については決定稿でも「海のおそれにたへかねたためか」、「男にいやけがさしての故か」と「わたし」が推測し、「すくなくとも男がこはくなつたためではなかつた」と断定している部分があり、元原稿でも表現は多少異なっているが同じようなことが書いてある。だが、元原稿では結びにもう一度海から逃げた理由に目を向けている。ここに三島少年にとって切実な問題が隠れているのではないだろうか。修正前の元原稿では海への憧れは〈死〉と同義であり、それゆえに「女」がそこから逃げた理由が少年にとって看過できない問題だったことがわかる。

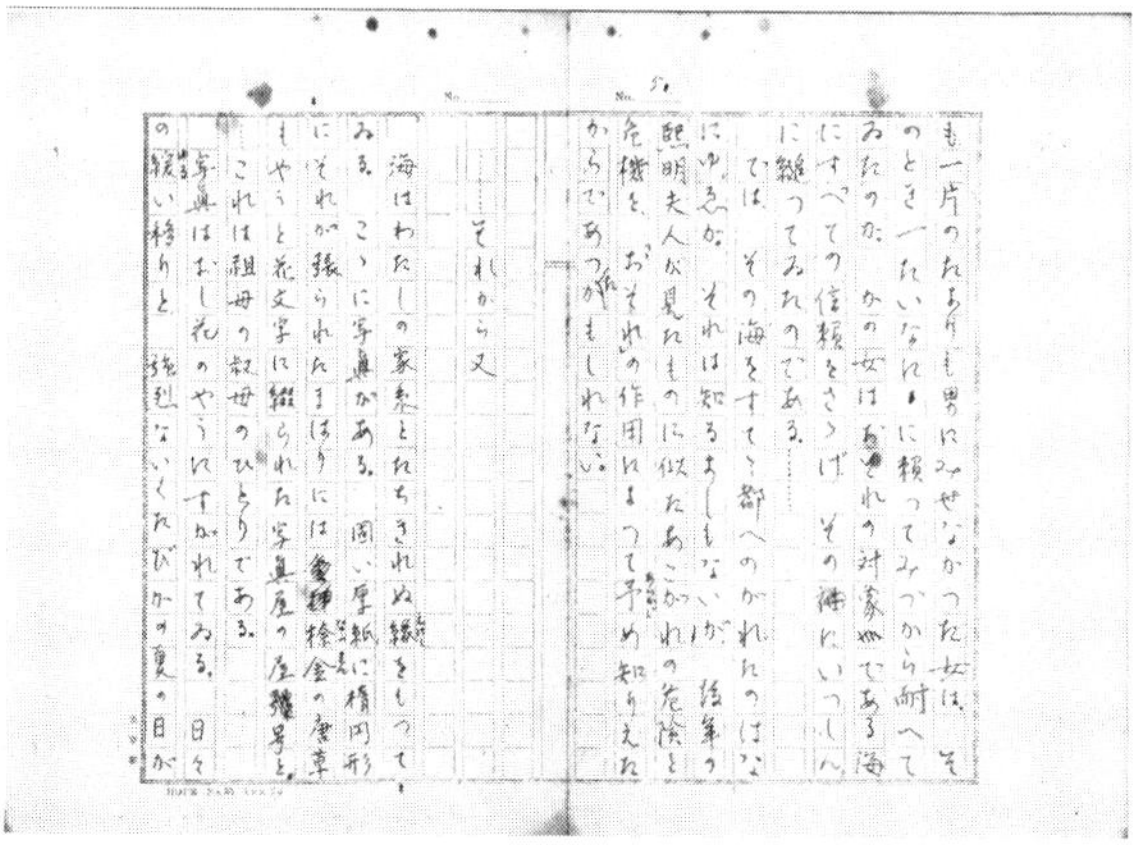

「花ざかりの森」自筆原稿 No.50

山中湖・三島由紀夫文学館所蔵

実はこの部分は表現を少し変えて、熊本に所蔵されている自筆原稿にも残っているのだ。くり返しになるが、山中湖に保管されている最初の原稿とは異なり、熊本の自筆原稿はほぼ決定稿と同じだ。決定稿と異なる部分は原稿用紙一枚につき数か所程度で、[5]大きな変更はない。それなのに、この結びの部分には山中湖の元原稿の変奏《ヴァリエーション》が残されている。いや、正確に言えば、「(上)」をどう収束させようかと逡巡した痕跡が認められるのだ。熊本の自筆原稿の最後の六行分には紙が貼られた上に書かれている部分もある。紛れもない書き直しの跡だ。

だが、せっかく紙を貼ってまで書き直したにもかかわらず、その文章は最終的に消されてしまっている。判読できないほどに几帳面に何本もの線で消されているその手稿からは、熊本県立図書館の閲覧用に用意されたパソコンの画面を通してでさえ、十六歳の三島が「その三（上）」の結末をどうするか考えあぐねていた姿が目に浮かぶ。

……渋谷区大山町のつつましい勉強部屋。飾られているリルケ晩年の住処ミュゾットの館の写真。その大きな写真とはおよそ似つかわしくない質素な和机に向かっている細身の少年。その蒼白な細面に輝く聡明な瞳が電灯に照らされた原稿用紙の上を何度か往復する。そして、思い立ったようにその部分の文字をていねいにペンで消しつぶす。それは苦渋の決断だ。

次の引用はその削除された部分の再現だ。あまりにもきちんと消されていて判読が困難な部分がいくつかあったため、さまざまな角度から見てこうではないかという推測も数か所入っていることをお許し願いたい。

「(後記　ひるがへつて女が海を捨てて都へ遁れた理由を按ずるのに、後年、熙明夫人が見たものに似たあこがれの危機と危殆を熙明夫人が最後までもたなかつたひとつの武器「おそれ」の作用によつて、予め知りえたからであつたかもしれない。)」

(「花ざかりの森」自筆原稿　くまもと文学・歴史館所蔵)

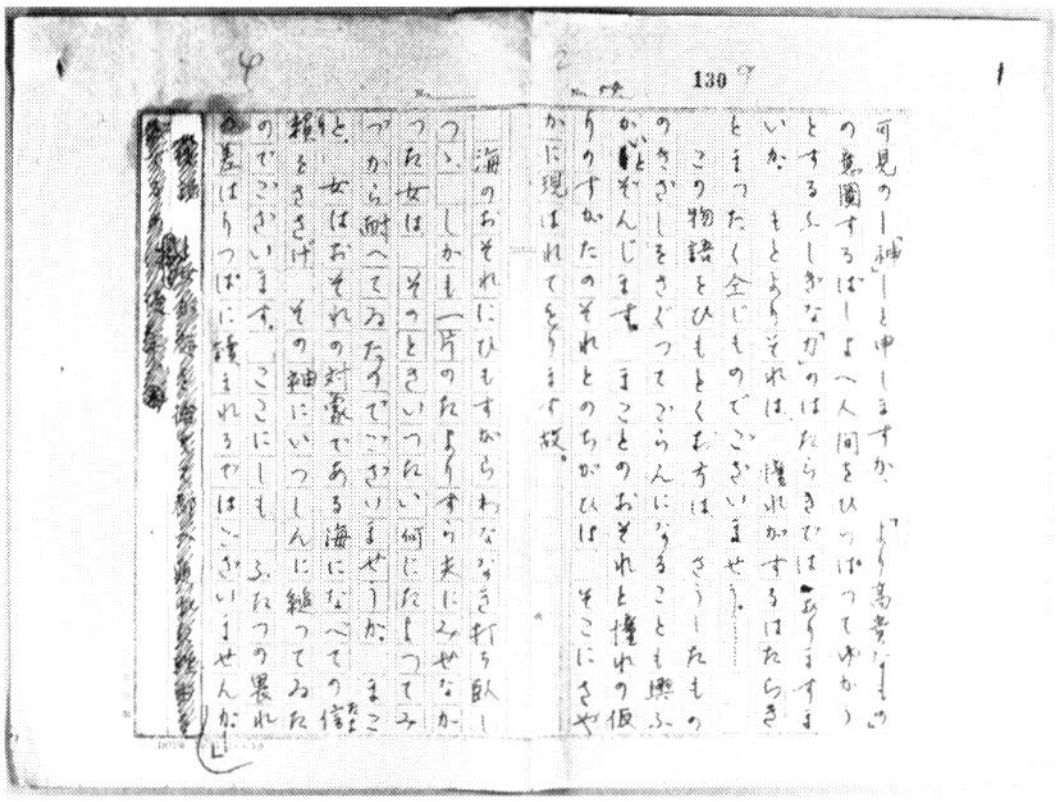

「花ざかりの森」自筆原稿 No.54
くまもと文学・歴史館所蔵
最後の２行文には紙を貼って修正している

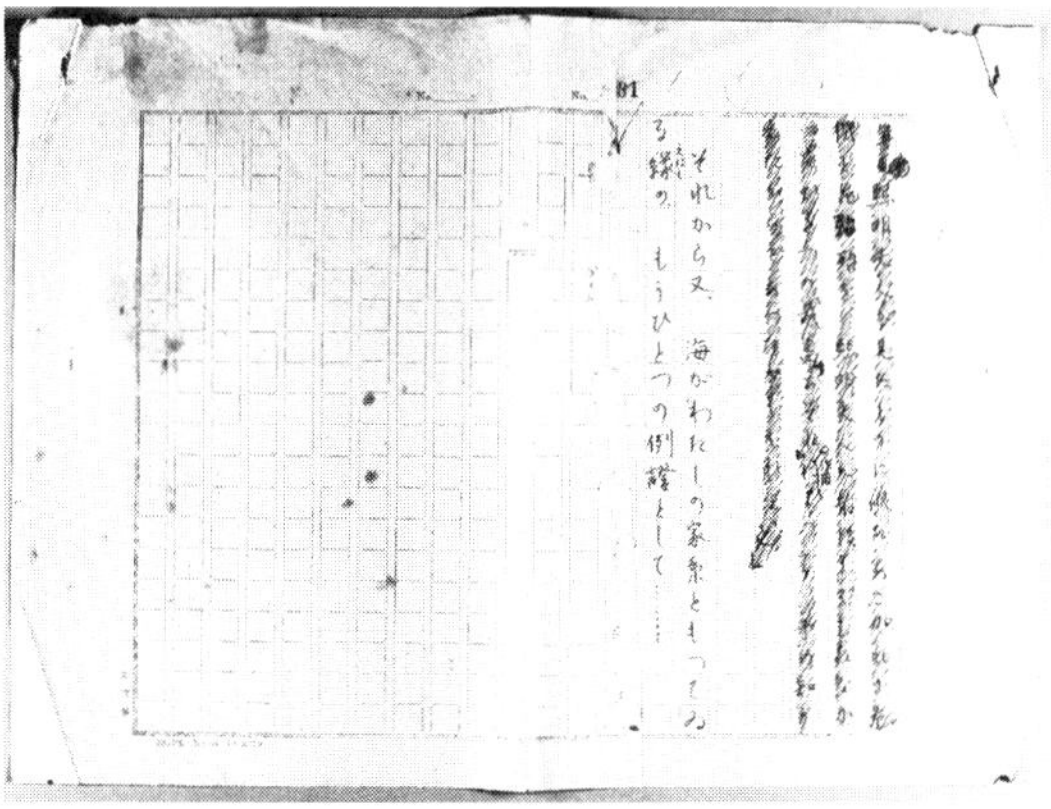

「花ざかりの森」自筆原稿 N0.55
くまもと文学・歴史館所蔵
几帳面に消しつぶされた「その三（上)」の最終部分

決定稿の「その三」では熙明夫人については一言も触れていない。しかし、山中湖と熊本のふたつの自筆原稿においては強い憧れによって奇蹟に遭遇して命を落とした熙明夫人の危機は重要な意味を持つ。「女」は海にあれほどの憧れを抱きながらも、ついに熙明夫人のように純粋に憧れに身を委ねることはできなかった。「女」は「危機」に憧れながらも、身に迫る死の予感に怖れをなしておめおめと海を捨てたのだ。

その「女」の姿に三島の言葉がこだまのように響く。冒頭でもエピグラフとして掲げた十八歳の三島が「花ざかりの森」執筆当時の十六歳の自分をふり返って書いた言葉である。

　河へとび入るためにはしじゆう意地悪な額縁に邪魔されつゞけてゐた私は、岸をあるく人であつた。（中略）しかし奔湍《たぎ》のやうに私たちの上におちかかつてきた神のみいくさが、その額縁から頑《かたく》なな眼《まな》差《ざし》をば、いかにも清らかに引きはなして以来、私は河のほとりにあつて無礙《むげ》であつた。そのとき以来、河のいそいでゆく海がみえた。まことに私も、海へいそがうとすることでは、河とことなるところがなかつた筈である。

そして、その続きには左のように、川に身投げをしないことへの悔恨と懺悔の言葉が綴られている。

　とはいへ依然として私は岸をゆく人である。投身者になりえぬことを以て私を非難する人も多いが、岸をゆくことに円融無碍であることは結局河をゆくことなのである。私が未熟でそこまで達するにはなかなかなのは、この集［単行本『花ざかりの森』］にみられるとほり、悔恨とさんげの記録にをはつたのでも知られるであらう。

（「序」「花ざかりの森」用1）

「女」が海を捨てた理由を死への恐怖に求め、何度も書き直した挙句に削除したのは、それが川に身を投げたいと願いながらも岸を歩かざるをえなかった少年の心象そのものだったからではないか。それはまさしくタイトルの「花ざかりの森」に託された、夭折の少女だけが見ることのできた「もっと青い森」、つまり若くして死ぬことで純粋なまま時をとめることを断念した自分への懺悔なのだ。

「雨季」で描かれた自身の思いを投影した海の場面を「鳥瞰図」で書き換えたのと同様に、十六歳の少年は「花ざかりの森」の「女」への共感の痕跡を消し去った。そして日本浪曼派風の物語に組み込んでしまった(6)。海への想いをうたうはずだった詩は虚構の小説に姿を変えた。このように少年のパーソナルな内面（真実の声）は、作品の中に時折顔をのぞかせては消されていったのだ。それは蹉跌として苦々しく少年の記憶に刻まれたにちがいない。

「その三（下）」について

「（下）」は、「わたし」の祖母の叔母にあたる夫人の生涯を通して海への憧れの変遷を描いている。「花ざかりの森」には赤い布張りの表紙のノートに六頁にわたって書かれた、原案とおぼしきメモが残されている。「（下）」の原型は、この「『花ざかりの森』創作ノート」に唯一筋書がしたためられた「あきこ子夫人の伝」と思われる。

物語は、「わたし」の家に残された一枚の写真から始まる。そこに写っている舞踏会用の洋装に身を包んだ若い女性、それこそが祖母の叔母その人だ。彼女は幼い頃からまだ見ぬ海に心惹かれる。やがて海への憧れは熱帯への憧れとも重なっていく。こうした強い憧れを伯爵である夫は持ち合わせなかった。結婚生活に満たされないまま彼女は若くして未亡人となる。ほどなくして彼女は南国の豪商と再婚する。この生まれの卑しい新しい夫の中にある憧れへの仄かな情熱に希望を見出したからだ。都に家を建てるという夫の提案を却下して南海の島に移り住んだのも、それが憧れを満たしてくれる方法だと考えたからだ。ところが、怠惰な島暮らしは彼女の中の憧れの泉を涸らしてしまった。やがてその夫とも別れた彼女は田舎に居を構え、亡くなるまで四十年近くそこで隠遁生活を送る。そして訪れる人を海の見える庭の高台に案内するのだった。その光景は客人に「死」を感じさせるものだった。

「その三（下）」については「（上）」よりも修正加筆や文章の移動が多いのだが、筋においては大きく変わることはない。ほとんどが抽象的な表現や簡単に描写した部分をより詳しく具体的に書き直している。観念的な詩的物語はより散文的に改変されたと言えるだろう。ここでもそれぞれの修正加筆部分を詳述することは避けるが、憧れと海に関わる部分については山中湖の自筆原稿と比較して作品の主題をみつめ直したい。

憧れのはじまり

近代を生きた夫人の中では海への憧れはどのように生まれ、発達し、変遷していったのだろう。まずは夫人と海との関係が最初に語られる部分を決定稿から引用しよう。

いはけない日、夫人はわづかに海を垣間みたことがあつた。心に湛《たた》へられた海はかの女の幼ない情感によつておもむろに醱酵した。いくとせかのち、かの女に海へのあこがれが沸《たぎ》つてきた。それはかの女みづからにも御《とど》めることのできない「いきもの」の一種である。かの女の家は公家であつた。
（「花ざかりの森」決定稿）

引用からは夫人にとって海への憧れが、幼少期から宿命のように内から沸き立つものだったことがわかる。さらに、彼女が近代にあって滅びの運命をたどる公家の出であることが海の孕む危機を予感させてもいる。

さらに、次に続く「勤王派の兄」との会話は象徴的だ。

「海はどこまでいけばあるの。海はとほいの。海へゆくには何に乗つてゆくの」
勤王派の兄はそのころ失意のため、若さがかうむりやすい絶望のなかで、暗いきもちをいだきさうして憔《やつ》れきつてゐた。
「海なんて、どこまで行つたつてありはしないのだ。たとひ海へ行つたところでないかもしれぬ……こんなことはおまへにはわかるまいが。……」
（「花ざかりの森」決定稿）

幕末にあって天皇に忠義を尽くす兄は、暗い絶望感の中でもはや憧れの存在すら信じることができなくなっている。この虚無に取り憑かれた「勤王派の兄」は「『花ざかりの森』創作ノート」では「開化思想に熱中してゐた兄」とされているが、発する言葉はほぼ同じ、いや海の存在を完全に否定している分、ニヒリズムの響きが強い。

「海とは何もないものだ。海なんてどこまで行つてもないものだ。海の向かうがはがないことが海をわれわれの目から掩《おほ》ふのだ。海は決して存在しないのだ。」
（「『花ざかりの森』創作ノート」）

創作ノートと決定稿との間に書かれた元原稿では断定口調と推量との両方が使われているが、内容は同じだ。

「海なんてありはしないのだ。どこまで行つたつて海があるものか、海にいつたつて海はないだらうよ。」
（「花ざかりの森」異稿　山中湖・三島由紀夫文学館所蔵）

「花ざかりの森」自筆原稿 No.53
山中湖・三島由紀夫文学館所蔵

このように、兄の言葉は草案の段階から元原稿、決定稿まで残されているため非常に重要だ。三島は作中の「わたし」は自分ではないとしているが、(7) 夫人が少女になった頃にすでに亡くなっていたこの兄に三島の祖先のひとり、錦の旗を翻して幕府に改革を迫った、いわゆる天狗党の乱に与し切腹した水戸藩ゆかりの松平頼徳の影を見ることもできるだろう。(8)

一家が東京に移る時の描写は元原稿でも決定稿でもほぼ変わらない。「旅のみちで海のほとり」を通った時、「少女はいつまでものこりをしさうに、夕日が熔岩のやうに海いつぱいにながれ、海鳥がかなしいきしりをあげてとび立つてゆくのを、まじまじと眺めてゐた」のである。

そのころから少女は海をみることにしだいに満ち足りた心を感じなくなりかけてゐた。どうかするとあの死んだ兄のふしぎなことばが、耳のそばをとほつてゆくそよ風のかをりの、をちかたの叢《くさむら》にまぎれてしまつてからはじめて匂ひ出すやうに、今はおぼろげながらわかるやうにおもはれた。

（「花ざかりの森」決定稿、傍線は加筆された部分）

引用文の傍線部でリフレインのごとく耳を通り抜ける「兄」の言葉は、夫人の憧れへの想いが薄れていく様子を描写する効果がある。同時に、この加筆によって夫人が「兄」の虚無を実人生で模倣する運命にあることを暗示してもいる。

だが、弱まった憧れに対する想いは変化を遂げる。決定稿で加筆された「くちなはの更衣《かうい》」という比喩がまさにぴったりだ。そして蘇った「もつとあらはな、躍動したあこがれ」は「海のかなたに晴れやかなあやしい島影」を夫人に見せ、「ひそかな宗教、ひとしれぬ儀式がさかえる王国」という熱帯の幻として夫人の心に焼きつけられ、さらにこの熱帯への憧れは海への憧れと同化していく。「かうして徐々に、かの女はおのがあこがれをつよめることによつて、かの女みづからをつよめていつた」のであり、これら「海や熱帯へのあこがれ」が「夏の朝」や「夕映えのまへ」に現れるため、嫌いだった夏を待つまでになる。それは「没我の毅《つよ》さ」と表現されている。本来の自己を押しのけて「妖しくもたけだけしいいのち」が沸き出てきた結果、嫌いな夏までも待ち焦がれるようになったのだ。

天候によって色も形状も異にする波のように姿を変えながら、憧れは夫人の中でより激しさをもって滾るのだ。それは彼女の結婚生活まで揺り動かすほどの荒波だった。こうして考えてみると、夫人と「(上)」の「女」は海との関係において共通していることがわかる。

結婚による変化

伯爵との結婚は夫人を海から遠のかせた。避暑の習慣のなかった時代ゆえに夏の海を見る機会にも恵まれず、夫人は心足らない思いをしていた。ここまでは表現こそ異なるものの、元原稿も決定稿もほぼ同じだ。だが、決定稿は夫人が夫に「みちたりたものをかんじられぬ」のは、彼が「『夏』のやうなじぶんのあこがれの対象」を持たぬからだと、夏の海を目にできぬ欠損感をそのまま夫への不満に結びつけている。このことによって決定稿では、憧れが彼女の人生をいかに支配していたかが明確になる。

熱帯への憧れを持つ夫人と持たぬ伯爵との関係は、「わたし」が手にする古びた写真の中に収められた彼女の纏う「石竹いろ」(薄い赤)の舞踏会用のドレス、その手に持つ「とき色」(黄色がかったピンク）の扇やその声が立てる「薄いオレンヂいろの漣《さざなみ》」といった明るい色彩と、伯爵が自分の場所としていた「仏間」が想起させるセピア色に象徴されて鮮やかな対照を描く。

そして、このコントラストは近代という枠組の中では、文明開化と日本の伝統との対比でもある。「一時、外交に関係」していた父の影響もあり、娘時代から西洋人が家に出入りし、舶来の品々に触れてきた夫人に、日本の高貴な伝統の象徴である伯爵は敗北する。ふたりの関係は「その一」で描かれたアメリカナイズされた俗物的な「わたし」の母の勝利と滅びゆく日本の雅を象徴する父の敗北の構図と重なる。写真の背景となっている「仏間」は弱った伯爵の最後の砦であった。修正加筆や移動が多いながらも、次の部分は元原稿を生かしている。決定稿を引用として使用し、元原稿からの完全な加筆は傍線を引いた。

かつてあの部屋「仏間」は、かれの「場所」であつたへやだ。かれはあそこから出て次第に衰へた。かれはあそこへ帰らなければいけない。ああ、しかしかれはそこへかへれない。（中略）だがそこが空《から》であることが唯一のすくひになつてゐた。空であることはかれの支へでもあつた。——今そこは充たされた。（中略）部屋は光りかがやいてゐる。——が、それはやがて、部屋の力づよい滅亡のしるしだ。夫自身の滅亡のしるしだ。

（中略）かれは貌《かほ》をもろ手でおほうた。部屋はさながら奇跡のやうに光つてゐる。その中央に花冠のやうな若い夫人のすがたをうかばせながら。

（「花ざかりの森」決定稿）

決定稿には後日談がある。「あの写真をうつした日から六日たつて伯爵はみまかつた」という一文だ。「創作ノート」の段階では夫人は伯爵と離婚したことになっており、元原稿では「夫の死後」とあるのみだが、この加筆によって伯爵の拠り所だった「仏間」、すなわち祖先の象徴が夫人に占拠されたことが引き金になって伯爵が滅亡したことが明瞭になる。ちなみに「創作ノート」では「仏間」は「旧《ふる》い武家屋敷の一隅」となっている。これらのことを考え合わせると、近代という時代における西洋化の波とそれに打ちひしがれる日本の伝統の関係がここにくっきりと浮かび上がってくるのだ。

伯爵の死後、新たな結婚を機に憧れの焔はより重要なものとして夫人の中で再燃する。異稿では「夫人は今や体当りでその熊のやうな男にぶつかつていつた」としか記述されていない新しい夫との関係は、決定稿では「憧れ」を介した存在に書き換えられている。「夫人にはあひてのなかにじぶんのあこがれの種子《たね》があることが、いちばんのたのみでもあり、いちばん愛しがひのあるゆゑんでもあつた」と説明され、次のような文章が新たに書き加えられている。

あこがれの燠《おき》をかきたてること、――それはこのごろ夫人のなかで今までよりずつとおほきな意味をもちだしてゐた。夫の死によつて諦らめがある場所までかの女をたかめたとき、燠をかきたてるわざは、もはや欲求ではなく、宿世《すくせ》であり使命であらねばならぬやうにおもはれた。

（「花ざかりの森」決定稿）

伯爵との結婚でいったん消えかけていた憧れの炎は夫人の中で燻り続けていた。その残り火が、新たな夫によって再び燃え立つことを夫人は期待した。この加筆によっていまや憧れの火を絶やさぬこと、海への憧れを保つことこそが夫人にとっての「宿世」であり、「使命」となった。元原稿でも決定稿でも新たな夫は新興勢力を象徴する大商人となっており、「創作ノート」の段階では「あやしげな山師」と設定されていた。このことから新しい夫は伝統にしがみついて枯れて散っていった前夫にはついぞ見られなかった泥臭い野心の持ち主であることが窺える。夫人は、そんな彼の住む南国なら熱帯への憧れも満たすことができると考えたのだろう。

挫折への悔恨と懺悔

しかし、新たな夫も、南の「島の日日」も夫人の期待に応えてはくれなかった。「こんな年月のあひだ、夫人のくるほしいあこがれはつひにみたされることなく、あこがれとはたいへんはなれた処《ところ》でをはつた」のだ。

しづかな「日本の女」のおとろへが、怠惰な「島の女」の像のうへにきざまれていつた。いささかのそぐはなさもなしに。……

（「花ざかりの森」決定稿）

あれほど憧れたはずの熱帯の海は、逆に彼女に「日本の女」としての自覚を促したのではないだろうか。彼女は夫と別れ、熱帯からも去った。その後、彼女が住処としたのは、なんとそれまでの洋風な生活からはほど遠い「純和風な家」だった。持ち前の華やかさを打ち捨て、世の未亡人が鑑とする「純潔さ」を保ちながら、「ひとり身の尼のやうなくらし」を送った。

いまや老夫人となった彼女はそのうらさびしい山荘を訪てくる客人に「わかいころの海への熾《さか》んなあこがれ」を物語ることもあった。「例の海のおはなし」を聞きたがる客人に「いいえとんでもない。――どこへ行つてしまひましたやら。あんなものずきなたのしい気分。……わたくしのどこかにでも、そんなものがのこつてゐるやうにおみえでせうか」と答える。だが、その言葉とは裏腹に、きょうも老夫人は庭の裏手にある高台から小さく望まれる海へと客人を案内するのだ。〈憧れ〉はカール・ブッセの「やまのあなた」のごとく、どこにもなく、それでも求め続けるものなのだろうか。

注意して読むと、この家の塀の上には「葉桜や椎がくらいみどりにおひかさなつて」おり、部屋では「気のとほくなるやうにないてゐる蟬《せみ》しぐれ」が聞こえ、庭では紅葉が色づき、「うづたかい落葉」の上にまた落葉が一枚はらはらと舞い落ちている。一体、どの季節の話なのかと首をひねってしまう。三島の父・梓によれば、三島は花にも木にもまるで関心がなかったということだが、(9)「葉桜」も「蟬しぐれ」も「落葉」も俳句の季語であり、「文学なら平岡」で通っていた少年が知らなかったはずがない。むしろ意図的に使用されていると考えるほうが妥当だろう。この庭は敢えて季節が特定できない観念の庭として描かれているのだ。

「死」にとなりあはせのやうにまらうどは感じたかもしれない、生《いのち》がきはまつて独楽《こま》の澄むやうな静謐《せいひつ》、いはば死に似た静謐ととなりあはせに。……

客人が目にしているのは現実の世界なのか、観念の世界なのか……。「海なんて、どこまで行つたつてありはしないのだ。たとひ海へ行つたところでないかもしれぬ」――三島が草案の段階から考えていた、亡くなった「勤王派の兄」の言葉が今度はわれわれ読者の耳をかすめていきはしないだろうか。自決の一か月前に三島が自作の戯曲『薔薇と海賊』の再演を観ながら涙を流したという「僕は一つだけ嘘をついてゐたんだよ。王国なんてなかつたんだよ」という台詞もこの兄の声と重なって聞こえてくる。

遺作となった『豊饒の海』の最後を彷彿とさせる引用の「花ざかりの森」の最終部分はほとんど修正の形跡がない。「その三」には改変が多いことは再三述べてきたが、この結びについては、「創作ノート」の段階から大きな変更はない。むしろ、ほぼ箇条書きで埋まっている六頁の中でかなり詳しい情景などが文章で記されているのだ。この結びのイメージは最初から出来上がっており、絶対のものだったのだろう。

最後の一文から作品を考えると語った三島が描きたかったのは、憧れを捨てながらも追わずにいられない人間の姿だったのではないだろうか。そしてそこには生と隣り合わせの死の香りが漂っている。「その二」の熙明夫人のように奇跡の中で死ぬことを許されず、望みを果たせないまま生き続けなくてはならなかった老夫人の悲しみには、「(上)」の「女」と同じ挫折の翳が宿っている。これは「河」を見ながら「岸をあるく」、もっと言えば生きながらすでに死んでいた十六歳の三島の挫折の物語でもある。傍目には華麗なデビュー作である「花ざかりの森」は三島本人にとっては苦々しい「悔恨とさんげの記録」でもあるのだ。

詩から物語へ

翌年の昭和十七年七月に三島は、学習院の先輩で病床にあった東文彦を中心に、同じく先輩の徳川義恭（一九二一―一九四九年）とともに同人誌『赤繪』を創刊した。東の早世によって第二号で終刊したこの短命な同人誌の創刊号には「花ざかりの森」の「序の巻」と「その一」を『文藝文化』から転載した。作品の一部だけを独立させて載せた理由を「今になつてみますとその二やその三には大へん意にみたない点が多くございます」（「『花ざかりの森の序とその一』転載のことば」昭和十七年七月）としている。この「転載のことば」には反故にした手稿が残っている。そこには「その二以下とりわけその三には意に満たぬ処《お》《お》く」とあり(10)、特に「その三」には不満を残していたことがわかる。

「その三」については、三島が執筆当初から修正の必要性を感じていたことは述べてきたが、大幅な修正加筆をしてもなお、満足いくものにならなかったわけである。『文藝文化』に「その三（上）」が掲載された直後に東に書き送った手紙の中でも「第一回あたりまでは、活字でよむと原稿よりよい気がしてをりましたが、第二回あたりからそれと反対になつて、何もかもイヤになつてしまひました」（昭和十六年十一月十日付書簡）と不満を漏らしており、執筆直後、改変後、『文藝文化』掲載後、『赤繪』に転載することになってからと、それぞれの段階で一貫して「その三」の出来に不服だったことがわかる。

何に対して不満だったのか――これらの言葉からは浮かび上がってはこない。だが、そのひとつに全体の関連性が見えにくいことがあるのではないだろうか。全体の辻褄が合わないことは修正加筆前から東が指摘しており、三島もこの点を「その筋道の透らぬ処《ところ》へもつていつて、筋道のとほりすぎねばらなぬやうな系譜的主題を企てたのですから、その点、全く木に竹をついだやうな具合になつてしまひました」（昭和十六年八月五日付書簡）と認めている。

それでは、こうした「筋道の透らぬ」作品になったのはなぜなのか。それはこの作品が、詩を書く少年から小説家へと移行していく際に生まれた「詩的物語」だったからではないかと思われる。「彩絵硝子」に見られた詩と物語の完全なる融合が、「花ざかりの森」では小説に傾くことでバランスが破られたのは明らかである。三島は二十八歳の頃に、「花ざかりの森」を例に自身の小説家としての生い立ちが「物語作者のめざめ」から始まっていると書いている。世界一周旅行を経験し、『潮騒』の準備を進めていた三島は「花ざかりの森」を執筆した十六歳の頃を次のようにふり返っている。

私は詩と小説をちやんぽんに書き、そのどちらにも厳しさを求めず、微温的な、あるひは人工的な詩と物語を混同し、まだもちろん、シモンズのあの怖ろしい言葉、「およそ少量の詩才ほど作家を毒するものはない」（ドオデエ論）といふ言葉は知らずにゐた。

（「あとがき」『三島由紀夫作品集』４　昭和二十八年）

小説に比重を置き始めつつも詩作を続け、詩人となる夢も捨てていなかった少年。三島由紀夫というペンネームを冠った平岡公威は、詩人の殻を身に着けたまま「花ざかりの森」を書いていたのだ。昭和十六年十一月十日付の東宛ての手紙からは『文藝文化』（昭和十六年十一月号）に掲載された修正加筆後の「その三（上）」について「抽象的観念的な言葉」の使用について「外国語と日本語の相違」があると東から指摘を受けたことがわかる。三島はその指摘について「お説のとほり」と認めた上で、観念的な言葉に「詩味」を感じ、それらを「詩語」のように取り扱おうとした意図を述べている。それはリルケや保田与重郎の影響であると明かしているが、実は自らの詩的要素がそうした言葉の使い方をさせたのではないだろうか。つまり、「詩を書く少年」で書かれている「外界」が「比喩的な世界」に変貌する時に味わう「恍惚感」――現実を遮断し、甘美な言葉の世界に浮遊する快感――があったからだ。三島は先に引用した二十八歳の時の文章の中で「花ざかりの森」執筆時に味わった感覚を「物語を作り出し、それを紙上に綴ることとの快楽」と表現し、「人生で最初におぼえたのはこの快楽」だとしている。「花ざかりの森」は詩作する時と同じ精神状況で創作されたのだ。

　意を尽くそうと説明を増やした修正は、詩的物語の「詩」の側面を不完全なものにした感が否めない。その例として修正加筆の過程で「その三（上）」の「女が海を捨てた理由」、すなわち死への怖れが削除されたことを挙げねばならない。この一見瑣末に思える修正が、作品全体の詩的一貫性を損なっているからだ。「女が海を捨てた理由」は、いわば中世から古代、その後に続く近代という絵巻物が描かれた扇を結びつける要の役割を果たすはずだった。その留め具によって脈絡のない絵柄たちがひとつに束ねられて一枚の美しい扇となる。『マルテの手記』がまさにその成功例だ。少年もその美しさに魅かれ、取り入れようとした。だが、「花ざかりの森」では、「海を捨てた理由」が消去されることによって、「その二」から「その三」までの一貫した本来の主題は曖昧になり、それぞれのエピソードの関連性も断ち切られてしまった。「女が海を捨てた理由」は、「その二」の〈憧れ〉の体現者である熙明夫人と

「その三（上）」の「女」とをつなぐ一本の糸だった。さらに、血統ではつながっていない「女」と「その三（下）」の老夫人とが共有する「海を捨てた女」たちという記号でもあった。そのせいで原案から準備していた最終部の老夫人の涙の理由が見えにくくなり、読者に「筋道が透らない」と感じさせるものになったのではないだろうか。

しかし、それ以上に「海を捨てた理由」の削除は致命的だった。この削除によって憧れへの懐疑と死への怖れという十六歳の少年の真実の声が消し去られたからだ。それは詩を詩たらしめる詩人の声の喪失を意味している。

巡り来たる地――熊本

「花ざかりの森」の主題は「海と夕焼」に見られる、三島にとって「もつとも切実な問題を秘めたもの」、すなわち「一生を貫く主題」である「奇蹟の到来を信じながらそれが来なかつたといふ不思議、いや、奇蹟自体よりもさらにふしぎな不思議議といふ主題」になるはずだった。だが、物語詩から小説への書き換えによってかえって主題が曖昧になり、意を尽くした作品にならなかった。この作品が難解だと言われる原因もそこにある。

だからと言って、「花ざかりの森」が失敗作かと言うと、そんなことは断じてない。十六歳の少年が書いたこの小説は決して個人の懺悔にとどまらず、『マルテの手記』の死せる神の復活に対置された、喪われた日本の伝統に捧げられた挽歌であり、その再生への祈りへと広がりを見せているからだ。西洋の波に洗われて高雅な伝統を失いながらも、日本人として生きていかねばならない、われわれの「悔恨とさんげ」を先取りした小説なのだから。
最晩年の三島は小高根二郎が上梓した『蓮田善明とその死』に寄せた「序文」（昭和四十五年）の中で、蓮田が昭和十八年に二度目の応召に発った際に「のこる私に何か大事なものを託して行つた筈だが、不明な私は永いこと何を託されたかがわからかなかつた」と痛恨の念で書いている。この「何か大事なもの」とは『文藝文化』の同人たちによる送別会で蓮田が十八歳の三島に告げた「日本のあとのことはおまえに託した」という言葉を指すのだろう。四十五歳の三島は、その蓮田の言葉から目を背けていた二十数年間を次のようにふり返っている。

少くとも氏の最期を聞いたとき、それをすぐさま直感すべきであつた筈が、戦後私は小説家というものにならうと志してゐて、青年のシニシズム（好んで青年が着るもつとも醜い衣装！）で身を鎧《よろ》ひ、未来に対しても過去に対しても、見ざる聞かざる言はざるの三猿を決め込んでゐた。
それがわかつてきたのは、四十歳に近く、氏の享年に徐々に近づくにつれてである。

小高根が蓮田論を『果樹園』という雑誌に連載を開始したのは昭和三十四年のことだ。それを読むと、三島はすぐに感動と謝意の手紙を小高根に書き送った。三十四歳から毎号を「次号を遅し」と読み続けていた三島は、昭和四十一年になって「奔馬」の取材で熊本を訪れた時には、少年時代には知りえなかった蓮田の真実に精通していたはずだ。そして日本の「文化の本質を毒した」真の敵に対する蓮田の〈憤り〉をわがものにしていた。それは西洋化、アメリカニズムそのものではなく、それらを支える戦後民主主義の偽善に対する怒りだった。

熊本の訪問時に四十一歳になっていた三島と奇しくも同じ年齢《とし》で熱帯の地に散った蓮田。熊本への旅はその蓮田との「結縁《けちえん》再生」（昭和四十二年三月十九日付・小高根宛ての葉書）を三島にもたらした。だが、その時の蓮田は、もはや少年時代の記憶の中のやさしい目をした「詩的国文学者」ではなく、魂をひとつにする同志、もっと言えば、最も自分の心のそば近くにいてその心を正確に代弁してくれる分身であったにちがいない。「花ざかりの森」の自筆原稿が長らく熊本の蓮田善明宅に保存され、いまも熊本の地に所蔵されていることは誠に運命的と言わねばならない。

かつて決起を試みたが神風が吹かなかったため船が出ずに失意の中、神風連の若き憂国の士たちが上ってきた金峰山。三島がここを訪れたことは本章の「１」でも触れたが、その頂から望んだ有明の海が忘れられない。その後、ちりぢりに自宅に戻った彼らの多くが自害して果てた。そんな血塗られた悲劇とは無縁なほどに穏やかな海。まるで神が住まうような雲が湧き出す黄金色の空。その反射を受けて金色の光を湛えている海……。これが神風連の若者たちが短い生涯の中でその澄んだ瞳に映した最後の海だったのだ。少年期から最晩年にいたるまで、三島の心にこびりついて

金峰山の頂から見た有明海の様子

離れなかった蓮田の「死ぬことが文化だ」という言葉、その「稲妻のやうな美しさ」は「花ざかりの森」の海に〈憧れ〉として溶け込んでいる。私も金峰山からその〈海〉を眺めて倦くことがなかった。

【註】

（1）初出後は、本文および註の中の山中湖・三島由紀夫文学館所蔵の異稿は元原稿、くまもと文学・歴史館所蔵の作品は熊本の自筆原稿と記す。

（2）山中湖には「その三」（上・下両方）の異稿があり、「昭和十六年七月十九日擱筆」と末尾に書かれていることから、これが、まず東に送られ、その後に清水に送られて伊豆の修善寺での編集会議で同人に回し読みされた元原稿と推定できる。熊本には「序の巻」、「その一」、「その二」、「その三（上）」が所蔵されており、内容は『文藝文化』に掲載されたものと同じなので『文藝文化』用の決定稿で間違いない。なお、単行本の本文と『文藝文化』の本文とでは語尾などが若干異なっている。本稿で決定稿と呼んでいるのは単行本を底本にした『決定版三島由紀夫全集』第十五巻に所収されているものである。

（3）山中湖の元原稿では「その三」の「（上）」と「（下）」はそのまま同じ原稿用紙に書かれており、「（上）」の原稿用紙の枚数には「（下）」の冒頭部も含んでいる。

（4）くまもと文学・歴史館の自筆原稿は「その三（上）」のみで、「（下）」の冒頭部が含まれていない。

（5）くまもと文学・歴史館に所蔵されている「その三（上）」の自筆原稿の修正箇所は原稿用紙一枚につき平均して四から五か所である。

（6）くまもと文学・歴史館に所蔵されている「花ざかりの森」の自筆原稿が故蓮田善明の長男宅に保管されていることを探り当てた西法太郎はその著書『死の貌《かたち》――三島由紀夫の真実』（論創社、二〇一七年）の中で、善明の次男である太二氏から聞いた話として、蓮田が敏子夫人に伊豆の修善寺での編集会議の席では「花ざかりの森」を『文藝文化』に掲載するにあたって同人全員の賛成を得られたわけではなかったと語っていたことを明かしている。満場一致で掲載が決定したという、多くの三島論が立脚する清水の説とは異なるものだが、清水の温厚な性格が事をまるく収めたのではないかという推測もなるほどと思わせる。だが、どちらが事実だったのかは現時点ではわからない。西は賛成しなかった同人たちはもちろんのこと、賛成した清水と蓮田からも注文がついた可能性があると推測している。たしかに、「花ざかりの森」の掲載に難色を示した同人がいたと仮定して、少年だった三島が彼らの指摘を考慮に入れた可能性は否定できない。だが、東と清水に宛てた書簡にあるように、誰よりも本人が擱筆直後から「その三」に大きな不満を抱いていたことはたしかであり、表現や字句の修正ならいざしらず、三島の意志的な性格を鑑みると、主題に関わる部分についてはあくまで自身の意思で修正したのではないかと筆者は考える。

（7）「花ざかりの森」の主人公である「わたし」について、東文彦に宛てた手紙の中では「勿論『わたし』は僕ではありません」（昭和十六年七月二十四日付手紙）、清水文雄に宛てた手紙の中でも「この『私』は勿論私自身の謂《いひ》ではございません」（昭和十六年七月二十八日付）と否定している。

（8）三島は父方の祖母・夏子の伯父（父が水戸藩主の従兄弟）である松平頼安子爵をモデルにした作品をいくつか書いている。未発表の学校提出用の創作「神官」、未発表の原稿「領主」（三島由紀夫署名入り、執筆年月日不明、後半部欠損）、短編「好色」（昭和二十三年）と「怪物」（昭和二十四年）などがあるが、特に三島が実名（公威）で登場する「好色」には頼安の兄の頼徳（大炊頭《おほひのかみ》）についての記述がある。「好色」では、幕府に反旗を翻した武田耕雲斎が失敗して打ち首になった天狗党の乱（作中では「筑波騒動」とされている）で、頼徳は水戸家の将来のため身を犠牲にして耕雲斎とともに勤王の旗を掲げ、家来七十人とともに切腹したと説明されている。

（9）父・平岡梓は『伜・三島由紀夫』（文藝春秋、昭和四十七年）の中で「伜は作品の上では花に関しても何かと書いていましたようですが、僕の見るところでは『ゴトウ』や『花茂』など花屋からたくさん届けられる花には何の関心も示さず、庭に咲く紅葉やざくろその他の草花にもまったくといっていいほど興味を持ちませんでした」と回想している。

（10）引用は西の前掲書に掲載されている「花ざかりの森」の「序の巻」と「その一」を転載するにいたった説明文の反故原稿の黒く塗りつぶした部分を西が解読した文章である。

主要参考文献

一、著作

三島由紀夫『決定版　三島由紀夫』全四十二巻・補巻一・別巻一（付録月報）、新潮社、二〇〇〇年〜二〇〇五年
三島由紀夫『三島由紀夫』全三十五巻・補巻一（付録月報）、新潮社、昭和四十八年〜五十一年
三島由紀夫『花ざかりの森』三島由紀夫選集1、新潮社、昭和三十二年
三島由紀夫『仮面の告白』講談社、昭和四十六年（限定一〇〇〇部）
三島由紀夫『黒蜥蜴』牧羊社、昭和四十五年（限定三五〇部）
三島由紀夫『芝居日記』中央公論社、一九九一年（限定三〇〇部）
三島由紀夫『岬にての物語』牧羊社、昭和四十三年（限定三〇〇部）
三島由紀夫『三島由紀夫　十代書簡集』新潮社、一九九九年
川端康成・三島由紀夫『川端康成・三島由紀夫往復書簡』新潮社、一九九七年
アルチュール・ランボオ『地獄の季節』小林秀雄訳、岩波書店、一九三八年
オスカー・ワイルド『幸福な皇子』本間久雄訳、春陽堂、昭和七年
オスカー・ワイルド『サロメ』佐々木直次郎訳、岩波書店、昭和十三年（初版昭和十一年）
オスカー・ワイルド『柘榴の家』守屋陽一訳、角川書店、昭和二十六年

オスカー・ワイルド『ワイルド全詩』日夏耿之介訳、創元社、昭和二十五年
オスカー・ワイルド『サロメ』日夏耿之介訳、角川書店、昭和二十七年
オスカー・ワイルド『オスカー・ワイルド全詩』日夏耿之介訳、創造社、昭和二十五年
オスカー・ワイルド『オスカー・ワイルド全集』全六巻、西村孝次訳、青土社、一九八八〜八九年
シャルル・ボオドレエル『悪の華詩抄』操書房、昭和二十三年
シャルル・ボオドレール『ボオドレール　悪の華』鈴木信太郎訳、岩波書店、一九六一年
ジャン・コクトオ『わが青春期』堀口大學訳、第一書房、昭和十一年
レイモン・ラディゲ『ドルジェル伯の舞踏会』生島遼一訳、新潮社、昭和二十八年
レーモン・ラディゲ『ドルジェル伯の舞踏会』堀口大學訳、角川書店、昭和二十七年
東季彦『マンモスの牙』図書出版、昭和十五年
阿部誠『東文彦　選集』三恵社、二〇一〇年
安藤武『三島由紀夫前文献目録』夏目書房、二〇〇〇年
安藤武『三島由紀夫「目録」』未知谷、一九九六年
安藤武『三島由紀夫』夏目書房、一九九八年
アントナン・アルトー『ヘリオガバルス――または戴冠せるアナーキスト』多田智満子訳、白水社、一九八九年
磯田光一『磯田光一著作集』第一巻、小沢書店、一九九〇年
磯田光一『殉教の美学』冬樹社、昭和四十六年

伊藤整・木俣修・福田清人監修『復刻 赤い鳥の本』全二十三巻、ほるぷ出版、昭和四十四年
井上隆史『暴流《ぼる》の人 三島由紀夫』平凡社、二〇二〇年
猪瀬直樹『ペルソナ――三島由紀夫伝』文藝春秋、一九九五年
井村君江『サロメの変容―翻訳・舞台』新書館、一九九〇年
岩下尚史『ヒタメン――三島由紀夫が女に逢う時…』雄山閣、二〇〇一年
巌谷小波編『玉城乗取』世界お伽噺 第十四編、博文館、明治三十三年
巌谷小波編『酋長征伐』世界お伽噺 第十七編、博文館、明治三十三年
巌谷小波編『世わ情』世界お伽噺 第七十四編、博文館、明治三十八年
巌谷小波編『九番人形』世界お伽噺 第七十九編、博文館、明治三十八年
巌谷小波『家来三匹』小国民版、小波世界お伽噺、生活社、昭和十八年
江藤淳「三島由紀夫の家」『戦後と私・神話の克服』中公文庫、中央公論新社、二〇一九年
江藤淳『昭和の文人』新潮社、平成元年
エドワード・ギボン『ローマ帝国哀亡史I』筑摩書房、一九九五年
オーブリー・ビアズリー『世紀末の光と闇の魔術師 オーブリー・ビアズリー』解説・監修海野弘、バイインターナショナル、二〇一三年
オーブリー・ビアズリー『画集・ビアズリー』第一出版センター編、講談社、一九七八年
岡上鈴江『父 小川未明』新評論、一九七〇年
岡山典弘『三島由紀夫外伝』彩流社、二〇一四年

小川和佑『三島由紀夫少年詩』新装版、冬樹社ライブラリー、冬樹社、一九九一年
小川未明『定本　小川未明童話全集』全十六巻、講談社　昭和五十一年
奥野健男『三島由紀夫伝説』新潮社、一九九三年
尾崎秀樹『思い出の少年倶楽部時代――なつかしの名作博覧会――』講談社、一九九七年
尾崎秀樹、小田切進、紀田順一郎監修『スピード太郎（宍戸左行　作・画）』少年小説大系　資料編1、三一書房、一九八八年
小高根二郎『蓮田善明とその死』筑摩書房、昭和四十五年
加藤謙一『少年倶楽部時代』講談社、昭和四十三年
春日井健『行け帰ることなく』深夜叢書社、一九七〇年
川島勝『三島由紀夫』文藝春秋、一九九六年
川路柳虹『詩を作る人へ』金星堂、一九二五年
川端康成『川端康成全集』第三十四巻、新潮社、昭和五十七年
北原白秋『思ひ出』東雲堂書店、明治四十四年
金田一春彦『童謡・唱歌の世界』講談社、二〇一五年
金田一春彦・安西愛子編『日本の唱歌（中）大正・昭和篇』講談社、一九七九年
桑原三朗『少年倶楽部の頃――昭和前期の児童文学――』慶應通信、昭和六十二年
黒古一夫監修『『少年倶楽部・少年クラブ』総目次　上巻』ゆまに書房、平成二十五年
黒古一夫監修『『少年倶楽部・少年クラブ』総目次　中巻』ゆまに書房、平成二十五年

講談社文芸文庫編、『『少年倶楽部』短選』講談社、二〇一三年
小島千加子『三島由紀夫と壇一雄』構想社、一九九八年
小林秀雄『新訂小林秀雄全集　第六巻　ドストエフスキーの作品』新潮社、昭和五十三年
佐伯彰一『評伝　三島由紀夫』新潮社、一九七八年
佐藤紅緑『ああ玉杯に花うけて　少年倶楽部名作選』講談社、二〇一四年
佐藤春夫訳著『ほるとがる文』竹村書房、昭和九年
佐藤春夫訳著『定本　佐藤春夫全集』第一巻、臨川書店、一九九九年
佐藤春夫訳著『定本　佐藤春夫全集』第三巻、臨川書店、一九九八年
佐藤秀明『三島由紀夫　人と文学』（日本の作家一〇〇人）勉誠出版、二〇〇六年
佐藤秀明『三島由紀夫の文学』詩論社、二〇〇九年
佐渡谷重信『三島由紀夫における西洋』東京書籍、昭和五十六年
椎根和『平凡パンチの三島由紀夫』新潮社、二〇〇七年
篠山紀信『三島由紀夫の家』美術出版社、二〇〇〇年
柴田勝二『三島由紀夫　魅せられる精神』おうふう、二〇〇一年
澁澤幸子『澁澤龍彦の少年世界』集英社、一九九七年
澁澤龍彦『異端の肖像』河出書房新社、一九八三年
澁澤龍彦『犬狼都市（キュノポリス）』福武書店、一九八六年
澁澤龍彦『サド侯爵の生涯――牢獄文学者はいかにして誕生したか』桃源社、昭和四十年

澁澤龍彦『三島由紀夫おぼえがき』中央公論社、一九八六年
島崎博、三島瑤子編『定本三島由紀夫書誌』薔薇十字社、一九七二年
清水文雄「『花ざかりの森』出版のことなど」『河の音』王朝文学の会、一九八四年
ジョン・ネイスン『新版・三島由紀夫――ある評伝』野口武彦訳、新潮社、二〇〇〇年
菅原洋一『三島由紀夫とその海』近代文藝社、一九八二年
杉山欣也『「三島由紀夫」の誕生』翰林書房、二〇〇八年
鈴木亜繪美著、田村司監修『火群のゆくへ――元楯の会会員たちの心の軌跡』白顱社、二〇〇五年
鈴木ふさ子『オスカー・ワイルドの曖昧性――デカダンスとキリスト教的要素』開文社、二〇〇五年
鈴木ふさ子『三島由紀夫 悪の華へ』アーツアンドクラフツ、二〇一五年
大蘇芳年『血の晩餐――大蘇芳年の芸術』番町書房、昭和四十六年
高垣眸『豹の眼』熱血少年文学館 復刻版、国書刊行会、昭和六十年
高田文化協会編『郷土の小川未明』さ・さ・ら書房、昭和四十七年
田中美代子『ロマン主義者は悪党か』新潮社、一九七一年
堂本正樹『劇人三島由紀夫』劇書房、一九九四年
堂本正樹『三島由紀夫の演劇――幕切れの思想』劇書房、一九七七年
徳岡孝夫『五衰の人――三島由紀夫私記』文藝春秋、一九九六年
徳岡孝夫、ドナルド・キーン『悼友紀行―三島由紀夫の作品風土』中央公論社、昭和四十八年
富岡幸一郎『仮面の神学――三島由紀夫論』構想社、一九九五年

富岡幸一郎『最後の思想――三島由紀と吉本隆明』アーツアンドクラフツ、二〇一二年
鳥越信「解説」『新選日本児童文学1　大正編』小峰書店、昭和三十四年
トルーマン・カポーティ、野坂昭如訳『カメレオンのための音楽』早川書房、二〇〇二年
西法太郎『死の貌　三島由紀夫の真実』論創社、二〇一七年
長谷川泉、武田勝彦編『三島由紀事典』明治書院、昭和五十一年
長谷川泉、森安理文、遠藤祐、小川和祐編『三島由紀研究』右文書院、昭和四十五年
ハンス・カロッサ、斎藤栄治訳『幼き日』弘文堂書房、昭和十五年
平岡梓『伜・三島由紀夫』文藝春秋、昭和四十七年
平岡梓『伜・三島由紀夫（没後）』文藝春秋、昭和四十九年
福島鑄朗『資料　三島由紀夫――増補改訂――』双柿舎、一九八二年
福島次郎『三島由紀夫――剣と寒紅』文藝春秋、平成十年
古田足日「さよなら未明――日本近代童話の本質」『現代児童文学論』くろしお出版、昭和三十四年
ヘンリー・スコット＝ストークス『三島由紀夫　死と真実』徳岡孝夫訳、ダイヤモンド社、昭和六十年
ヘンリー・ミラー、松田憲次郎、小林美智代、萩埜亮、野平宗弘訳『三島由紀夫の死』ヘンリー・ミラー・コレクション⑮、水声社、二〇一七年
ポール・ヴァレリー、鈴木信太郎訳『ヴァレリー詩集』岩波書店、一九六八年
坊城俊民『焔の幻影――回想三島由紀夫』角川書店、昭和四十六年
保坂正康『三島由紀夫と楯の会事件』角川書店、平成十三年

堀多恵子『堀辰雄の周辺』角川書店、一九九六年
堀辰雄『不器用な天使』新鋭文學叢書、改造社、昭和五年
前田宏一『三島由紀夫「最後の独白」――市ヶ谷自決と2・26』毎日ワンズ、二〇〇五年
松本徹編『年表作家読本　三島由紀夫』河出書房新社、一九九〇年
松本徹『三島由紀夫の最後』文藝春秋、平成十二年
松本徹『三島由紀夫の生と死』鼎書房、平成二十七年
松本徹、佐藤秀明、井上隆史編『三島由紀夫事典』勉誠出版、平成十二年
マルセル・プルースト、井上究一郎訳『心の間歇』弘文堂、昭和十五年
三島由紀夫研究会編『三島由紀夫　憂国と情念』並木書房、二〇二四年
三谷隆信『回顧録　侍従長の昭和史』中央公論新社、一九九五年
「三谷民子」編集委員会編『三谷民子――生涯・想い出・遺墨』女子学院同窓会、一九九一年
三谷信『級友　三島由紀夫』笠間書院、昭和六十年
南洋一郎『吼える密林』愛藏復刻版少年倶楽部名作全集、講談社、昭和四十五年
宮川健郎「未明の消息――小川未明と近代児童文学――」『小川未明文学館図録　新編　小川未明の世界』上越市、二〇二二年
宮下規久朗、井上隆史『三島由紀夫の愛した美術』新潮社、二〇一〇年
三好行雄編『三島由紀夫必携』學燈社、一九九八年
美輪明宏『紫の履歴書』水書房、平成四年

村松英子『三島由紀夫追想のうた——女優として育てられて』阪急コミュニケーションズ、二〇〇七年

村松剛『三島由紀夫の世界』新潮社、平成二年

村松剛『三島由紀夫——その生と死』文藝春秋、昭和四十六年

森田必勝『わが思想と行動』日新報道、昭和四十六年

矢代静一『騎手たちの青春——あの頃の加藤道夫・三島由紀夫・芥川比呂志』新潮社、一九九八年

保田與重郎『万葉集名歌選釋』新學社教友館、昭和五十年

山室静「解説」『定本小川未明童話全集』第一巻、講談社、昭和五十一年

山本舜勝『自衛隊「影の部隊」——三島由紀夫を殺した真実の告白』講談社、二〇〇一年

山本有三編『日本少國民文庫』第十四巻（世界名作選㈠）、新潮社、一九三六年

山本有三編『日本少國民文庫』第十五巻（世界名作選㈡）、新潮社、一九三六年

湯浅あつ子『ロイと鏡子』中央公論社、昭和五十九年

ライナ・マリア・リルケ、大山定一訳『マルテの手記』白水社、昭和十四年

Alvord L. Eiseman, *Charles Demuth*. New York: Watson-Guptill, 1986.

Ernest Hemingway, *Death in the Afternoon*. New York: Scribner, 1996.

Ellis Hanson, *Decadence and Catholicism*. Cambridge, Massachusetts: Harvard University Press, 1997.

Guy Charles Cros, "Refrains" *Les fêtes quotidiennes: poèmes*. Paris: Mercure de France, 1912.

Guy Willonghby, *Art and Christhood: The Aesthetics of Oscar Wilde*. London: Associated University Pressess, 1933.

Hilary Fraser, *Beauty and Belief: Aesthetics and Religion in Victorian Literature*. Cambridge: Cambridge University Press, 1986.

Kishin Shinoyama, Yukio Mishima: *The Death of a Man: Otoko no Shi*. Rizzoli, 2020.
Linda Dowling, *Hellenism and Homosexuality in Victorian Oxford*. Ithaca: Cornell University Press, 1994.
Oscar Wilde, *Complete Works of Oscar Wilde*. London: Collin, 1983.
Paul Valéry, *Œuvres de Paul Valéry*. Éditions de la N.R.F., 1933.
Raymond Radiguet, translation and afterward by Christpher Monclieff, *The Devil in the Flesh*. New York: New York: Melville Houe Publishing. 2012.
Richard Ellmann, *Oscar Wilde*. London: Penguin, 1987.

二、その他（雑誌・新聞記事・パンフレット・論文など）

三島由紀夫「花ざかりの森」『文藝文化』第四巻第九～十二号、昭和十六年
A・A・ピエール・ド・マンディアルグ「三島由紀夫について――『サド侯爵夫人』パリ上演をめぐって」（特別インタビュー　聞き手　三浦信孝）、『海――一九九七年五月特別号』中央公論社、一九七七年
小川未明「今後を童話作家に」『東京日日新聞』大正十五年五月十三日
『小川未明文学館図録　小川未明の世界』上越市、平成十八年
『小川未明文学館図録　新編　小川未明の世界』上越市（企画政策部文化振興課）、令和四年
金子國義「優しく澄んだ眼差し」（決定版　三島由紀夫全集20）、『決定版　三島由紀夫全集』第二十巻、新潮社、二〇〇二年
佐々淳行「憂国の士、三島由紀夫氏の最期――東部方面総監室の切腹――」『鹿鳴館』劇団四季編集部、

二〇〇六年
神西清「ナルシシスムの運命」（初出昭和二十七年）、『文芸読本三島由紀夫』河出書房新社、昭和五十年
鈴木ふさ子「オスカー・ワイルドと三島由紀夫——わかままな大男」と「酸模——明彦の幼き想い出」における〈花〉の象徴するもの」、秋山正幸・榎本義子編『比較文学の世界』南雲堂、二〇〇五年
鈴木ふさ子「園子の象徴するもの——『仮面の告白』におけるキリスト教的要素」、『キリスト教文学研究』第二十四号、日本キリスト教文学会事務局、二〇〇七年
鈴木ふさ子「三島由紀夫にとってのキリスト教—少年期における聖書題材にした作品群を手がかりに—」、『キリスト教文学研究』第二十二号、日本キリスト教文学会事務局、二〇〇五年
高橋睦朗「家族ゲーム——または　みなごろしネロ」、『現代詩手帖』第五十八巻・六巻、思潮社、二〇一五年
永井邦子「ターキーとの握手」、『三谷民子——生涯・想い出・遺墨』女子学院同窓会、一九九一年』社、昭和二十三一九九年
松谷みよ子「私の好きな作品『飴チョコの天使』」「『小川未明全集』第八巻　月報」講談社、昭和五十二年
森本哲郎「未明との出会い」「『小川未明全集』第四巻　月報」講談社、昭和五十二年
松本道子「或る日の思い出、」「三島由紀夫全集17付録」『三島由紀夫全集』第十七巻、新潮社、昭和四十八年
森茉莉「蒸留水の純粋——可哀さうな、可哀さうな、三島由紀夫」『新潮　臨時増刊号　三島由紀夫読本』新潮社、昭和四十六年
「座談会　追悼公演『サロメ』演出を託されて——和久田誠男氏を囲んで」、『三島由紀夫研究④』『三島由紀夫

の演劇』松本徹、佐藤秀明、井上隆史責任編集、鼎書房、平成十九年
「死後も演出する三島――劇場での〝葬儀〟追悼公演初日」、『毎日新聞』昭和四十六年、二月十六日
「所在不明『花ざかりの森』、自筆原稿を発見」『毎日新聞』二〇一六年十一月十一日
『大神神社――四季の祭り――』宗教法人大神神社、平成二十六年
新潮社編『グラフィカ三島由紀夫』新潮社、一九九〇年
『國文学　没後三十年三島由紀夫特集』平成十二年九月号　學燈社、平成十二年
『國文学　三島由紀夫の遺したもの』昭和五十一年十二月号　學燈社、和五十一年
『國文学　三島由紀夫――物語るテクスト』平成五年五月号　學燈社、平成五年
『國文学　解釋と鑑賞　美と殉教・三島由紀夫』昭和四十七年十二月号　至文堂、昭和四十七年
『國文学　解釋と鑑賞　三島由紀夫とデカダンス』昭和五十一年二月号　至文堂、昭和五十一年
『新文芸読本　三島由紀夫』河出書房新社、一九九〇年
『晋遊舎ムック　武人――蘇る三島由紀夫』晋遊舎、平成二十五年
『文芸読本　三島由紀夫』河出書房新社、昭和五十年
『三島由紀夫研究⑨三島由紀夫と歌舞伎』松本徹、佐藤秀明、井上隆史責任編集、鼎書房、平成二十二年
『三島由紀夫研究⑬三島由紀夫と昭和十年代』松本徹、佐藤秀明、井上隆史、山中剛史責任編集、鼎書房、平成二十五年
文部省『尋常小學唱歌』（第一―六学年用）昭和七年、（がくぶん総合教育センター）
文部省『新訂　高等小學唱歌』（第一―二学年 男子・女子用）昭和十年

文部省『芸能科 音楽』（初等科音楽一―四、ウタノホン上・下）昭和十七年、（『複刻 国定教科書（国民学校期）』、ほるぷ出版、昭和五十七年）

あとがき

少年の最初の読書の選択は、少なくとも文学書の選択は、決して偶然といふやうなものではない。自分の未来を自分の手で、鷲掴《わしづか》みにしてしまふのだ。

（三島由紀夫「谷崎潤一郎氏を悼む」）

本書は二〇二一年春から『季刊文科』で連載を開始した「海の詩学――三島由紀夫」に加筆修正を施し、新たに書き下ろしを加えて、一冊にまとめたものである。幼年期の詩から「花ざかりの森」まで、海と関連する作品を取り上げ、論じてみた。

その多くを私は千葉県勝浦市にある別宅の海の見える部屋で書いた。ベランダに向けて置いた机からは、目を上げればガラス扉の向こうにいつも海が見えた。時間ごとに色も輝きも変える海をみつめていると、三島はなぜあれほど海を愛したのか、なぜ海をあれほど多くの作品に描き込んだのか、尋ねてみたくなる瞬間が幾度もあった。

だが、本人に問うことはもちろんできない。扉を開けて波音に耳を傾けても答えは返ってこない。私にできることとは、彼が紡いだ言葉から、そして彼の読んだ作品からその海のかけらを拾い集めることだけだった。それは砂浜の貝殻を拾うがごとく果てしない作業で、全体像などはまだつかめていないが、いくつもの発見があった。それは時に唱歌を書き写し、小川未明の童話によって空想の世界に飛んでいく幼児の姿であり、玩具との惜別を悲しむ端境期《はざかいき》の姿、経験のない恋愛詩を言葉巧みに書き上げる思春期の少年の姿でもあり、創作に行き詰まって庭に佇む姿でもある。珍しい貝殻を拾った時に人に見せたくなるように、それらを本書で読者のみなさんと分かち合うことができるとしたら、こんなに嬉しいことはありません。

三島の没後四十五年にあたる二〇一五年に上梓した前作『三島由紀夫　悪の華へ』（アーツアンドクラフツ）では、私の専門であるオスカー・ワイルドの濃厚な美に包まれた悪の薫りに惹かれる三島について論じた。その過程でワイルドの悪の部分に魅了される三島とは別の、薔薇の花びらのように柔らかく優しい心を持つ詩人としての三島に、私自身が惹かれていることに気がついた。ワイルドもまた詩人から出発している。唯美主義、デカダンの旗手と謳われながらも、透明で硬質なダイヤモンドのような無垢がその核に宿っている。彼の童話の美しさも偽善的なヴィクトリア社会からの失墜も、この無垢にある。そんなワイルドは、三島にとって愛と憎悪の対象であり、同類でもあった。聖セバスチャンとアンティノウスへの偏愛がそれを物語っており、そこにはロマン主義的な詩的魂の共鳴が感じられる。だが、ワイルドとは異なり、三島のそれは碧い海の薫りを纏っている。本書で海と詩的魂を結びつけた所以である。

間もなく三島由紀夫生誕百年の年になる。三島文学は新たな世紀の読み直しを待っているように思われる。

本書が出るまでには、実にたくさんの方々のご協力を賜った。身に余る帯文のお言葉をいただいた三島由紀夫文学館館長、近畿大学名誉教授の佐藤秀明氏、三島の自筆原稿の閲覧から画像の使用にいたるまでお世話になった熊本図書館／くまもと文学・歴史館の主任学芸員の片桐まい氏、山中湖文学の森・三島由紀夫文学館の井上博文氏にお礼を申し上げます。連載からお世話になり、本書でも遅れがちな原稿にいつも忍耐強く対応して下さった『季刊文科』編集の北澤晋一郎氏、素敵な装幀に仕上げて下さった吉田格氏、そして本書の出版を快諾していただいた鳥影社の百瀬精一社長に心から感謝いたします。この連載と本の執筆を温かく見守ってくれた家族にもお礼の言葉を贈りたいと思います。

二〇二四年十月十日

母の誕生日によせて

鈴木ふさ子

初出「季刊文科」八五号（令和三年春季号）～九八号（令和六年冬季号）

〈著者紹介〉

鈴木 ふさ子（すずき ふさこ）

東京生まれ。文芸評論家。青山学院大学文学部英米文学科卒業。

フェリス女学院大学大学院人文科学研究科英文学専攻博士後期課程修了。2003年、博士号（文学）取得。博士論文でオスカー・ワイルド及び三島由紀夫におけるワイルドの影響を論ずる。日本大学、青山学院大学、國學院大學で英語・英文学・比較文学を講ずる。著書に『オスカー・ワイルドの曖昧性——デカダンスとキリスト教的要素』（開文社、2005年）、『三島由紀夫　悪の華へ』（アーツアンドクラフツ、2015年、国際文化表現学会学会賞受賞）、『氷上のドリアン・グレイ——美しき男子フィギュアスケーターたち』（アーツアンドクラフツ、2018年、ミズノスポーツライター賞最優秀賞受賞）、『そして、ニューヨーク【私が愛した文学の街】』（鳥影社、2021年）、共著に『比較文学の世界』（南雲堂、2005年）、『ラヴレターを読む——愛の領分』（大修館書店、2008年）等。

三島由紀夫 海の詩学
「花ざかりの森」へ

2024年11月25日初版第1刷発行
著　者　鈴木ふさ子
発行者　百瀬精一
発行所　鳥影社 (choeisha.com)
〒160-0023 東京都新宿区西新宿3-5-12トーカン新宿7F
電話 03-5948-6470, FAX 0120-586-771
〒392-0012 長野県諏訪市四賀229-1（本社・編集室）
電話 0266-53-2903, FAX 0266-58-6771
印刷・製本　モリモト印刷

ISBN978-4-86782-134-3　C0095